奔跑的中国草

BENPAO DE ZHONGGUO CAO

钟兆云 著

人民文学出版社
福建教育出版社

图书在版编目（CIP）数据

奔跑的中国草/钟兆云著. —北京：人民文学出版社；福州：福建教育出版社，2023
ISBN 978-7-02-017917-6

Ⅰ.①奔… Ⅱ.①钟… Ⅲ.①报告文学—中国—当代 Ⅳ.①I25

中国国家版本馆CIP数据核字（2023）第050875号

责任编辑　付如初
装帧设计　陶　雷
责任印制　任　祎

出版发行　人民文学出版社　福建教育出版社
社　　址　北京市朝内大街166号
邮政编码　100705

印　　刷　福州华彩印务有限公司
经　　销　全国新华书店等

字　　数　330千字
开　　本　880毫米×1230毫米　1/32
印　　张　14.25　插页2
印　　数　1—30000
版　　次　2023年4月北京第1版
印　　次　2023年4月第1次印刷

书　　号　978-7-02-017917-6
定　　价　50.00元

目 录

这里我向大家介绍一下福建农林大学的林占熺教授和他发明的菌草技术。我们对口帮扶宁夏把他推出去，我们智力援疆把他推出去，我们援助巴布亚新几内亚东高地省又把他推出去。我们和东高地省结成友好省，就是他和菌草技术起了穿针引线的作用。林占熺通过菌草技术援外，提高了我省、我国的国际声誉，我访问埃及时，连那里的导游也向我介绍中国的菌草技术。

——2001年6月20日，时任福建省省长习近平
在福建省农业科学技术大会上讲话

我向他（按：巴布亚新几内亚东高地省省长）介绍了菌草技术，这位省长一听很感兴趣。我就派《山海情》里的那个林占熺去了。

——2021年11月19日，中共中央总书记、国家主席习近平
在第三次“一带一路”建设座谈会讲话

很高兴与这项技术的发明者林占熺教授会见，我们在联合国视你为学术卓越的典范……我赞扬中国为我们树立了“多边主义在行动中”的榜样。

——2019年4月18日，第73届联大主席埃斯皮诺萨在联合国
会议上的致辞《菌草技术使联合国和所有人民息息相关》

第一章　此梦之长

多年之后，一些熟人和记者大多这样认定：林占熺要是没有那一次难忘的考察，就可能不会半途辞官从事科研；人生之路不管哪一个走向，现在肯定是退休在家，含饴弄孙、安度晚年，而不是在一线追梦，耄耋之年仍马不停蹄在世界各地奔波劳碌。

但他的家人，特别是妻子罗昭君，却不容置疑地说：即使没有那一次，也会有下一次，他这辈子就为梦而来！

那一次考察的现场是何情形，那个梦开始的地方又有何风景，这是我开始书写时最好奇的内容。

一次考察，影响一生

1983年，草长莺飞二月天。40岁的林占熺跟随福建省科技扶贫考察团，来到著名的老苏区闽西长汀县，惊遇一片赤地千里的“火焰山”。河田镇一带的地表温度，炎炎夏日可达70摄氏度以上，加上这里千沟万壑，故有“火焰山”之称，民国时期便与陕西长安、甘肃天水被并称为全国三大水土流失区。横亘在他们眼前的，还有一条高出两边耕地一两米的“悬河”，像是沙石错乱铸成的渡槽在龇牙咧嘴，山清水秀绿常在的福建竟然在这里冒出一张“鬼脸”来！

林占熺登上河岸眺望，四周山丘秃落落，植被稀零零，两旁耕地沙化迹象一览无余。他年轻时曾西临黄河，实地探究过“悬河”给沿河百姓造成的巨大灾难，只道这是黄河的“特产”，不料竟也出现在闽西。显然，此处“悬河”已与山丘荒秃、耕地沙化共生多时。

迎着刺骨的山风走出罗地村一户“五老人员”低矮的土屋，林占熺的脚步愈发沉重，耳闻目睹让他步步惊心：寒风顺着墙缝猛灌，一家人牙根打战，一床破棉被根本无法遮体御寒，只好搬来谷席盖上蓑衣偎依着添暖……

正觉鼻酸，一双瘦弱的小手怯怯地拉住了他的衣角：“叔叔，我饿……”他回头看了一眼孩子，眼神清澈，却满含哀伤，身子瘦若芦柴棒，便握着他的小手，心不由得一阵颤抖，转身问县里的陪同人员：“能否想办法给他们弄点吃的？”

“不是没想过办法，可解决了上顿还悬着下顿，这样的情况比比皆是……”陪同人员黯然转过头去。

林占熺听得心痛。他在这次考察中，目之所及，皆是人穷、田瘦、山光、岭秃、水浊的凄凉景况；耳之所闻，常是叹息：“打我出生起，这里就是光溜溜一片，看不见树，留不住水。”

喉咙发紧中，他收集到了广为流传的民谣：“长汀哪里苦，河田加策武；河田哪里穷，朱溪罗碧丛。”

水土流失给河田小镇刻上了深深烙印，也给林占熺的心田刻下了挥之不去的印记。他万万没想到，与自己老家连城县毗邻、作为古汀州府所在地的长汀，会有如此成片的濯濯童山！翻看清朝乾隆版的《汀州府志》，历史上的长汀，边边角角都曾是山清水秀、田肥林茂啊。河田一带地处客家母亲河汀江上游的最大盆地，曾是繁荣富庶的鱼米之乡呢！

关切之下，他得知近代以来，由于长汀战略位置突出、人口稠密、采伐无度，又遇兵燹火劫等，当地森林遭到极度破坏；新中国成立后，随着人口剧增，消耗增加，加上1958年大炼钢铁时的开采，森林植被无以休养生息。

20世纪40年代，一个叫张木匋的学者写下了关于河田水土的调查报告：“四周山岭尽是一片红色，闪耀着可怕的血光。树木，很少看到！偶然也杂生着几株马尾松或木荷，正像红滑的癞秃头上长着几根黑发，萎绝而凌乱。在那儿，不闻虫声，不见鼠迹，不投栖息的飞鸟；只有凄怆的静寂，永伴着被毁灭了的山灵。”

这是不是有关长汀水土流失的最早记录，林占熺不知道，叫他意想不到的是中央苏区时这个著名的“红色小上海”，水土流失面积竟达146万亩，占了县域面积的31%强。他尤其震惊于以河田为中心的区域水土流失历史之长、面积之大、危害之严重，以及周围生态之恶化！难怪百姓披蓑夜耕，依旧兀兀穷年。

刨根问底中，当地干部道尽河田一年四季的酸甜苦辣。夏天最是难熬，“三头”尤让人难过。哪三头？“头顶大日头，脚踩沙窟头，三餐番薯头”！暴雨时的情景也便赫然在目：一下大雨，雨水就卷着土质疏松且含沙量大的红壤，从山上滚滚而下，山就像被剥了一层皮；而挟泥带土的水流越过河堤，四处肆虐，吞没良田，淹没村庄。每次水土汹涌过后，河道必然又一次被堵塞，农田必然再遭淤积，一年辛苦的劳作要么歉收，要么毁于一旦。村民们无奈地编出顺口溜：“天一下雨黄泥田，三天日头晒裂田。三天没雨旱打旱，三天有雨涝打涝。”

他在河田、三洲一带细心地调研，把初步结论条分缕析于当地干部：“这一切问题的根源，就是水土与生态问题，是在地表植被被破坏的情况下产生的恶性循环。没有树，连草都稀罕，怎能不造成水土流失，年复一年又怎能不穷？”

鞭辟入里。可为什么会没有树呢？当年在毛泽东主席和中共中央做出“绿化祖国”的号召后，河田也不是没有响应种树，但存活艰难不说，观念也跟不上，没多久便会遭人“惦记”。那年头，一担柴在街上能卖个三毛五角，有贪心的白天要是在村头地尾发现一棵树，管它大小，晚上睡觉也要琢磨怎么去偷砍了卖钱，唯恐下手迟了就被别人先得了便宜。

林占熺微微叹息中，当地干部还向这位从事食用菌研究和开发的科技专家提到脱贫招数，由衷地表示遗憾：“要是河田有树，村民们也可以种上些香菇改善生活……”

殊不知，这正是林占熺此行一路走来的另一个忧心事——“菌林矛盾”！

长汀是福建较早开始栽培香菇的区县。改革开放之初，香菇种植更是点燃了这里百姓脱贫致富的梦想，由此这里竞相砍树伐木，加剧了当地的水土流失。而生态的恶化、土地的沙化又会造成贫穷回归。如此矛盾的现实，让林占熺严重失眠，痛心不已。

1968年，他从福建农学院农学专业毕业后到宁化县水茜公社插队，1971年9月被选调到全国有名的福建省三明地区真菌实验站（后改为三明市真菌研究所），从事食用菌研发和生产工作。彼时，椴木栽培食用菌被视为先进技术从日本引进，只消在树段上种下菌种，半年后即有收成。

林占熺下乡指导愈勤，就愈觉该技术并不切合中国农村实际。首先是这技术需要的栲树一般要生长二三十年才能砍下来做树段种菇，产菇时间也略长，多数农民等不起，他们是要靠种菇挣钱来解决生活中的燃眉之急；其次，山里的树再多，也经不起砍，这么种菇岂可持续长久？

“锯了一车树，回来种点菇；先砍一片林，再毁一座山，这样下去值不值？”每每推广椴木栽培香菇技术回来，他都少不得点根烟沉思，发呆好半晌。

不值得啊！

那时候“拿来主义”方兴未艾，甜头初尝，一个技术人员的清醒又能改变什么呢？于是，大片大片的林木，特别是阔叶树，被随意砍伐，日销月铄。林占熺曾见一处原本遮天蔽日的树林，不消个把月，就在不绝于耳的“坎坎伐檀兮”中“门户洞开”，留下的一个个树桩就像是大地裸露出的伤疤。

在食用菌的研发和生产中，他又发现了一组触目惊心的数据：中国仅香菇一项，年消耗木材就达700万立方米，而福建省栽培香菇一年砍伐木材曾达100万立方米。付出的生态代价真是太惨痛了！食用菌的生产若一味依靠消耗森林资源，势必产生“菌林矛盾”；若改用大量麸皮等，又将产生“菌粮矛盾”。

哪怕有的地方在林业部门的呼吁下改用了木屑，能节约木材的消耗量，但在大面积发展袋栽食用菌的地方，绿树仍以惊人的速度在消失。人们在为自己创造财富的同时，又亲手种下了灾难与贫穷的种子，而这种子终将变成噩梦祸及子孙！他觉得如此下去，自己也是毁林的“罪魁祸首”之一呢。他甚至梦见一片片阔叶树哭着轰然委地。都说十年树木，何况是生长缓慢的阔叶树啊！但能因噎废食吗？能因此中止食用菌的研发和生产吗？弄不好就给你扣上一顶破坏生产的帽子！

一道日益突出的世界性生态难题，如“悬河”一样横在林占熺眼前。不能任其悬而不决！有没有更好的办法来种菇？有没有法子能对脱贫治穷与保护森林、修复生态三管齐下？能不能用木质化程度较高的草来代替树木做培养基呢？他不觉联想到了早先琢磨的“以草代木”栽培食用菌方案。

当年忽发这个遐想，固然有真菌所工作时发现矛盾后的冥思，但也有对红军长征途中吃野草充饥的历史印象，甚至还有自己在三年困难时期食草填肚的深刻记忆。儿时牧牛的情景也再次在他的脑海里浮现：牛吃草而活得健壮，人吃草也可充饥，说明草的营养价值不容忽视，若能用草来替代树木种植菇、木耳等食用菌，岂不是有助于解决人类生存发展的大问题？灵光乍现，却由于他在1975年被调回母校福建农学院从事行政和党务工作而无暇付诸实践。如今时隔八年，“风乍起，吹皱一池春水”。

在长汀这个辗转难眠的夜里，白居易的诗句一遍遍在他脑海里回响：“离离原上草，一岁一枯荣。野火烧不尽，春风吹又生。”看似卑微的草，却有着不可小觑的蓬勃生命力，不惧土地的贫瘠，且能阻止生态的恶化。但如何让草变成食物呢？他的思绪如滔滔汀江水，一个愿望愈益强烈。

一次考察，影响一生。犹如遇上万有引力，十年前帮助农民提高粮食亩产的快乐，和潜伏在体内的“不安分”因子，连着使命同时点燃，“壹引其纲，万目皆张”，指引他走上应用科学研究之路。

人们开始惊奇地发现，这个全校最年轻的处级干部外出时常常掉队。往回找，他正为路边几株野草痴迷着，或为移植山野中那些不知名的野草而忙碌。一段时间，他家里和办公室“草”满为患。

人们不知道，林占熺那次回到福建农学院后，便偷偷开始了尝试。他从废弃的自行车轮毂取下几根钢线，按尺寸磨光后做成接种针，又向同事周教授要了20根试管，就这样因陋就简进行试验。

要知道，这可是个破天荒的课题，想以此来致富一方兼治理水土流失，更无异于异想天开。难怪学校领导听后，第一反应是沉吟有加：“好是好，就是没有先例可循，又无现成材料可以借鉴。”看到他一头扎进野草育菌的梦幻王国，同事也善意地提醒：“世界上通用的方法都是伐木培菌，以草代木闻所未闻……”

这不怪他们。在人们的普遍印象里，在中外的文字记载里，香菇、木耳、灵芝等食用菌的人工栽培哪个离得了木头？这些食用菌无论是自然生还是人工种，哪个不长在木头上？难怪常用于栽培香菇的阔叶树又被称为“香菇树”，世界菌业强国日本则干脆把食用菌称为“森林之子”。

他却自信满满地说，既然前人能成功用木头栽培食用菌，为何后人就不能成功用草呢？事在人为！此举若成，既可缓解不容坐视的菌林矛盾，还能让农民获得经济效益，实现生态和扶贫一把抓，两全其美。

宿命论一点儿，“菌林矛盾”也就是他林占熺的矛盾，要不他怎么偏姓林？他这辈子就为解决这个矛盾而来。

志存高远，招来的尽是不解：“你做梦吧？”

人若鄙夷不屑，他也不予置辩，或只是呵呵：“梦里啥都有。”

以草育菌的梦想刚拉开序幕，一个个困难便接踵而至：别说没有现成的经验借鉴，也别说没有研发单位的立项，没有可供研发的实验室，就连研发资金与设备也无着落，甚至研发时间都没办法保证。

他递上的立项报告，因为不是出自正式科研单位而被退回，无法获得科研经费。有人就婉劝他知难而退，及时止损。他却这样安慰人家，也给自己打气：“没关系，只要能拿出成果，有关部门肯定会支持！”

如何解决研发实验问题呢？自嘲“五无人员”的他，以私人名义向学院总场工程队借5万元资金，计划盖个300平方米的实验室。

妻子罗昭君一听就急红了眼：“占熺啊，你搞科研我不反对，但你想过没有，我们的月工资加起来也不过百，借一笔高出我们全家月收入500倍的巨款，万一搞砸了，拿什么去还？我们一家都喝西北风去？”

林占熺说：“没有退路可言。办法总是比困难多，押上一辈子总能成功。现在绝不能犹豫和动摇，得尽早定下场址！”

一字一句，掷地有声，这份一往无前、风雨不动安如山的执着，连同眉宇间那份舍我其谁的自信，既不容置喙，也不容置疑，倒让退守底线的妻子瞬间再“破防”—— 沉默等于同意。

真要第一个吃螃蟹了，有人大泼冷水，极尽揶揄，说一无所有，举债做实验岂能长久？真是“省着花被不睡，偏去乌龟壳上翻跟头”。

他不愠不恼，回应时也笑：“说得也对，可老话不是说大破大立嘛，我就是想翻翻跟头看看。路都是人走出来的嘛！”

种种困难都没拦下他。他不仅要这样大破大立地“翻跟头”，还决定辞去行政职务，心无旁骛只做“草民”，专事“草”科研。彼时，他刚步入不惑之年，已担任福建农学院生产处副处长、机关第二党总支书记多年，充满阳光的仕途摆在前面。

亲人朋友大惑不解，林占熺却语气铿锵道：“八年前在三明真菌研究所时，我就想着要干这事，因为被调回母校戴了顶‘乌纱帽’而中止，人生一晃而过，还能有几个八年？我不能再等下去了，自己提出的想法和理论必须敢于从自己做起，带头去实践！”

当年提拔他的领导感到不对劲，要他三思而后行。毕竟“学而优则仕”，仕途历来是最被看好的人生道路之一,一旦错失或放弃，再要就难了。

林占熺感恩之中也超脱：“有时，‘乌纱帽’有如‘紧箍咒’，让人事事受约束。今后如果继续走仕途从政，就得舍下科研，我这个梦想就永远只能是空中楼阁了……”

他在机关党支部会上剖明心迹：“我是农民的儿子，为农民多做些有益的事是我的本分。作为一名学农的共产党员，科技扶贫更是我义不容辞的责任。以草代木发展菌业正因为没人做过，没有现成的路可走，才更需要我们共产党员去探索开拓、去冲锋陷阵。带头破解‘菌林矛盾’这道难题，比我当处长还更有意义，也是我以共产党标准对自己的严格要求，我愿意为科技创新奋斗献身。”

如此超乎寻常之举，林占熺脑海里不是没有经过激烈的斗争，他也难忘“升官”后回乡那一幕：父母家人一脸喜悦，邻里乡亲满眼羡慕。只是，这位更愿意弯下身子走进田间的农家子弟，所追求和所怀抱的，却是另一极：不求做大官，但求做大事；为子孙后代保护青山绿水，领着更多农民致富。

林占熺为此作诗明志，末句是：“仕途或有涯，科学阔无边。”诗意高远，像是在原本有点浑的水缸里丢进一把明矾，水迅速清澈澄明，妻子罗昭君的心也给照亮了。

以草代木，梦出奇迹

举高债，弃仕途，当“草民”……人到中年如此“走火入魔”，换了谁家妻子都可能要跳起来，罗昭君却一而再再而三地纵容他“老夫聊发少年狂”。因为她知道，这是个眼里有农民、心里有大爱的人，卓尔不群，不然自己当年也不会嫁给他。

1943年12月，林占熺出生于闽西山区连城县林坊镇陂桥村一个世代务农的家庭，随着弟弟妹妹们相继到来，这个家就成了客家俗语中“镰刀挂上壁，眼泪如雨落”的形象代表。什么意思？刚挥镰割完水稻，还了地主的地租和所欠之粮，家里就又没了余粮，只能向人赊借，年年如是拆东墙补西壁，能不悲泣！童年时，林家和四五乡邻合养一头牛，他放牛之余，父亲林学盛还教他习武防身。中华人民共和国成立，父亲对他说："感谢共产党让我们翻身得解放，今后没人欺负你了，就不用再学武了，还是去习文吧。"从那以后，他便成了读书郎兼放牛娃。每日天蒙蒙亮就起床牵牛出门遛一趟，回来再带点地瓜芋头啥的，背起书包赶着上学。长年累月起早贪黑，上课时易打瞌睡，他就死掐大腿，提神醒脑，久而久之，大腿一片瘀青。功夫不负有心人，他在1964年考上了大学，那时的高考录取率不超过百分之五，山沟里飞出了金凤凰。

大学毕业工作数年后，他和她，才因媒妁之言见了面。

比林占熺小四岁的罗昭君，此时在连城县军用机场旁专招军官子弟的江坊小学任代课老师。他们的认识，颇有戏剧性。眼看林占熺大学毕业多年，还无暇顾及终身大事，做父亲的急了，决定行使"父母之命"，就在当地为他张罗。一天，他来到林占熺一位早有家小的同学家，边"诉苦"边托媒。这位同学的妻子马上热心介绍小学同事罗老师，同学的弟弟也跟着说，他和罗昭君是昔日同窗。林父大喜过望，自己的堂侄女恰好嫁在了罗昭君所在的文亨公社班竹生产队，正可帮助双方了解彼此家庭情况。

如此姻缘一线牵，却险些还是无缘。一个原因是林占熺在插队时得了急性肝炎而面黄肌瘦、病态恹恹，与少女幻想中的"白马王子"相去甚远，身高也属"三等残废"。他倒也坦承自己先天不足，打小就饿出多种病来。天性爱美、正值花样年华的罗昭君一见之下，心都要跳出来了，还有了远虑：她和他，都是各自家庭的老大，底下弟弟妹妹一大群，她六他八，势均力敌，双方家庭可以比比苦。而且当老大的都得顾家，若这样结合，不啻是给未来的生活增加了一大重负！

没想到，他第一次上门，就让罗昭君的父亲很满意。那天，他讲了少儿时期在家放牛、种地、砍柴、挑煤的过往，以及对所经饥荒、疾病和贫困的认识；讲了中学时代因为没有经济来源，每周六下午就从县城挑一担谷壳步行五六公里回家，碾成粉过筛后再挑到城里售卖以赚取生活费的经历。大家都听得心酸，他好些话多年后仍深深烙在罗家的瓦屋里："农民真是太苦了，所以父母省吃俭用、千辛万苦送我读书后，我立志要改变命运，改变农村贫苦落后的面貌，改善百姓的生活，让子孙后代不再脸朝黄土背朝天，不再吃不饱穿不暖。怀着这个强烈的愿望，我高考填报志愿时，全都选择了农业院校。"

字字句句，都彰显着一个农家子弟发愤图强，渴望以农富农、科技兴农的初心与本色。

他还谈了插队的工作，说了不久前一个人在宁化县花五分钱过端午节的故事，听得罗爸爸直频频点头，在他告辞出门后给他打出了很高的印象分，说小林是个斯文又有追求的知识分子，有农民情结，节俭到骨子里了，难能可贵。这样的人靠得住，这样的婚姻必能长久。

罗昭君的叔叔也参加了这次会面，立场鲜明地站在罗昭君一边：小林这个人好是好，却是报纸电台上的"活雷锋"，不是所有的花都能花开富贵，也不是所有的理想抱负都能实现，我看跟着他只会受苦。即使哥哥嫂嫂你们满意，我也反对，哪能让昭君今后吃亏！

罗昭君一心想快刀斩乱麻，几天后父亲再度问起，她马上回绝，还说自己曾找算命先生给他们合八字，两人出生年月五行不合，属于"五鬼婚"，不理想。她似乎为抵触的心理找到了充足的理由，躺在床上养病的父亲"哼"一声后，不得其解："你要这样说，才是见鬼了！人家一个大学生能看上你一个高中毕业的代课老师，光这点就足以说明他这人实在、可靠、人品好，还委屈你了吗？”

一旁的外婆也劝：“昭君啊，你爸可是说一不二的人，不能让你爸生气。”

这个其貌不扬、大学毕业仍未脱泥土气息的男人，初见之下就能征服自己的父亲，真是活见鬼！罗昭君逆反心理不消：“我还不是为了伺候爸、照顾好弟弟妹妹？结婚后就顾不上自己的家了……”

罗昭君很爱自己的父亲。在生产队当会计的父亲话不多，对七个子女从来舍不得打骂，而且一视同仁地供他们上学。生产队有人阴阳怪气地说，别人家连男孩子都舍不得花钱送去读书，你却连女儿都不愿留下当劳力，全家就靠你们夫妻干活，别说年年超支，饿死都有可能，只怕看不到子女成龙成凤那一天。做父亲的不为所动，只说耕读传家是客家人秉承不变的优良传统，咬紧牙关缴学费，鼓励他们向考上厦门大学会计系的亲叔叔学习。罗昭君记得清楚，为了供他们上学，父亲有次从朋口公社挑松香到城里，肩膀都磨出血来。正因为父亲的开明，她在自强不息中，才得以成为远乡近邻的第一个女高中生。父亲积劳成疾，哪次生病不是她带着到部队医院诊治？今后再嫁这样一个病恹恹需要她照顾的男人，一心挂两头，如何是好？

父亲一听原因就动气了：“我还在呢，这个家不靠你，更不需要你来扛，今后即使要饭都不会找你。你挑三拣四再不嫁，就成老姑娘了，可不要加重我的心病。”

她一听，难过极了，霎时热泪盈眶：“爸……”

父亲不容她置辩，继续苦口相劝：“你如果真有孝心，就听我的话，嫁这样的人错不了！”

“好好好，爸您要这样说，我就嫁，阿猫阿狗也嫁……”要强的罗昭君即使不愿高攀，父亲这话也让她开始赌气了。

就这样，她连家里不要男方礼金也都认了。如此定亲后，她对林占熺自我解嘲说：“是我爸看中了你，一个女婿半个儿，今后可得多孝顺你老丈人。”

“会会会！”未来的公公乐呵呵地替儿子打包票，“占熺性格好，善良，有孝心，又知书达礼，就是太老实。”未来的婆婆也说：“占熺前段时间生病，脸色蜡黄，是不太好看，不过看习惯了就好。他的脸再不好看，心肠总也是好，会让人，肯定不会欺负你。”林家奶奶早年守寡，缝得一手好衣服，远乡近邻有口皆碑，以此维持一个家，一生吃苦比一家人吃药还多，她对幸福有自己的见解：“两人一般心，黄土变成金；一人一般心，有钱难买针。”

后来才知，未来的公公婆婆光听说她就心满意足，家里的老大，当姐姐的会照顾家里人，今后肯定能照料好他们那个只会埋头做学问的儿子，并旺家。

林占熺身子骨有点弱，脾气却不是一般的犟，可能是五岁时就放三头牛所致。这个名副其实的放牛娃，能考上大学算是咸鱼翻身，却不喜欢自己独乐，“苟富贵，无相忘”，他总想带着贫苦百姓一起翻这个身。虽然林家过去因为在村里一直不发达，几代都是弱房，没少受欺负，他的父亲林学盛为此还从小习武防身，但也因此有了抑强扶弱、乐善好施的家风。

林学盛头脑活络，建了个榨油的作坊，加工食物，也卖些谷皮粉。开源节流、维持生计之余，还挨着两间祖房陆续盖起新房，到第九个孩子出生时，房子已计有22间，算是保证了今后每个孩子“居者有其屋”。他规定儿子们长大娶媳妇后，为了调动各自的生产积极性，可以按人丁分粮分家具，唯房子不能分，逢年过节还是要大家在一起其乐融融。林学盛的家教一向严格：孩子们上小学后就不能游手好闲，居家时都得找事做，天晴做天晴之事，下雨干下雨的活；可以下象棋，但不能打扑克，更不允许赌钱；人人都要背《增广贤文》，知晓做人的道理……

父亲林学盛如是，林占熺有样学样，更加做到敦亲睦邻。读大学和工作以来，他平日抠得紧，节衣缩食，可哪次回家都带回些吃的用的或好的种苗，分送邻里乡亲。在村里路遇老人干重活，他不避净秽乐于相助，有时还帮挑大粪。

从这样一个父慈子孝、兄友弟恭的积善之家走出的本色不变的大学生，正合罗昭君父亲之意！

罗昭君都不知道父亲有多喜欢未来的姑爷，他像是担心夜长梦多，一个劲地催女儿结婚。此时的罗昭君正为“正式工作”而努力，强调届时才考虑结婚。父亲说：“今年占熺32岁，你28岁，两个人合起来都60岁了，再不结婚就老了！”

这种“神算”，到底把罗昭君吓了一跳，生产队里这年龄的姐妹早就当几遍娘了呢！也幸好，她的努力没白费，终于通过招考进了闽西首府龙岩雁石镇的国营工厂，于是就在1974年1月春节前夕，她带上大妹，和林占熺父亲一起坐车到三明真菌研究所完婚。

临时借用真菌所药房做场地的婚礼，简朴得就像新郎新娘的素颜。买了三斤糖果、两包烟，摆上清茶，请来林占熺的十来个同事，高歌一曲《大海航行靠舵手》，欢声笑语中，人世间就多了一对合规夫妻。

一家人不说两家话，明媒正娶来的新娘说：“林占熺，我家再苦，也没你家这样苦啊！”出嫁这天她再怎么设计场景，也没想过他家会穷到需要公公一根棍子挑箱子来三明。

新郎也有点难为情，却剥了粒糖递上，坚定地说："你吃了我的苦，我就一定要让你今后甜上加甜！"

新娘听得感动，认定："只要我们同甘共苦，就一定会苦尽甜来。"

他把新娘罗昭君的话戏称为"昭告"，"昭告"之"君"显然就是他了。不料，蜜月期先吃了苦头 —— 两天后新娘子就生病了，思前想后，只能归因于在药房结婚沾了霉气。

罗昭君没想到，自己的苦像真菌所培植的食用菌那样，才刚冒个头呢。先是两地分居，翌年冬天大女儿冬梅出生后刚断奶，就只能吧嗒着泪送回老家班竹，请母亲帮忙抚养，因为夫家那边兄弟的小孩太多了，谁也顾不过来。三年后生下次女春梅，母亲陪护坐完月子，就得自己背着孩子上下班。工厂只配给一盒饭，她受累中奶水也少，二女儿瘦成皮包骨，有人关切中跟着忧心：昭君啊，你这孩子能养得大吗？

分居之家，相见不易，林占熺从三明去了龙岩，又要去连城，分头探望。分别时大女儿在班竹村的阵阵啼哭，不免让人想起远古时代另一个斑竹及传说。泪落竹上形成斑点，故有"斑竹""泪竹"之谓，但此班竹非彼斑竹，一天到晚忙于食用菌研发的林占熺，也不希望班竹再有伤离别的悲情重演。让母女尽快收泪、破涕为笑的办法，就是一家人团聚。

1978年6月，林占熺担任福建农学院沙县洋坊教学实验农场党支部书记后，鸾漂凤泊的日子才结束。妻子从龙岩调来三明，两朵"梅"也在眼前了。一间平房安顿一家四口，条件虽简陋却总是个家。只是这个家之于他，像是旅店。他从农场风风火火回来时，有时单位的食堂都关门了，手忙脚乱中再跑去开水房，常常连凭票供应的开水都打不到，只好自己生火烧。早饭时，她一边照料小女儿一边叮嘱他，也听到了他对“昭告”的满口应承，及抬头再看，眼前起了一阵风，人已跑远。

她忍不住埋怨，却没料，农场上上下下就差没给她送锦旗，众口一词表扬和感恩她这个不顾家的丈夫。

林占熺算是临危受命。上任前，这个拥有256名工人的实验农场连年亏损，“大锅饭”吃得严重“虚脱”，年产值仅3万余元，工人月工资最高不过38元，最低才16.2元。农学院5名处长走马灯似的受派前来“加强领导”，均无功而返。直到发生“77事变”（农场亏损7.7万元）后，工人叫嚷不满，学校领导坐不住了，不改变这个现状，不把这个状况改变过来，别说无法服务教学科研工作，就连农场也要垮台。1976年，林占熺就这样被改组进了农场领导班子。

农场有这么多人，有上千亩地，有鱼塘，有木厂，有奶油厂，怎么还亏那么多？林占熺一番深入调查后，找到了问题的症结。他冒着可能被撤职、处分甚至开除党籍的风险，率先在农场推动改革，实行岗位经济责任制（当时全国还没实行生产责任制），并事事以身作则，发挥党员团员作用，男女结合，分成37组，先带出一批好工人，进而影响那些好吃懒做、等靠要之人。他带领大家开山种树、多种经营、拉板车，样样都比工人干得欢、干得多。农场发生了奇迹般的变化，第一年扭亏为盈，第二年职工收入翻番，精神面貌焕然一新。学院领导对他大加赏识，鼓励他在行政方面继续发展。入党时就被培根铸魂的责任和奉献，连着读书人自古就有的“士为知己者死”情怀，他岂能辜负？！

罗昭君理解了，并不是他不珍惜这个年过三十才搭起的小家，而是他心里有大家和国家。相比于夫妻间的恩意和洽，相比于天伦间的畅叙乐事，农民的啼饥号寒，工人的入不敷出，更牵他的心。罗昭君明白了，丈夫为何要对自己“约法三章”：不干政；不对农场事务发表意见；不多拿一分一厘。农场前任书记惧内出了名，人家就都抓住此弱点，喜欢在其夫人在家时来递“条子”，有些“后门”他本不想开，但招架不住夫人的“里应外合”，只好胡批，造成公家亏损。林占熺深知其害，决不步其后尘。罗昭君算是明白了叔叔所说报纸电台上的“活雷锋”之意，低下头，继续顾家顾生活，协力营造这个家的精神气息。这不过是刚开始，往后的日子还长着呢。

在农场他遵照自己的“约法三章”，担任书记兼场长多年，从没在工人家里吃过一餐饭、喝过一口茶、拿过一针一线。小女儿在农场简易的托儿所，有次拿了两个鸡蛋回来，还被他批哭，后来才得知，每个小朋友都一样，当天是一个节日。农场里自种的橘子等水果，他从来都是和工人同价买回。和大家一起下地收成时，花生从没吃过一粒，甘蔗也没啃过一口，倒是西瓜“白”吃过一片，那也因为要用瓜籽做种，切好了人皆有份，小组长都招呼要帮忙吃，他总不能不近人情吧。农场培植的乌龙茶质好量少，他规定每人限买一二两，谁打招呼都不好使，他手中有点小权却从不任性，脑袋里总刻着有福共享、共同富裕的思想。

诸如爱岗敬业、思想解放、敢于担当、以身作则、清廉正派等好评不约而至，一些风言风语也滚滚而来。有时被她问及后，他在强调既有的“约法三章”后，也是微微一笑很坦然：“灌多了好话，或听多了坏话，把我的心装满了，今后还怎么装下学校农场和工人农民？”他还说，一个人只要认准了人生的方向、事业的追求，今后对一切风言风语、话里话外，大可秉持旁言弗听、宿怨弗留的态度。他的心很小，装不下别人的忧伤；他的心很大，装得下全场群众。他的声音有时很高亢很响亮，上任之初为救活这个烂摊子，他天天都得和工人们说理，还免不了和那些爱占便宜、损公肥私之人争吵，哪个能省气力？他的声音有时很轻很沙哑，在外用力过度，回家只能“大音希声”，喉咙疼啊，慢性咽喉炎在那时落下后便相随一生。

农场是好了，却虚惊了一场。上头传话说：福建是前线，关系复杂，不能搞责任制。“犯下错误”的他主动找校领导承担责任，还说怎么处分都可以，只求不要开除党籍。事情倒没这么严重，他只是被调回了学校，从事生产管理。

他顾此失彼中，对小家和大家的区别对待而惹罗昭君生气时，也会开玩笑地称她为“昭君娘娘”，奉她的话是“昭告”。只是不管如何“昭告”，他却从不耽溺于独乐乐，心里总装着“大家”，想着“众乐乐”。

她无法改变他，只能改变自己来适应他，成全他。

这是个家国情怀炽热、“位卑未敢忘忧国”的知识分子，要不然，他就不会对诸如“菌林矛盾”这样司空见惯的现象念兹在兹，始终放不下他的“以草代木”梦想。

不知多少个晚上，不管是辗转难眠，还是偷得几许清闲，料理完锅碗瓢盆、哄孩子入梦后，罗昭君总要听他永远也做不完的菌草梦，不，是参与他志在必圆的菌草之梦。

罗昭君从小也有梦，为人妻母后梦还在，只是与夫君端出的梦想一比，天差地别。人因梦想而不同，也因此，她常自嘲相亲之初就有自知之明而不敢“高攀”“天之骄子”。比如，她也听老师结合课本讲过科学家米丘林如何把苹果树北移、带动农民增收获利的故事，但只是记住了这个好人；而林占熺却在脑海里留下了难以磨灭的印记，播下了一生梦想的种子，暗下决心今后也成为米丘林这样的人，依靠科技的力量来为农民造福。再后来，从电影上看到发达国家的康拜因收割机在农田大显身手、快而省力时，她只是觉得大开眼界，而他却随之在心空编织梦想的繁星：今后也要多学一些知识，并用之来减轻农民繁重的体力劳动，改善他们的生活。

婚前婚后追逐梦想的旋律虽然不在同一频道和音共鸣，但罗昭君也不觉越来越佩服父亲的识人之明，从小饱受客家传统文化熏陶的夫君，确实是被赋予了善良的心灵和坚毅的性格，并因此插上了理想的翅膀。

“昭君啊，森林好比地球的肺，森林覆盖率是生态好坏的主要标志之一……”

在所谓的“痴人说梦”中，林占熺以他的见多识广，立足前沿思考未来，为这个世界，也为罗昭君徐徐描述了菌林矛盾日益突出的后果：用椴木、木屑发展食用菌，不断消耗森林资源，最终必然诱发生态灾难。

那时，他已经有了可靠的材料作比较，言之凿凿：中国的森林覆盖率在1949年前只有8.6%，新中国成立30年后虽上升到12%左右，但世界排名在第130位；而且，中国是世界上荒漠化面积较大、分布较广和沙漠化危害较严重的国家之一，半个世纪以来全国水土流失毁掉耕地四五千万亩，平均每年100万亩以上，造成土壤肥力的连年下降。可见，对生态问题和中国发展的关系绝不能短视，更不能无视，彼此受影响和破坏的距离像两只眼睛一样近。而发展食用菌的主要原料来自阔叶林，地球上的阔叶林资源有限，培植周期又长。不少发展食用菌的地区，群众的腰包眼下是鼓了，青山却将长期荒秃，水土流失日益严峻，生态安全已从让人掉以轻心的潜伏期到发病、传染期，等闲视之任其滑向危险期那就积重难返了，代价之惨必然难以承受！

这位身在一线的食用菌研发和推广者，耳清目明：近年来，一些地方为了缓解森林压力，开始改用木屑、麸皮和米糠为原料，以塑料薄膜筒为栽培容器。用木屑栽培法替下椴木栽培法，固然可以节省百分之三四十的木材用量，但仍离不开木头，而增用麸皮、米糠等辅助材料引发的“菌粮矛盾”不容小觑。拿他最为熟悉的三明市为例，全市采用木屑栽培法一年以10亿筒计算，如果依靠麸皮为辅料，共需4万公顷的耕地来种小麦。食用菌事业方兴未艾、如日中天，这些辅料的价格水涨船高，20世纪70年代末以来光麸皮的价格就涨了十来倍。

他说得形象，条分缕析，通俗易懂。这说明，以林、粮为原料的食用菌栽培技术，已难以适应发展菌业与保护生态的要求。很多事一经分析和对比，身为门外汉的罗昭君也不难理解。只是，他所说的这些致命的问题，并不是他的责任啊，他又能如之奈何？

鱼和熊掌为何就不能兼得，又如何兼得呢？林占熺是个可爱天真的人，打小爱胡思乱想。比如，水稻下面能不能长地瓜，桃树上能不能结李子，人像牛一样吃草能挨多久？现在，他把探索、攻克以草代木和以草代粮栽培食用菌的课题摆在了眼前，也亮给了妻子：“昭君啊，我不是一时冲动，也不是突发奇想，我总觉得有科学依据，科学有无穷的神奇，科学能出奇迹！”

她听出了“以草代木”的意味：自己的丈夫、昔年的放牛娃，如“吃草”的牛那般负重，正在这条从未有过的路上，寻找一条保护生态、解决食用矛盾的有效途径。一边自嘲“同床异梦”，一边却又决心押上一生，这个客家女子不断给丈夫助力。

“昭君啊，如果人生要真有意义的话，我这辈子就为此而来，天都让我姓林呢！”

丈夫一向不是夸夸其谈者，他心中谁最重已不言而喻，知识分子、科技人员以身许国的故事她也听了不少。于她来说，今生嫁给他，婚姻的意义在哪？她既没有在人群中多看了他一眼的浪漫，也无非他不嫁的诺言，但世上没有无因之果，也没有无果之因，如同前头父亲之“逼”造就了这桩姻缘，他婚后“移情”于以草代木发展菌业，质变的触动竟是那次在长汀县罗地村所见。罗地村显然是罗姓聚居地，如同他戏言无可选择地姓林，天意就是要他完成以草代木挽救林地的使命——天有情义地有灵性，总能赋予人与人、人与自然千丝万缕的关系。她现在也必须要有自己的方向和坚定。

一个情知“路漫漫其修远兮，吾将上下而求索”，一个秉持夫唱妇随，只是两人起初谁都不知道眼前之路会那么艰难曲折，那么山重水复，那么意义非凡。

见证了“菌草之梦”曲折而神奇的，还有两个小女子——他们爱情之树上结下的两朵俏“梅”。

灵犀一点是吾草

世上多数东西都是从无到有，电灯、电话、飞机、火车等等都不是天上掉下来的，人也一样，做母亲的总爱对孩子说神奇的东西是魔法所变。

孙悟空有七十二变，林占熺只求一变：让草能变成食物！

儿时在门前山坡上的草地打滚，割草当柴火或铺席子，放牛时傻乎乎地看着大牛小牛觅草而食……各种各样的草在他的眼里繁杂葳蕤。草上长过花，长过露珠，为什么就不能长出食物呢？

小时候饿肚子，他看着漫山遍野的草忽发奇想。大人们就都笑，你是吃饭的还是吃草的？读小学后，语文课本里介绍红军在长征途中粮尽吃草。虽然肯定不是滋味，但情急之下毕竟也是能吃的，能否依靠科技的力量，化平凡为神奇，让野草变山珍？

跨过四十岁门槛后，他眼里和手中的草越来越多，大小、长短、形状、高低各不相同，有的直挺向上，有的贴地爬行，有的枝枝柯柯，有的弯弯曲曲，有的含羞娇娆，长满毛刺动辄棘手；有的厚植在坡地，抓紧每一处想放任自流的土壤；有的缠绕在庄稼地里，肆意破坏农作物的生长和收成……它们大致相同处，就是绝大多数的生命力都极其旺盛。草民林占熺像野草一样成长中，慢慢地品味出了白居易《赋得古原草送别》那句“远芳侵古道，晴翠接荒城”所状的真意了。犹如草一直缠绕在他的心田拒绝被遗忘一样，让野草变山珍的梦想一直不曾凋零。

只是，带着奇思异想、别出心裁、变废为宝的草创，每一次扑翅起飞都显得那么沉重，猝不及防的折翼如噩梦如影随形，周而复始的修复是一切梦想的必修课。

一同修改的，还有千古名篇《爱莲说》：“水陆草木之花，可爱者甚蕃。晋陶渊明独爱菊。自李唐来，世人甚爱牡丹……”作者周敦颐能“独爱莲”，林占熺则“独爱草”。地球上草本植物种类实在繁多，仅中国就有三万多种，有哪款草最当得起他的钟情呢？

他起早贪黑做试验，吃饭和睡觉都只是草草应付，时间上连省带挤。研究表明：并非所有的草本植物都适合作为食用菌的培养基，有些草本植物压根不适宜食用菌菌丝体生长的要求，有的虽然菌丝体和子实体能正常生长，但不是质量欠佳就是产量偏低，所耗成本也较高。

看到他两眼经常熬红，妻子心疼至极：“占熺可不要玩命啊！”

他却笑答："要想在科学实验方面有所创新、突破和发明，仅靠正常的上班时间远远不够，非得用上八小时以外不可！"

人与人的差距常在八小时之外，但林占熺如此破釜沉舟，还是让不少亲友担心不已：这家伙没发疯吧？

一天凌晨，窗外鸟声啁啾，脑子里满是菌草研发实验室的林占熺，睡不踏实，起来就去选场地。那地方差不多是个乱葬岗，看了将近俩小时，才找到一块较为理想的平地，不料一脚踩空，跌落一处被青草覆盖的坟堆。鼻青脸肿，崴了左脚，疼得要命，只好单脚跳着往回走，累了就休息一会儿再跳。

这次摔伤，比起经费、立项、实验室全无的窘境，以及面临的精神压力和科研磨难，压根不值一提。

妻子满心怜惜，也行动起来。那时，闽江畔与福建农学院近邻的金山寺正待翻修，常有"退役"的石头和瓦片等待报废，她不时领着一对女儿来此捡拾。闽江潮涨潮落时也会在沙滩上遗落一些石块，无人问津，她们带回家，可以为筹建中的实验室添砖加瓦，节省一点点成本。

借钱盖起的实验室，除了前面提到的自制接种针、要来的玻璃试管，再有就是林占熺扛来的饲料粉碎机——作为替代品，将选中的野草粉碎后用作培养基。如是因陋就简，却也让他顿生韩非子当年"垦草创邑，辟地生粟"之豪情。

草乃百卉，林林总总，不计其数。林占熺首先要突破的是选择能替代木材的理想草种。于是，上古神农尝百草的故事在他身上变相重演了。

闽西山区处处可见野生草本植物，倒也方便他就地取材研究。一日，他来到家乡的冠豸山，登高而望，漫山遍野的芒萁顿时让他心头一亮：这一野草质地与阔叶树接近，木质素含量较多，在粮食紧缺、饥饿凸显的三年困难时期曾被作为另类“瓜菜代”——他就曾吃过用芒萁等野草和面粉、米糠掺和的食物。特别是在读中学时，学校搞猜谜、钓鱼等文娱活动，用切碎的芒萁拌米糠、面粉做成饼做奖品，他作为班长，没少得过。芒萁饼虽说不上有多好吃，但起码能填饱辘辘饥肠，且有一定营养成分，更重要的是至少说明没毒，于人体没有不利；而且芒萁分布广泛，仅长江以南就不下四亿亩，就地取材极为简便。

清朝诗人袁枚诗云：“但肯寻诗便有诗，灵犀一点是吾诗。”林占熺“灵犀一点”中，寻找并经一番综合观察、比较、论证与筛选，最终确定把芒萁作为代木首选和突破口。

一切都土法上马。他带着助手来到学校南区山上，割了几捆青翠欲滴的芒萁，又从福州郊区买来两车芒萁。在把野草加工成食用菌培养基后，再植入香菇菌种，一同植下的还有他的希望：从上百个高温型、中温型、低温型的香菇菌株中，遴选出最不排斥、最“情投意合”、最愿意终身相随的一对。

自称菌草二代的侄儿林辉，在福州上小学时就住在林占熺家里，小时候还在三明真菌研究所跟过一段。往事依稀，他却清晰记得在家难得见到大伯的人影，逢年过节也还在研究。大伯唯一的休闲就是带着两个女儿和他一起到实验室的后山看草、认草，偶尔也练练气功。

“草木草木，草木有缘，互不分离，如果能以草代木，有一天就能让漫山遍野的野草变出山珍佳肴。”类似这样的踌躇满志，林占熺跟妻子、孩子们和一些知交没少说，但他们不是听不懂就是不全信，“知音少，弦断有谁听”？

这是多么巨大的障碍啊，因为缺乏必要的软件硬件，注定在科技创新的艰难之路上磕磕碰碰、匍匐前行，平日的生活只能潦草而过。以实验室为家既久，他不时也拿辛弃疾《清平乐·村居》“茅檐低小，溪上青青草”之句自况。

不知多少个日夜，他陪伴着一捆捆野草，像是守护即将分娩的孕妇，盼着瓜熟蒂落，但望眼欲穿中，实验室无数次的失败，换来了读小学的大女儿冬梅的一顿埋怨：“当初就不该借这么多钱搞实验！”

林占熺开导女儿：“失败是成功之母，真正的科学就在于可以经受反复试验的考验，你看爱迪生的发明哪个不是千锤百炼得来的？爸爸坚信也能取得成功。冬梅啊，我们的老家是革命老区，过去那么多人为了老百姓的幸福而拼命，不惜流血牺牲，爸爸是共产党员，是党培养的科技工作者，和平年代不用到战场上拼命，但为了给老百姓增加一些收入，自加一点压力，拼一拼还是应该的。”

冬梅童言无忌：“大道理我也不懂，只知道这钱不是为我们家欠的，别指望今后让我和妹妹给还。”

妻子批评女儿不该这样和父亲说话，林占熺却自嘲，也自信：“孩子还小，不懂事，长大后会明白的。”

其实，大人也不尽明白。

妻子就直通通地问：“你真的不怕失败吗，你想过失败没有？”

林占熺道：“我没想过，想的就是取得成功。历史上我们有成千上万人为了国家和民族连命都不在乎，我又怕什么失败呢！”

林、罗两家的长辈和大人，再怎么想，也都没想到跳出农门的他会越活越像农民，尤其是“自毁前程”的做法简直匪夷所思。母亲直到离世，都没享受过他带来的福禄，没看到他光宗耀祖的迹象，虽有无限的牵挂，但最希望的还是他能成功。

那些年每次回老家，面对他不到黄河心不死一般的“折腾”，两边的大人们都禁不住同一声问：所为何来？

他尽可自嘲“无官一身轻”，但少了“乌纱帽”，又没混出名堂，在他人眼里也是一身轻了——人微言轻，甚至暗自担心他的脑子是不是出了状况，或者是犯了什么错误。面对家中老人和兄弟姐妹们的关切，他不管人家愿不愿意听，听不听得懂，总是不厌其烦：“这个事情没错，不管再难，只要思路和目标正确，一百次挫折一百个问号之后，可能就成功了。”

看着他一脸虔诚地“痴人说梦”，言辞和眼光里闪动着火苗，大家跟着燃起了希望。

潜移默化中，两家老小大都慢慢读懂了他那喃喃“草语”，理解了他那一片初心。岳父还特别叮嘱罗昭君，要支持他尽着性子埋首科研、比对分析、悉心调配菌料。两个慢慢蹿高的女儿，也不由自主地参与到他的梦想里来。

如此这般，他不仅有了东山再起的雄心，还似乎有了屡败屡战的资本。

心无旁骛的他，只知家里债台高筑，却不知窘迫到妻子买菜时已经锱铢必较、给岳父写信时常常连八分钱的邮票钱都难找；也不知道两个女儿有几年没穿过新衣服了，直到寄居在家念小学的侄儿林辉有次硬着头皮向他要两毛钱理发，才知如何苦了妻子和孩子！

家长会他抽不开身，两个女儿发烧或生病，他也常常顾不上，有时正喂女儿吃药喝汤，忽然想到什么，碗一放，说来不及了，就往实验室跑。罗昭君好几次跺脚埋怨：我们还不如那些草！

那些年一分钱掰作两分用的妻子，在苦苦地支撑这个家时，心里也明白，更苦的是他！

多少回“三日柴门拥不开”，多少个寂寞、冷清与难眠的夜晚，多少次实验失败、再实验再失败的艰苦努力，那一年年容易把人抛的时光，他抛洒的汗珠儿，与《红楼梦》里所咏叹的“怎禁得秋流到冬尽，春流到夏”，又何其相似？

孤独的试验不日不月，无数个日夜一遍遍红了樱桃绿了芭蕉，却没让芒萁变出香菇。他也不枉自嗟呀，而以孟子名言自励，也与助手共勉：“天将降大任于是人也，必先苦其心志，劳其筋骨，饿其体肤，空乏其身，行拂乱其所为，所以动心忍性，曾益其所不能。”

1984年6月，林占熺意外读到钱学森发表的《草原、草业和新技术革命》一文，文中系统地阐述了发展中国草业的重要性，描绘了草业的广阔前景。“中国导弹之父”竟然如此重视草业！林占熺对“草业”之词非常认同，也完全认同农业、林业之外还应有草业这一理论。这年底，他再次注意到，钱学森在中国农业科学院的学术报告中，提出“建立农业型知识密集产业——农业、林业、草业、海业和沙业”的科学构想，将草业提升到和农业、林业等“五业”共同构成以生物技术为中心的第六次产业革命的重要内容，同时号召“利用科学技术把草业变成知识密集的产业”。林占熺再次大受启发，浑身长劲，对自己的科研充满了信心。

1986年10月的一天晚上，眼看一桌的饭菜来来回回地热，罗昭君忍不住带着两个女儿，来到“苔痕上阶绿，草色入帘青”的简陋实验室。一进门就听见男人的哭声，像是受了无数委屈。

小女儿春梅辨听出了声音，吃惊地边跑边喊：“爸爸爸爸……”

大女儿冬梅也飞奔过去：“爸爸您怎么哭了，是不是又失败了？对不起，我收回前面的话，我们都支持你！”

林占熺起身，边擦眼泪边喜悦地招呼着她们：“冬梅、春梅，来来，你们在芒萁上看到了什么？”

姐妹俩靠前，像发现新大陆似的异口同声：“香菇！”

在林占熺的招呼下，罗昭君也凑近细瞧，菌种瓶的瓶壁上有个物体让她眼前一亮：“没错，长出了几朵小香菇！”

再靠前，再细瞧，瓶壁上那个物体绝不是镜中花、水中月，两个女儿欢呼雀跃：“爸爸，这么说，试验成功了，野草真的能‘变出’香菇？”

林占熺正是为此而哭！职工张华英在向他报告出菇的奇迹后，他先是激动，继之担心意外，于是像母亲守护和观察新生儿一样，一坐至今，确定无恙后能不哭吗？哭声中透出成功的喜悦：“是，爸爸没当草包，终于从成千上万种的野草里，找到了能够培植香菇的菌草！今后菌草不仅能‘变出’香菇，还能‘变出’蘑菇、毛木耳、白木耳、灵芝等各种食用菌。”

妻子喜极而泣。三年来的酸甜苦辣，一下子也全部涌上她的心头。

林占熺伸出那双被一把把草和无数次试验磨砺得糙如砂纸的手，为妻子抹去脸上的细流，刚长舒一口气，自己的热泪却又情不自禁地泉涌而出。

“爸爸，这是不是就叫‘不经一番寒彻骨，怎得梅花扑鼻香’？”冬梅不觉也触景生情了。

“是啊，所以爸爸给你们取名冬梅、春梅。”

“墙角数枝梅，凌寒独自开。遥知不是雪，为有暗香来。”小女儿春梅也不甘示弱地飙起了诗。

“好，好，希望我家两枝梅啊，不管今后面对怎样的风和雨，只有香如故！”林占熺大笑起来，一扫劳累。

这天，是个特别的日子，菌草技术作为一门全新学科从此诞生。一株在“魔变”中新生的草，敲开了一扇新的大门，跑向世界。

11月29日，《福建日报》以《农学院用新代料栽培食用菌》为题，向世界爆料：“福建农学院食用菌试验场的科技人员，利用我省丰富的芒萁骨和斑芒、五节芒、类芦等多年生草本植物资源，试验栽培食用菌获得成功。”继而，《福建科技报》也刊发题为《野草也可用来种香菇——生态效益好，经济效益高》的新闻，特别提到“福建农学院食用菌实验场科技人员林占熺”。

林占熺拿着报纸，回了趟连城老家，把消息烧给了母亲。

他言谈中的母亲总是善良、仁慈的：“母亲从来没骂过我们九个孩子一句恶言，听到别人家的母亲骂自家孩子‘短命子’什么的她都会生气，说这种骂法很恶毒，不利孩子的身心健康。她特别忌讳，绝不允许自家人这样骂。”他总是感到对不起母亲，在她生前没尽到孝，有时回家匆匆一见，也感知母亲“白发愁看泪眼枯”，却心在试验里。他特别遗憾，母亲从病重到过世，菌草的发明正值“胎动”之际，不容他分心，“此时有子不如无”，回家奔丧才两三天就又急急赶回试验场，全身心投入，给悲伤解压，每一个日子都很磨人。如今，他要第一时间把报载的喜讯告知九泉之下的母亲。

面对他一个劲地自责、哽咽难语，亲人流着泪安慰：自古忠孝难两全，你心里有孝，只是没时间陪伴，母亲能理解你，一直夸你是做大事的人。她会为你的成功高兴。

报纸悠悠化烟去，牵系着他的思念，也传递着他对母亲的诉说。

报纸的声音石破天惊且振奋人心，众人只道大功告成，但林占熺清楚，万里长征才走完第一步，今后必将迎接大面积试点和推广的挑战。

在接下来无边无际的日子里，罗昭君和女儿总算明白了“长征”的真实含义，科研变实践的长征不停不歇地在这个男人的肩上推进。

虽然眼前的喜悦经由了无数次的挫折，曾挫得他茶饭不思、寝食难安，折得他想直都直不起腰来，却始终撼不动他的精气神。如今面对这个鲸吞了他无数个白天黑夜、堆积了如山失败而得来的成功，他在四面八方的祝贺和将信将疑的目光中，乘胜出击，又展开新一轮试验，改用塑料薄膜袋来栽培香菇，分别装入芒萁、类芦、五节芒等野草。

那些日子，他又成了麦田里的守望者，如痴如醉地守着。照妻子略带醋意的话来说，胜过当初的洞房花烛夜呢。

终于，塑料薄膜袋次第参差地长出了他希望看到的东西，而且首轮试验的80筒全没落空。为了更具说服力，他马上依葫芦画瓢，找到农户家示范生产，同样大功告成。

收成回来的助手笑逐颜开，林占熺仍不满足，区区几百筒的试验就算圆满成功了吗？为了探究会不会多几种可能和不可能，他决定向自己挑战，建立更多的示范点，扩大试验的规模，并以此总结经验、完善技术。于是他一不做二不休，又向学校生产处借款上万元，马不停蹄地开展新一轮试验。

成功又一次如愿到来之后，林占熺利用三级筛选法，不厌其烦地反复试验，精选野草配成76个不同的食用菌培养基配方，接二连三地栽培出香菇、毛木耳、黑木耳、盾形木耳等十多种食用菌，40种适合芒萁、五节芒等野草的菌株经筛选也逐一浮现。

如此“草”根“菌”缘，让助手喜上眉梢，林占熺也幽默地说：“这就叫有情人终成眷属，它们能百年好合，生子产孙，就能绵绵不绝造福人类。”

这期间传来的一份份检测报告，更是喜上加喜：芒萁、类芦、五节芒等野草的粗蛋白质及磷、钾、镁等矿物质含量，均比传统栽培食用菌的杂木屑含量高，一般可高三至六倍；这些野草不仅可以替代木屑，而且可以替代部分麸皮、米糠来栽培食用菌和药用菌；用野草栽培的食用菌，不仅人体必需的氨基酸含量较高，营养丰富，而且风味独特。检测报告还称赞这门新技术不仅有效地开发利用了草资源，还大大提高了自然资源的有效利用率和物质能量的转化率。

1987年4月25日，福建农学院组织专家鉴定，结论为："成果为国内外首创，在其同等条件下产量较木屑栽培高，质量好，经济效益显著……开辟了一条不受林木资源制约的发展食用菌生产的新路，具有应用价值和理论意义。"次日，《福建日报》一改半年前留有余地的简讯，在头版显要位置宣告："野草可以种植食用菌。"

草长莺飞，花红柳绿，菌草作为一门新兴学科，迎着明媚春光迈进科技殿堂。在它的身后，香菇等食用菌是木腐菌的传统理论被否定了，木、草、菌的学科界限被突破了。

"没有花香，没有树高，我是一棵无人知道的小草，从不寂寞，从不烦恼，你看我的伙伴遍及天涯海角……"恰于此际伴随电影《芳草心》流行开来的插曲《小草》，像是为林占熺和"野草"量身定做。自称五音不全的他，一经接触，竟"如听仙乐耳暂明"，情不自禁地跟着女儿哼唱。这个原本也有一颗"芳草心"的人，感觉自己的人生和事业从此也有了"主题歌"。

"野草可以种植食用菌"的"官宣"不过一周，林占熺乘势而上，就于五一劳动节这天开办起了首期野草栽培食用菌培训班。当年满怀兴奋与期盼从十多个县赶来学习的菇农，作为第一批菌草技术的引进者和示范者，多年后仍记得林占熺发自肺腑的话：“我真是恨不得尽快将这一科技成果传授给农民兄弟们，早一点让大家的钱袋子鼓起来！”

为了这个“早一点”，他不知要“晚几点”——写讲义，给学员“开小灶”解疑惑，不时还费心接待。一些远道而来的学员，有时深更半夜找上门，他和妻子总是笑脸相迎，又是做饭，又是安排住宿，有时还把家里床铺腾给学员。学员们说，我们来学技术，也像走亲戚。

1988年3月，福建省政府正式把“以草代木”发展食用菌列为“福建省科技兴农项目”。

小草有了用武之地，跟着自己的主人在这年春天更是动情地歌以言志，也言情：“春风啊春风你把我吹绿，阳光啊阳光你把我照耀，河流啊山川你哺育了我，大地啊母亲把我紧紧拥抱……”

创业艰难百战多

好长一段时间，林占熺都是两头跑。

上午忙完学校事，马上坐车或到台江搭船奔农户家，和他们一起下地栽种，还免费开办培训班。为了让菌草尽快从实验室走进农民地里，成为农民的“摇钱草”，这个“开山”鼻祖不断跟自己较劲。陈毅元帅都说了，“创业艰难百战多”，创业之初能有一批追随者，能被农户们需要，农民兄弟们愿意尝试并能如愿以偿，是他最大的幸福。

首场试点，在省农委、省科委和三明市政府支持下，选在了“朱子故里”尤溪县。朱子，就是与孔子并称两座山峰的宋朝理学家朱熹，嘿嘿，谐音的名字里也占了个“喜”。“熹”字底的四点水，其实也是火，字义为炽热、光明。在《说文》中，熹亦作熺，即使两字之“水”“火”不相容，已不惜在“乌龟壳上翻跟头”的林占熺也决然要兼容并蓄。选择尤溪作为推广菌草新技术、开展菌草扶贫的第一个示范县，不仅因为他在三明真菌研究所工作时了解尤溪的气候和环境，还因为这是全国24个重点林业发展县，只要实践能证明哪怕是林业资源丰富的尤溪县，也同样需要用菌草来培育食用菌，菌草同样能让尤溪县农民增收致富，那么对其他地方就更有说服力了。“问征夫以前路，恨晨光之熹微。”晋朝文学家陶渊明脱离仕途回归田园时所作《归去来兮辞》之句，与林占熺的辞官心境倒也大同小异，只是林占熺没“恨”，他本身就是“征夫”，期待“前路”在三明这个地方大放光明。

第一批试点地有个联合乡连云村。这名字很吉利，“联合”道明来意、正中下怀，“连云”不就是走向世界吗，这个技术就是要在联手中走向世界，不容他不美美地畅想。谁料，一试之下，首先试出的是根深蒂固的小农经济意识，村民们顾虑亏本，有人还怀疑眼前言之凿凿的他是骗子，玩江湖把戏。

无奈之下，他只能背水一战，郑重承诺：“亏了由我全赔，赚了我一分不取、全归你们。”既有孤注一掷的决绝，更透出满满的自信。

他和两位尤溪籍学生反复解释，好说歹说，嘴皮都快磨破了，才有27户愿意尝试。

这27户，从此让林占熺心心念念。多少个稀松平常的下午或向晚时分，他从学校急匆匆地赶到福州台江码头搭船，到尤溪渡口时天已蒙蒙亮，马上转乘汽车或拖拉机，翻山越岭，走村串户，马不停蹄地赶往各个示范户传播菌草技术，走到一畦畦喜人的菇坪，有时还在村里堆满肥料的仓库里和蚊子、老鼠一起过夜。

手把手指导下，27户不久都用野草竞相“变出”了香菇、毛木耳、白木耳，菇香四溢，沁人心脾。它们还在根芽时，在林占熺看来，便胜却人间富贵花。成功是最好的广告，由村及乡，尤溪县“以草代木”种菌的农户由此与日俱增。几位青年农民粗壮的手捧着那时难得一见的百元大钞，喜不自胜地凑出了一句顺口溜：“一年脱贫、两年致富、三年盖新房、四年讨媳妇。”

看着他们一脸高兴，林占熺脸上也绽放出了灿烂的笑容，恨不得使出浑身解数，让“这棵草”马上蔓延到全省，带着广大农户实现脱贫梦。

1989年夏，从闽西北回福州的公路上，长途客运汽车喇叭持续鸣响，山区公路拥挤且嘈杂。跟随林占熺下乡试点两年多的助手吴兆辉忍不住抱怨：“来时好好的，没想到从尤溪回福州的路却不通了，要经南平改道回来，多走这一段冤枉路！”

林占熺却释然：“这次，既指导了学生做毕业论文，又检查教会了村民技术，算是满载而归。”

助手动容：“您连夜里的梦话都离不开栽培，也只有您才有这样的菩萨心肠……”

客车在崎岖不平的蜿蜒小道上盘旋而行，忽然车门哐啷响，咚咚的倒地声伴着“啊……”的喊叫。车上有人惊呼：“师傅师傅，快停车，有人掉下车了！”

司机急喊：“大家快抓住扶手！”

在刺耳的紧急刹车声中，响起更恐怖的叫喊声。客车在一个急拐弯处失控，轰隆隆地朝右边十几米深的山沟翻滚下去。

车终于停下来了，哭喊声一片混杂。助手从倒翻的汽车里爬出，连叫“占熺老师，占熺老师……”找到人事不省的林占熺后，边摇边哭：“占熺老师您可不能走啊，您一走我们的计划可就泡汤了……”

旁人喘着粗气道：“八成是不行了，前头那两个人也死了……”

不知过了多久，传来急促的呼喊：“急救车来了！快送医院！”

一番施救，看到林占熺在医院缓缓睁开眼，助手惊魂甫定：“菩萨保佑，您终于醒了！”

林占熺吃力地说：“真要这么早就见马克思的话，还不被我父亲骂惨，说我是不孝之子，心里只想着新技术，也太对不起支持我种草的亲人朋友了，哎哟……”

助手又慌张了起来：“怎么了？”

“疼，疼，腰那边痛老命，医生这是怎么了……”

一旁的医生说：“你左肋骨断了两根，骨膜都给刺破了，能不痛吗？”

林占熺问：“不死就好，什么时候出院？”

“刚做完手术，至少要在医院观察七天。”

林占熺连说不行，培训班在等着我，不能浪费农村学员们的时间。微弱的争辩中，不觉一声“哎哟”，微张的嘴又合了回去，疼的！

手术固定了肋骨，却没安定他那颗心。他在医院里躺也不是坐也不是，总想着和示范点及种菇农民的约定，心中的煎熬比伤痛还疼。住到第四天，绷带还没拆掉，伤口还在痛，他却执意要出院。医生摇头：“这可不是闹着玩的！”助手小吴更是不依：“不行，绝对不行！”

林占熺也是死活不依，一通解释无比动情，让医生和助手无言以对：“农民兄弟指望我们的技术能早日帮着脱贫，如果时机抓得好、指导到位，他们每户今年起码可以增收两三千元。只要能帮助他们增加收入，我受点痛挨点苦有什么要紧呢，他们的笑会治愈我的伤痛。”

回家前，他解下绷带，把一身的消毒水味道和斑斑血迹全冲洗了，衣服也洗干净了。如此神秘，为的是不让妻子知道后担惊受怕，今后对他大念“紧箍咒”。

提前出院那几天，林占熺像上足了发条的时钟那般工作，示范点的约定他记在本本上，种植户打来的求教电话他一个没落下。他的眼中，左也是草，右也是草。

他从梅仙乡示范点回来，痛得锥心刺骨，直到动弹不了时，才悄悄叫弟弟陪着上医院，在妻女面前却装得若无其事。一天晚上，妻子随意问他想不想看文艺演出，他罕见地满口答应。路上碰到熟人招呼，一向热情大方的他却表现得爱理不理，整场下来都一言不发。

如此反常，妻子还以为他不情愿陪自己看演出呢。回家一问，林占熺无法再瞒，只好说：“一开口就牵动肌肉，全身疼……”在逼问中，他如实招供车祸前后发生的一切：“这几天我痛得要命，怕是没啥活头了，必须无条件地答应你的一切要求，与时间赛跑，多一点时间陪你……”

对他的“自作自受”，妻子既心疼又心酸，哽咽道：“看来你不仅会种菌草，还擅长做‘地下工作’。”

好久之后，他才恢复正常，恢复一人当两人用，一心挂多头，足迹几乎遍及尤溪县所有村落的“正常”。

他的时间，就是农民的金钱。夏天一个傍晚到溪尾乡浦宁村上课时，连日的劳累让他浑身发冷发颤，村干部让他改日再讲。带病工作已成家常便饭的他却说，通知都发出去了，怎能让500

多名村民失望呢？服下村里给熬的一剂中草药，出了一身汗，感觉好些，如约开讲，一站数小时，凌晨时分才散场。村干部感动地称他是“最贴心的技术员”。

这个大学老师真是“贴心”呀！进村就问村干部想奔小康吗？习惯了守着几亩薄田度日的村里人对此连想都不敢想。

这个上千人的村子，端午节宰了三头猪，卖了三天还没卖完呢。为了解决温饱，村干部已使出浑身解数，至于小康之梦想都不敢想，想了也白想。但这个人，却要为贫困山村开辟一条致富路，自立“军令状”，领着他们奔小康。

一场又一场推广后，选择“以草代木”种菌的农民，从最初的一个试点村，遍及全县各乡镇一百多个村庄4000多户。1990年全年完成584万袋，产值1300多万元，农民纯收入近900元。海拔800多米的台溪乡后隔村，原属典型的贫困村，400多名村民首次用菌草栽培香菇31万多筒，人均增收过千元。当林占熺再次到来时，村民们喜眉笑眼，送上了滚烫的感谢和热烈的鞭炮。

这么个投入少、接受易、周期短、见效快的惠农新技术，让国家科委刮目相看。农业司司长张尔同专门深入尤溪县的示范点现场考察，由衷表示：这真是一条林菌两旺、千家万户受益、可持续发展的新路，是可以形成支柱产业的实用好项目，特别适用于广大老少边穷地区。

尤溪县为全国重点林区运用菌草技术发展菌草业提供了成功的范例。桃李不言下自成蹊，“尤溪效应”产生了！

陕西省汉中地区扶贫办主任侯铁飞，开着吉普车带上几名干部赶到福建参观学习后，将手中的中国地图来了个横竖对折，动容地对林占熺说：“汉中地处我国正中心，如果能在我们汉中成功推广，必然能起到意外效果，再向东西南北全面开花，星星之火可以燎原。”林占熺不久就邀远赴汉中举办为期一周的专门培训，有173名扶贫干部参加进来。他又派出技术人员到汉中驻点指导，点燃的星星之火很快就在全地区11个县82个乡镇331个村燎原开来。

1987—1990年，广西、浙江、广东、江西、安徽、江苏等省区相继从福建引进、推广菌草新技术，均取得显著的经济、社会和生态效益。

数字最能说明情况。当时国家科委农村中心和福建省科委组织验收的数字显示：1991年到1995年，福建共示范、推广菌草食用菌12.39亿筒（袋），累计增加产值22.46亿元，节约阔叶树木材51.26万立方米。

此后的数字称："以草代木"仅培育香菇一项，全国每年就可以少砍树2000万立方米。

能说明情况的还有当时的预测：随着这项科技兴农项目在全国数百个贫困县大范围铺开，对扶贫减困、生态保护、绿色能源发展所起作用将日益凸显。

人们所不明了的是，这个"尤溪效应"是林占熺用心血书写的，是在他席不暇暖、目不交睫中迎来的。正是这样连轴转的速度，让他在1988—1995年七年间先后47次赴尤溪县，举办120多期免费短训班，参加听课的农户近两万人。

1991年夏，国家科委将草栽技术列入"星火计划"全国十大"重中之重"项目。中国扶贫基金会也将之列为贫困地区科技扶贫项目。林占熺踌躇满志地说："我认为，继种植业、养殖业之外，应该开发一个新的第三产业即菌草业。我国有45亿亩草山，菌草业潜力很大，我想让更多的农民从菌草业中走出一条小康路，这应该不会是空中楼阁。"

阿基米德说："给我一个支点，我可以撬动地球。"

林占熺说："给我一株草，我可以改变世界。"

有个声音说："你咋那么能，咋不上天呢！"

又有一个声音说："地球是圆的，不撬也自动。草是雌伏的，连自己遭践踏的命运都改不了，还能改变世界什么！可别草率，国内'以木养菌'的技术熟透了，要转变此前成型的产业链，还不是撬动地球？"

心里装着什么，行走的轨迹是怎样，决定着一个人的理想方向，林占熺知道这个方向。为了这个改变，他甘愿无数个夜晚辗转难眠，付出难以言说的代价，借着"尤溪效应"这把"星星之火"，推动"这棵草"以燎原之势"蔓延"开来。团队人手不够，他就把研究生毕业后拟分配到省农办的六弟林占华拉进来，给这个"草台班子"注入一股活力。

这个时候的他，不知不觉已经一个人奋战了八年。他没有沉醉在这个艰苦卓绝取得的胜利中，只当是小胜、局部胜利，大胜尚如无限风光在险峰，得攀登，得啃骨头！他想到了古训：小胜靠力，中胜靠智，大胜靠德，全胜靠道，而这个道法自然之"道"，乃德、智、力之总和吧，或者不可道也？他只知道抱紧"国家级星火计划"，捏着一团火加进自己的计划，再燃烧一个八年、又一个八年。他名字中占了个"火"和"喜"，这一生肯定要让这把"火"烧出一个"喜"出望外来。

美金算不了"中国账"

1992年4月，林占熺来到了瑞士第二大城市日内瓦，参加第二十届日内瓦国际发明展。

展会上，饱含他心血的专利——食用菌栽培技术大放异彩：

不仅荣获金奖，还荣膺本次展会唯一一项政府奖“日内瓦州奖”。国际评委会高度评价了该项技术的意义和作用：解决了菌业生产发展的“菌林矛盾”和“菌粮矛盾”，“为人类提供优质菇类食品，为畜生业的发展提供优质饲料，开辟了一条最合理最经济的新途径”。

好个“最合理最经济”！林占熺为国争光的背后，谁能想到竟是那样地不“合理”和“亏本”——近4万元的参展费用都是借的，为的是通过这一国际平台向全世界宣告：菌草技术是中国人的发明！谁能想到，两年前在广州举办的第二届国际专利及新技术新产品展览会上，就有外商看中了这项新技术而提出买断，被他谢绝。谁又能想到，他此时还没还清修建简陋实验室的近5万元借款呢，为了节省伙食费，行李装着20多包比快熟面还便宜的“三合面”。

4月9日，当林占熺从日内瓦州州长手里接过一尊镌刻着古代日内瓦共和国国徽的大银盘，第一次在国际场合收获重磅荣誉，一时不知说什么好，千言万语，只化为一句“Thank you very much”。掌声如潮中，他的心也掀起了波澜，捧在胸前的奖杯伴着心跳微微起伏。

会议结束，一些华人华侨围着他热烈祝贺，也有人替他惋惜：“林先生，你看人家得了个小奖都不忘抓住机会在台上多讲一些感言，你拿了大奖却怎么这样低调呢？”他憨憨一笑，说这次没经验，下回会注意。

翌日，中国代表团不少参展人员问他昨晚是不是高兴得睡不着。他确实一夜没睡好，除了为获奖而高兴，还愁着回去怎么才能还清这4万元参展费呢！

举债而来，带着金奖回国，途经北京时，林占熺见到了影响自己下半生的前辈——福建省委原书记、中国扶贫基金会创会会长项南。思想超前的项南，也是最早关注、激赏并不遗余力推荐菌草技术的高层领导。

此前，他和项南彼此都是未见其人，先闻其名。

1991年5月的一天，林占熺正在尤溪县山区推广菌草技术，忽接福建省委办公厅电话，说回闽考察工作的项南要接见他，谈菌草技术问题。

项南1986年春卸任返京，五年后第一次回闽，要见的亲朋故旧有多少啊，林占熺名列其中，能不激动！更何况，项南在福建省委书记任上，林占熺虽无缘与他谋面，但对他赢得社会广泛赞誉的大念“山海经”等改革开放举措和思想解放、超前意识、清正廉洁却早有耳闻。他带着“但愿一识韩荆州”之心匆匆赶回福州，不料项南因劳累过度造成身体不适而失之交臂。

不久，林占熺收到项南的一份题词：“发展菌草，造福人类。”那一刻，他激动的心情难以自抑。虽说菌草栽培食用菌技术已被列为国家级星火计划重中之重项目，但依然有人对这一新生事物存有疑虑，个别人甚至对他进行人身攻击。这个时候能有项南这样的前辈领导题词勉励，何其有幸，又何其有力！

林占熺后来才知道，正是项南主政福建期间的决策，才让他有了那次跟随福建省科技扶贫考察团的闽西之行。那年四月初，项南听取汇报不久，便亲率水土办、林业部门的领导和专家到现场会诊，带来了长汀河田治理水土流失的春天，进而掀起了全省治理水土流失的热潮。项南在与专家和群众的交流中，总结归纳出了朗朗上口的“水土保持三字经”，不仅提出大种“乔（木）灌（木）草”，还主张套种花生、柑橘，以增加百姓收入，表达的正是扶贫和改善生态齐手共抓的理念。三年后，长汀水土流失的势头初步得到有效控制，昔日支离破碎、千沟万壑、不着绿色的“火焰山”已变得绿草如茵，由此创造了后来为全国称道的“长汀经验”。林占熺和项南是连城县老乡，在治理水土流失这个任重道远的世界性难题上更是同道中人。

让林占熺没想到的还有，项南不久又题赠“优化生态，菌草工程，扶贫济困，富国利民”十六字条幅，对菌草技术寄予殷切厚望。他感恩之中一直期待能当面汇报菌草技术发展情况，这次见面后，他尽可能采取简明扼要的比较式汇报，比如说：在传统的农牧业中，把草转化为食品，效益最高的是牛奶，而实验证明，菌草转化为食用菌的效益是转化为牛奶的1.3倍；如果人工种草，一亩地可产鲜草20—25吨、干草5吨，而5吨干草又可转化为5吨香菇或2.5吨木耳，收益远超其他种植业。

专业而枯燥的汇报，项南却听得认真，频频点头：“看来这真是一项很有发展前途的新技术，要多在贫困地区推广。”

“项老，菌草栽培食用菌技术门槛不高，安全便捷，农民一看就懂，一学就会，一干就成，一点困难都没有，应该是脱贫致富见效快的好项目。我算过一笔账：我国592个贫困县的生态普遍都脆弱，如果每个贫困县能利用非耕地种植万亩菌草，全国可以形成数以千亿元计的产业，有利于扶贫开发和生态建设。”

“你这个发明啊，不认识它是草，认识了是宝，可以帮大忙！”项南听罢不觉动容，“这个菌草技术太好了，我们可以一边呼吁一边行动，有了科技成果一要走下去，即到农业生产第一线去，到农村去，到农民最需要的地方去；二要走出去，即走出实验室，走出校门，发挥更大的效益。”

谈话间，项南得知林占熺是连城老乡，欣喜中也不觉心情沉重：“我们的家乡还很穷，是国家级贫困县，菌草技术很适合在那里发展，能否在连城也搞点试验，帮助父老乡亲脱贫致富？”

“一定，一定！要是菌草技术在家乡都发展不起来，我拿了金牌也脸上无光。”

由戴着“贫困县”帽子的家乡说起，项南介绍了国情：“截至去年，全国尚有近亿农民处于贫困线以下，就是广东、福建等沿海开放省份也是发展不平衡，不少山区地县仍存在亟须解决的温饱问题。特别是大片的老区苏区，曾为革命做出过重大贡献，几十年后还过不上好日子。”说到这里，语声有些沉重，自称年过七十仍在想如何为中国消除贫困做一点工作，为百姓种一点福，于是找到一些老同志白手起家创办“中国贫困地区发展基金会”（后改名“中国扶贫基金会”），通过海外华侨筹集一些款项，再通过资金的滚动发展来壮大规模，使更多的贫困地区得到帮助。

联想到某些社会现象，项南还语重心长地说：“占熺啊，你可不要学一些专家教授，拿着发明专利，走个人致富之路。这样即使成了亿万富翁我看也不算什么，如果能把你的发明技术用来扶贫，让世界上成千上万的人受益，生命才更有意义，才是价值连城！”

林占熺情动于怀：“项老革命一生，晚年还情系百姓，心系扶贫大业，天下共仰，我愿当扶贫战线马前卒，菌草技术就是为了扶贫和保护生态而生的！”

林占熺告别时拿出两小包用菌草栽培的竹荪，说是送给项老品尝。项南笑着说：“这很珍贵，舍不得吃掉，就留在中国扶贫基金会里做个标本吧！”左瞧右看中，他嘿嘿直笑，风趣地说：“我看许多食用菌的形状都像一把伞。食用菌都能为人类的生存撑一把小伞，我们共产党员更应做一个撑伞的人，可千万莫小看一把伞的作用。”

林占熺不解。项南就说：“你想啊，不管是下雨天还是三伏天，一把伞可以改变小气候呢。社会上多一些这样的伞，就可以改变大气候、大环境，中国的事情也就好办多了，也就帮助世界进步和发展了。你的菌草和我们的扶贫工作，撑起的就是这样一把伞！”

林占熺认定了“撑伞”的意义，小小的菌草，菌草结出的蘑菇，都可以为贫困群众撑起大大的“致富伞”。

一天，项南在电话中告诉林占熺，中国扶贫基金会已考虑把菌草技术列为扶贫首选项目，他专门提炼出了菌草业的三大优点，一是保持水土保护环境，二是千家万户可参与，三是世界市场庞大。林占熺听后大喜过望：“项老您说得太好了，有高度有广度有深度，说到我心坎上去了！”

项南继续鼓励：“如果这三条没有言过其实，那就足以说明这是个带有全球意义的技术革命，应该推向全国，走向世界。这个全新的领域今后的研发和推广，非得解放思想不可！”

林占熺颇感意外：“项老说的解放思想和这么宏大的计划，我倒没想过呢。”

项南最后说：“占熺啊，我们一老一少，都来做百姓的撑伞人！”

晚年仍有强烈超前意识、生命像火一样燃烧的项南，在为林占熺“开眼界”之时，也像是提前给他打了“防疫针”。

果然，国外的企业敏锐地意识到菌草技术会是一座取之不竭的“富矿”，美国一位农场主慕名而来，希望买断菌草技术，并邀请他们夫妻到其农场工作，许给林占熺8000美元、罗昭君6000美元的月薪。

月薪14000美元，那时候是何等的天文数字，是他俩收入的上千倍呢！折合人民币，一年收入上百万，一下就进入富人阶层。夫妇俩都没理由不动心，这笔巨款可以帮助他们解决多少问题啊。比如彻底还清那些年连着盖实验室、出国参会等欠下的债务，比如孝顺老人、改善农村和城里的住房等等。那时，林占熺的母亲已过世六年了，六十多岁倒在厨房里，大家都分析跟老家长期烧煤做饭有关。林家在农村率先烧煤，固然有林占熺保护生态的影响，也有父亲的心思。林父小时候才念几年书便因家庭穷苦而回家，脑袋倒是跟别人不一样，也不一味面朝黄土背朝天，还习武强身防欺负，连拜好几个师父，农闲时在远乡近邻挑担、抬狮头等，以补充家用。他作了个比较：家里如果烧柴火，好半天才能砍上一担，也只够维持一天左右；烧煤虽然贵些，但挑回一担能烧三五天，腾出的时间可做别的事。如是改为烧煤后，只在过年时才让柴火旺灶。不料，烧煤时产生的一氧化碳严重损害了母亲的健康，她来不及看到儿子的荣耀以及菌草的成功便溘然长逝，让他对“子欲孝而亲不待”之憾一直无从诉说。再者，他们夫妻身后众多的弟弟妹妹，子女之外十几个小字辈的上学，都离不开他们的帮衬。

美金固然可爱，他在短暂的犹豫中最终还是选择了拒绝。人问为何？答曰：“我现在正指导全国51个贫困县的千家万户脱贫，如果我签了约，虽然一年下来就成了百万富翁，千万富翁也不是梦，但富的只是我一个人、一个家庭或一个团队，身为共产党员，怎能成为美国企业的代理人，怎能只为小家而不顾大家？我出去，损失的会是国家；留下来，损失的只我一个人。”

在成为中国共产党员的第二天，1966年1月13日，他这位大学生党员就在笔记本上抄下方志敏《清贫》一文里的句子：“清贫，洁白朴素的生活，正是我们革命者能够战胜许多困难的地方！”

笔记本一直保留着，时时验证自己会不会变心、褪色。

仿佛是为了考验他的心志，一些敏锐发现林占熺“菌草种菇”商业价值的外国企业，接二连三跨海越洋，轮番上阵，盛情抛来“绣球”。林占熺心里装的、嘴上算的，还是“中国账”：中国草资源十分丰富，宜草山地和坡地比比皆是，3倍于全国耕地面积，面积不下于60亿亩，倘若只利用其中3%的草地来发展菌草业，就能生产菇类食品13500万吨以上，创造产值5400亿元以上，同时增加5000万人以上就业。只要菌草技术能较好推广，经济、社会、生态效益皆不可估量，可望形成一个可持续发展、产值数千亿元的全新产业，将造福多少农民啊，怎能让外国人拿了我的技术反赚中国人的钱？！

论斤论两拎得何其清楚，“中国账”要比“个人账”重千斤、大万倍！

有人觉得他“傻”。跟随他种草近二十年的侄儿林良辉，当时是放牛娃刚读小学，若干年后如是回忆当年的不可思议：“那时家里传村里传，学校内外也传，为什么要拒绝美国人的高薪聘请呢？去了我们整个家族不就跟着沾光了吗！小时我们真是穷怕了，天底下还有这么傻的伯伯啊！”

有人像是在听天方夜谭，有人认为他是待价而沽，有人则认为他在自吹自擂，这时从日内瓦追踪来的一家日本企业，以10万美金买他的专利使用权。这一转让，开创了把中国农业发明专利卖给日本的先例。

稀罕外汇的20世纪90年代初，这样一笔真金白银被林占熺放进了福建农学院的“账户”。这也是“绿叶对根的情意”，他认为菌草技术要归功于学校，属于“国有”，哪怕他和家里此时确实亟须“救穷”“救急”，也是公而忘私，在所不惜。福建农学院领导感动了，在全校大会上公开承诺要从中奖励他一万美金。他挂心的倒不是这个奖金何时兑现，而是号称“食用菌王国”的日本竟来买中国技术，打的是什么算盘？

1993年4月中旬，他携六弟占华赴东瀛指导草栽食用菌多项适应性实验。日方看到了这个技术的价值，欲高薪聘请林占熺留日不成，又想逼迫他签下在日本实验失败的声明，进而拒付技术转让剩余的5万美元，遭到林占熺的坚决拒绝。

有人出马劝说：“我看那些菌草香菇和灵芝，有些长得不是很好，有些又长小了，总不尽如人意。”

“我们的实验是成功的，不影响整体效果，何况一棵树上的果实都有大有小呢！我绝不会签这样的声明！”

对方又说：“林先生你也看到了，日本企业实力雄厚，根本就不在乎多付或少付5万美金，只要你签下这个声明，剩余的5万美元就如数给你。重要的是，日本企业决定以最高待遇聘请你们兄弟留日本工作，而且全家都可以一起来，给你们房子，给你们出书、办学校……”

林占熺义正词严地回应：“我怎么能干这样见利忘义、损害民族利益的事呢，怎么能听命于日本黑社会呢，怎么能给中国丢人呢！”

对方皮里阳秋地说：“林先生可不要这样倔，万一你们在日本期间，发生点什么，比如交通意外，比如煤气爆炸……”

林占熺不为所动，语声铿锵：“声明不会签，要命有一条。我一直崇敬甲午战争的英雄邓世昌呢，只是现在的中国，早不是1945年之前的光景了！”

六弟占华也同声相应：“我们要为国、为尊严而战，到时候就拿出命来拼！”

私下交易不成，日方就变相挽留，似乎要把他们兄弟当人质。

对方软磨硬缠，林占熺就和他们斗智斗勇，打起了持久战，还苦口婆心："技术在我手上，按协议合作没任何问题，难道你们就不想让花了钱的技术获得应有权利、发挥应有作用吗？"

日方碰上如此执有"中国心"的硬汉，也只能"哈依哈依"地配合了。一位翻译还解释说，日方并无加害之意，只是爱才心切，之所以出此下策，是因为日方认为威逼利诱之下，只要林占熺签下在日本实验失败的声明，根据中国知识分子普遍爱面子的特点，在国内失去声誉后就可能另谋出路而为其所用。

林占熺兄弟久久不归，联系中断，妻子罗昭君可急了，不知如何是好，向学校反映也无计可施。由于债台一直未消，家庭经济这时几乎要崩溃了。学校的集资房款没法交齐，大女儿林冬梅公费留学新加坡，连个像样的旅行包也没有。罗昭君的父母难得从老家来，不会坐车的母亲还是第一次出远门呢，清福没享，还要时不时去附近菜市场捡人家不要的大白菜，回来还闭口不提，免得给女婿丢脸，让女儿难为情。

10月，林占熺兄弟才得以返国，但他没时间过问紧巴巴的柴米油盐，而是结合日本工作的所思所想所得，一头埋进无休止的科学研究和扶贫工作中，只把妻子没忍住的抱怨当成风中的歌。

他找到有关部门，直陈己见：尽管目前我们在菌草研究上处于领先地位，但若不厉兵秣马，日本凭其雄厚的技术基础将会很快迎头赶上。他也通过媒体向社会呼吁：渴望拥有一座先进的科研开发基地，并建立一处种类齐全、设施先进的菌草圃。

与他深重的忧患意识不同，不少人惋惜他错过了分房的好机会，为什么不顺水推舟留在日本呢？…… 人们可以百思不得其解，他却很豁达，仿佛事不关己，还背着《列宁在1918》里的经典台词慰人慰己："面包会有的，牛奶会有的，一切都会好起来的。"集资房失之交臂，那就退而求其次吧，凑钱买了其他老师搬走的老旧房子。

1995年底，林占熺获得"全国十大扶贫状元"回来，一位暌违多年的同窗好友敲开了家门，里里外外看了个遍，诧异中冷不丁蹦出一句话："我相信老同学不会骗人，但真的怀疑你的菌草能致富？"

"嗯？"林占熺真是丈二和尚摸不着头脑。

"你看你这个家，地板油漆斑斑点点，电视什么牌子？空调呢？电风扇开起来吱吱嘎嘎像得了哮喘病，木沙发坐上去咿呀咿呀像鬼哭狼嚎，还有这些家具，够古老了吧，只怕回收工都嫌弃。就这个样还敢号称'扶贫状元''财神爷'？我看得睡睡醒吧！"

林占熺看穿了老同学玩的这套激将法，一乐之下，也幽默地道出自己的人生信条："这就叫先扶持贫困，后富裕自家，简言之，后天下之富而富。"

年薪百万不如惠泽天下的情怀，纵然没敌过房价，没抵住飞短流长，林占熺却站稳了，没在人们的消遣和家人的情绪起伏中倒下。他后来称，自己一心一意扎在菌草研究、培训、扶贫工作中，毅然决然投身于扶贫事业，几十年如一日这样做事，就是常想起项南老书记的嘱托。

这份嘱托太沉重，沉重得让他都不知道这两个字该怎么写了。

父子兵兵折将损，Juncao独占芳菲

1994年5月21日，林占熺简陋的房子里发出了撕心裂肺般的哭喊："占华，你不能走啊！"

六弟占华敏而好学，英语、日语都好，研究生毕业后，省市机关和银行等好些单位抢着要，可他放弃大好前程，跟着长兄"与

草为伍”。为了让山区百姓尽早掌握菌草技术，他几年来和哥哥并肩拼在扶贫第一线，毫无怨言地把最难最苦的活都揽下，甚至没时间谈恋爱。谁料在安溪县指导菌草栽培时，高压锅忽然发生爆炸……

六弟意外地牺牲了，他可是全乡第一个研究生啊。噩耗传来，林占熺愣了好半晌，连说“不可能，不可能”，接着便是失声痛哭，边哭边用手连捶桌子，慌得身旁的老岳母一把抱住，生怕他哭晕过去。

“六弟是家里的满子，是父亲的宝贝，跟着我年纪轻轻送了命，叫我怎么跟父亲交代啊？又怎么向亲人朋友和乡亲们交代？我真恨不得用自己的命去换回小弟的重生啊！”

罗昭君从没见丈夫如此哀伤过，泪水涟涟地说：“占熺占熺别这样，你可得保重啊……”

是啊，怎么跟古稀之年的父亲说，又怎么处理后事呢？看到林占熺悲痛到极致，精神恍惚，罗昭君连忙和几位小叔子、小姑子联系，先让五弟林占森跟父亲说，六弟因故受伤了，还在医院抢救，好让老人有个心理过渡。

雇来的农用车到了，林占熺一抹眼泪，无论如何都要亲自赶往出事地点。现场惨不忍睹，事故原因听得人心碎。高压锅的质量肯定不合格，压力表和焊接口不是很好，安全阀生锈了，导致气体爆炸，刹那之间，巨大的爆炸力裹挟着沸腾的气体和热量推着铁板盖子打向六弟的正胸，血洒四壁，当场罹难，十米外的玻璃都被震得粉碎……

其实，六弟可以不死。那时已到饭点，同事叫他一起吃饭，一向负责任的他担心人走失火而坚持蹲守，火是防住了，人却没了。林占熺看了六弟的遗体，整张脸都血迹模糊，已经不是那张熟悉的面容了，可想遭受了何等蚀骨销形的重创啊！涕泪交集中，他瘫软在地上。

林占熺按照家乡习俗，将六弟的遗体送回老家安葬。一路上，他的喉咙都哭哑了。手足之情连心痛，记忆如时光倒带。

三年困难时期，他在老家也曾目睹过一条年轻生命的消逝。那天，邻家匆匆赶来求助，哭求他们父子一起帮他把连吃几天观音土充饥的孩子送到医院抢救。但他们的努力，最终还是变成了竹椅把那个被饥饿夺走的小生命抬到了村外的小山坡入土为安。去时能哭，回时尸冷，那残酷的一幕让年轻的林占熺为之心碎。他万万没想到，当年的惨象今又重现，弟弟更惨啊！

他清楚记得当年拉正待前去省委农办的六弟合伙时，自己说过那位乡童和一些村民饿死时的惨状，并说，红土地的新生不等于告别饥饿，当年曾被誉为“红色小上海”的革命圣地长汀，还是福建水土流失的重灾区，老区人民要彻底解决温饱、走上幸福之路，任重而道远，还得进行第二次“长征”。作为农民的儿子、革命老区的后代，改变家乡的落后贫困责无旁贷。他还说，你在福建农学院学的是农业经营管理，菌草事业正上路，很需要你这样的人！

“好，听大哥的，自古就是打仗亲兄弟，一丝不线，单木不林！”六弟毫不犹豫。

这对地道的农家兄弟，小时候都深深体味过贫穷的滋味，家里的一件棉袄从祖父、父亲到他们，轮着整整穿了三代！因此，他们都有着改变农村现状的强烈愿望，尤其是在菌草技术问世之后，这个愿望更加强烈。只可惜出师未捷弟先死！长兄如父，一时间丧弟之痛把林占熺这个硬汉给打倒了！

客家农村有个风俗，成年男子去世时没结婚或婚后无嗣，就从兄弟姐妹中过继一个孩子。林占熺现在能做的，就是支持父亲的想法，让三弟的儿子良辉过继在六弟名下。这样，六弟出殡时也就有名正言顺的抬像人了，后继有人，在天堂也能安心些。

六弟勤奋好学，乐于助人，人缘特别好，是林家从北方迁闽整整22代人中第一个研究生，也是全镇第一个高学历者。村里村外、老人小孩对他的不幸身亡莫不悲痛，悼念者甚众，送葬的队伍排得很长很长。人们在难过中，也有不解的指责："要是好好地去政府那里做事，怎会这么没福气……""他就是太听占熺的话，断送了生命！""好人没好报，可惜了！"

原可以成为自己左膀右臂的六弟走了，林占熺还要面对来自各方的闲言碎语，以及菌草技术推广中的艰难险阻，他快要崩溃了。陷在"伯仁因我而死"的深度自责中，他的心犹如寒冬枯草、覆霜白雪。他拼命地抽烟，一根接一根，身子和精神都跟着痉挛、抽搐，真如苏东坡当年"心似已灰之木，身如不系之舟"的自画像，如鲁迅诗云"此别成终古，从兹绝绪言。故人云散尽，我亦等轻尘"，简直想跳楼、跳江，一了百了啊！

罗昭君心惊胆战，含泪抚慰："占熺你可不能垮啊。你若垮了，岂不是让占华白死了啊！"

一语惊醒梦中人！ 备受煎熬中，他向父亲请罪。白发人送黑发人，这是人生最大的不幸，父亲哭得好伤心，却反过来劝他："这都是命，就当作那年发大水给冲走了吧……"怕他受不了，马上又换句话来安慰，"如果不是共产党领导老百姓取得了胜利，别说没有我们的今天，你们六兄弟可能都得战死沙场。饮水思源，知恩图报，你六弟死得其所，我们就当他为国捐躯了吧。"

尘封的历史又倒带般映现在眼前。

作为长子，林占熺太清楚家史了。新中国成立前一家人起早摸黑、辛勤劳作，但仍然一穷二白，祖父去世时连口棺材都买不起，逼得祖母不得不狠心含泪把女儿卖掉…… 新中国成立后家里的情况才开始改善。特别是父亲，当上了村干部，报名参加了夜校，在自己分到的土地上精耕细作，被评为种田能手，戴上了红花，获奖了一副铁耙。虽然生活也还清苦，但毕竟翻身做了自己的主人，有条件把一个原本人丁单薄的家发扬光大。九个子女，除一位女儿小学时因脑膜炎而夭折，其他都像野花野草般长大，还连出几位大学生光耀门楣，成为村中美谈。父亲这么个只读过两年书的农民能有这种思想觉悟，能这样深明大义，能这样一辈子感念共产党的恩情，深深感动并真正教育了全家第一个党员林占熺：是的，他若就此趴下，那只会让共产党员是用特殊材料制成的誓言在自己身上沦为笑话，而且真如妻子所说，六弟只算白死了！ 妻子为了更有效地鼓励，还搬出了恋爱时看过的他留在笔记本上的心声："如果需要为共产主义理想而献身的时候，我们每一个人都应该做到面不改色心不跳！"是啊，那是他入党第二天的思想认识，早就深入骨髓了，岂能在入党二十多年后退步？！

父亲的话，妻子的话，连着这个白纸黑字留在笔记本上的心语，汇成一通响鼓重锤，让林占熺又凝聚起了力量和魂魄，在重挫中站了起来，说："六弟出意外倒在扶贫岗位上，是为共产主义理想而献身，是牺牲，是烈士，我更应不降其志，不辱其身，尽快完成他的未竟事业，再困难都要坚持，因为这个确实对国家和百姓有好处！"

出师未捷先折一臂，他不得不请当过小学教师的五弟林占森当递补。

在明白菌草事业的意义后，林家上下都全力支持。两个侄儿在六叔坟前发誓，要继承他的遗志，跟着大伯林占熺冲锋陷阵。

林占熺集结“队伍”，情动于衷：“谢谢你们，让我有了左膀右臂！其实，我也在继承占华的遗志。我发誓，一定不辜负他那些年铁心的支持、坚定的跟随。我们做的事业，是为天下百姓谋福利的，首先对百姓要有真感情，要有发自内心的奉献精神……”

“认准了的事，就不能半途而废！”父亲送子孙们上路时，话语谆谆。

林占熺那颗被掰开、揉碎的心，又黏合起来了，他懂得青山绿水、来日方长的道理。

没料到，父亲却没有了来日方长，一年后撒手西去。长年习武的父亲体质原本非常好，林占熺清晰地记得，六弟殉职前的那年春节，父亲蹲马步，任他们兄弟几个怎么勾，都岿然不动，哪知身体突然就每况愈下。

弥留之际，父亲挣扎着从床上坐起来，拿出当年安葬祖父时所记借还款的账本，拉着林占熺的手说：“做人要正派，钱财要分明，要听党的话为人民服务，要关心国家大事、做大事、为穷人做事，好儿郎都是要献给国家的，你大胆往前走，莫要回头！”

林占熺一个劲地点头，泪水盈眶：“我知道，当年您送我读大学时就说，上大学是为了让我将来能为穷人做事的。”

是的，自己青少年时期的几个转折点，要是没有如山父爱擎天地，倘没有父亲秉持的质朴道理引领，只怕不做“田舍郎”，也断难在学堂里读出人生新境界。

小学时，他的成绩从来都是班上妥妥的前三甲，没料却连初中都没考上（后来才知被人走关系调包给了一个成绩倒数的同学，而这同学顶替了两年还是读不下去），他都做好回家务农的打算了，硬是在父亲的建议下，转读公社办的农业中学，熬不过半年，他就坚决退了学，这里压根就没有所谓的教学，不过是一群不爱读书的人在混日子，整天价在吵闹说笑，到头来必然学不到知识，还要跟着学坏。父亲探明原委后，既没责怪他，更没安之若命地让他替自己打下手，而是留心信息，得知县里也在招农业中学，就怂恿他赶紧去投考。县里的农业中学当然远胜一筹，未料不久全国上下都劲吹“大跃进”号角，教室里又安放不下一张宁静的课桌了，师生们都被赶去大炼钢铁。他负责烧炭，毫不惜力，虽被记了二等的高工分，却累出病来，在县农业中学解散后又回到了家。父亲仍不死心，打听到三明地区的永安县新办了半工半读的中学，就又把他往那赶。他通过摸底考试后，越级而读，当了班长，课余就和同学们砍竹、伐树、割草建设校舍。因为品学兼优，初中毕业后被保送读高中，再后来考上了大学。这备受磨炼的曲折求学之路，也饱含了父亲的含辛茹苦。

大学毕业，碰上“文革”，林占熺拿着父亲给的40斤粮票和40元钱，热情高涨地参加了大串联，迂回曲折两个多月，步行到了革命圣地井冈山。他在深深感受毛泽东主席领导革命事业百战百胜的伟大时，也看出了大串联的弊端，转而响应党中央“抓革命，促生产”的号召，和几个同学插队到了老家毗邻的宁化县，和农民同吃同住同劳动，把节余下来的钱粮用来改善贫苦农家的生活，还带动当地农民深耕细作，取得了稻谷生产翻番的成效。一次突发大水，他为了抢救一座眼看要被洪水冲垮的木桥，险些丧命，后来事迹还上了报纸，并被选拔到了县里工作。父亲每次来宁化看他，叮嘱的都是为人民服务，又红又专，“红皮红心”。

他紧攥着父亲枯瘦无力的手，面对逐渐黯淡的眼光读懂了父亲的心思，在生离死别的关头，父亲的每一声叮嘱更不容错过。

儿女们陆续来到跟前，父亲说：“你们今后要多听大哥的，相互关心，多帮衬大哥的事业。还有，记得，你们兄弟分灶不分家，从外面工作回来，同住一栋房……”

“放心吧，爸！”

这些年，林家兄弟不少人相继外出工作，老家照样保留自己独立的房间。在家的兄弟婚后哪怕分了灶，也都同在一个屋檐下。父亲生前名义上和老五占森一家住，却长年住祖房，由在家的几个儿子轮流照顾，每家有好吃的，都会请上他，常常还是兄弟姐妹一起来，热闹得很。

“别忘了《增广贤文》的话，‘钱财如粪土，仁义值千金’，我加一句，有福共享福更大，有难同当难就消，这点你们要多向大哥、二哥学习……”

“爸，您就一万个放心吧！”

父亲可谓是追着六弟而去的，老年失子对他精神上的打击无以复加。

灾星又落，火烧连营。又一次办丧事，家庭开支骤然紧张，夫妻两边的弟弟妹妹负担也重。恰传来消息，可能是最后一批的学校集资房正在启动。捉襟见肘中，多希望四年前卖专利后领导表示奖励一万美元的诺言能兑现啊！按理说，六弟遇难时，就该人道主义一下，及时把奖励当作慰问金发到位，毕竟六弟是为菌草事业献身的，可不知为何，美元成了“画饼”被冻结，分毫不让用。

一些杂音隐隐约约飘来，林占熺选择更加拼命地工作，以此来转移注意力，缓解压力。

来自草根家庭的林家人，跟着林占熺后，对草有了更多的了解。《广雅》说“草，造也”，《易经》说“天造草昧”，显然都含有“草创物”之意，草的组词，如“草立”“草创”意含创立，而“草律”则指创制法律呢。虽是草根，只要有草的情志，而不“草草应付”，便不可小觑。任尔东西南北风，他们要齐心协力，扶着这根“草”挺立着走向世界。

林占熺带着难以言说的失亲之痛，再次来到世界面前，是1994年的第85届国际（法国）发明展颁奖会。

“获得国土整治规划部奖的是中华人民共和国参展者林占熺……”那天台上对参展的一千多个新发明项目作出最后宣布后，台下的林占熺因不懂法语而纹丝不动。第二遍，他似乎听出在叫自己的名字，又担心出错而闹国际乌龙，仍没敢上台。主持人第三遍宣布后，一位懂法语的华人急忙用汉语叫开了：“林占熺先生在哪里？您得奖了，快上台领奖！”林占熺这才快步登台，接过金灿灿的奖杯，背后掌声雷动。

“我是来自中国福建省的一位发明者，能在这里获奖是值得高兴和庆贺的，但我更欣喜的是，菌草能在自己的祖国和世界各地推广应用……”林占熺充满激情的获奖感言，留在了金色大厅，留在了人们心里。走下领奖台，颁奖厅内的中国驻法使馆人员、旅法华人，以及各国的参展人员和新闻媒体记者，一下子蜂拥前来祝贺。

有谁知道呢，这次赴法参展，他是再次举债而来，只为通过这一国际平台再次向世界宣告：菌草技术由中国人发明，目的是造福全世界。

旧债未了，又添新债，值得吗？赴会之前，妻子和亲人就曾问他，他也自言自语过。一位同事说：即使你拿了奖回来，可能也只是一块破铜烂铁，对评职称没个毛用，何苦花这个冤枉钱？有位朋友还毫不客气地说，如果再这样举债，弄成个天文数字，只怕到下一代也还不清。

踌躇之中，到底还是另一种观点在他心里占了上风：菌草技术发明具有很强的竞争力，如在参展中再次脱颖而出，就可以通过这样的国际平台，再次向全世界广而告之。

亲朋好友是越想越不合算，他呢，越想越豁然开朗：当年有多少仁人志士为了国家利益，即使变卖家产都在所不惜，共产党员更要把国家利益放在高于一切的位置上，为了中国菌草事业，再穷也要去，全力以赴去争这个奖！

出发前，他又把几十包快速面装进了行李箱。展会期间，他很少出现在餐厅，窝在一个不易被人发现的地方“享用”特别的“国际快餐”。

这个其貌不扬、沉默寡言的中国人，却在国际展中让“中国，中国！”“菌草，金草！”的欢呼声响彻会场。

两度亮相国际舞台后，“草”价百倍，跻身“南南合作”项目。联合国开发计划署当年就把菌草技术列入“中国与其他发展中国家优先合作项目”，联合国建议中国参与解决世界上有关国家的贫困问题。外经贸部和福建省政府把它列为“发展中国家实用技术培训与援外项目”。林占熺念兹在兹的这株“草”，就这样取得了名正言顺的国际身份。

1996年金秋时节，首届菌草业发展国际研讨会在福州举行。林占熺有备而来。直到此时，科学界对何为菌草仍无界定，一些报道也只是简单地称之为“野草可以长菇”，而事实上并非所有的野草都如是，再就是各国对菌草的叫法和表达五花八门。何不利用这次国际研讨会之际给这个卓尔不凡的“野草”新品种来个准确的界定、起个世界通用的名字？

于是，就在这次会上，林占熺提出了对菌草、菌草技术、菌草业的界定：

—— 可以作为栽培食（药）用菌培养基的草本植物简称菌草；

—— 运用菌草栽培食（药）用菌和生产菌体蛋白饲料的技术简称菌草技术；

—— 运用菌草技术及相关技术形成的产业简称菌草业。

这一界定，水到渠成般得到了与会专家学者的认可。

只是在讨论起名时，出现了微澜。所收集来的二十多个名字中，不少人主张用英文来命名。1987年，最早提出草业之词，也是中国草业科学创始人的钱学森，就为草业创造了“prataculture”这一英文名词，并被国内外同行广泛认可和采用。但林占熺却另有想法，他忙着找人商讨说明，并向德高望重的世界热带菇业协会副主席张树庭建议：“菌草技术是中国人发明的一项新技术，一定得用汉语拼音来取名。”

有人担心以汉语拼音命名会让外国人不明何物，林占熺笑道：“这不要紧，他们可以来中国学习嘛。我就是想让全世界都知道，这个科研成果是中国人发明的。”

不遗余力地游说和陈情之下，菌草终以汉语拼音“JUNCAO”作为国际通用名字。林占熺为英语贡献了一个新词。

尘埃落定，林占熺笑了，他把自己生命中最好的礼物献给国家和世界了。今后，世界许多地方都会见到这株年轻的植物，许多地方一度仍可能以野草视之，它与野草貌相虽同名不同，许多地方都会因它而日新月异，它的出生就是为了完成对世界的另一种燎原，以它的天下无双，独占草间芳菲，留与后世咏风流。

回到家里，他燃一炷香，第一时间把喜讯告知远在天国的六弟占华，也在父母的遗像前肃立半晌。

这些年，让林占熺最痛心的就是六弟遇难。他老梦见六弟，事业在一个地方成功了，就梦见六弟笑吟吟地祝贺；遇上挫折了，也梦见六弟送上鼓励……

“从此难做平凡人”

“菌草啊菌草，你每天都长大一点吧，变好一点吧，让世界上每个人都看得见，感受到……”

20世纪90年代初，在福建农学院学植保的林兴生，不时慕名到菌草研究所拜访乡贤林占熺，有次刚好在实验室听到他心无旁骛地喃喃自语。他万万没想到，在国际上传得神乎其神的菌草业，竟是如此清冷。但一来二去，他对这位师叔辈的老乡教授敬意丛生，备受感染中，想着跟他干一番事业，由此就在课余开始接触神奇的菌草，配合着做了几场实验。

1995年夏，林兴生大学毕业，之前福建省农科院已有意接收，他却接受了菌草研究所的聘任，并马上投身于首期国际菌草技术培训班的筹备，让林占熺多了一只臂膀。林兴生在所里没有编制，条件艰苦，工资有时还无法按时到位，这让不少同学惊掉下巴，有的老师还为此指责林占熺随便收徒，对学生前途极不负责。

这个时候，早就没人叫“林处长”了。原来的生产处副处长请辞后虽多年未见批文，他却采用慢慢转移工作重心的方法来应对，也省得被扣上“自我设计”“资产阶级思想异化”一类的帽子，久而久之，已类似“自动下岗”，属于无官无级无权之人。跟着他，会有什么出息？

林兴生把这些议论全当耳边风，乐此不疲地跟着林占熺到校园周边砍草、晒草，以供实验所需。周边能用之草告罄，就得买草、卸草，之后是粉草、装袋、接种、烧炉（以灭菌），一招一式烦琐不说，还又脏又累。粉草时，草灰弥漫，无孔不入，每个人都“尘满面，鬓如霜”，不小心咽下更是常事。

粉草作业结束，林占熺和助手们相顾之后，诙谐地说：“我们都碰了一鼻子灰。”

粉草成细末，作业如超长，大家便都取笑说“吃草”饱了。话是这样说，因为用力过猛，一个个却是饥肠辘辘。

卸草也不轻松。在研究所后山坡割完野草，得用板车拉下来；到周边找草，少则肩挑回来，多则押车运回再搬。有次林兴生就这样破帽遮颜过闹市，被一位老师认出，直吐槽你怎么连民工都不如？言外之意，是给他丢脸了。

还要搭棚、种菇，都得亲力亲为。那时林占熺身边除了征地留用的城郊农民，常伴左右的就是林兴生和林应兴，人称“哼哈二将”。

林应兴也是在关键时刻受了感召来“助阵”的。

他也是连城县人，老家所种柑橘恰由林占熺四弟林占煊（县果茶站技术员）负责技术指导，由此认识了林占熺六弟林占华，并报考福建农学院，就读农经系会计专业。林占华正好在菌草所工作，两人来往频繁，林占华因公牺牲时，他还未毕业。

此后，林应兴再见林占熺，总不免触景生情，“老乡见老乡，两眼泪汪汪”。他深感林占华之死对林占熺的沉痛打击，也是菌草事业的巨大损失。此时的林占熺和菌草事业，处于最低谷。林应兴没少听到林占熺妻子罗昭君的叹息：占熺真是太苦了，不知能撑多久？

毕业前夕，林占熺征求林应兴的意见，说菌草技术开发公司急需一名会计人员，你愿不愿意来，同时兼做其他工作？他还如实相告，目前没有编制，档案只能先放人才市场，菌草事业虽然艰苦，但发展前景广阔。

冲着林占熺的寥廓情怀，他毅然响应号召，走上了菌草之路。

工作之初，林应兴只知道菌草可以出菇，可以帮助百姓致富，可以保护森林，菌草大面积种植还能涵养水土，还会是高产好用的饲草，是国内外前所未有的好东西，但对技术本身却一窍不通。林占熺说：“跟着我慢慢学，种菇不会难，农民都会种，只要你勤奋、用心，肯定能一通百通。”

林应兴从辨识菌草、开山种草、粉碎菌草、拌料、接种、菌丝管理，到搭盖菇棚、挑菌袋上山，再到出菇管理、采收，所有的环节均身体力行。不出三年，基本掌握了菌草栽培食用菌技术的要领。

有段时间，菌袋生产的污染率居高不下。为了摸清接种环节中存在的问题，林占熺亲自带着林应兴、林兴生及另外5名工人，冒着35摄氏度的高温，在密不透风的接种室里一待就是四五个小时，离开时地板上竟有一条小溪在蜿蜒流淌，那是他们汗水汇成的啊。回到家里，林占熺换下衣服一拧，水声哗哗。

跟着林占熺苦不堪言，但他对年轻技术人员的关爱和培养，对普通员工的重视和礼遇，却又让人甜到心头。春节期间，他总是热情地邀请留守人员来家里，一起吃年夜饭，一起过节。1997年除夕之夜，他家一张直径不过米的小圆桌，围坐了12个人，其中8位是员工。

只要与菌草沾边，便都是林占熺眼中的“同行”。每当有人来菌草所买菌种，他都尽量抽出时间交流，询问农地的收成情况、记录菇农种菇过程中的经验与教训，并毫无保留地分享最新的技术和信息。他称之为“从群众中来，到群众中去”。也有人来者不善，肆意贬低菌草技术，搞人身攻击。闲言碎语随之风起云涌，就差“大字报”了。

求财心切的菇农，对培训技术掌握程度不一，看到自己如法炮制的菇没别人长得好长得多，有意见；看到别人的菇出了而自家的菇还遥遥无期，更有意见。里谈巷议，动辄投诉，别有用心之人则专门收集意见，上告消费者协会，还申诉到了中央电视台《焦点访谈》节目。

一天，警车“呜呜”而来，工作人员叫林占熺快躲。林占熺却坦然说：“是福不用躲，是祸躲不过，他们冲着我来，就得由我来面对。”

警察说了群众反映、领导批示有关林占熺在福州闽侯县“坑农”之事后，林占熺耐心地解释，这个地方是由本地一学员自行承包的，把中温菇错变成中高温菇，产菇期也就受到了影响，自己听说后专门作了指导，已无大碍，“产菇期变了，我总不能叫它提前出菇就能提前出菇吧？还有，不是技术行不行，而是老百姓要接受和掌握才行，要熟能生巧才行。”末了，他又说，“他是我的学生，也可能学艺不精，出了这个情况，我来负责。”

警察看了菌草研究所，又问了些情况，对林占熺说：“教授您姓林，我也姓林，我感觉您是为百姓服务，是真正想用技术扶贫的，不是江湖骗子。”

“不抓我了？”

“不抓，以后再遇到此类情况，您就找我，我来帮您解决。”

林占熺道谢后，这位正直的警察又说：“希望您把资料给我一份，我好好拜读，今后也帮着您推广。”

那些年，每前进一步都压力山大，林占熺总是这样给小小团队打气：“豁出去就行，出了问题我担着！”

一次，又有一群人拿着政协委员的名头找上门来“问罪”，林应兴、林兴生等人实在听不下去了，要去应战，林占熺却拦下他们说：“科技创新就是在排除怀疑、否定中成长完善起来的。周总理年轻时追求真理‘面壁十年图破壁’，我们也要面壁十年不争论，走自己的路，让他们说去，以我们的实际行动来证明我们的方向是对的。”他还乐观地鼓劲，“你们也都姓林，名字还都有个兴，吃得了苦，经受得了委屈，大有发展潜力。菌草事业肯定能兴旺，否则上天就不会安排我们在一起！”

两位年轻人以菌草所为家，和林占熺几乎形影不离，在完成各项工作时，也日有所进。学得最多的，还是林占熺锲而不舍、精益求精、全心全意为人民服务的精神。他们各有分工，一个主要负责技术，一个主要负责日常管理。从1995年10月的第一期菌草技术国际培训班开始，他们就在林占熺的带领下，以高度的责任感和使命感，参与到国际培训班、国际研讨会的主办，参与菌草技术援助项目的实施。之后，他们又负责协助培训四川、贵州和福建的中专或高中毕业生来参加菌草生产推广。后经测试，有十多人愿意留下一起兴业。林占熺说，只要你们愿意，只要菌草业还在，这里的大门就永远向你们敞开。一言九鼎，信守承诺，这批人直到现在仍吃着菌草饭，感恩着林占熺的菩萨心。

培训和讲座接连不断，全国各地慕名寄来的求助信件得回复，《半月谈》杂志等单位邀请的函授得开办……助手都劝量力而行，可林占熺却几乎没有一天不在超负荷。有的培训得办在乡下，有的讲座受邀到县里，只要时间不冲突，他准是有求必应。有一年到上杭县白砂乡开讲座，听众越来越多，课堂就从教室移到礼堂，再转到电影院。得知不少农民冒雨赶了十多公里的山路，他感动莫名，说只要农民朋友需要，自己吃点苦受点累算得了什么。有一年，他受邀回老家连城县为70多名干部开班时得了急性肠炎，一天腹泻多次，为了不耽误次日讲座，他到医院买了些止泻药，拖着虚弱的身子上了讲台。

在省城福州的培训过程中，大凡学员有困难，林占熺总是热心相助。一次，闽清县一个青年两手空空来报名，为交不起学费而流泪。林占熺问明情况，决定免费让他参加，并借给被单等，请他到自己家里吃饭。结业时，与证书一起给他的，还有一张回家的车票。如此贴心，把这个青年农民感动得泪流满面。

培训时也卖菌种。出于对百姓学徒的关心，便宜到只够勉强收回个成本，谁要是买不起而又迫切想要，那就再折扣，甚至白送。他尊重每一个生张熟李，谁来都亲自接待。有人在火车或汽车上遭扒手了，他便自掏腰包给返程路费。他遇大事不乱，碰上难事沉着，手下人做错了什么，他从不重话骂人，连人家司空见惯的“国骂”也都没有。与他相处几十年的人说，能看到林老师发威发怒还真是你的“荣幸”。

下县里、到基层推广，他从不巧言令色、画饼充饥，所讲句句实在，感染力极强。当然，也没少吃闭门羹，赔钱赚吆喝。年轻气盛的林兴生，有时难免对一些社会现象愤愤不平。林占熺却鲜有抱怨，总说事在人为，认识菌草还要有个慢热过程，道阻且长，行则将至。其言其行高度吻合，连同平日所讲爱国、爱党，皆发自内心，不虚不假，林兴生听了全当真，并受着他潜移默化的影响。

因学校征地而招进菌草研究所的工人们，带着“大锅饭”思想，平时这个不愿干，那个拈轻怕重，却对工资、待遇要求高，时而还无理取闹。有次，林占熺正和林兴生等人研究事情，几名工人带着锄头闯门而入，大提条件。林兴生看他们来者不善，一惊之下也给气炸了肺，说你们知不知道林老师多难，学校现在只给研究所两三个编制，你们征地拿到了钱，工资却还靠林老师卖菌种或搞培训创收来解决，怎么能这样不识好歹！林占熺则耐心地向工人们解释，说现在遇到一些困难，但只要大家团结合作，凝心聚力，一定会很快好转。

如同听不到林占熺怨天尤人一样，他的压力似乎也让人看不到。林兴生与他相处既久，才知所有的压力他都自己默默地承担和化解，从不转嫁到员工身上，事后提及也是轻描淡写。

有一次，林兴生沾光跟着上了电视。画面上的他戴着草帽，吃力地把百来斤的菌袋挑上山坡种植，衣服后背都湿透了。他大伯在福建《新闻联播》上看见后，百思不得其解："怎么像个农民，你不是大学毕业了吗？"

林兴生的大伯哪能想象那时种菌草比种田还累！夏天接种，得半夜三更起来，用福尔马林、高锰酸钾给菌袋消毒，那气味有腐蚀性，还强烈刺鼻，呛得人眼泪鼻涕横流。这些苦活脏活累活到来时，林占熺从不借故缺席，总是迎头就上。

林占熺一直强调，时间像海绵，就靠人去挤。他每天都起早贪黑，把吃饭和睡觉的时间尽量多"挤"一点出来，用以在科技创新的艰难之路上匍匐前行。像后来戏称的"斜杠青年"一样，林兴生一年之中，跟着林占熺几乎把所有的苦活累活都干了一遍。连干近三年后，他有点怕了：编制没落地、对象无着落、家里又干涉……种种不如意和后顾之忧，让他一时压力山大，终于还是在1998年去了省农科院。这是个多么难舍的前辈啊，他告辞时满腹内疚和辛酸，自个儿热泪潸潸。

林占熺也舍不得这位志同道合的年轻人，但理解和尊重他的选择，动情地说："总有一天，你还会回来！"

对继续留在身边的林应兴，林占熺说的是："坚信目标，勇往直前，总有一天，你会出去！"

他说的出去，是指走出国门。林应兴告诉过他，自己在大学毕业纪念册上的愿望栏凭直觉写上了“走出国门”。林占熺说，机会往往是留给有准备的人，有一天你肯定会跟着菌草走出国门！

1998年底，用心良苦的林占熺，为了培养和锻炼菌草技术援外的中坚力量，把林应兴派往巴布亚新几内亚工作。林应兴没想到自己的愿望能这么快实现，更没想到，这一走，就是二十多年，“从此难做平凡人”。

林应兴走出国门后，林占熺身边常常人手告急。林兴生“身在曹营心在汉”，做好本职工作之余，只要有空，总不请自来，林占熺有事时，更是召之即来，自愿做菌草研究所的“编外人员”。他每次来看望，哪怕在家，林占熺聊的也是工作，是菌草的宏图大业，鲜有“八卦”，更无升官发财之谈。有时看到他脸庞黝黑、两眼通红，林兴生也心疼地婉劝注意劳逸结合，他却说愉快地工作就是最好的休息。如同林占熺家人所说，他平时几乎不看影视，不逛街，很少为生活琐事发愁，也不计得失。林兴生常有感叹，这真不是个“浮生长恨欢娱少”之人，也非追名逐利、只求自我逍遥之辈，他为了圆菌草梦，半生任劳怨，自己怎么就临阵脱逃了呢？

菌草技术诞生以来，唱衰和诬陷中伤如影随形。事关自身毁誉，林占熺这个当事人倒显得“事不关己高高挂起”，就像关汉卿戏剧所唱“蒸不烂、煮不熟、捶不扁、炒不爆、响当当一粒铜豌豆”。在社会大熔炉里他似乎早已炼就金刚不坏之身，什么不虞之变都能泰然处之，什么坎坷曲折都能从容逾越，因为菌草让他心安知足，愿意在山海之间乘风破浪，纵然万劫不复，何妨遍体鳞伤。他也就以表里如一的言行，一点一滴地影响着家人和团队，影响着周遭。

林兴生离开那些年，菌草事业在几位有远见卓识的领导关心和推动下，看似升起来了，但随着领导的变迁，一度起起伏伏，有时还看似跌出“人气榜”。有次见人笑菌草事业“金玉其外，败絮其中”，林兴生坚决不同意，认为是“败絮其外，金玉其中”，败絮指的是社会认识造成的各种困扰，金玉是指金子一待天时总会耀眼无敌，一表一里，截然不同。所以他不时出力相助，甘受林占熺“驱使”，先去日本，后去莱索托为菌草打“零工”。所在单位难免起了流言蜚语，他也不以为意。

热恋时，林兴生就对后来的妻子说：“我是学植保的，林老师是‘植物大使’，我就是要像保护你一样来保护林老师！”妻子笑他“脚踏两只船”，却也欢喜，这说明他人品好。

2009年，林兴生不辱使命完成第一期为时两年的援助莱索托任务回国，在林占熺等人的再三呼吁中，在时任福建省省长黄小晶的支持下，菌草研究所终于增加了编制，他如愿回归，与林占熺并肩作战，自称兔子回头吃菌草。

知情人明白，林兴生原单位的待遇要比菌草所好，要不是因为林占熺，他再热血沸腾，也不会舍高就低。他也坦然：“我就是感动于林老师为老百姓服务、为国家争光、为人类造福的情怀。”

一个人影响一群人，一群人造福千万家。在林兴生身后，跟着林占熺的不少研究生，不是没有出路，而是感动于他这头“老黄牛”忘我的奉献精神、无我的人格魅力，哪怕一时没有编制，依然义无反顾地为菌草事业奔赴万里。林占熺以大半辈子的人生、理想和智慧，帮助年青一代理解：人活一世，草活一秋，不经奋斗，哪知我命由我不由天！

菌草技术墙内开花墙外香，盛名之下却有种种难堪的现状，该归咎谁呢？林占熺摸不着头脑，也压根儿无心理会。也因此，他比盛名之下的那个人更好，更纯粹。

菌草藏着林占熺和人世的密码，也藏着中国的密码。林兴生有时想，天不佑“林”，天理何在？！

斯人若彩虹，遇上方知有

所谓树大招风，人红是非多。

一天，林占熺难得晚饭后和妻子在校园散步，遇领导而请安。对方却视若无睹，当着众人面劈头盖脸一通指责：“林占熺啊，你到处跑到处飞，拿着公家的钱做自己的事，有没有组织纪律性？”

这话从何说起呢？！林占熺初闻之下如遭电击，愕然中不知所措。一旁的妻子罗昭君倒急了，赶忙救场：“占熺事先都有报告啊，这次是叶副校长批准的。”

这位也是知识分子出身的领导像是受到冒犯，一脸愠怒地冲她吼道：“没你的事，没你讲话的份，滚！”

如此有失风度的言辞，让夫妻俩顿时都呆住了。面红耳赤的罗昭君欲行申辩，却被林占熺给制止了，慢言轻语地请领导息怒，并说：“今后我一定有则改之无则加勉，不当之处一定接受领导批评，也一定随叫随到作说明。”

罗昭君心如刀绞，通宵失眠，心疼丈夫当众受辱，再联想林家六弟为菌草扶贫事业以身殉职而遭冷遇，别说抚恤，连早早答应的专利奖金也被扣着一毛不拔，能没有这个领导从中作梗、肆意欺压？她越想越生气，实在咽不下这口气，第二天瞒着丈夫，把出差审批和财务批条往这位盛气凌人的领导桌上一放，直通通地说：“当领导的不分青红皂白就训人，好大的官威、好高的修养啊！我不仅是林占熺的老婆，也是学校的正式员工，你让我滚到哪里去？”

原本柔情似水、与世无争之人，被逼得也泼辣起来。这位领导哑口无言了。

她似乎为丈夫争下了面子，林占熺得知后却说："你争什么呢？你知道什么叫忍辱负重，什么叫委曲求全？要成就菌草之梦，就要有各方面的支持，有些人一时认识不到位，更需要我们反复做工作，而在这过程中，我们就得先咽下所有的委屈和泪水，夹起尾巴做人，实实在在干事，和气万事兴嘛。"

无意苦争春，一任群芳妒。与人为善、心胸宽广似乎是林占熺与生俱来的品质，似乎也是他得以怀揣菌草之梦行走岁月的通行证。在他大肚能容天下难容之事时，各种谣言像是找对了目标，夹枪带棒，纷至沓来。有说"国际科技骗子，骗完国内骗国外"的，有说"欺世盗名"的，有说如何"捞取钱财名利"的。

林占熺怔住了。全神贯注"草上飞"的他，压根没想到，自己能引起一股莫名的野火，在四周烧将过来。措辞激烈的非议和指责者，有同行，也有相关政府部门的人，有一位竟还是他曾大力相助过的同事。比过河拆桥的速度更让人匪夷所思、啼笑皆非的是，这位同事竟还公开说，我也很想骗骗人，可连一个铜牌都骗不到，又拿什么骗人？真不知是自嘲还是"羡慕嫉妒恨"！

"我本将心向明月，奈何明月照沟渠。"人类生而具有的劣根性在科研领域也普遍存在，不管你是饰智矜愚还是货真价实，同行可以在你的失败中寄予无限同情，却往往对你的大功告成而心怀醋意，仿佛是你抢了他的饭碗，动了他的奶酪，越过他的风头。胡适早有言在先，人性最大的恶，是恨你有、笑你无、嫌你穷、怕你富。一心埋首菌草事业的林占熺似乎都沾了些。在亮度和知名度赶超一些领导和同事时，躺枪而成"众矢之的"。

就如科研基金，一次次申请总是落空。1992年，连《福建日报》都为他打抱不平了："如果说，那些能拿到科研基金的项目是'温室里的花朵'，那么林占熺的草栽项目就是从夹缝中获得生存的一株野草。”这能怪谁呢？林占熺谁也不怪，还安慰那些“拔刀相助”者：“我们的国家还穷呵，有限的科研资金在投入时当然得慎之又慎，我就耐心地将菌草技术的经济和社会价值一点点展现吧，等到把事情做得更好些，领导和评委们对我的项目感到有把握了，肯定会有好转。”

又如评职称，得有论文。他想从中级职称开评，人事部门一句话让他如鲠在喉、有口难言：你当副处长，待遇比中级职称还高，评什么评，别人要不要吃饭？一直挨到1989年，46岁的他才“混”上中级。在高校评教授，更得过五关斩六将，所谓的硬件、软件都得具备，即使有“破格”也不会轻易轮上边缘冷门学科。一直到1992年他在日内瓦获金奖后受到省领导接见，才评上高级农艺师（副高）。

对此，他倒也释然，一位挚友说得对，他自己也心知肚明：成也萧何败也萧何，一切都是横空出世的新发明给惹的！你干行政后“不务正业”转回来研发菌草，“大器晚成”不说，还成“红人”，你让那些人如何平衡？你选择了这条与众不同的路，就注定要忍辱负重，不以物喜，不以己悲。

人言可畏，所谓众口铄金积毁销骨。面对有增无减的“刺”、突然被孤立的困境，林占熺再怎样一笑置之，也无法做到心如止水，因为所有这些，都直接和间接地影响甚至阻碍着菌草技术的推广。自己也就算了，家人还被“连坐”，六弟是为多挣加班费而死的谣言突起，相关部门看戏不嫌事大，更令他备感难受，无法接受。长痛短痛，大痛小痛，郁闷、孤独、颓然，种种不好的情绪如月黑风高之下的潮水，朝他汹涌地侵袭而来。

古今多少贤能，在难熬的沉默中不是沉沦就是消亡，林占熺大火烧心，乌云遮住了太阳，接下来的路要怎么走呢？迷茫复迷茫，他这位“全国十大扶贫状元”也感到摸不着北了。揪心中徘徊，在菌草扶贫上与他一拍即合的忘年交项南，及时撑开了一把伞，送上了一盏明灯。

1996年初夏，林占熺到北京就发展闽西菌草产业带的立项问题向项南报告，也谈及：“以前是不理解我搞菌草事业，现在眼看有发展势头了，却又谣言四起。他们对用阔叶树林栽培食用菌给生态带来的灾难性后果应该也心知肚明，却为何要对菌草如此发难呢？新兴事物的成长怎么如此艰难！”

菌草自上年被中国扶贫基金会列为科技扶贫首选项目后，更是受到项南的尽心扶持。面对林占熺的诉苦，他旗帜鲜明地说：“占熺可不能灰心啊，一项新技术被人评头论足不可怕，我们党的事业还不是在议论声中成长壮大的！你这个以草代木栽培食用菌，古今中外都没人做过，这是一项很有发展前景的新技术，绝不要放弃。今后不仅要多在贫困地区推广，还要想办法使之早日走向世界，发挥更大的价值。”

因菌草结缘以来，林占熺和项南就如何加快发展菌草业这个主题有过几次见面交流。项南每每总是谈笑风生，详细了解菌草技术的研究、推广进展情况，关切地询问工作中遇到的困难和问题，并帮助出主意、想办法。

创巨痛深的林占熺茅塞顿开，他与草为伍多年，已然难解百般愁，相知爱意浓，如今听项南这么一说，心里又如燃起了一团火，马上表态：“谢谢项老鼓励，今后哪怕人家不理解、不支持，我也只管低头走自己的路。”

“不，占熺，你应该是抬起头走自己的路，让别人说去吧！”

项南双目凝神，语气激越，“占熺啊，自古而今，流言都止于智者，过分争执还可能让你的苦心发明毁于一旦。唐朝诗人刘禹锡曾告诫人们‘莫道谗言如浪深，莫言迁客似沙沉’，我也很喜欢诗人郭小川的一句诗，送给你共勉：‘流言真笑料，豪气自文章’！”

项南的热情点化和鞭策，拨开了林占熺头顶笼罩的乌云，让他的心复又绚烂起来。林占熺记下了诗句，也记住了项南题写“发展菌草业，造福全人类”十字条幅时的赠言：“我希望你当个名副其实的全国扶贫状元，认准‘发展菌草业，造福全人类’这一信念，通过扶贫造福社会，实现人生价值。”

细品之下，林占熺觉得这个题词，比他五年前所题“发展菌草，造福人类”虽然只多了“业”和“全”两个字，却明显透露出他对菌草的思考与期盼更进一步了，希望能加快菌草产业化，加快走向全世界的步伐。项南的睿智和高瞻，给了林占熺无穷的精神动力。孤苦前有迷茫，孤苦过后便是成长，如草一样葳蕤繁祉。今后就再不争论了，争论只会浪费时间，事实将胜于雄辩。纵使世界偶尔薄凉，内心仍要绿草如茵、万木吐翠，四季不败。

这年9月，林占熺得知项南因全国扶贫事业而累成一场大病住院，心里非常挂念，借赴京出差之际到医院探望。身在医院心在扶贫的项南，不顾身体虚弱，就发展菌草业和扶贫相互结合的问题与他畅谈：发展菌草业一定要拓展市场、统一对外，走规模化、产业化之路，要用经济的办法、企业的办法搞好菌草技术推广的试点、示范工作，要成立一个全国性的菌草技术研究机构，结合实践需要，深化对菌草技术的研究，等等。

谈话进行了整整一个小时，在医生的干预下才结束。项南秘书送林占熺出门时告诉他：项老累成大病住院后，每天探望或谈工作的各方人士络绎不绝，弄得医院领导很心疼，说项老为中国的扶贫差点把命都搭进去了，你们还不放过他！为了控制来访客人，医院硬是给他的病房门口挂上了“谢绝会客”的牌子，对极个别必见的访客则限定时间。显然，林占熺就是极个别必见的访客。可项南秘书又感慨地说，医院的规定之于项老也是形同虚设啊！

感动总在细微处。项南这年年底出院不久，又为国家扶贫行动奔跑开了，还主动与相关企业穿针引线，以推动菌草技术向产业化发展。12月16日下午，他亲自带林占熺一行到北京中实公司推广菌草技术。在林占熺介绍之后，项南接过话题概括说：“菌草技术我是看准的，依据有三条：第一，可以保持水土，优化生态，持续发展；第二，可与扶贫工程密切结合，可以千家万户参与，千家万户致富；第三，世界市场非常大。”项南还强调指出，“这是带有全球意义的技术革命。目前技术是成熟的，技术与生产结合的问题也解决得比较好，但是市场还没解决好，解决这个问题，需要企业介入。”

正是在项南身体力行的“撑伞”下，一个又一个“气候”“环境”有了可喜的改变。素不相识的老将军老革命熊兆仁、李德安等找上门来了，多次询问情况、了解困难，然后主动向有关领导推荐汇报。同校教授、农业教育家、中国科学院院士谢联辉在全省和全国政协会议上，也多次为菌草“代言”。

那时，针对林占熺和菌草的匿名信还时不时飞向省里和国家有关部门。找上门向谢联辉院士告黑状的也大有人在。有说林占熺貌似忠厚老实，其实是个无可救药的骗子，搞“大倒退、大破坏”。有人说得大义凛然，林占熺所讲是乱弹琴的伪学，不能听之任之。来说是非者，便是是非人，他们处心积虑，就是要谢院士以自己的影响力出面制止，不能任其像野草一样四处蔓延，给学校、给福建、给中国“丢人”。

这些年有关菌草技术的风言风语，谢联辉耳里灌进了不少，众议成林，火药味越来越浓，让他感到绝不能“听之任之”。无比关切中，他特地来到菌草研究所了解真实的情况。和林占熺零距离一通交流下来，他像是重新认识了这位平时沉默寡言的同事，对林占熺这些年所坚持的道路、坚守的情怀大加肯定；对让野草变山珍的菌草技术相见恨晚，直呼这是一项值得大力提倡和保护的新生事物；对他所处“月明多被云妨”的环境也深为忧虑，社会上肮脏的人多了，干净的人反而是一种错，长此以往，岂能兴国？得利用自己的影响力发声！谢联辉请林占熺为他提供一份参考资料，并准备一包用菌草栽培的香菇，1997年就在全国“两会”上提交了发展菌草业、“尽快建立国家级菌草研究中心”的提案，并在发言中呼吁：“大力发展菌草产业，是农村脱贫致富、增加我国食物来源的一项有效措施，建议加速推广菌草技术，把发展菌草产业列为国家重大开发计划。”继而又在《人民日报》发表题为《菌草：一个大有作为的新产业》的署名文章。

全国第八届政协会议期间，谢院士还抽空带着那包用菌草栽培的香菇，专程拜会中国食用菌协会会长，请他一起见证林占熺菌草新技术的成果。

眼见为实，连着谢院士极富说服力的介绍，让中国食用菌协会负责人深感那些对菌草技术的误解和偏见是无稽之谈，进而明确表态：“这是未来食用菌发展的方向，我们今后一定会全力支持。”

继谢院士的力挺后，已经退休的钱育仁、还振举等老教授，带着他们一生收集研究的优良草种——象草、卡松古鲁狗尾草、宽叶雀稗草、拟高粱等，找到林占熺说：“把这些草种拿去试试看，也许对你研究菌草会有所帮助。”

在撑开的一把把伞下，校园内外的小气候渐渐地好起来了。

1997年夏秋之交，从南太平洋地区回国的林占熺在北京又来见项南，抑制不住内心的喜悦报告了此行推广菌草技术见闻。还说，上半年在宁夏银川召开的闽宁对口扶贫协作第二次联席会议上，菌草技术已被列为福建对口帮扶宁夏之项目。项南称赞林占熺创新了科技扶贫的奉献之路，并借用恩格斯名言勖勉："社会的需要比十所大学更能把科学推向前进。"那天，项南与他细致交流了菌草扶贫工作，还郑重地介绍了几位企业家给他，希望大家携手共建菌草扶贫事业……

11月10日晚，改革先锋、扶贫先驱项南倒在了与海外人士谈中国扶贫的会见中。消息传出，林占熺泪湿青衫，请人把他题赠的"发展菌草业，造福全人类"沉甸甸十个大字镌刻在石头上，立于菌草研究所门前，让前辈风仪以另一种方式"延彼遐龄"，时时鞭策自己和菌草团队。

斯人若彩虹，遇上方知有。林占熺对项南的铮铮人生一直敬重有加。

项南少年时代便从老家连城跟随父亲项与年（闽西最早的共产党员之一）跑到上海参加革命，六旬之年南下福建，为改革开放"杀开一条血路"；晚年离休后还扛起全国扶贫大旗在广大贫困地区奔走，"愿得此身长报国"，在生命进入倒计时前一周伏案为《翘首明天》一书作序，道出无数革命者献身的目的："为了明天不再有贫穷、剥削和贪婪，明天将出现一个繁荣、民主、公正的社会……"林占熺见贤思齐，"何意百炼钢，化为绕指柔"，这一份柔肠倾注于国家和百姓。

消除贫困，让改革发展成果更多更公平地惠及人民，逐步实现共同富裕，是中国共产党对全国人民的庄严承诺，是中国共产党人矢志不渝的奋斗目标。1996年，“八七”扶贫攻坚进入关键时刻，中共中央、国务院从“共同富裕”“两个大局”出发，将东南沿海10个较发达的省市与西部10个较贫困的省区“牵”在一起，实施东西扶贫协作，指定福建省对口帮扶宁夏回族自治区。项南曾先知先觉般给林占熺提前“准备”:“占熺啊，菌草的用武之地就要波澜壮阔地到来了！”

意料之中，也是意料之外，历史给了林占熺和菌草一个如此广阔的舞台，菌草业的推广实践有了最好的试金石。

他就这样带着项南生前的鼓励和期待，带着老伴备好的药品及亲友们的“道一声珍重”，向传说中“苦瘠甲天下”的宁夏回族自治区彭阳县进发。

闽宁协作，一草当先绘山河

“地上不长草，天上不见鸟，风吹石头跑。”民谣说的是宁夏的戈壁滩。1998年初春，林占熺率团队辗转来这里种草，对这景象算是眼见为实。

一年前的1997年4月，闽宁对口扶贫协作第二次联席会议在银川召开。时任福建省委副书记、福建省对口帮扶宁夏领导小组组长习近平经考察提议，以银川市永宁县玉泉营开发区黄羊滩吊庄移民点为主体，建立一个以福建、宁夏两省区简称命名的移民开发区——闽宁村，将西海固地区的部分贫困群众搬迁来此。计划中的闽宁村当时还是一片“干沙滩”，但习近平断言，这里将来一定会变为“金沙滩”。

一个闪耀着智慧光芒和强大生命力、后来被称为东西协作扶贫范本的“闽宁模式”，由此在贺兰山下50公里外的戈壁滩开启。

从“干沙滩”到“金沙滩”的传奇故事里，有林占熺和菌草的“拿手”好戏。就在闽宁扶贫协作第二次联席会议上，菌草技术被列为闽宁扶贫协作项目。

扶贫开发，产业先行。1997年4月15日，林占熺率领工作队带着六个满装菌草草种的箱子，以及一批技术资料、材料设备，从东海之滨跋涉两千多公里来到宁夏西海固地区，在固原地区彭阳县试种。

1996年，中央组织部和中国扶贫基金会在厦门举办了全国贫困县县委书记和县长培训班，林占熺受邀介绍如何用菌草技术扶贫，菌草上年已名列中国扶贫基金会的科技扶贫首选项目。宁夏彭阳县委书记柳富课后找到林占熺，一口气说完彭阳农作物秸秆资源相当丰富、有发展菌草技术的理由后，用力拉着他的手，恳请他能早日到彭阳帮助农民脱贫。

无巧不成书。走马上任福建省对口帮扶宁夏办公室副主任的林月婵，在省扶贫办工作时就与林占熺熟悉，想着让他那个正在福建烧出一把火的“以草代木”栽培食用菌技术，去宁夏西海固地区好好灭灭贫困之风。报到省领导习近平那儿，得到大力支持。

早在福建省宁德地委书记任上，习近平就听说了菌草技术，宁德地区辖下的宁德县（今蕉城区）在菌草技术问世翌年率先引进。在摆脱贫困的号角中发现菌林矛盾后，他也致力于破解，曾召开专题研究食用菌产业现场办公会。正因为宁德和三明尤溪等地的积极推行和应用，菌草技术很快被列为“福建省科技兴农项目”。

菌草就这样跻身为“闽宁协作”的扶贫项目，这与林占熺的志向恰也是不谋而合。菌草在他的手上，有如黄河在壶、长江在峡，日夜渴望寻找一条最合适的口子撞开，奔向远方的大海。

被“点将”的林占熺，肩负“政治任务”远赴宁夏前，已大致了解了彭阳县当地的情况：彭阳县所处的西海固地区，是全国最贫困的三个地区之一，这里冬天寒冷，最低温度可达零下20多摄氏度，一年无霜期不足半年，年降水量只有区区几百毫米，水土流失成为当地经济发展的最大瓶颈。他和工作队坐吉普车从银川出发去彭阳的路上，满目所见皆荒山秃岭。据说彭阳农户辛苦一年只能生产一两百公斤土豆，除此没有别的收入。林占熺不由一阵悲悯，下定决心，一定要帮助他们改变生活！

“福建和宁夏的自然条件与经济状况相去甚远，菌草扶贫方案在宁夏能行得通吗？”

“是啊，西海固地区的生态环境如果真的那么脆弱，菌草技术能否如愿应用推广还很难说。”

“但如果能在环境这样差的地区试验成功，那今后在其他地方推广就更有说服力了。”

一路上，队员们七嘴八舌。林占熺自己也没个底，却知道凡事如果总在能否之间衡量，则多半做不成，面对严峻挑战仍勇往直前，才有成功的概率。没有调查研究就没有发言权，现在的关键是深入现场。

四月的福建已是短衣短袖，西海固地区却依然寒冷刺骨，沿途风沙弥漫，大有清朝词人纳兰容若笔下“寒月悲笳，万里西风瀚海沙”的况味。

晚上十点钟到彭阳县城，还没有吃饭，林占熺就急着向当地的扶贫队员问开了，饭后还央求带他到附近农家看看。彭阳县委书记上年在厦门培训班上请他前往扶贫的对话犹在耳边：“我们县从没出过香菇，也没有这样的草，可以吗？”“那有玉米和小麦吗？”“这个有。”“那可以试试。”他只能表示先考察再试，毕竟不熟悉彭阳的环境，如轻许诺言万一不成只会加重“骗子”的口实。菌草技术眼下还受到人为压制，原有的项目和经费不再持续，这就亟须更大的空间和舞台，对这样的机会他自然重视有加，施展起手脚却得慎而又慎。

马不停蹄连着五天翻山跨沟，所考察的几个贫困乡村比想象的还要恶劣，有的家庭居然连碗筷都备不齐，就在灶台上挖几个窟窿盛饭菜站着吃。真真是陋室空堂、绳床瓦灶、一贫如洗，没想到中国还有这么深入骨髓的穷！ 林占熺内心刺痛万分。

“以草代木”的菌草技术，完全可以抛开当地缺乏栽培食用菌的传统资源——林木这一现实了，但未来还是不确定：当地的确有较丰富的农作物秸秆，加之退耕还林还草，用于菌草生产的原料应该不缺？ 这里农药使用少，农作物秸秆农药残留也少，剩余劳动力充足，该能生产“人有我优”的绿色食用菌？ 这里海拔高，气候干燥，平均气温较低，该可发挥“人无我有”的优势？

在这样一个气候条件与福建迥异、生态环境相当脆弱的地方，以草种菇，不可能照搬照抄现成经验。比如，在福建室外建菇棚效果立竿见影，可这里昼夜温差大，并不适用。再大的艰难也没有限制林占熺和团队的想象加创新。他们作为闽宁对口扶贫协作援宁群体最先披荆斩棘的一群人，就是奔着破解“一方水土养不好一方人”这道难题而来！

一通实地考察，他们从当地特点中发现了优势：何不错开福建主产区的出菇季节，生产反季节菇类，这样就可在盛夏时节南方因高温不能生产食用菌导致市场缺货的空档期，满足市场之需；何不选取当地废弃的窑洞，来个“窑洞种菇”，变废为宝，既省得让老百姓花钱搭建菇棚，又借此克服西北冬季温度低、空气湿度低的环境条件……

这个“点草成金”的人，脑子里总装着金点子。

灵光乍现后，林占熺夜以继日地蹲在废弃的土窑里进行技术攻关，得出了“窑洞种菇”的可行性。在住过的几家农户中，他感到古城镇小岔沟村村民倪忠平有见识，在村里有威望，就希望他能带头种菇。年近不惑的倪忠平虽然跃跃欲试，但也摆出实际困难：大棚、棚膜、帘子这些投入虽然政府表示支持，但原材料的钱不是小数目，很多村民都掏不起。林占熺马上出面跟县里沟通。

“扶贫先扶人，扶贫先扶志”“扶贫要扶智，重视职业教育，改变观念”，这是扶贫先驱项南的理念，林占熺记得当初中央组织部和中国扶贫基金会在厦门开办的全国贫困县县委书记和县长培训班上，就传递了这个理念。实地考察后有了七八分把握，他受此启发，建议彭阳县的相关领导干部先到福建参观学习，继而在县电影院里图文并茂举办培训班。

在固原地区改变当地农民像山一样坚固、执拗的观念，成为菌草技术能否成功落地的第一步。林占熺知其艰难，但没想会如此艰难。

“打从盘古开天地，没听过能把野草变山珍。”

“什么，帮我们用废弃的玉米秸秆种出雪白的蘑菇？”

一系列怀疑中，经当地部门再三动员、分配名额并几近“拉夫”，才迎来了听众。经林占熺与县里沟通，贷款问题虽然迎刃而解，村民却又担心掌握不好技术，工作队走后出了岔子没人管。林占熺明朗表示，届时留下几个技术员驻村指导，有问题随时解决，直到村民熟练掌握技术。

有了这个“定心丸”，70多户村民便响应开来。林占熺团队从中挑选了27人，如当年在福建尤溪县示范生产时那般，作为菌草技术扶贫的首批示范户，“集中连片”指导。很快，一栋栋蘑菇大棚在小岔沟等乡村拔地而起。

为了确保户户成功，林占熺和队员们每晚都沿着崎岖山路，借着月光，打着手电筒，挨个窑洞察看菌草菇的生长情况，第一时间就地解决“险情”。窑洞的保温、保湿条件看起来都适合，缺陷是通气不畅，会影响菌草菇的质量。他与村民共商出了一个好办法，在窑洞顶上开个换气孔，空气形成对流后，难题便迎刃而解了。

他们的用心用情，把原本半信半疑的老乡们的心给打动了，有时一听他们的脚步或叫声，就赶紧出来迎接。户户都风平浪静，扶贫工作队才放心地披星戴月回驻地休息。这里昼夜温差大，为了随时观察菇情，林占熺和队员有时就分头睡在窑洞或菇棚里。

林占熺胸有丘壑万千，却又心细如发。他对工作队员们说：“一旦推行开来，让成千上万农户与看不见摸不着的‘细菌’打交道，成功了，是我们给他们种下了可以世代享用的‘摇钱树’；失败了，就会让他们雪上加霜，加剧贫穷，甚至因此上吊自杀。所以，我们一定要借鉴毛主席的军事思想，初战必胜，不打无把握的仗。”

日与月与，荏苒代谢。27个示范户，不管是用作物秸秆栽培香菇、平菇还是双孢菇等，每一个看似死气沉沉的菌袋，在历经一段慢条斯理后，都沉静且从容地滋长生命。这样的神奇，当然在他的意料之中，但细察之下，眼前这些晶莹剔透的菇阵，在一点一滴呵护下无痕的造化，却仍使他忍不住地惊喜。

如此横空出世，没有一家落空，人们不觉惊呆了：“这哪是蘑菇，简直是魔术啊！”

林占熺憨厚地说：“不是魔术，是蘑菇！”

“真的能吃吗？”

“你尝尝。”

一尝之下，那是前所未有的味道，鲜美得过瘾。

“能卖钱吗？”

“你试试。”

一试的结果，是半年后的捷报：每户收入均达2000元以上，最高者纯收入上万，比以往一年辛勤种植27亩小麦的收入还要高。古城镇小岔沟村困难户张文俊一家五口人，过去一年产粮不足700公斤，人均收入不到300元，当示范户后用50平方米菇房栽培平菇，当年就增收2500元，是往年收入的三四倍，不仅买回了当年的口粮，还买了化肥、地膜和一头驴，打了一口土圆井。新集乡牛贩子马继宝面对增收的万元巨款，激动不已：“我贩了20年的牛，还不如一年种植菌草蘑菇的收入。”

古城镇沸腾了！27户各有分布的白阳镇、新集乡也沸腾了！

示范效果彰显，尤其是半年时间能产三茬蘑菇的神奇，不仅让彭阳县看到了脱贫致富的希望，也引来西海固其他地方好奇的目光。难题是，当地百姓一年四季大多以土豆、玉米为主食，蔬菜平时极少上桌，不晓得蘑菇是何菜肴，更别说菌草是何物，怎样才能防止他们只有三分钟热血，而能持之以恒地为菌草事业沸腾？人无远虑，必有近忧，林占熺意识到，菌草种菇技术今后若要大面积推广，还必须解决菌种本土化的难题。

1998年春节刚过，林占熺率8人技术小组从温暖如春的福州前往雪花飘飘的塞北彭阳，开张起了“六盘山区菌草技术培训班”。他不由想起毛泽东在长征路上抒写的豪迈诗词：“六盘山上高峰，红旗漫卷西风，今日长缨在手，何时缚住苍龙？”他从毛泽东当年从事伟大斗争的福建穿过大半个中国来到六盘山下，何尝不是一次新长征；面对困难和挑战岂能偃旗息鼓，他克敌制胜的法宝便是菌草技术，急需缚住的“苍龙”便是盘踞此地多年的贫困，为此不仅要对菇农包教包会，还要把全套技术留下来，让他们此后有“长缨在手”。

蘑菇大棚充作临时教室，时不时还在附近空地开展露天教学。用汽油桶煮小麦，晒干后加入石膏搅拌、装瓶、高温灭菌，然后木箱接种，每一套程序都一丝不苟。这里气候干冷，多数队员都不太适应，有人不停咳嗽，不停张嘴向冻僵的双手哈气以保持手指灵活度，但哪怕吸溜鼻涕之声此起彼伏，也没人进棚烤火。

木箱接种时，得坐小板凳半蹲着腰，双手伸进箱里，透过玻璃片观察手中菌种的变化，常常一蹲就是个把小时。北风吹，雪花飘，林占熺和技术员们的衣服、头发和眉毛上一片落白。一箱菌种接种完毕，双脚早已冻麻，人也成了雪人。

培训的学员水平参差不齐，但林占熺团队对谁也不放弃，面对面地讲授，手把手地指导，一干就是一个多月，直到将十八般武艺悉数留下。“林老师留给我们的，绝不仅仅是一项脱贫技术，还有一套完整的致富产业链、一笔不可估量的财富，利在当下，功在千秋。”目睹此情的彭阳县科委技术员米占国，多年之后说起往事仍情难自禁。

有了成功的先例，福建省对口帮扶宁夏领导小组推广菌草扶贫模式的底气就更足了，决定进一步扩大示范，在闽宁村和彭阳县两地同时建立菌草技术扶贫基地。

就这样，1998年春，林占熺又带着菌草技术员来到位于腾格里沙漠边缘的永宁县闽宁村，在一间不足15平方米的旧车库安营扎寨。

闽宁村是在戈壁荒漠上建起来的移民村，也是福建省帮扶宁夏的最大一个吊庄。最初的八千多名移民来自极其贫困的西海固地区西吉县，人是搬迁来了，不久因为这里生计艰难，人均两亩多的沙漏地，让村民们望而却步，把政府帮建的新家房门用砖砌起来后，又返回西吉县居住。林占熺了解这一现象后，马上和福建扶贫干部们商议：“要解决这一问题，迫切需要发展能快速脱贫致富的‘乐业’项目，才能安定人心，并最终解决吊庄移民群众的‘安居’问题。”

不同的战场，相同的目标。

“林教授，你也感受到了，这里天气非常恶劣，属荒漠平原交织带，风吹石头跑，天上不飞鸟，农业生产条件恶劣，成本高，产量低，而且既没有树也没有草，怎么还想来搞什么菌草生产示范？”在当地任职的一位福建扶贫干部对传说中的菌草技术还没有眼见为实，善意提醒。

“没有草，可以想办法种！”林占熺自信满满。

“可别弄得最后连我们都没脸回福建……”对方仍有担心，意在言外。

还有其他问题：闽宁村气候干燥、干旱少雨、蒸发强烈，昼夜温差大，风大沙多，福建的老经验用不上；没有窑洞，彭阳的新经验也用不上。怎么办？规划建设中的菌草技术扶贫示范基地等着林占熺指点迷津。

一番达摩面壁般的埋头钻研，林占熺摸索出了一套菌草扶贫新方案。他选定了市场潜力大的双孢蘑菇，理由是：冬春两季栽培气温太低，要用温室，成本太高，而双孢菇在食用菌主产区夏秋两季难以自然生长，因此选用它来首批规模发展，与南方主产区错开生产季节。他还说了，要降低农户的参与门槛，就必须简化技术，把技术标准化、规模化、本土化，让农户一看就懂，一学就会。

八千多移民，男女老少，莫不怀着强烈的脱贫愿望，对党和政府的造福工程充满期待，却又对如此栽培蘑菇心怀疑虑。林占熺从他们的眼神中读出了那一份渴望和顾虑，也再次掂量出了肩头责任之重。他把技术人员分成9个组，承包9个村民点的种菇生产，进村驻户，一对一、人盯人，从备料、搭菇棚、管理到采菇，手把手全程服务指导。如此，特别的菇房星罗棋布地建，多数都得挖到地下一米多深，半地窖。

"我这边的蘑菇死了！"

"我这里的菇也死了！"

这样的对话发生在第一次超大沙尘暴到来之后。大风起兮，狂沙乱飞，遮天蔽日，好不吓人。再怎么关门闭户都无济于事，总有细沙轻松突破防御。头发、衣服、口袋，沙子比比皆是，饭碗和茶水里灌满沙尘。翌日醒来，房间里的沙子不请自来，更别说他们下榻的简陋蘑菇房。

但整个团队谁也没有后撤，在与沙尘共舞中观察气候变化，掌握菇房温度，记录蘑菇生死点滴，交流心得体会，摸索种植规律。

"林老师怎么出鼻血了？"

林占熺感觉鼻子有异常，起初还以为是天冷催生的鼻涕，经队员一说，用卫生纸一擦，红浥纸背。刚用纸团塞住鼻孔，就发现对方也开始用纸擦鼻血了。

团队上下几乎无人幸免，这里的气候与东南确实大不一样，有人自嘲："看来，不流点儿鼻血，都不算来过宁夏！"

相顾之中，谁也没有大惊小怪。人和蘑菇一样，都水土不服，但得克服。严重时，有人的鼻血像泉水一样，渗透纸团直往下滴。

手上和衣服沾着血，枯寂的蘑菇上点点滴滴也是血。染血的菌袋像是要为蘑菇的破土滋长玉汝于成。记录本上那些沾血的文字和数据，像红色的音符在为新生事物歌唱。

在陋室下艰苦转战，把沙尘暴视为家常便饭，林占熺对刘禹锡的《陋室铭》表达的境界情有独钟，还特别喜欢他的诗句："千淘万漉虽辛苦，吹尽狂沙始到金。"他这些年与草为伍、为百姓造福的经历，与此何其相似乃尔。大小蘑菇并无盛颜鲜姿，看似凡桃俗李，恰也无端地透露出他那些日子的素朴和殷实。

当地玉米芯这样的农作物秸秆经过发酵等工艺，作为培养基加进菌种栽培蘑菇，已然有了可喜的结果，但林占熺还想着突破，因为这些秸秆都有农药残留，以之做培养基杂而不精、博而不纯，绝非长远之计，还得菌草上！菌草与农药毫无瓜葛，孕育的蘑菇才能食之放心，本土种植就地取材也能大大节省居高不下的运输成本。他就这样自创了一套"组合拳"：一方面使用农作物秸秆，一方面在沙土里种菌草。

反复试验，磨杵成针，"嫩芽芽"真的在沙漠里拔地而起了！种蘑菇的原料问题终于迎刃而解！用菌草做原料可谓冰清玉洁，生成的蘑菇"清水出芙蓉"。菌草吹尽狂沙，不负"金草"美名！惊叹中，盼着奔小康的农户们在看到那些菇房纷纷长出新鲜肥美的蘑菇、木耳之后，很快不约而同地"跟风"。

大半年的努力没有白费啊！村民们高兴，林占熺和团队更高兴。

然而丰收在望中，问题紧随而来：吃不完的大量鲜蘑菇往哪里卖呢？尤其是出菇高峰期，看这长势，每天必然会有数以吨计的蘑菇，销往何处？不尽快销售，蘑菇就会腐烂发臭，大半年的辛苦将归零！

市场哪里找呢？对菇农的调查，与当地政府的商讨，所得反应都是一筹莫展。不能坐"等"其成，得自寻活路，宁夏方面希望福建能包销种出来的蘑菇。

扶贫技术无偿提供了，还要销售，而且是包销？一开始，林占熺不敢承揽。林月婵就找到他说：“他们就相信林教授，说你当教授的能负责到底、能答应下来，宁夏的百姓也就一万个相信了，人人就都肯种了。”

面对来自各方的信任和期待，林占熺咬牙扛下了担子：“村民们看着成山的蘑菇干着急，我们总不能熟视无睹吧！”

回来和队员们商议，一如所料，多有微词，脸布愁云，头摇得像拨浪鼓：“不行啊，我们的压力够大了，何况推销不是我们的强项……”“是啊，我压根就没有销售经验。”

林占熺耐心地解释：“我们这个菌草基地今后要起到示范效果，生产要走向正轨，就该未雨绸缪考虑市场问题，这才是对菇农的贴心关切。我们作为技术人员，在菇农起步时如果不包销，农户们就没有信心，菌草技术扶贫这事就难以为继。”

“为了菌草，为了亟待脱贫的宁夏乡亲，我们豁出去了！”工作队队长黄国勇首先表态支持。

林占熺提出要赶在蘑菇还没上市前就落实好市场。大家又忙开了，八仙过海分组跑销路！林占熺带头，摇身变为“商人”，包里装上菇样，一马当先专门到北京调研食用菌市场的潜力。

黄国勇在落实好银川市场的固定客商后，也风尘仆仆北上乌鲁木齐、包头，南下兰州、西宁，东去西安、洛阳，天南海北地跑起了市场，广交客商朋友。得知上海一家大型蔬菜批发市场食用菌销量较大，黄国勇立刻实地了解早市交易情况，找批发商洽谈合作事宜。上海批发商听到大西北戈壁滩能长蘑菇，还准备来上海滩抢占地盘，无异于天方夜谭，看了黄国勇带来的菇样，并听他滔滔不绝介绍其质美价廉背后的绿色性质与扶贫意义后，马上予以认定，达成供销协议。

春风吹来满眼绿。闽宁村第一次种植菌草，全村200多个示范户均获大丰收。他们的产品，通过空港，一批批及时地运往上海、西安、兰州、广州等地。进入生产旺季时，全村所产逾千吨鲜菇全部销售一空，创产值280万元。

为了让当地农民对菌草种菇彻底放心，林占熺和团队破例与当地政府签下一份独特的“菌草技术扶贫全程承包协议”，承诺不但无偿提供菌草专利技术用于扶贫，还承担技术和市场风险。紧接着，工作队及时贴出“安民告示”，广而告之：菇农种出的菌菇全由工作队包销，时产时收，当场兑付，不打白条，参考定出的保护价，就高不就低。

菇农齐声叫好之声响彻云霄，直达贺兰山下。

闽贺七组的村民戴文忠开着拖拉机“突突突”地将采了大半天的近700公斤菌菇运送至扶贫工作队队部时，值班队员立马为他办理了收购手续，当场支付2200元收购款。不久前，他还风闻菌草种菇坑人、菇农因香菇滞销而拿扁担上门打人之事，眼见为实后，顾虑全消。拿到现款高兴而归的他所不知道的是，小半天时间后，他和其他种植户的菇便被“合并同类项”包装好了送往机场，第二天可能就进了东南、华南一些城市的早市。收购蘑菇不时需要工作队自掏腰包垫付资金，为了保证有充足的备用金，林占熺打电话请妻子转账6万元。

“菌草蘑菇”以天然营养、绿色无污染的特色，填补了江南六月至十月不产双孢蘑菇的空档。高峰时，银川飞往上海的航班货舱几乎都被来自闽宁村的蘑菇给“霸舱”了。这个阵势，让机场工作人员啧啧称奇：“荒芜的宁夏能为江南提供鲜菇，这也算宁夏的骄傲！”

1999年国庆第二天，林占熺和专家组到闽宁村对种下的菌草组织测产验收，结果显示亩产鲜草近12吨，是当地玉米产量的3倍。

新闻记者面对与众不同的草结出意想不到的菇，少不得要变动宋朝才女严蕊的《如梦令》几句，来为菌菇代言了："道是绿草（原文：梨花）不是，道是紫草（原文：杏花）不是。白白与嫩嫩（原文：红红），别是东风情味。曾记，曾记。人在西夏（原文：武陵）微醉。"是啊，菌草是草，菌菇也是菇，"是"和"也是"都奇绝。

"菌草技术真是好！"一位老农现场编起了顺口溜，"菌草菌草，闽宁草，幸福草，还是社会主义好，还是共产党好。"

这位老农像当地很多人那样大字不会写，普通话也说不太好，谁也没想到这样出口成章，那是老乡们叠加的感情共鸣呢！那是宁夏人民情之所及，从心底自然冒出的感恩之情。

一边指导菌草种菇，一边包销"菌草菇"，菌草扶贫队那些年几乎跑遍了全国主要蘑菇市场。八仙过海各显神通的背后，是另一曲奉献之歌、爱民之曲。如此自加压力，为谁辛苦为谁忙？谁个不知！

有一次在收购现场，林占熺曾见几位菇农收下钱后对工作队千恩万谢，还腼腆地说："我们生下来还没坐过飞机呢，没想到能让自己种的蘑菇成天飞来飞去……"

"我说老乡啊，将来等你们草种多了，菇出多了，钱赚多了，也就可以随便飞了。"林占熺笑呵呵地回道。

得知说话者就是"菌草之父"，几位菇农连连鞠躬："林教授真是活菩萨啊，给我们带来了幸福草……"

2000年，闽宁村创下一天出售蘑菇60吨的纪录，全年销售额近亿元，闽宁村仅种菇一项，人均收入就达到3000元以上，最高的达1.2万元。最先种草的彭阳县已营造开“远芳侵古道，晴翠接荒城”的气象，示范第二年，菇农超百户。那几年，不管是闽宁村还是彭阳县等地，几乎家家户户都买了钹鼓，在菌草扶贫工作队回福建过年时，就敲钹打鼓一路欢送，比当地过年要社火还要热闹几分。

“要做自己‘拿手’的”：宁夏“菇爷”送金草

菌草在彭阳县、闽宁村初步扎根，硕果累累。1998年9月，闽宁两省区党政领导现场考察后，对菌草扶贫这个好项目寄予厚望，提出迅速扩大规模，在宁夏全境的贫困县推广。

是年跟随闽宁两地领导一同考察了闽宁村菌草技术示范基地的《福建日报》记者黄世宏，如是回忆：“我在那里被震撼了：林占熺教授带领他的团队，在极其艰苦的环境下，用科技扶贫，为当地民众脱贫致富、水土保护、改善生态环境，做出了意想不到的贡献，深受当地政府和民众的称赞和爱戴。面对这一切，我萌发了有一天要把这个动人的典型好好写出来的想法。从此，我更留意林占熺教授在科技创新上的每一个信息，更不放弃每个能与他接触、交谈的机会。”

这年10月，时任福建省委副书记、福建省对口帮扶宁夏领导小组组长习近平指出：“菌草是我省之优势”，要求“扬长避短”，“要做自己‘拿手’的”。这为利用菌草技术开展对口帮扶宁夏工作，指明了方向和工作思路。

加快菌草扶贫的时机已然成熟！

菌草带着扶贫的光荣和梦想，跟着林占熺和团队迈开大步，一步一个脚印地向宁夏南部山区大面积挺进。

东奔西跑中，有记者追随林占熺的脚步一路访问："您和团队从福建到宁夏帮助农民摆脱贫困，几年连下来就不感到苦啊？"

林占熺爽朗地回答："我们本可过轻松的日子，不那么艰苦，但你要这样问，我就要说，让更多人过上好日子，也是科技工作者的责任；帮老百姓摆脱了贫困，也等于我们过好了日子。"

他活跃的大脑不断涌现瑰丽的想法，菌草种菇不过是老百姓摆脱贫困的过渡性扶贫方法，种植菌草并由此发展配套产业才是实现共同富裕、改善生态的强力保证。人家写字画画创作是意在笔先，他推广菌草技术呢，情不移，脚在动。

一天晚上，林占熺从菇房现场回驻地已近十点，却还要菌草扶贫工作队队长黄国勇通知大伙开会。黄国勇考虑到他的身体一直不是很好，加上这段时间国内国外连着跑，便婉转地劝他早点休息，有事明天再说。林占熺却坚持还是马上就开。

会议过半，林占熺讲话突然变得吃力，豆大的汗珠顺着脸颊不停滑落。经大家再三恳请，他只好苦笑着说："年纪大了，脑袋今天确实有点儿不听指挥，刚才几个问题你们先议，我休息片刻再参加。"他转身躺在沙发上，"半小时后叫醒我"的话音刚落，便呼呼入睡了。一个小时后自然醒过来，他起身就说："哎哟，睡过头了，怎不叫醒我？现在我没事了，还是把刚才的事商量完吧。"刹那间，大家的眼眶便湿润了。

感召之下，队员的日常毫不含糊：顶烈日，冒风沙，帮助菇农搭建半地下室的菇棚，帮完这家帮那家。菇农有需要，大家风雨无阻随叫随到。天若有情，也会感慨他们承担了常人难以承受的艰难与压力。先不说多数队员与家人聚少离多，也不谈忙累和千把两千元的收入，光说他们许多人在宁夏一干多年，却连著名的沙湖、西夏王陵等景点都未涉足，就可见他们为一个事业的意识、尽一种责任的担当。

作为这个团队的主心骨、灵魂人物，林占熺每一次穿过大半个中国来到宁夏，都是为了推广菌草这个“独门秘籍”。就像风云人物关键时刻露脸招手就能为股市招来“牛市”一样，他也可以呼风唤雨，为菌草“圈粉”呢。

2000年，宁夏山区各县起码都有一个村作为菌草产业扶贫的示范生产基地，全区参与农民猛涨到5000多户，兴建菇棚5000多座，棚均年收入不下4000元。彭阳县还建起了一个日加工一百吨的盐水蘑菇加工厂、三个鲜菇保鲜冷库、一个制种中心，为菌草食用菌业持续发展创造更好的条件。

林占熺的每一次来回，都推着菌草技术培训持续走向正道，飞入寻常百姓心里，生根发芽。

十几批数百人次的技术人员，300多期短训班，3万多人次的学员，就这样被菌草珠绕翠围在一起密不可分了，相关绩效日新月异地刷新，从小打小闹演变成蔚为壮观：发展菇农1.75万户，种植菌草60多万亩，建菇棚1.7万棚、创产值超亿元……谁都说菌草种植是宁夏贫困地区一项群众受益最大的增收项目。

林占熺的每一次来回，也都是把薪助火，带动菌草形成更大一片气候，推动草海波澜、菇群辉映更壮阔。

2003年，“闽宁万户菌草产业扶贫工程”启动，以集中连片、整村推进的产业发展策略，如火势般燎原，很快就遍及宁夏十个县市（区），鲜菇冷藏库的建立水到渠成，销售网络和渠道如蛛网般交叉纵横。

林占熺的每一次来回，都能感受到百姓钱袋子的变化。

银川航空港的爆料堪称重大新闻：2000年，仅闽宁村每天通过航班运输的蘑菇便近60吨，之后成倍增长。新闻的背后，是与日俱增、越来越多的宁夏百姓通过菌草告别了贫困，走上了小康之路。

回族马老汉曾拉着林占熺的手，激动得话都颤抖："林教授，我活了半辈子，以前百元现钞对我来说，像是天上的星星，可望而不可即。自从种上菌草蘑菇后，百元大钞就像是树上飞来的树叶，有时一天能拿到八张呢。菌草真好，感谢你给我们种上了摇钱树！"

还有那个王旭斌，举家从西吉搬到闽宁村时，靠打工为生，人均收入不到千元。1999年经菌草工作队指导，在自家院子建起了一个长15米、宽7米的菇棚，当年收入像夏天的温度一样往上急蹿到6000元，逢人便称菌草技术是他的"摇钱树""聚宝盆"。不久他受政府兴建"闽宁菌草循环经济科技生态园区"的启发，雄心勃勃要把这个"聚宝盆"做大，于是率先在园内建起了第一个标准大棚，生产面积达到1000平方米，当年收入逾万元。他喜不自禁地笑出了声：真像是种了一棵"摇钱树"啊！

回族村民马世海自2000年种菇以来，钱袋子一年比一年鼓，用种菇所得，今年养几头牛几只羊，明年种几亩葡萄，后年买三轮车、建几间新房。致富后的他，扬眉吐气地说："我现在不要替人打工了，种菌草蘑菇的农忙季节，还要雇人到我这里打工呢。"

林占熺的每一次来回，都能感受到这里人们的观念在转变，精神面貌为之一新，犹如沉寂的闽宁村慢慢变成了热闹的闽宁镇，原先的八千人涨到了上万、两万……

惠特是闽宁镇数得上的种菌草蘑菇大户。技术员第一次上门动员时，他坚决不信那一堆既黑又臭的草料里能长出啥好吃的东西来。他的父母在山大沟深的西海固地区从没见过什么双孢菇，听了也是直摇头："千万别去瞎折腾，咱们几代人种的都是小麦和洋芋，从没听说宁夏能种菇。”有一天，惠特看到镇政府大院后面的菌草示范园区大棚架上冒出一串串白花花的蘑菇，不可思议之余也是怦然心动，马上找到技术员指导，建起了一座小棚。几个星期后，一蘑菇长出，上街一卖，比鸡蛋还贵，收入斐然：第一年净收入4000元，是种小麦、玉米的好几倍；第二年收入翻了一番。信心一年比一年足，2003年一鼓作气把小棚改建成了大棚，紧接着又建成砖墙菇棚40间，生产面积达到2000平方米，收入是节节攀高。

与惠特有得一比的是刘昌富。1998年他和家人刚从西吉县搬来时，是屁股后挂铃铛——穷得叮当响，连小孩子上学的两块五毛钱都拿不出来，借了三家才凑够。真要喝西北风了啊！菌草扶贫工作队从福建给他送来了春风，一来就教他种植蘑菇，头一席话就开了“支票”，多年后他都记得原话：“这是‘菌草之父’‘扶贫状元’的科研成果，只要好好种，就一定能挣钱！”

这一带没几个人见过蘑菇，所以刘昌富跃跃欲试搭棚建菇时，不少人都等着看笑话，好心的则劝别瞎折腾了，老老实实种土豆吧，天上不会掉馅饼，即使种出了蘑菇，这么小的东西卖不了几个钱。刘昌富看似敢想敢干“吃螃蟹”，其实是在“穷则变”之下试手的，像是“病急乱投医”，不料“变则通”：是年，头茬菇就换来了厚厚一摞崭新的50元钞票，直接赚到了800元呢！此前从没有一次拿到过这么多钱的刘昌富，感觉像做梦，惊喜得一把抱住工作队员旋转。整个大棚宛如一个聚宝盆，菇转眼销罄，收获7000元巨款，比过去几年赚的都多，这还不计其中一个棚被沙尘暴掀翻造成的损失。孩子上学无忧，欠债从此成为历史。那些原等着看笑话的张三李四，见了“穷光蛋”刘昌富的发迹，如旋风般比起学种蘑菇，仿佛谁慢谁就吃亏，15栋双孢菇大棚转眼便矗立在了村里。

差不多也是风的速度，菌草扶贫工作队原先的“包销”任务自动被他们培育的市场给解除了。宁夏“菌菇”的声名让菇贩子应运而生，一到收获季便闻风而动，从四面八方云集宁夏。

刘昌富和菇贩子连打几年交道后，虽然收入总体上升，但因为蘑菇价格总掌握在几个菇贩子手里，很难卖出理想的价格。他就想亲自去考察外面的市场，与其让别人来决定菇价，不如自行定价，也给菇农闯出新天地。他到兰州、西宁、包头等城市转一圈回来，马上买了辆三轮摩托车，闲时自拉蘑菇到银川街头卖。色白且品质上乘的蘑菇，尤受青睐，推动着菇价从原先的一元八角一斤节节攀升，翻倍后市民们还说价廉物美。他很快就在银川北环市场有了自己的批发摊位，从此再不必为菇价问题而烦心了。自己赚得盆满钵满，也让菇农们的腰包水涨船高。

一来二去，刘昌富见到了改变他命运的恩人林占熺，自称“学生”当面感恩后，眉飞色舞地列举了最近一个月来各方面的收入，笑着说：“林老师您别看每一笔都不多，加起来已逼近三万元，以前连想都不敢想呢！”他毫无保留地与林占熺分享钱袋子鼓起来的快乐，知道这个大善人不会眼红要和他分钱，菇农的生活红胜火了，才是给他最大的回报呢。

林占熺也喜欢这位冒尖的种销双全的菇农“弟子”，幽默地说：“你的名字带富，昌字是两个日，意思就是日复一日种菇，不富都天地不容。”

刘昌富乐意自己的名字被这样解读，却又忐忑地问：“林老师您快退休了吧，以后还会来帮我们吗？”

“只要你给村里人带头种菇，只要你们需要，我即使七老八十了也还是会来！”林占熺爽朗地说。

"好，好，我们可以安魂定魄了！林老师是宁夏的'菇爷'，我们都祝愿您长命百岁，您来得越多，我们就越能增收。"

林占熺先是一愣，待明白"菇爷"之意，脸上顿时笑开了一朵花："只要宁夏父老乡亲不嫌弃，我就当一辈子宁夏'菇爷'。"

喝水不忘挖井人，爱他就给他最好的广告词，这是刘昌富对林占熺油然而生的朴素感情。他由此成为菌草技术的推广能手，西北很多人就是通过他日复一日、绘声绘色的广而告之，知道了"宁夏菇（姑）爷"林占熺，进而成为菌草人，赚了钱，发了家。

闽宁对口扶贫的成果，得到党中央、国务院的充分肯定。2003年9月5日，中共中央政治局委员、国务院副总理回良玉在彭阳县视察菌草扶贫的成效后，高兴地说："在这里，我看到了东西协作扶贫的希望！"

所谓"春江水暖鸭先知"，宁夏贫困山区的百姓在如波浪起伏的青青菌草前、在一把把盛开如小伞的香菇前，更是看到了脱贫致富的希望曙光，感恩之情溢于言表。

寸心言不尽，这份情一往而深，这束光一泻千里。2020年7月，传来了一个消息，中宣部决定授予闽宁对口扶贫协作援宁群体"时代楷模"称号，由林占熺作为代表上台领奖。林占熺感慨万千："1997年，我54岁，干了快20年的扶贫工作了，看到宁夏一片沙漠，对能不能在这里种菌草、种蘑菇，心里开始也没有底，但还是决定和老百姓一起在这个不适宜人类居住的地方奋斗，因陋就简、就地取材，终于把一片黄沙变成了'塞上江南'，这就有了今天的闽宁精神。在对外扶贫上，我们团队已经将菌草技术传播至全球101个国家，而且我们就把闽宁协作当作课程来讲。斐济农业部一位官员听课后，非常羡慕我们能有这样的协作政策，也让他们有了把菌草技术推广下去的决心。"

在菌草技术传播至全球101个国家时，第101个“时代楷模”花落林占熺等人头上，这种巧合也像是天意的安排。

世界看在眼里，林占熺作为领奖代表的发言，以及此后在台上台下所谈，几乎都不是自己，而是每个队员一件件、一桩桩感人的故事：

一天上午，沙尘暴突如其来，一时飞沙走石，敲打得窗户噼啪作响，五米外不见人影，车辆都无法出行。扶贫队员杜鸿鹄和罗彪远因与菇农有约，坚持要上门，检查前天新种下的菌草蘑菇。当他们穿过肆虐的沙尘暴，身披厚厚的黄沙，推开菇农紧闭的房门时，菇农误以为是被大风刮开的，急急下炕来关门，看清眼前站着的两个“土人”时，先是吃惊：“今天天气这么糟糕，我想你们肯定来不了了。”继而埋怨，“这么大的风沙，你们还步行来巡查，真叫我不知说什么好……”杜鸿鹄满不在乎地说：“约好的事就得来。”罗彪远拍打着身上的沙土，也说：“你家的菌种刚播下，就遇上这么大的风沙，我们不来看一看，放心不下。”

一天清早，扶贫队员黄国楚和林克先骑摩托车到十几里路外的双沟巡查菇情，途中抛锚，修了半天仍无济于事，只好轮流推车步行。时过中午，两人已汗流浃背，气喘吁吁，肚子也咕咕唱起了“空城计”，翻遍各自的口袋，只找到九毛钱，就买了两根冰棍，权当解渴充饥。到点后，两人若无其事地挨家查看菌草蘑菇的生长情况，把所见问题一一解决。夜幕降临，菇农再三挽留忙了整个下午的队员吃晚饭再走。他们坚决谢绝，寄放好摩托车再徒步空腹返回，凌晨两点才踉跄到达队部，两条腿像灌了铅似的沉重……

故事讲到这里，听者难免不可思议：他们俩也实在犯傻，为何不在菇农家吃完饭再回来？

林占熺就代为回答：国有国法，队有队规，工作队一成立就制定了严格的纪律，要求队员像人民军队一样，不拿群众一针一线，哪怕是下乡扶贫也不吃农家一顿饭。

有人还是不太理解：具体情况具体处理，他们的车子坏了不能及时返回队部，为什么不可以吃菇农一餐饭，大不了付个饭钱就是，何苦要连饿两餐？

林占熺又说：我们的队员如果吃了菇农的饭，对方就绝对不会收队员的钱，这样岂不是违反了队规，口子一开就难堵了！

队规的制定者林占熺，正是时时处处以身作则，才在黄土高坡屹立着这么一支比百姓还能吃苦的“菌草铁军”。

这个故事延续到后来。一天，林占熺坐车前往双沟，想着黄国楚、林克先的徒步经历，默默计算着路程，回来对他们说：“这么长的路，也不知你们那天怎么走下来的？叫我步行，可能撑不下去，你们的精神值得我学习！”两位队员知道林教授这是在变相表扬他们，腼腆地笑了，一人说：“林教授走过的桥比我们走过的路还多、还长呢，现在依然老骥伏枥，包括您的不吃请，都是我们学习的好榜样。”

林占熺率首批队员回福建时，闽宁村双沟点14家喜获丰收的菇农，各户派出代表一起到扶贫工作队队部，要求为全体技术员饯别，但好说歹说，就是打不开“口子”。集体请不动，有人就想着单个略表心意。闽宁开发区财政所干部王剑翔杀了只鸭子并特地煮熟，装在塑料袋内送给经常指导他家种菌草蘑菇的两位队员，再三恳求：“我不是农民，是国家干部，礼轻情意重，只想表达同志间的真诚和友谊，请你们一定要收下。”最后呢，还是只能把煮熟的鸭子提回家。

深到骨子里的自律，是林占熺和扶贫工作队的山海情，且是坚持做好扶贫工作的信念。

但"口子"还是被迫开了一次。因为这些菇农在三请不到之下，只好"走后门"，把"状"告到开发区主任浦振儒那里了。浦振儒亲自出面说情："闽宁一家亲，致富不忘扶贫工作队，你们必须去，不能伤了回族百姓的心。人家也不是什么豪华盛宴，只是为了更好沟通感情，出了问题我负责。"

林占熺与六位队员这才赴宴。14家农户代表围着他们又蹦又跳、敬酒、送锦旗的场面，连同他们无法用语言表达的朴素感情，让每位队员终生难忘，更是深切感受到扶贫工作的重要意义。

在宁夏，伴随当地百姓丰收而来的，是交口赞誉。那些年，林占熺扶贫工作队收获的口头表扬多如牛毛，锦旗也林林总总："科技扶贫，情深似海""科技兴农结硕果，福利移民情谊长"……自治区一位领导还个人向林占熺所在的福建农林大学，赠送了"菌草技术扶贫，造福贫困百姓"的牌匾。

闽宁村以南50公里处的贺兰山下，一片戈壁滩以风沙起舞式的对话，默默诉说着沧海桑田，也将最近二十年的变迁一览无余：新生的闽宁村在扩大成为六万人、热热闹闹的闽宁镇后，戈壁滩在缩小，在缩小。

"驾长车，踏破贺兰山缺。"年少读岳飞震古烁今的《满江红》，林占熺早早就知道了贺兰山，没承想会在世纪之交带领一支"轻骑"千里来此，"收拾旧山河"，让山下的荒漠披上绿装，利用菌草带领农民致富。一户农民种50平方米的菌菇收入，比种20亩小麦的收入都高呢。

这一年，距他参加工作已30年。贺兰山在蒙古语中为"骏马"之意，他这匹来自南方的"老马"，奋蹄千里来到中国这个重要的自然地理分界线，也是草原与荒漠的分界线，回望30年间飞扬的尘土以及一路相随的云月，他没想到功名，只是不泯初心地把菌草扶贫的梦想照进现实。

“天街小雨润如酥，草色遥看近却无。”横空出世的菌草，在宁夏有了“闽宁草”“幸福草”的命名。春风化雨，生命的绿色在恣意涂抹茫茫戈壁，将之变成充满希望的热土时，幸福的滋味润物细无声。

林占熺带着菌草技术，助力中国特色的脱贫攻坚战，在古今中外扶贫济困史册上书写非凡一页。当新闻记者们执着于菌草技术何以能快速推广、迅速见效时，他着眼的却是：“我国贫困县大多生态脆弱，只要利用非耕地种植菌草，全国便可形成千亿元的产业，在可持续发展中，也有利于扶贫开发和生态建设。”

各路记者跟着林占熺和他的菌草跑久了，跑长了，在看到宁夏干部群众的热烈反馈时，也不约而同地见证并揭开了一个不算秘密的新闻：菌草种菇帮助摆脱贫困并成典范，只是这位“全国扶贫状元”在扶贫征途上的一幕，林占熺和他的菌草技术还为大西北荒漠变绿洲找到了一条新路；而且，他长期坚持在宁夏贫困山区驻村驻点、沉醉不知归路时，也眼观六路，如天女散花般，让菌草技术飞入全国各地“寻常百姓家”。

2000年冬，全国第二次菌草技术扶贫研讨会开过之后，林占熺穿着棉大衣，戴着棉帽，从福建赴新疆采集草种。披一身白雪从草丛里钻出来，他还特地将手中采到的红草举在帽檐上炫耀并做个手势，像不像唐伯虎画的公鸡？

唐伯虎《画鸡》诗云：“头上红冠不用裁，满身雪白走将来。平生不敢轻言语，一叫千门万户开。”于林占熺而言，重点自然在于，菌草在大西北的普及，已然能够“一叫千门万户开”了。

林占熺戴着时代颁的桂冠，走到了天山，凭高目断，无限思量。

针对新疆“早穿棉袄午穿纱，围着火炉吃西瓜”的天气，他在实施福建智力援疆项目——天山菌草产业化发展时，提出利用天山北坡“逆温带”发展菌草产业的方案。

“福建是海上丝绸之路的起点，新疆境内的丝绸之路曾被誉为‘宝石之路’，如今我们可以借助新疆的特殊气候、地理优势以及拥有八大涉外口岸等有利条件，联手打造一条天山菌草带，走出一条既可以保护生态又能发展畜牧业、可持续发展的‘菌草之路’，将这里生产的各种菌草、食药用菌源源不断地运往全国和世界各地。”在新疆昌吉州菌草技术骨干培训班开班式上，他激情澎湃地动员并谋划。

数年后，从昌吉州东部的木垒县到西部的玛纳斯县绵延500公里，县县都有菌菇种植点，站点200多个，成为新疆最大的食用菌种植基地。

20年后，昌吉州菌草业产值已高达3亿元，农牧民通过菌草业的增收越来越可观。菌草技术在新疆的生态保护、荒漠化治理也喜讯频传。

有人在钦佩、感动之中，曾试图计算林占熺这些年来为推广菌草新技术的日工作量和往返路程，最后无果而终，因为太超乎寻常人了，而且“楚山无限路迢迢”。

菌草业在天山脚下生机蓬勃。2020年10月底，喀什市叶城县江格勒斯乡当年3月引种的巨菌草开始收割，农技员吐尔逊江望着丰收的情景，开心地介绍：“7月割了一茬，现在又割一茬，一亩地产量为15吨左右，收入可达5000元。”

菌草在新疆的资讯多得让人眼花缭乱呢，林占熺心里的“菌草之路”本就有无数个万紫千红，他年也会和“丝绸之路”一样，连着菌草精神，深深镌刻在广阔美丽的新疆大地。

伟人说：“人是要有一点精神的。”一个真正有精神的人，一个精神世界里真正装着国家和苍生的人，普通的尺度何以衡量？林占熺以超乎常人的精神，一次次、不计其数、不厌其烦地奔走在这样山重水复的路上，生命不息便日拱一卒，功不唐捐。

一次塞上行，一生闽宁情。菌草帮扶宁夏的脚步不停不歇，至今仍如火如荼，林占熺到过宁夏几次，已经数不清了。人们只晓得他自1997年后每年都不曾间断，只晓得他每次一下飞机，不是直奔菌草推广现场，就是到菌草育菇现场发现和解决问题，只晓得伴随他奔跑的方向和速度，闽宁携手，菌草技术在这个被联合国认定为“不太适合人类居住”的西北大地开花结果，造福苍生。

“你从八闽大地走来，带着海风，带着温暖，几回回梦里回到六盘山，闽宁情谊割不断……”这首新编歌儿，道出了宁夏各族人民对闽宁对口扶贫协作援宁群体质朴的感激，听得援宁老兵林占熺感动不已，他知道此时的他们已是你中有我我中有你呢。

2000年6月，福建省政府为林占熺记一等功。这是福建省史上第一次对科技人员予以最高规格的记功。7月5日，时任福建省省长习近平为林占熺颁奖，并指出，福建菌草技术的优势在全国相当突出，要继续在扶贫致富方面发挥重要作用。

2016年7月19日，习近平总书记考察闽宁镇，目睹“干沙滩”“穷沟沟”的蝶变后，说：“闽宁镇探索出了一条康庄大道，我们要把这个宝贵经验向全国推广。”2020年6月，习近平总书记再次到宁夏考察，对深入推动新时代闽宁扶贫协作进一步做出重要指示。历史的回响不绝如缕，他1997年曾在这里的戈壁滩上“画下一个圈”，并掷地有声：“干沙滩”将来一定会变为“金沙滩”！

此时的菌草已是名副其实的“金草”，菌草业已成为闽宁协作的一大重要产业，一大批农户正是通过发展菌草生产告别贫困。古人不是说“吹尽狂沙始到金”嘛，不是说“草色遥看近却无”，那么这个“金”，这番“草色”，就包含在了由“干沙滩”变成的“金沙滩”里，并借着电视剧《山海情》的片尾曲，传遍全国各地：“东南风吹西北暖，那年你到咱家来，拔掉穷根把花栽，美得哟，沙漠变花海！花儿一唱天下春，花儿一唱幸福来，干沙滩变成了金沙滩，再唱花儿等你来。”

《山海情》是一部反映闽宁情深、福建援助宁夏的电视剧，2021年春作为中央广播电视总台（以下简称央视）开年大戏热播。剧中名为凌一农的农技专家，原型正是林占熺。林占熺所作贡献在艺术呈现之中，再次触动了全国人民的心。

人们开始知道菌草是在习近平总书记的推动下，为闽宁协作打开了一扇门；却不知道林占熺的人生，远比电视剧的剧情来得艰难曲折，也更悲壮。

人们后来知道，也正是在习近平同志的派遣下，林占熺远赴南太平洋地区，在与菌草援宁差不多齐头并进中，书写了“小小一株草，情接万里长”的另一种传奇。

林占熺最是清楚，当年习近平省长“要做自己‘拿手’的”这个批示，对自己在宁夏推广菌草技术扶贫触动极大，在不断总结中，一直也希望将“生态治理、扶贫与产业开发协同发展”的模式，推广到其他发展中国家，能为它们摆脱贫困带来启发。

机会也就这样不可思议地到来。

第二章　此草之劲

2021年11月21日，《人民日报》头版头条的大标题引人注目：“我就派《山海情》里的那个林占熺去了”，肩题是“微镜头 习近平总书记出席第三次‘一带一路’建设座谈会”。显然，大标题的话是习近平总书记担任福建省省长时，向来访的巴布亚新几内亚东高地省省长介绍菌草技术时说的。

林占熺之所以能作为艺术原型出现在电视剧《山海情》里，也是因为总书记在福建工作期间派他参与影响深远的扶贫大戏“闽宁协作”。

两次派遣，玉汝于成。菌草技术漂洋过海，为世界脱贫减贫、保护生态环境、构建人类命运共同体提供中国方案，而林占熺与草为伍打头阵，恰也是一部“绿草仙踪”。

菌草崛起，首秀世界

1995年秋季开学不久，一群年龄不等、肤色不同的人出现在福建农学院校园里，成为一道“风景线”。在那个年代，农字头的普通高校能聚集一群洋学生，实属罕见。人们好奇的视线被他们的身影牵入菌草研究所，才渐渐地了解到事情的原委。

一切都缘于林占熺的菌草荣膺国际桂冠，引起联合国重视。联合国开发计划署官员特地来菌草发源地考察，认定菌草技术应用前景广阔，尤其适合在发展中国家推广，遂于1994年初将之列为“中国与其他发展中国家优先合作项目”。继而，联合国粮农组织专家考察后也认为该技术“将成为发展中国家保护生态环境、增加就业、消除贫困的重要途径”。中国外经贸部据此决定把菌草技术列为“多边援助”项目，定期在福建农学院为发展中国家举办国际菌草技术培训班，遂有开头那一幕。

第一次举办国际培训班，联合国和国家有关部门、省里和学校都高度重视，林占熺作为总负责能不“枕戈待旦”？培训班特地准备了灵芝茶、咖啡、点心，后勤人员全天候不关传呼机，这些学员不远万里奔来，对中国尚不熟悉，一定不能有丝毫闪失。

一位来自巴基斯坦的学员生病了。林占熺马上要林兴生等人送医院诊治，帮助买药等，还亲自到宿舍看望，嘘寒问暖，交代食堂为其增加营养，直到对方完全康复。课堂内外、饭前饭后，林占熺常就菌草技术今后如何帮助有关国家发展，与学员们诚心探讨，答疑解惑。

学员中有官员、教授和专家，也有普通人，来自13个国家，信仰大都不同，按说“众口难调”，难免百密一疏。来自伊拉克的哈密德·哈德旺，起初对安排自己住双人间有意见，林占熺就和他坦诚交流，表示各方面条件确实有限，自己和团队也缺少接待经验，只因为想着尽快把技术与世界各国分享，才没有等到万事俱备时再办。哈德旺大受感动，几经听课和交流，成为林占熺的挚友，结业时紧握着他的手说：“林教授是伟大的科学家，我坚信中国人民的友谊！”哈德旺后来成为联合国粮农组织的官员，美国2003年出兵伊拉克后拒绝赴美学习交流，而继续选择与中国合作，推动伊拉克农业部2006年与福建农林大学签署了以菌草技术为主的合作备忘录，在伊拉克设立了菌草技术推广中心。

首期国际菌草培训班于1995年11月圆满收官，学员们兴奋地在菌研所前立起一块纪念碑，上书：

> 十几个国家的专家、学者一起种植菌草，象征着友谊，预示着造福全人类的菌草业的崛起。

受到真诚对待、学到实用技术的多数学员还都舍不得离开，有人回国时不由得流了眼泪。一位朝鲜学员表示，自己将永远感恩林老师、记住中国。林占熺一一送他们到车门口，情真意切地说："你们记住我，我也记住你们。中国人讲'海内存知己，天涯若比邻'，只要大家成为菌草事业的生力军，或者回去后为菌草事业的发展推波助澜，我们就一定会再见！"

事实证明，首期培训班的学员大多学以致用，成了菌草业"国际纵队"的主力军。

学员中，有位来自巴布亚新几内亚的布莱恩·瓦义，回国后不仅将所学所见一脸兴奋地告诉了当酋长的父亲，还向东高地省省长伊瓦拉图报告。正为当地贫困与饥饿犯愁的伊瓦拉图半信半疑中，第二年底亲自飞了一趟中国福建，眼见为实后，盛情邀请林占熺到巴新传经送宝。

科技无国界，但涉外无小事。经报批，福建省马上成立以省长助理李庆洲为领队的考察组前往，巴新东高地省以小学生沿路撒鲜花的最高礼节热烈欢迎。南太平洋岛国的阵阵热风，没能吹走这里强烈的部落烙印：几乎处于刀耕火种的原始农业状态，不少人过着"吃饭一棵树，穿衣一块布"的日子，可谓挂起犁杖当钟敲——穷得叮当响；没有自来水，没有电灯电话，更别说电视空调，还有疫病流行，医疗条件差……

这大片未开发的处女地，充斥着原始野性的气息，令人望而却步。讨论时，有人明言："先不说能否推广一项新的生物技术，这样的环境让我待一个月都可能发疯，即使给我月薪一万元我也不干。"

项目发展的困难远超考察组的预估。当地农业靠天吃饭，现代农业的元素茫茫不得见，农户获得现金收入的途径也少得可怜。

林占熺考虑的却是菌草技术该如何走出国门、造福世界，如何以之传递中国政府和中国人民"多边援助"的友善，又如何实现联合国希望的"优先合作"。第一个项目如果轻言放弃，今后挑三拣四中必然难成大事。这里的落后，政府和百姓对美好生活的强烈期盼，也让他思绪翻滚如海之扬波，他联想到了自己光脚丫上学、地瓜片充饥的童年时代。

几天考察下来，想法油然而生：从需求上说，东高地省农业落后，农业结构简单，粮食作物主要以地瓜和木薯为主，经济作物也相当单一，只有咖啡，这就需要引进新的技术和产业，丰富其农业结构；从自然条件方面来说，东高地省农业发展潜力巨大，纬度低，南纬6度，海拔高，1600米左右，日照丰富，雨量充沛，气候温良，大部分土层深厚，土壤为黑色的泥炭土，不仅肥沃而且团粒结构好，持水性能高，非常适合菌草的生长，菌草在这种气候下可以全年栽培……

菌草技术发明人的意见很重要，"共产党人就是要迎难而上"的加重语气很有力量。1997年5月14日，福建省科委下属的亚太地区食用菌培训中心与巴新东高地省，签订了"中国菌草技术在巴布亚新几内亚重演示范项目协议书"。巴新遂成菌草技术走向世界的第一站，说白了，是打响海外扶贫的首战。

"始作俑者"林占熺，也就舍我其谁地成了"援外先头兵"。

1997年7月下旬，宁夏六盘山下热火朝天的“窑洞种菇”已开始收成，却不见播种人林占熺的身影。他正带领一支由六人组成的福建省科技援助团飞往海的那一头另创“战法”，进行菌草技术重演示范。

六位专家来自省内不同高校、科研机构，出发前就精心准备了五套技术方案，随带出国的机械设备和数个菌种也经过精挑细选，力求万无一失，因为他们明白自己代表的不仅是福建，更是中国，光荣与梦想与他们在海阔天空中齐飞。

菌草技术援外第一站，充满着神秘未知的挑战与困难。项目实施地在东高地省鲁法区定下之初，当地一位接待官员直言，我们这里真是太落后了，希望引进中国的菌草技术，能尽快帮助我们摆脱贫困。鲁法区连像样的宾馆都没有，巴新青年和劳工部长卡拉尼为了表达对中国专家的重视，特将自己在东高地省的房子贡献出来给专家住，自己从首都回来时就常在车库里打地铺。

受厚遇住内阁部长家，林占熺内心并不平静，他想到了第一次来巴新时所见，先是一位部落酋长跪地抱住他的腿不放，而后是年轻族人围着他们的住处彻夜欢歌。林占熺他们曾为此惊惶一宿，及知是当地人万分欢迎和期待中国“救星”到来而行大礼，他不由慨叹：“岛国人把我们当亲人，我们得把他们当兄弟。”

万事开头难，在极不发达的巴新，菌草技术如果能够在绝路中杀出一条血路，取得成功，今后在其他国家推广就将容易得多，“发展菌草业，造福全人类”的愿望就有可能实现。林占熺初心热切，一来即撸袖子，就地取材，因陋就简地搭建起菇棚、菇架等生产设施，进而一头扎进对当地情况的全面了解、气候状况的观察和记录等工作中，一丝不苟，有条不紊。

“睡时穿衣，起床脱衣”，是东高地省气温变化的形象描述，虽然这里的部落中人不少仍穿树叶，有的还没碰过衣服。昼夜高达30多摄氏度的巨大温差，给菌草菇培育带来了新的难题，菌草育菇的气温条件达不到，原有的方法不适用，必须制定本地化的技术解决方案。“屋漏偏逢连夜雨”，一场百年不遇的特大旱灾不期而至，连一日三餐的饮用水常常都无法保证。

这是一个保留原始姿态、荒凉落后的国度，这是一支保持斗争精神、直面风险挑战的中国专家队伍。他们白天冒着骄阳跋山涉水，在穷极天目的各村连轴转，调研考察当地草本植物资源及气候条件。晚上没有电，便在摇曳的煤油灯下整理数据。风餐露宿自是家常便饭。有时简单落定的驻地没个窗帘，就把团队带来的硬壳纸、塑料布拿来将就。

用菌草种菇，得把草粉碎，加入辅料搅拌做培养基，再装袋，高温灭菌，最终把菌种接种到培养基的菌袋里，才能培养出菇。但原始条件下，只能用土办法解决。没有灭菌设备，林占熺就利用三个废弃的汽油桶、一根橡皮管、两片塑料薄膜、几块石头改制而成；没有现代化的出菇房，就自搭木棚、挖种植沟，利用水、土和塑料薄膜控温保湿，并尝试在树荫下种菇。

比自然条件更严峻、比生活环境更让人不适的，是部落之间的械斗此呼彼应。这里的男人几乎刀不离身，除了用于日常生活，一言不合可能就拔刀相向。林占熺和林跃鑫第一次去看实验点，半路突然蹿出一个持械歹徒，幸亏当地司机机智，知道这个歹徒所属的部落，急忙掉转车头，直驶部落头领所在地，请其出面，方才化险为夷。还有个傍晚，队员指导农户种菇返回驻地的路上也突遭黑旋风般的“剪径”，刀尖在眼珠子边泛着冷光，寒意逼人，惊悚又难忘。事后有人反应过来道，这里还流传着神秘的食人族传说……

而铭记在这片属于部落经济土地上的是，即使面临生命危险，林占熺和团队都没有退却。“人生难得几回拼，为了完成国家赋予的援建使命，我们拼了！”他并非动辄讲大道理之人，却喜欢以身作则。

身上若无千斤担，谁拿命运赌明天？林占熺工作时的状态便是“拼命”。食用菌生产在拌料与接菌过程中要使用一些化学物质，当地人害怕接触，他和专家组便躬身操作，耐心地教以使用与防护办法，无声胜有声地消除他们的顾虑。菌袋灭菌消毒是生产技术的重要一环，自制的简易灭菌灶升温较慢，消毒时间要一整天且不能间断。为保证灭菌质量，专家组便轮流上阵亲力亲为，紧张时人人都通宵达旦。林占熺甚至把拼命精神注入了梦里，有一次大家轮流休息时，他还梦话连篇，高呼：“抓紧，抓紧！”

有这样一个时刻想着菌草援外、连做梦都念念不忘的“头羊”，有这样一个铁心跟班的团队，怎能不创造奇迹！因地制宜中，保持土壤温度的新栽培技术——阴畦复土栽培法被摸索出来了，遍地可见的野草和随手抛弃的咖啡壳被用作了菌草原料，就此进行栽培，千呼万唤中，一颗颗饱满的芽、一粒粒晶莹剔透的蕾，带动各种食药用菌前来报到了。

林占熺的巴新学生布莱恩·瓦义在见证菌草在自己国家生根繁衍的过程，特别是目睹第一批蘑菇长出后，松了一口气，道：“我相信，巴新的未来有希望了！”

以林占熺为首的中国专家让东高地省鲁法区百姓用中国菌草和当地咖啡壳种出了菌菇，是为当地名产“鲁法菇”。

巴新的土壤和气候没有拒绝菌草技术，接下来就是推广，当地百姓会如何接受呢？

林占熺和专家们事先有一通分析：这里是部落经济，菌草技术要想推广成功，首先要改变的是当地人长期在自然经济条件下养成的慵懒的生活习惯。一切都要从头教起，而要做到这一点，与他们打成一片成为朋友至关重要。他们的一举一动，无不吸引着巴新人民好奇的眼光，大人们饶有兴致地看他们如何做饭，孩子们乐于跟他们互动，识字、游戏……似乎一夜之间，这片沿袭着刀耕火种的原始社会，在泮林革音中荡漾起了现代文明的气息。

鲁法区行政长官彼特在报告中说：中国专家们的精神着实可嘉，而他们精湛的技术更不可思议；那些原本印在书本和宣传册上的香菇、平菇、木耳、灵芝，眨眼工夫便由草变来，像变魔术般简单又神奇，其中奥妙无穷。

菌草菇种植的要求不高呢，只需10平方米的菇床，就能让一家农户摆脱贫困。如此低成本、高效益的致富方法，连片照亮一干人的富裕路、幸福路。

与此同时，培训班就地开办。兴趣是最好的老师，但与前面几次国内的培训班一样，学员们基本是迈着将信将疑的步伐走入教室。林占熺早有应对的经验了，亲自讲课，还带着学员来到野外，手把手地教他们如何识别各种适合种菇的野草，不厌其烦地告诉他们怎样做好菌草生产的每一个环节。有时翻译都累了，说得口干舌燥的他还是没有宣布下课。他就是要让他们放下心中的问号，成为今后的技术骨干。

千红万紫安排著，只待新雷第一声。鲁法区示范基地的菌草菇像一群群调皮的绿色仙子，新雷响过急急如律令，东奔西跑而出。菌草技术的简单化、标准化、本土化和高效化，以及低成本、高收益、短周期的特点，很快就把当地一部分民众的积极性给调动起来了。世界上哪里都有敢吃螃蟹的人呢！一眨眼工夫，巴新的三省十区便布上了产区，被菌草簇拥得生机盎然。种出的菌草产品畅销巴新的莫尔兹比港、莱城、哈根等地。

菌草种菇管理简便，脱贫见效快，最早一批农户们藏不住的纯真笑容里，洋溢着收获的喜气。丰厚地植入这片土地，和菌草一同栽培、生根发芽的，是中国人民最纯最真的友谊。

年底检测，香菇、草菇、木耳、灵芝数量目标超额完成，还惊人地创造了成品率达到99%的高指标。

1998年1月14日，东高地省菌草示范基地的阳光被笑脸和歌声愉悦得绚丽多彩。巴新政府在这里以最隆重的仪式来庆祝菌草种菇示范成功。巴新总督阿托帕尔、副总理和多位部长莅临，五六千来人穿着节日的盛装，不少还是走了两天两夜的山路赶来的。庆典上，喜获丰收的村民情不自禁地捧着用野草变出的各种菌菇，载歌载舞，欢天喜地呼喊“中国，菌草！”“中国，菌草！”此情可谓：六千岛民联袂舞，一时菌草著词声。

人们欣喜地发现，为了表示对中国专家的敬意，会场上原来齐整的三根旗杆，中间那根已事先被特地加高，鲜艳的五星红旗在嘹亮的中华人民共和国国歌声中，在众目注视下，升上最高处迎风飘扬。

会上，东高地省省长伊瓦拉图感慨地说：“中国专家能够适应令发达国家专家望而却步的条件，令人惊叹。从中国专家身上，我们学到了许多十分有价值的东西，这些东西在我国今后的发展中将产生深远的影响。”

菌草技术给这个国家带来了摆脱贫困的希望，巴新内阁成员卡拉尼借用太平洋岛国的谚语“一颗花蕾将孕育出千百万个果实”来形容，林占熺则回赠中国古诗：“春种一粒粟，秋收万颗子。”

卡拉尼情切之中，当众宣布把女儿的名字改为“菌草”，并让报纸公布。他真诚地说：“我要让巴新人民记住，菌草是来自中国人民的头号礼物，是中国政府帮助我们的一个好项目。”

那些省长和部落头领们，纷纷恳请专家组多停留一些时间，到他们那里种草。古有“洛阳纸贵”，今有“巴新草贵”，一草难求的传奇背后，更贵的是人心。

不久，中国驻巴新大使馆和福建方面相继收到了东高地省行政长官亨诺尔·奥梅内法写就的《感谢信》：

> 巴布亚新几内亚政府、东高地省政府、鲁法区政府通过林占熺教授所带领的专家组在较短的时间里所进行的重演示范，看到了贵国政府与贵省政府的伟大劳动。
>
> 你们所取得的成绩是巨大的，巴新人民目睹了菌草技术所带来的巨大效益，并在不久的将来会有更大的效益。
>
> 最富有挑战性的，也是最令人感动的方面是双方在极其艰苦的条件下进行重演示范，贵国专家适应了来我国开展国际项目的其他发达国家专家很难适应的艰苦环境。
>
> 仅这就能显示贵国政府通过开展合作项目援助我国的真心诚意与实际行动。我们还从贵国专家身上学到了很多宝贵的东西，他们将会与我们在漫长的发展道路上共同前进。
>
> 鉴此，在项目验收会期间，巴新政府以及国家元首——总督阁下特别感谢并赞赏贵国专家的表现。
>
> 我代表东高地省与巴新人民，感谢贵国政府与专家所作的贡献。
>
> 贵国专家对事业尽心尽力，极端负责，他们是贵国及贵国政府的伟大使者。我非常赞赏他们。
>
> 我希望在不久的将来我们能更密切地合作。

“来自中国人民的头号礼物”——如此盛况，直接感动了中国驻巴新大使馆。使馆人员不少有过多年援外经历，有的曾辗转数国当外交官，有人经办或接触过金额几千万至上亿元不等的项目，却似乎还没有这么个投入最少、规模最小、专家团队也最小的菌草项目来得有影响！巴新官员来使馆，言必称中国菌草，还希望能拿些菌袋回去，有的省长则直接请求中国扩大菌草项目惠及他们。联合国和世界银行驻巴新的机构代表以及其他国家使馆人员，也变着法子了解菌草项目。

菌草技术产生的良好经济效益和社会效益，为林占熺和专家组赢得了盛誉。听到政要和民众们都称赞中国专家是“真正的朋友”“巴中人民的友好使者”，林占熺激动异常，这绝不是个人的殊遇，也不是多少钱能比的，这象征了国家的尊严！

是的，中国的尊严和声誉在这个看似陌生且有点遥远的南太岛国，就像菌草那样根深蒂固了。此后，中国援外人员几乎再没受到威胁，专家组那辆LP－700的十座丰田吉普车，不管车上有没有“菌草爸爸”林占熺，到哪里都受到注目和欢迎，在“中国菌草”的欢呼声中畅通无阻。这里的人们都将中国专家，进而把中国人当成了自己人。

世界再沉默，总也有一个个新闻爆发如惊蛰雷鸣。谁也不知道，林占熺在给巴新带来一场名为种草育菇的“革命”之余，还默默送上了另一份厚礼——旱稻。旱稻对东高地省历史的改变，可谓开天辟地一大事。

异国惊魂，授人以渔援兵多

1998年5月，林占熺从闽宁村回来不久，受命带队准备远赴巴新。国家外经贸部在当地有个为期一个半月的菌草技术培训班等着他们开张。巴新政府在年初盛大的菌草种植示范成功庆祝大会后，强烈要求扩大中巴菌草发展项目。中国政府因此和巴新政府换文确定：把菌草技术列为中国援助巴新的合作项目。所谓兵马未动，粮草先行，培训班犹如人工孵化技术。

万事俱备时，一位组员却因故"掉链子"。原定四人的专家组人手已紧，而且一个萝卜一个坑，再减去一人就影响工作了。得有替补人员！组织反复动员也没有人手。迫在眉睫，林占熺就不由分说地推荐了五弟林占森。

本是小学老师、一度还当过代校长的林占森，20世纪90年代初就被林占熺拉去在老家参加菌草栽培食用菌技术的培训。与其说他对大哥发明的这个宝贝疙瘩感到新奇，不如说是被大哥这些年对食用菌研发不改的痴情给潜移默化了。从大哥上大学期间就在家里用木头种草菇、木耳，到分配在三明真菌所工作，他也边看边学，越学越来劲。菌草技术成为国家星火计划的内容项目后，他被借用到连城县科技局当技术员，还到邻县推广。六弟殉职，他更是拿定主意随时替补。

是的，林占森是掌握了一手技术本领而不露声色的人，是林占熺未雨绸缪为菌草事业悄悄准备的后手。没想到，这枚"闲棋"越过楚河汉界，一下子冲到了国际舞台上。

林占熺再怎么举贤不避亲，也得经过组织的审核。组织也心如明镜，不说林占森有真材实料，关键是那地方压根没人想去，哪怕当年出国还是个稀罕事！

定下人选后，林占熺令出如山，要求弟弟恶补一通英语。没有什么英语基础、已入不惑之年的林占森便乖乖买来应急课本、录音机及磁带，Step by step 自学起来，匆匆抱了两个月的"佛脚"，一些基本的会话和简单交流倒也能张口了。

专家组除了林家兄弟，还有福建师范大学生物工程学院院长林跃鑫、福建农科院外事处处长祝卫华。

路上，有人关切地问起林占熺对上年巴新之行的最深印象。他闭口不谈遇险经历，也没渲染贫穷，津津乐道的是当地人民如何一路鲜花夹道欢迎，如何盼望过上幸福的生活。接着才一语双关地说，越是落后、不稳定的地方，越需要我们的帮助，也越需要我们出色地完成国家赋予的援助使命，每一个项目，都决不能草草了事。

虽然早有耳闻和思想准备，但初到东高地，一路鲜花抛撒的道路上，所见衣不蔽体的原住民、四面漏风的茅屋草舍，还是让林占森吃惊不已。这里不就是原始社会吗！别说空调和冰箱，连自来水和电都没有；能穿上人字拖已够高档了，多数人还打赤脚，晚上也不洗脚。人们平时抱着小猪，到地里劳作时就喂地瓜叶并用绳子拴住，以免它们跑走误入歧途成为野猪。让外来人寒意丛生的是，部落人员随身带着一把长长的丛林刀，仿佛比种地的锄头还重要。这里所谓的床，不过是用几块木板搭起；另外在“床”边挖个坑，算是灶头，一用来烧火煮吃，二用于冷时烤火；文化生活在这里基本不存在！

“到巴新后我才知道，世界上还有那么穷的地方，刀耕火种、草裙草房真实地出现在眼前，因为赤贫，不少妇女连衣服都要共享。因为自然环境实在恶劣，当初考察后也可以选择放弃的，但林老师说地球上还有这么穷的一批人，作为科技工作者不应无动于衷，有责任帮助他们过上好日子。当时也曾打算传授完技术就回国，最终也被强烈的使命感改变……”20多年后，林占森回忆援外之初，仍有不尽感慨。

超乎想象的简陋、蛮荒景象，让谁都想打退堂鼓，但当地百姓眼神里流露的对富足与文明的渴望，连着中国式说一不二的援助，顽强地留住了他们，和林占熺心往一处想，劲往一处使，那就是如何让菌草技术尽快被处在部落经济的当地村民所接受、所掌握，怎么完成好国家交给的“授人以渔”重任？

其实，待林占森来见，菌草对巴新的改变已初现端倪。不少农户通过菌草种菇项目所获收入，很快改善了生活。鲁法区原先一贫如洗的农民杰克逊一转眼就靠种菇的收入告别了草窝棚，盖起的还是一幢两层水泥钢筋楼房，成为轰动全村的地标性建筑。中国专家应邀前去做客时，杰克逊满怀敬意地给林占熺戴上花环，手捧收获的蘑菇，拉着他到新房前合影留念。每每应邀参观村民们的住宅时，林占熺也不时送上灶具等礼物。

林占森听到了，他的哥哥在这里有个当地名字“布图巴”，意指“天堂鸟”“极乐鸟”——象征幸福与吉祥的巴新国鸟、国徽象征物，言外之意是说林占熺如同“布图巴”那么伟大。对这么个崇高的称呼，林占熺开头记了几次都没记住，后来灵机一动，换成中文谐音“不吐吧不吐吧”倒是牢记在心了，还亦庄亦谐地说，“偶像”在中国有时被戏称为“呕吐的对象”，“不吐吧不吐吧”就是告诫我们不能成为人家呕吐的对象，所以必须把工作做好。

他还听到，哥哥另外有个通俗易懂的称号“菌草爸爸”。这里有一种菌草已成为东高地省非同寻常的植物，最高可以长到8米多，老百姓管它叫“中国草”，并以林占熺的姓命名为“林草”。对这个接地气的称号，林占熺似乎更喜欢，说：“这些草本来就来自中国，我也就出生在草根家庭。”

林占森很快也知道了，与内阁部长卡拉尼昵称女儿为“菌草”如出一辙，人称“巴新菌草第一人”的布莱恩·瓦义，对菌草也是爱屋及乌，不止一次地现身说法："自从来了'菌草爸爸'林占熺先生，我们这里的菌草迷越来越多，有人自己改名叫菌草，有人用菌草给儿女命名，以寄托对幸福生活的憧憬。我儿子的全名就叫菌草·瓦义……"

要让习惯于刀耕火种的村民掌握并爱上现代农业技术谈何容易，所以林占熺强调，务须把栽培技术简化到最低层次。他因地制宜研制出的人字形菇棚简而不凡，手把手教会村民栽培的做法繁而不乱。菌草技术在东高地星星点灯般照亮近百户家庭的未来后，巴新政府喜出望外，再三恳请中国政府持续加大支持力度。

林占熺因此加大培训力度，普及新栽培技术，将一身本领与一腔热血，汩汩注入巴新。他真心实意、等量齐观地如数传授，以菩萨一样的心肠，希望更多的异国"信徒"尽快学会"中国功夫"。除了教室，课堂还流动在实地。专家组人少事多，为了提高效率，大家不时分头行事，约好时间和地点会合，再回住地吃饭。

菌草走向世界的推广模式就是这般独特：把技术简单化，建立示范基地，然后把菌袋生产放在基地，把种草种菇交给农户，把农户请到基地观赏并看专家示范操作和实地讲解。林占熺身在其中，每一课都上得生动活泼，有针对性，也有可操作性，末了还不忘送上勉励。比如，他说："把菌菇生长所需要的温度、湿度、光照、氧气、含水量等外部条件，通过盖菇棚、覆盖塑料膜、浇水、覆土、通气等措施来控制，为菇类生长提供最适宜的条件，这样不出菇都困难。"

一天，林占熺和林跃鑫在省城附近的小旅馆开展培训，派林占森和祝卫华到20公里外的菌草基地指导当地居民接种。夕阳西下，林占熺和林跃鑫一身倦意到了约定地点，有说有笑地交流心得体会，等了半个小时未见占森他们前来会合，林占熺渐渐便笑不出来了，如坐针毡，一会儿便要起身到外头张望。一刻钟，又一刻钟，眼看又要过去，望眼欲穿中，依然不见熟悉的人影。乌雀鼓噪归林，他心神不宁，神情绷紧，语气也着急起来，让当地翻译打电话问询，连打几次，不是说电话不通，就是说那里没电话……

“怎么回事，怎么回事……”林占熺喃喃自语中，急得眼泪都快出来了。

这一下，林跃鑫不觉也跟着忐忑起来，一个劲儿地安慰，拿来凳子请他落座。可他哪里坐得下，一会儿迎风远眺，一会儿又不停地转圈圈，仿佛这样能缓解紧张。他怕啊，怕又丢一个弟弟！

林跃鑫知道他在担心什么。那个新开的菌草基地沿途村庄大都不曾开化，崇尚武力，斗殴、拦路抢劫时有发生，虽然中国专家已受到普遍欢迎，但不虞之患仍防不胜防。

又半个小时过去，天色渐暗，路上还是茫茫不可见，林占熺忧心如焚，看着林跃鑫，略带哽咽的声音无比苍凉：“但愿不会发生什么意外！”

不祥的气息弥漫开来，刚才还安慰他的林跃鑫不由得也愈发紧张了：“要不要马上报告大使馆？”

举棋不定中，熟悉的话语和脚步声自远而至，林占森和祝卫华回来了！这时距约定的时间点，足足过去了两小时！

林占熺急急迎上前，千言万语中，却忍不住轻轻打了林占森的胳膊一下：“你们呀……”已然如释重负了，可就是说不下去了。

林跃鑫一旁说：“你们现在才回来，让人太难受了！林老师在院子里都转了不下一百次的圈了，真快急死了！”

林占森他们说着“没事”，抱歉后连忙解释。原来，基地那里的农户对新技术的领会和接受比较迟缓，而接种又是相当重要的内容，为了保质保量完成任务，只好一再拖延，指导农户们按步骤一个不落地做完。误过时间，两人也很着急，奈何通讯不灵无法及时告知。

林占熺紧锁的双眉解开了，轻叹一口气，道："你们呀，不知道在异国他乡等人的滋味，再不回来，我感觉天都要塌了。好，平平安安就开心了，大家饿了累了，赶紧去吃饭……"

在菌草技术本土化的摸索中，林占熺还在默默地从事一份额外的援助，要给东高地省人民送上稻米。

东高地正遭遇百年大旱，主粮地瓜被旱死。鲁法区区长彼得在稀罕菌草技术早成正果时，试探性地提出："你们能不能也帮我们种植稻谷？"

这是一道历史难题。近十几年来，巴新政府为了结束东高地省不产稻米的历史，请来多个发达国家的专家考察试种稻谷，全都以失败告终，原因众口一词：整个东高地省不具备发展稻谷生产的条件。因为东高地省海拔高，气温低，灌溉系统严重缺乏，要在这样的地区种植稻谷，理论上行不通，技术上难度高。

稻米在东高地省和等高原省一直属于奢侈品，米珠薪桂的现实让一般人轻易不敢问津，生活好一些的家庭也是一天或一周吃一次。有人穷其一生，吃米的次数都不够十个指头数。林占熺的心就隐隐作痛，生而为人，为何有如此天壤之别？他就想着能为当地人民做些什么。

如今，当地官员满怀期待地开了口，倏地点燃了林占熺的激情和创造欲。如能帮助当地群众摆脱饥饿，岂不是给此次出行添彩、给中国增辉！1987年河姆渡遗址出土的大量稻壳表明，中国是世界上最早栽培稻谷的主要地区呢，老祖宗尚且如此神勇，今人岂能雌伏？早年读《共产党宣言》，“无产阶级只有解放全人类才能最后解放自己”的论断，连同“全世界无产者联合起来”的口号，让他知道了国际援助的必要；再重温毛泽东“中国应当对于人类有较大的贡献”的号召，帮他树立了“胸怀天下”的志向。

也是一方水土养一方人，这个早年就希望兼济天下的“无产者”，即使走出闽西山沟沟后，依然保持着对农民的赤子之心。还在上农学院时，他就经常把学校推荐的一些种子带回家乡，教乡亲们种。参加工作后，人家逢年过节回家不是带吃的，就是带穿的用的，他呢，还是乐此不疲地把种子当礼物分送乡亲，除了不同的稻谷、甘蔗、西瓜种子，再有就是果树、茶树苗。改变农村状况、实现共同富裕的愿望，一直在他的心里强烈燃烧。成了全国“扶贫状元”后，他胸怀的天下越来越大，也就把这份与生俱来的对农村、农民的特别同情，对农业的在乎，带到了国外，带向了世界。为了表达中国人民“四海之内皆兄弟”的美好情谊，为了当地百姓的幸福生活，为了这个世界的和谐，他同样可以无私奉献。

大旱望云霓，这“云霓”于此时的东高地省、等高原省人民来说，就是粮食，就是稻谷。多国专家多年持续却又都无功而返的过往，丝毫也没让他知难而退，倒升起一股豪气：外国专家办不到的，不等于中国专家也办不到！

他决定接招，在内部戏称是“搂草打兔子——捎带活”。试验由此紧锣密鼓地提上日程。没有气候资料，没有现成设备，一切从零开始，自行摸索，为此，林占熺驻守在气候多变的山区，搜集气象、土质等参数，思考如何突破技术瓶颈。

深入一线收集当地的光照、温度、降水等气象资料，再仔细分析当地土壤的结构和成分，一个个数据就这样来之不易地记录下来，不多久就是厚厚几大本。回头再对这些数据进行分析研究。

“行到水穷处，坐看云起时”，某日林占熺如获天启：东高地省没有排灌系统，难以种植水稻，若利用当地的气候特点进行旱稻生产，会是什么情况呢?

一念花开，他大胆设想：一些在热带多年生的植物，到寒冷地区就变成一年生，那在福建一年生的一些植物，如旱稻，拿到高温地区种植，能不能变成多年生、变成播种一次收割多次?

试验就这样变得越来越有针对性。为了把地脉，林占熺一次又一次打赤脚来回奔走在被他划为旱稻试验田的一亩三分地。

这块地是从当地农户考比那里争取来的。他在带头种菌草之时，见林占熺又忙着做一个不同于菌草的试验，打听之下，原来林占熺要试验旱稻，实属罕见。一来二去，林占熺希望在他的田里做试验，请他一起参与，缔造历史，做第一个吃螃蟹的英雄。考比欣然答应，还邀请林占熺住到家里来。

考比读中学的女儿普莉希拉聪颖伶俐，很欢迎“菌草爸爸”，对他一脸崇拜。她从“菌草爸爸”那里了解到中国的不少故事，还说“菌草爸爸”不远万里来帮助我们，今后我长大了也来回报中国。林占熺哈哈大笑，赠送给她一面小巧的中国国旗。在她眼里，这么有学问的中国大专家是那么友好，那么谦虚，她要父亲一起来珍藏这面中国国旗。

从专家组的住地或考比的家里出发前往旱稻试验地，都要经过一条齐腰高的溪流，当地人长裤一脱就过了。考比有次想背林占熺，他却坚持要自己蹚过去。

一天雨后涨水，溪流湍急，早晨温度低，水又冷，林占森等人再三劝阻林占熺莫去。他生气起来：“不亲自去，我怎么看到、又怎么掌握第一手资料啊？必然还会失败！”

起初的失败，就是因为对当地气候条件不甚了解，对地块肥力等掌握不太全面。林占熺意识到这一点后，马上总结经验。一切科研都得注重亲力亲为，岂能被一条溪流改变行程和计划！他不由分说地高高挽起裤脚就蹚，水漫上大腿，整条裤子都湿了，一上岸就打起了冷战。在旱稻试验田一干大半天，湿透的长裤靠着体温兼风吹日晒，基本是阴干的。林占熺回来就感冒，却仍不休息，和大家就着昏暗的蜡烛或煤油灯，在厚厚几大本的资料上继续记录和比较数据。如此惜时如金，为的是赶在回国前，能有一个分晓。

是晚，林占熺无从入睡，全身泛痛。熬到第二天一分析，估计是过河时给渗凉了。考比听闻马上砍了几根长竹，在溪上搭了座简易桥，虽然歪歪扭扭，总算免去了林占熺和中国专家们过河之苦。

争分夺秒中，在他的足迹艰难地布满东高地省的山冈丘陵之后，旱稻的第一波试验已见“胎动”。菌草技术的传播也没落下。如此双管齐下，加大了不知多少压力。

9月初，林占熺和团队带上十几箱菌种，挺进巴新第二高峰、海拔2000米的洛果山区。这里莫说电，晚上连烧水的柴火都没有，只能洗冷水澡。林占熺受凉之后，当晚就头脑昏沉，倍感不适，次日凌晨一测体温，高烧近40℃。

起初他也没上心，草草服了随身所带之药了事，就又投入工作。第三天，高烧不退，并发了心血管疾病，这才让队里报告大使馆。大使馆马上要求将他送到巴新首都治疗，并紧急与国内医疗专家联系，在极为简陋的“远程医疗”支援下，终于让林占熺退了烧、化险为夷。

9月中旬，林占熺拖着虚弱的身子，坚持出席了菌草培训班结业典礼，看着人们笑容满面各奔前程，他欣慰中有点感慨，自己即将离开这里了：一行人回国的机票已订，途经新加坡时的旅社也都联系好了。

就在这时，中国驻巴新大使张鹏翔来找林占熺，先说菌草项目对巴新的重要性、政府和民间的口碑，然后希望有菌草专家可以留守，并提出三个“千万”：项目千万不能中断，技术人员千万不要都回去，今后一年四季千万都得留人！还说这是国家需要，是外交需要。

援外领域“不见硝烟的战场”，突然摆上台面，林占熺不禁有些为难。专家组各有任务，且林跃鑫和祝卫华是“借来”的，林跃鑫因要紧公事已提前几天回国，祝卫华也必须如期返程，林占熺分身乏术，国内正紧锣密鼓提上日程的国际培训班在等着他呢，事关国际，不能拖延更别说缺席。唯一能灵活安排的，便是“替补出场”的弟弟林占森，可把他一个人丢在异国，实在又放心不下。

林占熺面临艰难选择。他希望弟弟能顾全大局留下，甚至下了狠心无论如何都要把他留下，但曾有的遇险、纠缠的噩梦，以及上次因意外失约带来的似火焚心，又一万个不愿意让弟弟一个人在异国孤军作战。一时间，那些原本呼之欲出的话语，却在唇齿间纠缠，个中滋味难与人说。

弟弟看出了苗头，就问：“是不是要我留下？”

他就和弟弟说明了情况，并说：“我不好替你做主，更不好命令你，还是你自己决定吧。”

林占森理解哥哥的难处，倒也痛快：“国家利益至上，我留下，也算是替您吧。”

林占熺百感交集，语气有点艰涩：“你能留下最好，只是一定要注意安全啊！”

林占森看出了哥哥内心的矛盾，爽朗一笑，安慰道：“放心放心，您也知道在家里父母一向是对我最放心的。”

“你得想明白，也要做好一个人长期坚持的打算，要坚持多久、其他人什么时候能来，我现在也没个准数，回去得报告。”

“明白，我早就学会了吃苦耐劳，保证会让您士别三日刮目相看。”林占森尽量说得轻松，想着让哥哥轻松回国。

凌晨时分，累了一天的林占森正在熟睡，忽被一阵嘤嘤呜呜、时断时续的哭声惊醒。他急忙起身辨听，循声叩响隔壁房门。

门开后，只见林占熺像个难为情的孩子，略带歉意地说：“把你吵醒了。做了个噩梦，没忍住……”

林占森扶着身子微微颤抖的哥哥坐回床，轻声问：“什么噩梦？”

“梦见六弟了，他指责我又要把你推下火坑……”

林占森明白过来了，心里一酸，道：“我不是好好的吗？”

“是啊，你现在是好好的，今后要是有个三长两短，我真不知道该怎么办。占森啊，你们那天那么长时间没回来，知道我有多怕、多担心吗？我心里一个劲地祈祷，老天啊，你可不能再让我失去一个弟弟呀，还带上别人，叫我怎么交代？……”林占熺一夜惊入梦，絮叨中心有余悸，到今犹恨兄弟间的生离死别啊。

林占森不由自主地伸手摸了摸他的枕巾，一片潮湿。

林占森后来才知，自他那晚“掉队”失联起，类似的噩梦就缠上了哥哥，时而梦见六弟、父亲，时而是自己。凶多吉少的场景，常常使他半夜惊醒，真可谓“昔时人已没，今日水犹寒”！

到了机场话别，林占熺又是殷殷叮嘱：“一个人在国外，切记外事无小事，事事要谨慎，慎之又慎，有重大情况要随时报告大使馆。还有，要特别洁身自好，我们都是有家庭的人，时时刻刻都要坚持原则、坚守底线。占森你听好了，你在国外，你的脸就是中国的脸，你的命就是我的命，可别有一丝一毫的闪失！”

重托在身，兄弟情在心。林占森既感动又振奋，点头再点头，哥哥转身刚离去，他的眼泪顿时像决堤的河，一发而不可收。

林占森起初意外“顶替”他人援外时，还有点窃喜，巴新的艰苦虽然哥哥已有言在先，但自己毕竟还没出过国，一般人哪去找这个机会呀，更何况哥哥都吃苦在前，自己比他小近二十岁，岂能当懦夫！初来乍到，虽有诸多不适，但天天都有做不完的事，计划中的45天转瞬即逝，倒也不难受。只是，这“独守空房”的滋味大不一样，那天哥哥身影消失时，他的大半个魂差点没被牵走。

“匹马戍梁州”一周，没人讲话，他顿时有被隔离的感觉，度日如年，孤枕难眠。想着跟家里人交流吧，通讯又极其不便，写一封信，万一家里收不到，岂非要让自己干着急？家里收到后，自己又要多久才能等到亲人的回信啊？照样找难受！半个月下来，林占森简直要疯。他有晚不觉竟梦见远去的六弟：他说我们成功了，我们把事业做到国外了；六弟说，我若还活着，就来替回五哥……一梦醒来他不禁失声痛哭，这个弟弟啊，也是受父亲和哥哥的影响，那天如果稍微松懈一些，就不会发生那个惨剧了……也梦见了大哥，大哥流着泪对他说，占森啊真是苦了你，你是替我受这份苦的啊，你无论如何得好好的，为国争光！醒来他怔怔半晌，对对，自己不是“囚徒”更非“罪臣”，而是忠于国事的中国援外专家，虽然坚持下来就是胜利，但也不能做一天和尚撞一天钟，得有质量，得不虚度光阴，得学会孤独，得自己找方法找乐子来打败像虫咬鼠啮般的寂寞，得把援助任务圆满完成！

如此他又自学起了英语，被环境一逼，竟觉如有神助，一个月不到，竟敢主动到附近的村庄找当地司机对话，顺畅地表达自己的意愿了，比如让他开车带自己去哪巡视，而不是被动地等他偶尔上门看望时，再磕磕巴巴、如坐针毡地交流。他除了自己做饭，一周左右也去一趟60公里外的省城买回粮食、水、饼干、手电、药品等必备物资。没有冰箱，吃肉就受到限制，不知不觉间爱上素食。他也可以时不时地去回访，主动了解附近菌草用户们的需求并相应帮助解决问题了。他的住地离菌草基地不过200米，周围都是村庄，村民们淳朴又善良，知道他所做之事，对他十分友好。

待着，待着，大使馆带来了重大消息：中国和巴新政府已换文确定，把菌草技术列为中国援助巴新的合作项目，每期两年。

巴新上下都知道了，菌草技术转为中国国家的援助项目时，中国专家、“菌草爸爸”的胞弟正在东高地省，没有缺席。

1998年底，林占森无限寂寞地待满三个月后，终于盼来了国内发来的“援兵”。虽只有林应兴一人，却总算有伴了，更有个帮手了，可真是“及时雨”啊，这个时候菌袋已不够用了，国内补充“弹药”后，才可以开始重新再生产。特别是穿上林应兴带来的亲人所备衣物，更感温馨。

林应兴带上的还有林占熺的反复叮嘱：“从事援外工作无小事，事事需谨慎，慎终如始。我们每个人的身上都背着国旗，脸上贴着国旗，我们代表的是国家。”

风雨同舟中，翌年初夏他们在东高地等来了林占熺。

林应兴油然想到大学毕业时的留言“再相逢，希望我们都在更高处”，这下，不正是和美好的灵魂相逢在高地嘛。只是那一刻，他没想到，自己会受着美好灵魂的感召，在国外与草为伍25年，把最美好的年华都献给了国家的菌草援外事业。直到2022年，他仍在巴新持草向昔日同学招手致意：“愿我们相逢在东高地！”

软实力外交的范例

1999年初夏，林占熺再次跨洋出海来到巴新时，迎接他的除了顺利开局后生机盎然的菌草以及琳琅满目的累累硕果，还有试验田里那长势喜人的旱稻。大使馆传来的消息则让人忧心，台湾当局正蠢蠢欲动，图谋给巴新长期坚持的“一个中国”政策搅局。

此时的菌草技术援外项目，连着林占森此前的坚守，已被赋予了政治意义。

巴新百年未遇的大旱还在持续，严重的粮食危机忽如飓风恶浪般扑来，饿死人的消息不时传出。在东高地省耳闻目睹灾民的惨状，林占熺心急如焚。那个弊车羸马、无粮可炊的贫穷味儿，如同中国古人所说的“鱼釜尘甑”。他多希望菌袋一夜间就能长出成千上万吨蘑菇应急啊！在多快好省地促产时，他也夙兴夜寐地扑在了旱稻的最后攻关、大面积试验上。他回国时，曾委托当地人帮助管理，如今一看，惨不忍睹，基本跟荒废一样，得从头来过。

如果每赶一分钟，就可能让稻谷早一天研发，进而早一天救灾民出水火，那么，林占熺在巴新的每一天都一万个愿意连走带跑、连跑带颠。这个时候的他其实还胸怀另一个使命，要和台湾当局的“蠢动”展开赛跑，尽早放出这个当惊世界殊的“卫星”。

事实上，他就这么做了，40摄氏度以上的高温也阻挡不了他连日奔走的步伐，再毒辣的阳光于他都形同虚设。

试验反复多次，由浅入深。有时“前树未回疑路断，后山才转便云遮”了，不舍不弃中，变着法子再试，终于柳暗花明，“忽见千帆隐映来”。一种与常规水稻、旱稻栽培技术不同的新栽培技术，在千呼万唤中终于横空出世，要点是：选用具有较发达根系的旱稻品种整地播种，靠降雨或旱稻的根系伸到较深土层中吸取水分，来保证其正常生长发育的需要；旱稻收割后留下稻头，作为下一次生长的种苗，并将稻草覆盖稻田，起抑制杂草生长和保湿的作用。这样，就可以在条件适宜地区，实现播种一次连续收割多次的目的。

持续切近的细察中，他揪心于它们的一举一动。从细小的含苞到盛大的扬花，他知道它们正在一丝不苟地经历诞生的过程。繁盛的绿叶看似焦黄，却特别显眼，悄然孕育出青涩的果粒，从一星半点到株株殷实，愈发地茁壮，像他年轻时在老家种的橘子树那样挂果弯腰。这样观察到一株株旱稻的滋长，他欣喜它们无痕的造化。试验成功，零的突破，带来的兴奋不亚于又生了一个孩子！

旱稻开镰收割的消息传开，附近村民纷纷前来观看，顶礼膜拜。激动之下，林占熺给这个新发明命名为“旱稻宿根法栽培技术”。

旱稻米质佳、黏性大，口感好，不施农药无污染，尝过的官员和民众都说好，都说中国专家带来了希望。

旱稻在巴新的从无到有，堪称一大奇迹，但要从试验到推广，要遍地“开花结果”，却依然是新的哥德巴赫猜想。而且，当地某些部门对中国专家组要把旱稻试验的种子分发给农民示范种植起初不同意，还说他们有难处，万一被某某国家知道，会影响和减弱该国对巴新的援助，而这个国家当时的援助资金较大。

援外虽说是阳光下高尚的职业，但伴随从未停歇的政治制度、意识形态纷争，世界大国越来越竞相投入，援外领域也就成了大国博弈“不见硝烟的战场”。中国援外事业在蓬勃开展中，既要赢得国际道义、政经影响力，也要赢得当地的民心民意，自然要发扬斗争精神，并努力占据历史的制高点。

林占熺不强人所难，就采取折中的办法，不通过官方正式发放，而在推广菌草技术时再送到当地农民的手中教他们试种。

出于对“菌草爸爸”的信任，渴望能够粮食自给填饱肚子，当地农民对旱稻技术毫无抵触，甚至是趋之若鹜。这样渐渐对当地一些政府官员因各种原因生就的抵触情绪起到了分化作用，知道了也是睁一眼闭一眼，但看分晓。一些国家在巴新的专家得知后，公开放出风声，说要等着看笑话，再在国际上对不知天高地厚的中国专家羞辱一番。

这已不仅是旱稻能否在巴新成功的问题了，也不只是菌草团队的声誉，还关乎国家的脸面和尊严。不需大使馆委婉提醒，专家组内部也有不同意见。有人说，我们是来做食用菌援外的，有没有必要再做旱稻呢，万一搞砸……

在常人的思维里，援外也有些将在外君命有所不受的味道，天高皇帝远，各项工作大多是自主安排，你要摆出这困难那困难，国内国外对你也多半没办法。可林占熺就是要让援外项目做得更好、更极致，他也希望团队这样做。

在这当下，他仍坚持己见，说解决当地百姓的温饱问题很重要，做出来了也有助于大国担当、大国外交。为了确保无虞，他事必躬亲。他深知，如果不顾具体的环境和条件随便种，后期不加科学管理，这些旱稻活下去后也可能长不出稻谷，或是严重歉收。于是，为了更科学更全面地掌握试验、生产的情况，他常常在试验田里一待一天，饿了就胡乱吃些东西。周围的百姓不知道“菌草爸爸”又在改进何种“魔法”，却晓得肯定是在为他们而忙累。他或在试验田里或坐在河岸上，边啃馒头边做事的情景，尽收当地人眼底。

到测产时，林占熺更是少不了在场，还要亲自操作才放心。一般是好、中、差各选一些来测，这样得出的数据才准确些，然后再统计一丛旱稻的产量等特性，是为“考种”。与时间赛跑的他，在旱稻落地的细节上却又是精益求精，严谨得像是发射卫星。

他不眠不休地挥汗如雨之时，台湾驻巴新“商代团”办公处悍然挂上了“中华民国大使馆”的伪牌。这场外交闹剧后来的曝光，缘于两者间的利诱交易……

一直以来所担心的“另一只靴子”如此落地，让林占熺心里难以平静，别说旱稻，菌草项目要不要撤回都不好说了。怎么办？他在等来自国家的命令。

在中国政府向巴新政府提出严正交涉和强烈抗议之时，林占熺在焦虑之中，也等来了时任巴新警察部长的卡拉尼电话，话筒里传出的声音无比坚定：“林教授，前段时间我们这边来了‘魔鬼’，有人也鬼迷心窍了，造成了巨大的误会，他们的所作所为也肯定震动了你们，我在此恳请您和中国专家组不要中断既有项目，我们需要脱贫。”

“我也知道贫穷的滋味，我们带着菌草技术不远万里到来，就是想为巴新民众减贫，但发生这事，着实让人遗憾……”

“林教授请听我说，眼前的曲折是暂时的，一切都将回到正轨。”

卡拉尼是最重视中国的巴新政要之一，面对林占熺话中透露的担忧，他毫不含糊地说：“请相信我，我们是生死之交的好兄弟！”

事关重大，林占熺第一时间就把卡拉尼的态度报告了大使馆。大使馆的意见也是明明白白：“不要撤退，不要中断援助项目！”

弦外之音，菌草项目在这场惊心动魄的斗争中将举足轻重。

林占熺在与卡拉尼的交往中，知道巴新有许多热衷于引进菌草技术的政治人物、政府官员和技术人员，对菌草技术的认识比较到位，对不同国家的援助情意深浅和效果高下有自己的判断。

但凭风浪起，稳坐钓鱼台。林占熺带着专家组只是埋头种草，一如既往地指导百姓育菇。

一天晚上，劳累了一天的他们，回到下榻的小旅馆正待休息，外头忽然响起近乎砸门般的重重敲门声。醉酒的旅馆老板骂骂咧咧地要中国专家组付房租。林占熺听了隔壁房间的罗海凌报告后，沉着地说，既不要怕，也不要开门理睬，只是告诉他，请他放心，当地政府如果过几天还没动静，我们就一定支付，一分也不会少。这段时间专车的油钱，当地司机也说政府没给续上，也是林占熺主动提出从专家工资里支出。他叮嘱大家说，我们援外，不必计较一点点钱。

罗海凌温和解释过之后，旅馆老板闹够了，在别人的劝说下，也就知趣地走了。

这次援助，住宿费根据既有协议由当地政府负责，林占熺还设身处地地替当地政府省钱，主动从大宾馆搬到便宜的小旅馆来，不知当地政府为何没有及时支付费用，是不是也与这次外交风波有关？他感到前所未有的压力。

此时，有消息传来：鲁法区可米拉克村菌草技术示范农户文斯顿家的菌草平菇喜获丰收。接到邀请，林占熺第一时间赶去祝贺。文斯顿和全家十余口人手捧白花花的菌菇，在草屋前围着他合影。

不久，又有消息传来：卡拉尼联络了政府8位内阁部长集体辞职，强烈要求政府撤销与台湾“建交”这一错误决定。卡拉尼特意请负责菌草推广项目的政府官员，带上在中国专家指导下栽培出的各种食用菌，向60多位议员现身说法，说从这个专家组身上，就能看到中国人民对我们的情意，我们就应该与中国保持友好关系。卡拉尼的行动，赢得巴新朝野的强烈共鸣。

16天后，雨过天晴，新组成的莫劳塔政府当天宣布撤销与台湾“建交”的错误决定，恢复与中国的正常外交关系。

林占熺没想到，小小菌草竟在坚持一个中国的外交斗争中，发挥了“四两拨千斤”“不战而屈人之兵”的特殊作用，日后又成为中国软实力外交的范例。他和队员们开会时说：“我们的古人很有智慧，告诉我们‘以心相交者，成其久远’。这事让我们看到，如果不肩负崇高的援外使命，不和当地人民和衷共济，再多的金钱和物质投入也无济于事。”

8月30日，巴新国会议长纳罗科比在议会大厦会见中国专家组。他握着林占熺的手说：“菌草技术使巴新人民受益无穷！”继而打比方说，“如果你给我一条鱼，我还是吃了上顿没下顿；如果你把抓鱼的办法教给了我，我就一辈子都有鱼吃了。同样，如果你给我一些菇，我只能吃一两天，但你教会我种菇，就可以解决我一辈子的生路。因此，这项技术的价值无法用金钱来衡量！”

得到认可，林占熺更是迅如疾风，为菌草的优化推广而奔走，并快如闪电开始运用新法在东高地省种植旱稻，急对方之所急，缓解粮食危机。

对大家眼见为实的好东西，推广已不成问题，但对快收成的谷种一定要看好，预防鸟食和鼠害，也免得村民顺手牵羊拿一把，特别是，实验数据被他者窃为己有可不好，所以还得花高价请当地人看护。旱稻技术培训必不可少。培训班结业时，林占熺都会向学员赠送谷种或菌袋，常常让他们高兴得要和他拥抱，并恳请上门指导。之后，还得帮助老弱病残打好种植穴。太阳底下那份热啊渴啊，呼口气也觉得嗓子眼里能喷出火；月上柳梢头了，夜虫鸣声四起，萤火虫到处点灯了，他们还在躬身劳动。

2000年3月9日，旱稻作为中国福建省的“省礼”，在巴新东高地省隆重播种；7月25日首次收割，每公顷产量达6.75吨，亩产达451公斤。

巴新报纸称旱稻是中国来的又一个礼物，也可理解为和菌草一样，是中国送给巴新的又一份最好的礼物。

一株株、一粒粒饱满的旱稻是产出来了，可当地百姓几乎不知如何碾开。整个东高地省只有一台碾米机。于是，像当年在宁夏帮老百姓种菇还得帮销售一样，林占熺带着专家组在巴新又干起了“帮到家”的活儿。远乡近邻的农民把家里产下的稻谷手提肩挑来求助，他们来者不拒，为了能让农民们当天回家，经常得加班加点免费帮助打谷。

旱稻种植随即在当地扩大再扩大。不久，当地种旱稻的农户就超过3000户，种植面积达到300多公顷。农民在欢天喜地中，对前来验看的中国专家感恩戴德，每每欢呼着把他们举过头顶。东高地省行政长官每次碰上林占熺或是其他中国专家，不是大加称赞你们的旱稻真好，就是大骂那些外国专家太不像话，自己种不出来、骗我们这么多年不说，还压制你们试验。要是你们早来，我父亲的父亲兴许都能吃上大米。

卡拉尼回到家乡东高地省后，特别在林占熺的指导下体验了菌草粉碎工序。在林占熺回国前夕，他还让自己最喜欢的女儿认林占熺当干爹，另有一子一女，分别认林占森和林跃鑫为干爹，为的就是一家人都与中国保持亲密联系。

“当初选择占森留下来是对的，没有他的单独坚守，就不可能有今天巴新的效果。今后拜托你们照顾好他和我们专家的安全！”

林占熺郑重其事地嘱托这几个干女儿干儿子。

“放心，一万个放心！”卡拉尼和孩子们异口同声地说。

果然，留在巴新的中国专家们此后受到了细心的照顾。陪同他们的鲁法区区长佩带短枪，还不时把枪放在配给项目组的当地司机身上，以随时提供保护。一次，林占森他们去超市买东西，忽听枪声响起，惶悚不安时，马上有当地警察冲上来保护；出门经过一些可能出现险情的地段时，也有警车护送。

他们之所以荣享“国宾”待遇，只是因为林占熺代表中国送出了厚礼，中国专家通过真诚的援外行动让当地人体会到了来自友邦中国的真诚。

旱稻的诞生，打破了西方专家的论断，结束了东高地省不产稻谷、稻米一律靠进口的历史。

菌草连着旱稻栽培成功，林占熺这只在东高地省家喻户晓的“极乐鸟”，才真正感到“极乐”。此后的每一次展翅翱翔，都是中巴友谊的美好象征。

“植物特使”

世上的路千条万条，世上的桥也千座万座，且品类繁多，从不同材质的木桥、石桥、竹桥、铁桥，到形状不一如拱桥、天桥、立交桥，林林总总，不一而足。大概很少有人想到，世间竟有一条由草铺就的桥梁，由千禧年通行，接通世纪，接驳万邦。

2000年5月中旬，一个由东高地省省长拉法纳玛率领的巴新代表团穿过烟波浩渺的南太平洋，奔着建立友好省份的心路，到访东海之滨中国福建。正是林占熺在巴新铺开的菌草，让巴新高层，特别是东高地省的官员，认识到中国是值得深交的朋友，想来福建寻求加强面向未来的友好合作。而在菌草技术登陆巴新之前，当地人对中国知之甚少。

5月16日，时任福建省省长习近平热情接见了远方朋友。拉法纳玛高度评价林占熺所率专家组在巴新“进行了一项伟大的工作，取得的成就无法估量”，未来将更让巴新人民受益；进而动情地指出，项目实施中，中国专家挑战性地适应种种让发达国家望而却步的条件，足以表明中国政府通过菌草项目来实施帮助是真心实意和信守诺言的。中国专家的精神值得我们学习，并将在巴新今后的发展中产生深远影响。

两位省长签署了建立友好省关系协议书和《福建省援助东高地省发展菌草、旱稻生产技术项目协议书》，决定由福建省再出资100万元，实施为期5年的援助巴新项目。

7月5日，福建举办了一场特殊的颁奖会——为科技人员颁发“贡献一等功”，在福建省人民政府会议室隆重举行。这既是对他所做贡献的充分褒奖，也充分体现了福建“科教兴省”的方针。树立这样的典型，是因为科技知识分子在攻坚克难方面，在一些关系到国民经济、国计民生、国际声誉的领域中，进行的忘我工作、做出的贡献应得到弘扬；同时也是号召鼓舞广大知识分子投身到生产第一线，投身到科教兴省、科技兴国的洪流中去，把自己的聪明才智同时代的需要结合起来，不断做出为世人瞩目、为人民群众所欢迎的卓越贡献。

福建科技界有史以来第一个一等功花落有声，这不单是林占熺的光荣，他的母校也因而备受瞩目。会后，福建农业大学党委书记王豫生和林占熺交心式地谈话：“占熺老师啊，领导对你科技扶贫、援外所取得的成果，对你服务国家外交、给福建和国家带来的荣誉，是看在眼里喜在心头呢，才会给你记一等功……”

林占熺感动有加："我一定不辜负组织的期望，一定遵照领导的嘱托，把已取得的成绩作为新的起点，继续攀登新的高峰，在新的起点上取得更好的成绩！"

如果说，为林占熺单独授一等功在福建科技界留下的是一段令人难忘的佳话，那么这年下半年，福建省政府拨出专款一百万元支持在福建农业大学设立的"福建省菌草科学实验室"则是第二个佳话，这类实验室在中国是第一个，在世界也是第一个。这中间，领导的关心让林占熺感铭一生，激励他笃行不怠奔赴心中的"新的起点"。

是年下半年的福建农业大学，也将奔赴一个面向新世纪的"起点"——经教育部批准，福建农业大学和福建林学院合并后改名为福建农林大学。新校名有了一个"林"字，林占熺偶尔也幽默地对家人说，我们更应以校为家、用心做事啊！

就在看似东风已备的顺利中，种种不测也悄悄摸上门来。

2000年12月，"1986—2000年度全国科技扶贫杰出贡献者"名单官宣出炉，林占熺榜上有名。举国上下，15年不过20个，含金量自不待言，这荣誉让合并新生的福建农林大学也备受瞩目！

赴京领奖接受表彰的特大喜讯传来，时间却发生了冲突：埃及总理特使来找林占熺商量赴埃及种植菌草事宜，而且赴巴新的旅程也提上了日程。

上级领导颇感意外："那怎么办？"

林占熺不假思索地说："党和政府授予的荣誉再高、再重要，也还是个人的，而外交代表的是国家……"

为了显示中国人的热情以及客家人的好客，林占熺经报批，举办家宴欢迎，这也是对他当年访问埃及推介菌草栽种计划时这位学生专门举办家宴的回报。

埃及总理特使法吉是林占熺主持菌草国际培训班时的学生。1995年，由国家外经贸部主办的首期菌草技术国际培训班正式开班，将菌草技术无偿分享给全人类。首期国际培训班的16名学员来自世界各地，离开时人人都依依不舍，有的学员还抱着林占熺哭。不少学生回去后，又要来读研究生。法吉和林占熺结下深厚感情，他为能来老师家做客而感到荣幸，还谦逊地说："您才是名副其实的'特使'——'植物特使'，或叫'菌草特使'！"

林占熺呵呵笑道："谢谢你赏给我一顶'植物特使'帽。你和贵国政府的工作效率，让我感动之中，更坚信菌草会尽快造福埃及。"

法吉说："谢谢林老师和中国政府的用心帮助，我这次受命来中国，就是要请您到埃及指导栽种仙草，让埃及人民早日受益。"

众人在"中埃友谊万岁"的欢呼声中又一次碰杯，随后法吉离席在客厅打了很长时间电话。林占熺悄声问一旁的翻译："我看特使脸色不太好，是太累了还是没倒过时差？"翻译也感觉不太对头，正若有所思中，客厅传出沉闷的倒地声，特使摔倒了！

医生很快来了，然而法吉没能抢救过来。林占熺迈着沉重的脚步从医院回家，心事重重地对焦急等候在家门口的妻子说："我好心想为国家做事，没想为国家出难题了，总理特使死在家里，这可是外交大事……"言罢，一个踉跄摔倒在地。

医生对林占熺的诊断是："主要是劳累，加上压力突增，血压才升得这么高，另外得注意已有的腔隙性脑梗死症状。"

处理善后事宜时，法吉家人十分体谅，说他此前已有病情，那天最后的电话还说可能旧病复发。他们希望林占熺不要过分自责，保重身体，只希望林占熺能帮助法吉完成遗愿。

林占熺和法吉生前既定的菌草治沙治水计划，先从尼罗河开始，再向撒哈拉大沙漠扩展。几年前，他特地来到95%国土为沙漠的埃及考察。在法吉的大力协助下，他了解到，流经埃及的尼罗河两岸沙漠，16米以下多有地下水。他顿时如获天启，回来不久就制定出一个关于在埃及萨达姆城建立沙漠菌草示范点的设想，也得到法吉的鼓励。社会活动能力强的法吉如今成了“特使”，有他的鼎力相助，推进埃及和非洲的事业必然如虎添翼，谁料发生如此意外，林占熺所受打击不言而喻。他含悲忍泪往前走，不几天就按计划率专家组赶赴巴新，执行福建和东高地省所签今后五年的援助计划。

不久前，他还神采飞扬地和记者谈到这个五年援助计划：“巴新的条件虽然艰苦，但如果我们坚持下去，逐渐改变他们的生产方式和生活方式，最终必将引起管理方式的革命，帮助他们完成从自然经济到现代经济的转变过程。帮助友好省份的朋友走上富裕文明之路，我们责无旁贷。”

林占熺心中的“巴新情结”已难割舍。他再次带上了五弟占森。占森在巴新一待两年多才回国休假。他当初被临时征召，说好为期一个半月，没料剧情不按台词走：先独守巴新三个月，好不容易盼来了伙伴，干满一年，目睹了“建交”闹剧的仓皇落幕。菌草项目得始终有人，于是再干数月，等来的是菌草技术转为国家援助项目，每批为期两年，他又走不了。这次国庆回来，家里人指望着过完年再走，却又被哥哥提前“拉夫”了。

此次，林占森和嫂子罗昭君一样，不太同意，说：“出征之前就有不祥之兆……”

林占熺道：“别胡乱联想，这个援助项目代表着国家信誉，势在必行。早日走上正轨就可转战非洲，既能告慰特使，也能唤起非洲人民菌草治沙的信心！”他执意按计划出行。

赴厦门国际机场途中，林占熺上洗手间后良久不出。林占森进卫生间叫他，只见他坐在地板上，说抬不起脚来，没法走路了。

林占森吓了一跳："怎么回事？"俯身观察，惊叫一声，"哎呀，脚盘肿得这么大！"

林占熺解释："这几天太累，五套技术援助方案得一个个细看，不容有半点闪失。没想到倒让自己闪失了，下楼梯时不小心摔了一跤，扭伤了脚，担心你嫂子拦住我不让出国，就瞒着她贴了几片止痛膏。今天凌晨四点多起床修改方案，没想到现在连站起来的力气也没了。"

林占森好不心疼："这样出国怎么工作啊！还要在马尼拉转机，要不改签……"

林占熺道："约好了的事，岂能说变就变。你别大惊小怪，先给我敷上止痛膏，届时和罗海凌轮流背我上飞机，或者租个轮椅……"

到厦门机场时，林占熺没法站立，林占森只好用轮椅推他上飞机。队员杨居佃、罗海凌负责四个人的行李。每人都有五六件大箱小包，装的主要是菌种、书籍资料，再就是相关器材，个人用品能简则简。为了节省开支，林占熺坚持不换商务舱，被搀扶着在经济舱落座后，用扶他林做紧急处理。林占森不忍心看着哥哥受苦，林占熺却动情地说："越来越多的国家认同我们的菌草技术，指望我们的菌草能早日助力他们脱贫。能把菌草软实力外交做好，我受点儿苦不要紧，今后给你压的担子会更多，也更重，国外工作你可吃得消？"

以哥哥为榜样的林占森表态："什么苦我都可以咬紧牙关，生活条件再艰苦都没问题，只要国家需要，只要能造福人民。"

林占熺道声"好"，又对一旁的罗海凌说："海凌啊，人家出国是为了镀金，你跟着我出去，就得准备晒脱一层皮回来，晒得够黑了，那也叫镀上一层黑金。”

“只要能完成任务安全回来，晒成黑人也没关系，更接地气。”罗海凌大学毕业不久，对远在天边、近在眼前的援外工作既感新鲜，又觉好奇。

“对，只要把安全放第一位，吃点苦不用怕。你就听占森老师的，他有经验。”

“听说那里的男人一生气就动刀，有位华人用手挡刀时手被砍成对半。女人出门常背的背篓里也不离铁锹……”显然，罗海凌出国前对巴新做过一番了解。

林占熺安慰道：“不安全因素是有的，但巴新百姓对中国整体是友善的，随着我们援外的深入，只会越来越友好。”

林占森也说：“是啊，我们的车一出门，常常就有一群孩子跟在后面跑，高呼 China。村民们对外地的车要收过路费，对我们则一律免费。”

“要我看，像海凌这么帅气的小伙子，在巴新最大的危险，就是被当地女孩子抢走，这点你可得自我保护啊。”

林占熺把大家给逗笑了，也让初出远门的罗海凌放下包袱，轻装上阵。

到菲律宾马尼拉转机时，林占熺仍站不稳，又租不到轮椅，只好花钱雇专人背上飞机。他一路上不停地抹扶他林，干了就抹，仿佛多抹一次就能早一点安好。

飞机一路颠簸在巴新首都莫尔兹比港降落时，他咬紧牙关硬站立起来，一出机场就与大家一起顶着骄阳，穿越几十公里凹凸不平的山路，赶到海拔1600来米的东高地省，也没休息，就参加见面会。

转机，再转机，长期超负荷，远渡重洋，高原反应，带着心病、身病出征的林占熺急火攻心，心脏隐隐作痛。罗海凌送他回房后发现他脸色苍白，好半晌没说话，急忙扶他坐下，给他量血压、测心跳，惊觉血压冲上170毫米汞柱，心跳达到110次/分，却连脉搏都摸不着，想着马上去找林占森和杨居佃。林占熺轻声说："他们要处理七八箱菌种，从泡沫箱里拿出来散热，不抓紧时间菌丝就会被烧死，或受污染，这些菌种很宝贵，这么辛苦带来，不能受损。有你在身边照顾就好了，不用担心，你去我箱子里找药来……"

箱子里那十几种药是出国前省立医院给配的，妻子罗昭君一一在袋上做了标记。罗海凌依据标记给林占熺服下后，见他状态还是不好，急得眼泪都出来了。

"没事没事，可能是心脏老毛病复发了……"林占熺轻声安慰道，"你来帮我按摩这个穴位……"

按摩了好一阵，效果却越来越差。眼看他双手发麻，双脚冷到膝盖，似乎有点不省人事了，罗海凌紧张至极。正不知如何是好，林占森回来了，再量体温，已超过40摄氏度，马上紧急向大使馆和巴新政府请求援助。

可驻地附近没有正规医院，一时也找不到医生，此时到巴新首都也没有飞机了。巴新警察部长卡拉尼闻讯，马上派其私人医生从外地紧急赶过来，可路程起码得有四个来小时！眼看哥哥命悬一线，林占森急得只能往国内打电话。

12月13日凌晨一时许，罗昭君在福州家中接到林占森打来的紧急越洋电话，吓坏了，这正是她担心的事！她马上联系给丈夫治过病的医生，询问该怎么处置。

心脏停止跳动十几秒后再复苏，林占熺听到弟弟和同事在旁哭泣，隐隐感到这次疾病来得凶猛，非同往常，自己可能就剩下一个骨灰盒回去了，再也见不到祖国、见不到家人了，这就是“埋骨何须桑梓地，人生无处不青山”了吧？是的，1966年1月13日，还是学生党员的他就曾将此句抄在学习笔记上，如今也算是应验，只可惜出师未捷……

意识愈发地模糊，他感觉伸手就能摸到墓门砖了。再一次从昏迷中醒过来，他比着手势把弟弟和同事招到床前，吃力地交代菌草基地建设之事：“援外任务就拜托你们了，我的理解就是应从国家的大局、全局去考虑问题，该做工作就要多做工作，一定要确保成功……”而后声若游丝，断断续续地对弟弟说，“我怕是不行了，家里的事你就多费心吧，我亏欠她们太多了……”

都在吩咐后事了，想的却还是国之大事。这一言一行感动着在场每一个人，安危也牵动着每个人的心。

卡拉尼部长的私人医生火速赶到，先打强心剂，再让服镇定药。林占熺的双脚和身子渐渐热了，呼吸也均匀起来。医生分析，除了过度劳累导致他心脏病复发，一大原因也是扶他林涂得过量，引起不良反应。

远隔重洋的罗昭君和女儿得知亲人脱险的消息已是天亮，她们守了一整夜的电话机！

林占熺下床后，却半开玩笑地对罗海凌说：“我说过没事吧，真的没事了！你现在知道了吧，出国不是这么简单的，第一次就给你下马威。”

得知家里那头还在担心牵挂着，他亲自打回电话，轻描淡写地说：“吉人自有天相，有中华人民共和国护照的庇护，一切都能化险为夷！”

熬过第二天，林占熺便拖着虚弱的身子带大家游览植物园。

初来乍到的两位队员边拍照边欣赏风景，林占熺则围着草丛，特别是米把高的蕨类植物转，一圈一圈，一寸一寸地寻找着什么，时不时就叫弟弟一起量，记录相关数据。处处留心皆学问，他总想着哪些草种是中国没有的，哪些是中国可以引进和利用并改造为菌草新品种的。

罗海凌原以为游览植物园也算休息，却不料接下来的日子，大病初愈的林占熺一心顾两头，前半晌还在菌草基地，后半晌便到了旱稻试验示范生产基地，指导对稻田进行宿根管理，并将这一成果推广给新的农户。罗海凌提醒林占森劝他多休息，林占森无奈地摇头道："没办法，他就是这样子，只知道赶路，只晓得干活！"

这真是个视草为命、视草为魂的铁人！罗海凌看在眼里，内心深处不禁涌起一阵敬意，林家兄弟援外之情日月可鉴，情若不深，谁愿拿命赌明天？自己今后已有榜样在前头！

人们不知道，林占熺在东高地省与死神擦肩而过后，便把每一天都当成生命的倒计时，催促自己只争朝夕，在世界有需要的地方多种几棵草、多洒一份爱。

互相用美丽的名字命名

林占熺是在巴新走上"世纪桥"，迎接21世纪到来的。

2001年1月9日，旱稻在巴新又一次收割，收成喜人。三年间连收11季，产量稳中增高，最高单季产量达到568公斤，最多时一年收四季，产量破纪录。

种旱稻时，林占熺他们每个人都做过东高地百姓免费的"劳力"。稻谷长出，微风簇浪，化作满眼星时，他们细心观察，预防病虫害；谷子收成，也没闲着。

那些黄澄澄金灿灿的谷子啊，东高地老百姓怕是祖宗十八代都没在自家地里见过呢！而今，自他们之下可就翻开新的一页了，子孙后代从此就有好日子了。喜上眉梢后，便是忧从心来，这数不清的谷子，怎么剥壳？

旱稻技术越是推广，受众越多，稻谷自然成几何倍数增长，此前那样的帮助碾米又跟不上形势的发展了。项目组急人之所急，买来一套碾米设备，放在东高地省会高鲁卡区的省农业厅内，并广而告之，欢迎百姓前去免费碾米。

当地百姓从未见过这等庞然大物，林占熺就亲自上场，不厌其烦地示范。那些稻谷肩挑背扛而来，住得远的百姓就几家人集中在一起用车来拉，随到随碾，再多也不过夜。林占熺说了，人家从大老远的地方过来，有的还雇了车，我们总不能说，时间到了你们明天再来吧。

有好几次，老百姓送谷没有错峰，人和机器都没停没歇，月上树梢，却还有扎堆的人和稻谷等着。眼看手下的“劳力”们都累了，林占熺就鼓劲加油，说老百姓多不容易啊，凑钱租车把谷子送过来，我们就再辛苦一些吧，省得他们来回奔波。他随时替换下队员，当地百姓也不好意思袖手旁观，纷纷上来，不是边学边帮，就是端水或就近找些吃的来。

成堆的稻谷进去，碾米机轰轰地响，珍珠般圆润饱满的白米唰唰地喷出，人们一片欢呼，戏称中国专家会“魔法”。他们先后打扫属于自己的战利品，把白白净净的大米如数装袋装箩，高兴而归。

数日里，专家们的手和皮，像爆米花似的爆了一层又一层。有一次大家轮流作业，碾到晚上十点钟才告一个段落，人人都瘫软如泥。

林占熺如此用力为帮百姓打洞穴、播种、碾米，惹得林占森不高兴了。东高地省的高海拔加上曾有的历险，让他真是担心哥哥又累出病来。可不管他如何婉劝和争执，就是无济于事。

他们没日没夜地干，累得都快脱力了。连着几个晚上，背负星辰回到两三公里外的小旅馆时，年纪最大的林占熺走路都有点打晃儿了。四周暗摸摸一片，别的房间的灯都灭了，他们的灯才开启，而且还饥肠辘辘呢！

有人触景生情，仿照以前语文课本里读过的海涅《西里西亚织工之歌》一诗，信口造出几句："我们的眼里没有泪花，／我们站在碾米机旁手勤脚快，／东高地，我们为你碾生命粮，／我们碾进三重情义——我们碾，我们碾……"

大家都说好，虽然谁也不去探究到底"碾进"了哪三重情义，但有一点毋庸置疑，那就是他们与诗中西里西亚的纺织工人当年被愚弄和欺骗不一样，是完全出于自愿，肩负着国家和联合国交给的双重使命。他们相信，再怎么语言不通、风俗不同，这里的百姓也是有良心的，清楚中国人对他们的好。

"我们就是要做有情有义的援外人，不辱使命，也让今后的人生更值得回味！"林占熺的话，一直被他年纪大小不等的队员们铭记在心。援外岁月路漫漫，日夜多紧张，长情有所寄。初次援外的罗海凌又想到林占熺飞机上所说要晒一层黑金回去那句话，他觉得跟着援外哪里是镀金，而是在镶一颗金子般的心。

百姓的笑容，是治愈林占熺的灵丹妙药，哪怕碾米到晚上十点一身疲惫，月光下的他心情也一路美丽。

整个援外团队跟着一起美丽！

中国在世界上也因此更美丽！

罗海凌很快就有了一个美好的名字，一位内阁部长把自己的名字“麦罗巴”给了他，意谓男子汉。他们每个人都陆续有了富有特色的、高规格的当地名字。林跃鑫叫“鲁鲁曼尼”——当地一种漂亮的鸟。林占森叫“洛辟瓦”——当地一条重要的河流。林应兴叫“奥诺”——菌草基地附近的一个村庄名……林占熺的名“极乐鸟”寓意自是最高，国徽象征物的规格谁能比！巴新人民发自内心要让中国援外专家的名字永远留在自己的国家。

有些人不甚理解，巴新不过是个小国、穷国，上头也没下达具体的硬任务，何必还主动舍命去援助？林占熺不同意此说，道：“人家在联合国同样拥有一票，关键时刻可能就是我们两肋插刀的朋友加兄弟。”

“你就没听过‘非我族类，其心必异’，万一……”

“我相信，精诚所至，金石为开！”

再多的话都不如事实美。

事实是，“菌草外交”美丽如花。

2001年五六月间，巴新总理莫劳塔继巴新议长纳罗科比之后访问中国，再三肯定中国政府送来的菌草、旱稻技术，说这是中国对巴新极为重要的支持，对巩固和发展两国之间的关系起了很好的作用。

2001年11月，时任福建省省长的习近平对福建教育代表团访问巴新做出批示，由此开启了菌草援助项目落地的历程。

漂洋过海在巴新种草种稻的奇遇，怎一个苦字了得，亲历者都能谈上三天三夜！只是，林占熺对苦从来都说得风轻云淡，队员们身临其境才知何为苦海作舟。

菌草基地在鲁法区，好些年头，林占森都靠手电过的中国的几大年节。那里没电，商店里连个红蜡烛都没有，点着白蜡烛过年有忌讳，不吉利，于是只能仰仗手电筒。那些年他用废多少电池和手电筒，只怕可以堆满所住那个不足6平方米的小房间。新千年到来时，罗海凌对其中艰苦一下就领教了。那里只有重大活动或生产时才有电，还是靠柴油发电。

鲁法区离省城倒不算远，但距主路，也就是路况好些的公路，尚有十几公里的泥土路。正常情况也得花两小时在路上。路窄，仅够车辆交会通行，沟壑纵横，连越野车的底盘都会被剐擦到。有一次，同行一位专家坐车时身体突然剧疼，汗如雨下，送医院一查，原来她的肾结石被抖落到输尿管里了，能不痛？可想路上有多颠簸！还有一次，当地一位官员把副驾驶的好座位礼让给中国专家坐，自己坐后排，一路颠簸让他直喊受不了，回来休息几天才能上班，一见面就说腰闪了，今后怎么也不去看项目了。

林占熺的身体也不是铁打的，又哪里经得起七颠八倒啊，常常一个来回就得躺下直喘粗气，但下次有行动，却又身先士卒。实在“杀鸡不用牛刀”而留驻地，也还是自告奋勇地给队员们做饭或搞卫生。饭倒是能煮熟，厨艺除了拿手的平菇炒蛋差强人意，其他非咸即淡，让人难于下咽，几次过后被迫“下岗”。

有一次，林占森和罗海凌乘坐当地项目经理所开工具车出门指导，雨天泥泞难行，整辆车都差不多被泥巴给“喷了漆”。林占森摇下车窗指挥时，轮胎在打滑翻滚中，泥巴径直朝他的脸上“啪啪”糊来，差点没打瞎眼睛。

路再难行，沿途看到村民的板车什么的上不去，中国专家就停下，用自己的车子帮助拖拉。有一年，林占森受邀参加当地的节日，想着从驻地到菌草基地拉上一些菌袋作为礼物。车行半路，颠得弹簧缸都快脱落了，司机就找来绳子暂且绑定，再慢慢开进山去。又逢大雨，形如黑夜的山林让人好不提心吊胆。还好，司机一路安慰，这一带的村民对中国专家都很友好，可以一百个放心。

一天，林占森和罗海凌去一处教堂指导种旱稻。所经之桥，只是用简单的材料架设在两边，连个栏杆也没有。林占森看到铺在桥上的木板坏了好几处，整座桥显得松垮，就说太危险，主张走路过去，并带上当地司机的小女儿下车步行。司机坚持载罗海凌过桥，不料桥塌车掉，幸好桥下水不深，人没受伤，只是请吊车拖车花了不少钱。

地瘠民贫，邮电通讯自然也差，想要越洋交流不容易，一封信起码得耗上二三个月才能到手。难得到东高地省政府所在地打投币电话，一分钟三块六基纳，折合人民币十几元，贵得离谱，还常掉线。都说中国人聪明，他们在问题中对症下药，打电话两个人去，一人负责投币，一人通话。你塞我打，你打完我接着打，这样才合算，也方便。

在宁夏曾担任菌草扶贫工作队队长的黄国勇转战巴新后，最难适应的是语言和风俗及镂骨铭肌的寂寞。初来那些天，他夜不能寐，就一个人坐在客厅看电视，听不懂说什么，只看图像，直到荧屏上的人都不见了也还是无法入睡。那时全巴新只有一个国家电视台。

林占熺也有睡不好的时候，比如白天做家访看到村民们一贫如洗，就绞尽脑汁想着如何“放大招”，让他们多快好省地从菌草技术那里有所收获；比如看到有的村民还一知半解，就想着还能不能更通俗易懂些，真正让他们一看就懂，一学就会。

中国专家组的人员和时间、精力都有限，不可能对所有用户都全力扶持、免费送菌袋。做菌袋要有生产设备和技术，当地有人曾想着把它掌控在自己的手上牟利，而不愿配合项目组的行动，这也导致有一阵子技术推广出现困难。要想突破这一瓶颈，最好的方式就是不要经过这些有想法的人之手，而通过培训班的方式赠送菌袋，让每个村选出几户人家，以他们今后种出的蘑菇来抵菌袋钱，这一来，便化解了矛盾，瓶颈被突破。

林占熺所到之处，几乎都有欢迎仪式。有的酋长还远道出迎，热情地挽着他的胳膊同行。有的部落则派出几位壮硕汉子抬着他走，以示高贵的礼节。林占熺到得一地，既不行色匆匆，也不优哉游哉，而总是转了又转，只为更深入地熟悉地方，也想多看那些指导后的种植情况，有时也乐意到村民们脱贫后新建的房子里做客。不管回程之路有多远他都欣然而去。

当地款待贵客的最高礼节是传统大餐“Mumu”。挖个洞穴或大坑，用石头围起来烧热，烤熟一层盖一层的食物，中间的出气口也是加水口，各式蔬菜和猪羊鸡鸭肉都可混食。逢有喜丧等大事，也大多如此，见者有份。刚开始，专家组难以接受重口味，林占熺却吃得口角生津，事后说，你只有喜欢上他们的“最高礼节”，人家才会把你当成自己人，今后才能更好合作。入乡随俗，有时真是说起来容易做起来难，但一旦做到，效果简直立竿见影。

林占熺偶尔也带土特产回国，多是部落中人手制的编织袋Bilou，做工像这里的人一样粗犷，色彩倒也斑斓好看。与他从中国来时的大箱小箧比，回去的行李可真是轻如毫末。出国时，他宁可少带衣物，也要保证带上足够的菌袋及用来采样用的试管、棉花及接种工具。

临别之时，他少不得老话重提，叮嘱留守队员们既要做好工作，又要注意安全，特别是遵守外事纪律，“谁都要洁身自好，坚持原则，万不得已不得一人外出，既防止拈花惹草，也免得发生误会。外事无小事，事事要谨慎，慎之又慎有好处。”此外，他也少不得拜托当地官员和朋友们不要寻思再给他们找女伴，说他们出门前都跟省外事办和家里签过正式和口头的“保证书”，一旦犯错便不能来帮助巴新了。

巴新流行一夫多妻制，当地一些官员得知林占熺只有两个女儿时，便“好心”要为他物色老婆在这里生一堆儿子，传宗接代，让超国民待遇的“极乐鸟”在巴新安个永久的家。卡拉尼部长的一位太太看到林占熺工作太累，也主动给他介绍对象，以解寂寞。林占熺哭笑不得，耐心地向他们介绍中国式婚姻和中国共产党党员的各项纪律，并表明自己对婚姻的态度，还说，自己在巴新并不寂寞，做的就是名副其实的“极乐鸟”。

林占熺如此三令五申并洁身自律，留守队员也都自行安上了“紧箍咒”。

菌草基地主要在鲁法区，旱稻基地则多在省城。林占森去东高地省政府一多，就和负责接待的一位女秘书熟悉了。女秘书年龄不到30岁，长相在当地也算百里挑一，看她举止过于火热，他赶紧出示妻子和女儿的照片，明确不能有非分之想。项目组的当地司机却还叫他跟她做朋友，林占森说你们都是我的朋友啊。司机说不是这个意思的朋友，是要做她的男朋友。林占森就说，我有家室，不可以再做任何女性的男朋友，麻烦你再把这个意思转告她。不久，这位司机受托又跟他提及，做几天的“朋友”总行吧？林占森毫不含糊地拒绝，一分钟也不可以。

林占熺知道这事后，及时点评：“心中有杆秤，人生无歧路；心里有罗盘，脚下有方向。否则长年累月在国外，稍不注意，自我放松一下，不知会有什么后果呢！引来麻烦甚至杀身之祸不说，还有损国家的形象。”他说到国家形象时，总是音调陡然抬高。

一批批菌草援外队员，还比赛记牢专家组“内政外交”和技术

“第一责任人”林占熺的反复叮嘱：在国外一言一行都不能随心所欲。我们代表的不仅是菌草团队，更是国家！遵守纪律，遵守外事纪律，遵守生活纪律！

乐善好施和爱拼能赢同样是福建人的鲜明特征，一年四季，专家组都在想方设法帮助当地农户。菌草菇大量生产后，为了让农户及时获得现金收入，专家组便不遗余力地帮助销售。项目基地的皮卡车每天都要运送一两百箱蘑菇到省会戈罗卡，专家组还吩咐当地司机在沿途村庄转一下，尽可能捎上沿途菌农的待销产品，卡车返回时再停在各个村口，逐个发放销售款。如此自增工作量，只为农户开心。有需要帮忙的农户也解“风情”，自觉地带菇在路边等候，好让车子即停即走，不耽搁时间。

说起来，有些异域“风情”，不少还是为中国专家“特别呈献”。

一天，罗海凌坐着皮卡返回驻地，当地一妙龄女子已等候多时。女子是皮卡司机的侄女，手捧五颜六色的鲜花向小罗示爱，说看过叔叔和他的合影，无比喜欢，知道他在中国还没成家，就在村里单方面宣布他是自己的未婚夫了……遭遇一场意想不到的“艳遇”，小罗急得不知所措，向林占森求救。林占森说既要委婉，更须快刀斩乱麻。

女孩扔下鲜花负气而去，林占森、罗海凌一路和言细语地向司机解释，让他明白中国话“强扭的瓜不甜”，也让他对东方文明古国在男女关系方面的传统有所了解。

工作过程有点苦涩，菌草蘑菇却很甜，旱稻上长出的稻米也很香。

巴新一届届政府看到了菌草、旱稻带来的改变，此后再没偏离“一个中国”政策的方向。

2004年5月11日，一次播种的“金山一号”旱稻在巴新进行连续第13次收割，每公顷产量4.16吨，破了世界纪录。巴新国家电视台、巴新《邮报》多次报道，称赞这是“中国福建援助巴新人民脱贫致富的一个好项目”。几年下来，巴新种旱稻的农户已超3000户，种植面积超300公顷。

巴新总理莫劳塔每次视察鲁法菌草基地，都要再三向中国专家表示慰问和感谢。

此后，林占熺每每重返巴新和东高地省，经过援助项目所在地，都能听到当地民众热情地欢呼：“极乐鸟回来了！”有一年，钦布省省长得知他回来，特地赶到东高地省，恳请他到钦布省指导。

让“极乐鸟”最快乐的是，菌草技术遍地开花，不少地区的稻米也已能自给自足。

有一年，当地旱稻种植协会会长考比取出家中珍藏的中国国旗，深情地拉着林占熺的手说：“我们永远不会忘记，是中国人教我们种出旱稻，我们都盼着你回来啊！”

不只是他，其他中国专家多年后再回巴新，也莫不受到隆重礼待，男女老少都乐于陪着他们在以他们名字命名的村庄、河流、街道流连。他们对这个国家只有付出，没有索取，倾注了无限的大爱。

“最好的礼物”“燎原非洲大陆”

2005年1月9日，南非夸祖鲁－纳塔尔省（以下简称夸纳省）迎来了林占熺所率中国专家组。一下飞机，看到眼前的欢迎阵势，有人悄声地说：“我们是以火红的心，加入茂密的‘黑森林’。”

世上没有无因之果，也没有无果之因。这次南非行，因和果都源于中国菌草。

昔日刀耕火种的巴新，借助中国菌草和中国旱稻换了人间。巴新总理莫劳塔为表示感谢，2001年专门到访福建农林大学，种下象征友谊的菌草。

巴新经验花开锦绣后，一期期项目不断延续，乘风破浪。每个项目都有菌草技术国际培训班配套，招收发展中国家派出的学员，进行为期两个月的集训。所谓“聚是一团火，散是满天星”，来自五大洲八十多个国家的学员回去之后，满怀用菌草智创未来的决心，让菌草如星罗棋布般地立于一个个贫困之地，种下战胜饥饿、改变贫穷的憧憬。

2003年2月18日，南非祖鲁王古德维尔·孜维勒悌尼和王后一行不远万里，来到中国福建，专程参观、考察菌草研究所。在菌草菇类栽培场，他从林占熺手中接过刚采摘下来的菌草鹿角灵芝，看了又看，爱不释手，饶有兴趣地询问起了菌草技术的功效与发展前景。祖鲁王亲临菇宴后，郑重邀请林占熺赴南非指导、推广菌草新技术。

这一年，林占熺60岁。

学校领导送上关切：“这是一次新的挑战，新挑战意味着新付出，你得好好和家人商量一下。”

妻子多年来一直默默无闻地为菌草事业当义工，菌草技术自诞生起，都有她无声的助力，更有无尽的担惊受怕。六年的援外，他心脏病复发、遭劫匪剪径……每一幕都让她心惊肉跳，于是委婉地说：“占熺啊，你也不年轻了，身体又不好……”

亲朋好友闻讯，也不约而同地劝说，说听说南非的社会治安不是太好，一些地方还相当严峻，你要把一家人拖累到何时啊？

外事部门则告诉他：南非黑人政治上翻身做主人后，迫切期盼实现经济上的自强自立，把他们从贫困线下解放出来。同时也告诉他，做与不做，都取决于他，毕竟他即将到法定退休年龄，谁也奈何不得。

去吗？

连着几夜，林占熺辗转难眠，思绪万千。这十来年，为了菌草走向世界、造福人类，他欠家人的实在太多太多了，一个家族都没少跟着付出。不说妻子罗昭君“独坐黄昏谁是伴，紫薇花对紫微郎”，不说家里两朵金花在“叶叶自相语”中长大，他和几个兄弟、侄儿间也常处在分散中，大有“数声风笛离亭晚，君向潇湘我向秦”的况味。这半生走来，艰难苦恨繁霜鬓，花甲之年即使不那么早告老还乡、安度晚年，到底也还得听古人忠告，“力微任重久神疲，再竭衰庸定不支”。

他后来一查，这原是本家先贤林则徐《赴戍登程口占示家人二首》里的诗句，而后一句正是那个闪烁着万丈光芒的千古名言：“苟利国家生死以，岂因祸福避趋之。”又是一个激灵，他清晰地记得这是项南的座右铭。

项南虽已离世9年，但生前的谆谆教导连同“发展菌草业，造福全人类”的题赠，却一如既往地刻在林占熺的心扉。项南年过七旬还情注中国的扶贫事业，自己才过花甲，就感叹盛年不重来、力微休负重，想着坐享其功，那此后的人生还有什么价值呢，又如何把这项带有全球性的技术革命推向世界，为人类做出更大贡献？油然间，他仿佛有了一种力拔山兮气盖世的精气神，决心要飞越高山和海洋再上新战场，继续奔走世界，“莫恨生华发，唯须不负春”。

2004年2月14日，林占熺带上侄儿林辉往南非进发，开展菌草技术的示范。

这天是西方的情人节，也是林辉第一次出国，之所以记得这天是情人节，乃因为不久前他的初恋失败，女友嫌他种草工资低、没前途而提出分手。林辉是林占熺四弟的孩子，小时候就待在林占熺身边，从三明跟到福州读小学，见证了大伯为菌草技术呕心沥血的过程。潜移默化中，林辉也选择了福建农业大学，节假日都跟着他种草，还一起在菌草研究所的后山上挥汗如雨搭建过菌草大棚。1999年大学毕业时，他有单位不去，而到大伯组建不久的菌草技术开发公司受聘，甘做菌草业的后备军（直到2008年援外回来才被福建农林大学正式聘用）。看到五叔林占森等人出国后，他心里十分向往，认为在国外工作起码可以增长些收入，到国外一些艰苦地区收入还更多些。一些比他迟“落草”的人都去国外几回了，却还没他的份。大伯的解释虽说是国内工作离不开，他到底知道了大伯的难处，外头有些闲话说林家人近水楼台，大伯纵无私心也得避嫌。这次出国的好事能降临头上，并非对他失恋的安慰或补偿，而是因为林占熺麾下实在没人可派，而是林辉懂技术，参加过国际培训班，英语好，可兼当翻译，一举两得。

侄儿的落单，林占熺安慰他，但林辉对大伯所说的天涯何处无芳草、霍去病“匈奴未灭，何以家为”等等压根不感兴趣，他有自己“一举两得”的小算盘：出去散散心开开眼界，再挣点美金回来。

菌草技术能否落户南非，以什么方式落户，还是未知数，没有正式合同，得在当地先做示范。经南非祖鲁国王好友、当地一个华人市长牵线，他们就在夸纳省交通厅长恩德贝莱家旁的农场里开干了。林占熺的梦想是，不仅要把菇种出来，还要种出旱稻。恩德贝莱家里的健身房里加搭两张床，权作中国专家的住处。

恩德贝莱那时正竞选夸纳省省长，因为反对党有人扬言要行刺，所以全天候都有贴身卫士持枪跟随，家里昼夜都有荷枪实弹的卫兵轮岗。有时远远地飘来枪声，林辉不免紧张，林占熺就说，我们要学学人家江姐，“平日刀丛不眨眼”，在渣滓洞绣红旗时唱的是，“一针针一线线，绣出一片新天地”，我们在这里还有人保卫，怕什么，更应一草草一株株，种出一片新天地来。心跳加快的林辉看到大伯如此气定神闲，也便安下心来，在那个五六十平方米的棚子里心无旁骛地当好助手。

选举正式开始后，厅长出门都有四车扈从，前后皆保安。他和家人不常在家住了，就找来一位60岁左右的当地人专门服务。对方居然知道中国共产党几代领袖的名字，还抚今忆昔地说：“2005年是中国抗战胜利60周年，南非沦为英国的殖民地也有60年历史，所不同的是，日本、英国行的是霸道，是侵略，而中国人行的是王道，送来的是友谊。”慢慢交流中，林占熺叔侄对南非这块陌生的土地亲近起来，只是吃饭不习惯。厅长交代人煮好送来的食物，不外乎是玉米粥或类似于玉米面做的糊状食物，林辉吃不来，宁愿吃那位华人市长给的方便面，大伯却能入乡随俗，送什么吃什么。

他们在厅长家一住就是40多天，这年3月30日回国前，南非方面派人来棚验“宝”。眼见密密麻麻的平菇像是一朵朵花开在眼前，旱稻上长出的绿苗在迎风舞蹈，他们莫不激动，连呼神奇，品尝平菇后都连称好吃，味道像肉一样。厅长还由衷地说：“林教授看上去一点也不像教授，像是农民，这样的中国专家我们都喜欢。”

菌草“拉上”旱稻远足非洲，转眼就以风的速度示范重演了各自的蝶变，在收效不俗中，开启了另一场轰轰烈烈的中非友谊合作。

但要让林辉爱上这片陌生的土地，特别是承担像五叔占森那样长年孤身留守的重任，心里还是打起了鼓。他的心思似被伯父掌握，进而来了一场谈心：“菌草援外，特别是到一些艰苦的地方长期坚守，有些人不情愿，即使去了也不免要讨价还价，而派自家亲人去，执行起来就容易多了，我也更安心。你五叔不仅懂技术，还吃苦耐劳，所以坚守到现在，你得向他学习。”

跟着大伯一次援外，林辉变了，自信力增强了，谈吐好了，做人做事的格局也打开了，常说自己甘愿做一株平凡的小草，接受自己的普通，然后拼尽全力与众不同。这份洒脱，连同自信“天涯何处无芳草”的婚恋观，倒很快赢得了芳心。

林占熺哪有年轻人这样“洒脱”！为了菌草事业的生存、推广和发展，他必须找钱。此时财政为菌草业所拨专款少之又少，得自找出路，另外还得自行维持一大拨工作人员的生计，得让菌草研究所能揭开锅。

9月间，林占熺在同事和女儿冬梅的陪同下前往南非驻上海总领事馆，签下了24万美元的技术专利转让合同。这也是菌草技术诞生以来技术转让价格最高的一次，而中国专家在南非的工作经费，则根据合同规定悉由当地支付。南非政府看中菌草、旱稻项目，一是能增加就业率；二是可以帮助解决粮食安全问题，让老百姓有饭吃。

林占熺成了妻子戏称的日理万机大人物，每周每月的日程都得事先安排，以免发生时间上的冲突。身不由己中，能在家里多一些些停留，早一些些睡觉，全靠他那双脚走得快些，把外头没完没了的事情处理得再麻溜些，才能连挤带省出时间来。他一生没抢过什么，就是一直在抢时间。他对什么都大方，就是对时间吝啬。

11月，林占熺在能讲一口流利英语的女儿陪同下，出现在了南非边境Jozini镇，这里距莫桑比克近，枪声不时随风传来，散发出危险的气息，但他仍被这里的气候和环境所吸引，觉得这里是今后种菌草和旱稻技术推广的一个点。父女俩还到彼得马里茨堡、德班等地看点选点。

南非通过外交渠道发出正式开展工作的邀请函时，林占熺正好身体不适，但他仍坚持如期践约，声若洪钟地表示："为中南友谊，我愿意听从组织安排。"

丹心独抱更谁知，上级和外事部门能不感动吗？这真是老骥伏枥志在千里啊，遂关切地问他有何请求。

既问，则答："我只有一个请求，万一我在国外倒下，回不来了，请组织给我家人一份证明——我既是为菌草事业，也是为党和国家的事业而去的。"

担心并非多余，当年林则徐年过六旬复出"钦差"后不就病故于关山万里前去广西的路上！设身处地地想，非洲与中国隔着十万八千里，此去山高路远，而推广菌草技术更是道阻且长。罢了，且不管明天和意外哪个先到，抱定不怕牺牲的信念，只求服务于国家外交，圆梦让菌草技术在受援国开花结果！

就这样，2005年元旦过后不久，林占熺带着女儿冬梅、侄儿林辉和自己招的第一个硕士生战琨友飞往南非。夸纳省组织了盛大的欢迎仪仗。为了确保中国专家一行的安全，已竞选为省长的恩德贝莱还专门给林占熺配了武装警卫，并对专家组驻地特别保护。林占熺敬谢不敏："我们传送技术传递友爱，和农民朋友在一起会安全的！"

专家组住夸纳省首府彼德马里茨堡，该省最西边与津巴布韦接壤，那里气温高，林占熺认为最适宜种旱稻。为了掌握最详细的数据，他们坚持早上五点多起床，有时还要更早些，每日往返上千公里，披星戴月地奔波着。

林占熺平时有血压高的症状，年纪大了长途“奔袭”，光坐车就累，可他还是每每冲到第一线，只为使命在肩。一天，乘坐皮卡车快到一个叫奥斯卡的农场时，司机麦当劳发现前面有辆车不太对劲，就警觉地减缓速度。一会儿便见车上下来两个持枪黑汉，背着东西，远远地用中指比着手势，连跳带蹿到路旁的桉树林，逃之夭夭。显然，前面的车辆被抢了！ 司机是当地白人，兼项目经理，正如他所说，遇劫事小保命事大，不久后他们听说夸纳省农业厅总部附近农场的高速路口，一辆运钞车遭血洗。消息透露者还做了个劫匪持枪一顿扫射的动作。

虽然上到夸纳省省长，下到这个皮卡车司机都说了，绝大多数南非人对中国友好，但不怕一万只怕万一，人身安全问题仍须臾不得疏忽。林占熺弃仕从技30年了，到底是昔日做过场长、处长的老行政，对管理有一套。他规定专家组除了集体行动，平时只能待在农场里，一周只安排一次到超市买东西；用车要审批，要报备。因为是国际合作项目，南非这里虽说给专家组安排了一辆专车，起初却非专用，有时出门没个车辆也属于正常。

在国外从事这类技术工作，一般都是自行安排做事，换一种轻松些的做法，说上一些困难，多提一些条件，甲乙双方多半也只能将就。但林占熺此行，像在巴新一样，抱定的目标是有条件要上，没条件创造条件也要上，一门心思就是要把项目做得风生水起。

与工作上的如火如荼形成强烈反差的，是生活上的清汤寡味，单调得千篇一律，枯燥到如皮肤瘙痒般让人抓狂。谁都可以有自己身入心至的比喻，甚至似懂非懂地搬出个“生活单调得像巴甫洛夫的狗”，故作高深地照抄“日子凄惨得像李清照的词”。而林辉最切身的感受，是亲自体验了五叔占森在巴新时空无一人面对天空做狼嗥，却回旋半空也没处理睬的情景。孤寂无边时，要给国内的亲朋好友打电话吧，又踌躇于话费贵得惊人，排队等号也费劲。

日子久了，大家过上了种菜做饭自给自足的生活。祖籍英国的项目经理麦当劳倒很友好，个把月便会邀请他们打打牙祭烧烤什么，有时也特意在出差途中选择途经野生动物园或风景区的路线。林占熺不管到哪里，最关注的还是野生植物或菌类，每次若能“顺手牵羊”带回若干，就笑呵呵地说不虚此行。

中国专家组住在农业厅下属农场的独栋房子里，那地方连着森林，大得一望无际，却门可罗雀，平时的三四户都是在农场工作的白人。眼看着所种蔬菜自给有余，林占熺就让林辉他们送邻居。年轻的白人小伙收下后，回送钓来的石斑鱼。有次中国专家组又送青菜，对方抱歉说这次我还没钓到鱼呢。林辉意识到他们可能是认为交换才公平，忙说，我们并非等价交换，中国人追求有福共享，只要你们喜欢我们种的青菜，我们就照送不误，你们钓来的鱼留给自己吃就是。对方手中没鱼，就回送他们在农场里培育出的各式水果，包括夏威夷果在内，中国专家还是第一次接触。不同族类的人们相互表达的友好，就这样在礼尚往来间一点一滴地交融。白人小伙说，中国人那么友爱，压根就不是以前听说的那样邪恶、愚昧。当得知在南非享有崇高声誉的祖鲁王专门到中国种菌草，特别是看到祖鲁王请林占熺上王府培植菌菇、去领地农场指导种旱稻，并与林占熺称兄道弟时，白人小伙就更肃然起敬了。

林占熺来回踩点中，已在夸纳省布局了老百姓的合作社，实施后来中国名谓的“精准扶贫”。夸纳省农业厅出钱，把事先做好的菌袋，连同搭棚的薄膜送给有关村庄，让他们五户十户合在一起管理，再由合作社自行决定产品是吃是卖，如何分配收入。这样的点布置了不少，全省第一阶段就有几十人负责生产，还结合中国的农技员、农业推广员做法，由政府聘用十多个田间工作者协助管理。他们遇到问题，或到一个新地方铺点之初，林占熺和专家组有请必到。

专家组出现不同意见时，就在民主讨论中内部消化。有些做法林占熺虽然认准了，但为了说服并启发大家，还往往自行先做一遍，比较优劣和如何更合乎实际，他自己也相应作些变通。他常会有一些让人不可思议的想法，在大家认为不可能的时候做成，让人刮目相看。

夸纳省的冬季气温较低，霜期不短，林占熺觉得应对既有菇房进行改进。实地察看后，马上率众顶霜冒寒在泥土上动工。未几，专家组选择的六个试验点菌草种菇均获成功，霜冻影响菌草培育的难题由是攻克。当地民众大开眼界，欢声如雷，其景有如韩愈诗云：“新年都未有芳华，二月初惊见草芽。”

政府项目容易吃“大锅饭”，这差不多是世界的通病。林占熺在南非着力建立个人责任与效益密切结合的发展管理模式。巴新的模式结合进南非的情况，菌草生产分解为两大部分：首先，设立示范生产培训基地，作为总部，培训技术和管理人员，巡回指导，把技术性较强的制种、菌袋生产集中到基地进行，由基地统一提供；其次，在广大农村设立旗舰点，作为分部，把劳动力密集型的出菇管理简单化、标准化，由集中上百个农户组成的合作社、专业合作社，各司其职、按劳取酬、按章经营，进行规模生产。这样，不仅能让菌草业进村入户，包括极为贫困、缺乏技能的农户也能参与，而且农户产出的菇也卖得出，可以最大限度地降低生产风险，避免推广过程可能出现“四处开花，难结成果”现象。一旦其他地方条件成熟，马上可以按已成功的旗舰点再复制、再设点，确保菌草业持续发展。

3月30日，菌草生产培训基地正式在夸纳省农业厅总部农场落成。南非祖鲁王、南非农业部长、夸纳省省长和当地近万民众出席了仪式。林冬梅以一口流利的英语，详细介绍如何用菌草栽培食用菌，再由一名当地雇员把英语翻译成祖鲁语，保证在场的学员都能听懂。每个项目一开始，她和父亲都想着把技术简化再简化。

“我完全听懂了，相信我一定能试种成功。”每个人都如是反馈，手里拿着中国专家赠送的草种。

为了释放菌草示范的最大效果，林占熺多次到艾滋病患者的家指导种菇，并在女儿的策划下，专门将当地“最穷的人”组织起来参与培训种菇，成立一个个菌草合作社。

林冬梅有此策划，不只是因为女性的同情心，还因为父亲老挂在嘴边的“补短板”：如何补社会的短板、补生态的短板？多做哪些雪中送炭的事，才能让工作更有意义？菌草事业要找最难最艰苦的地方做，人群中的弱势群体也就应该借这个机会受到格外关照。身为女性，她关切的目光很快就聚焦于穷人中的穷人——单亲母亲身上。她们没地，多系养路女工，每月只有390兰特的收入（当时兰特币值基本等同于人民币），家庭负担十分沉重，不少还是艾滋病患者。

父女俩事先还打了一下算盘：她们加入菌草合作社后，每人只要负责5平方米的土地，每天花上一小时左右的时间，一年便可种出1200公斤的蘑菇，收入可达24000兰特，高过她们养路收入的三四倍。

正饱受贫穷折磨的60多位单亲母亲，一时间欢天喜地。她们种菇、采菇、煮菇后，也吃菇，连说好吃，吃起来像鸡肉呢。

她们一学就会，一吃就喜欢，然后学着种，卖给超市。此事传出，祖鲁王和夸纳省长在各自农场也不约而同地种起了菌草，并请林占熺和中国专家前来指导。南非一位要人的母亲得悉，也专程拜访林占熺，提出自己及其所属教会也要种菇。

林占熺与林冬梅一年往返非洲三四次。他们跟当地的政府官员打交道，从农场到农业厅、省政府、农业部，再到总统办公室，跟一般人对南非乃至非洲的理解就大不一样了。夸纳省连着换了几任农业厅长，虽然行政效率较低，菌草项目走走停停，但无论哪一位厅长上任，都基本认可菌草技术，随着华侨华人来投资，菌菇的产业也逐渐做大。

这年七夕节，父女俩在南非农场的院子里种花植草后，林冬梅看到父亲的头发长了，便提出为他修剪。此前，几位队员的头发也是她帮助打理的，免得他们上人生地不熟的理发店。在给父亲洗头时，她发现父亲粗糙的手指上有个小伤口，便关切地问在哪里割伤的。

林占熺说："可能是昨天种草时被划伤的。"

林冬梅马上拿出随身携带的伤口贴，给父亲贴好，说："在非洲，一有伤口就得注意，预防万一。"

在旁一位队员啧啧称道："女儿真是父亲前世的'小情人'。"

林占熺道："冬梅调整人生方向帮我扛事业，可苦了她，这些年没有停下来喘一口气，歇一歇脚。"

林冬梅调皮地说："投胎也是个技术活儿。"

在南非一起工作，父女俩发现了彼此间的互补性：林占熺重视实践，喜欢冲在第一线；林冬梅重视对父亲的实践和理论进行归纳、整理，她还可以重新表述或以新的形式表现。父女携手带着菌草业走向更大的国际舞台。

在南非一待半年，林占熺和女儿回国后，留守基地的林辉和战琨友双双松了口气。林占熺在与不在天差地别。他在，他们几乎像是上足了发条的钟，没有哪个晚上不开会，打底一小时，多则三个小时也说不准，基本没有所谓的上下班和节假日。南非人下午四点半就差不多下班了，中国专家组吃住和工作大多在农场里，有时已到人家下班的时间了，林占熺却常说太阳还半天高，这么早收工干什么？他于是又带大伙去旱稻地，观察分蘖或除杂草，总之太阳没下山前就得工作。晚饭后开完会如为时尚早，还要安排分头测算，打着手电数旱稻谷穗，多少空壳，多少实粒；量量株高，量叶片，统计相关数据。他的计划改变似乎只有一两次，一次是白人项目经理力阻，原因是欲往之地刚发生枪杀案。如今掌舵的回国了，两位“店伙计”虽感孤独了不少，却也宽慰可以不用整天绷紧神经，偶尔还可以找乐子，好些晚上打着手电去抓蛞蝓（菜虫）。

林辉年底回国休假时，如同菌草结出了蘑菇，恋爱第二季也终成正果。人家成婚美其名曰“抱得美人归”，他却被戏为“得归抱美人”。最难得的是新娘“如草之兰，如玉之瑾，匪曰熏琢，成此芳绚”，同心支持美化人类共同家园的菌草事业。蜜月一过，翌年春节后，她便毫无怨言地把新郎让给了菌草业，跟着林占熺“雁南飞”，由东方中国向南非而飞。

2005年11月，福建农林大学菌草研究所的小广场，再次迎来了南非祖鲁王古德维尔，一见面他就热情洋溢地和林占熺拥抱：

"我这次是专门来感谢中国朋友和兄弟的。自从你们送来菌草技术，南非就变了！"

林占熺说："热烈欢迎祖鲁王，您是菌草技术的热心'红娘'！"

祖鲁王说："经过这段时间的密切合作，夸纳省在菌草、旱稻等农业技术领域已取得良好效果，期待双方今后能在更多领域开展具体的项目合作。"

"我记得祖鲁王引用过著名的非洲格言，'如果你想走得快，那么就一个人走；如果你想走得远，那么就一起走'，我们的合作之路肯定会越走越宽，越走越远。"林占熺手指眼前一排南非学员，笑容可掬地说，"南非菌草技术人才在迅速成长，今后肯定会越来越好！"

前来参加本期菌草技术国际培训班的南非学员有16位呢，他们以独有的民族仪式欢迎祖鲁王及其夫人到来。祖鲁王鼓励他们用功学习钻研，接着兴奋地与学员们一起跳起古朴粗犷的民族舞蹈。

2006年4月4日，夸纳省夸丁迪村的丰收集会，为南非高层所关注。这里地处丘陵地带，海拔上千米，3000多个村民十有八九没有工作，长年食不果腹，饥寒交迫，能发出如此欢声笑语，实属史无前例。

庆丰收的现场会上载歌载舞。一人维系全家八口生计的"单亲妈妈"玛丽，双手捧着刚从地上采摘的蘑菇不邀自来，笑不拢嘴地用祖鲁语告诉人们："我现在再不用和人比穷比惨了，因为我用自己的双手种出了蘑菇，长年下去，今后也肯定能过上幸福富裕的生活。"

一位妇女发言时因激动而发颤："用中国技术种蘑菇真是好

啊，以前我连想都不敢想，能让孩子上了学，能盘下一个小店面，我感到很幸福。”

发言真实又励志，掌声热烈，而林占熺现场向200多名政府官员和村民算起的蘑菇账，更是让掌声经久不息。被亲切称为“中国的祖鲁人”的林占熺，时年六十有三，黝黑的脸庞写满了沧桑，眼神里透出的坚毅，以及浑身上下洋溢的活力，让同来的年轻队员都惊叹不已。

夸丁迪村菌草蘑菇培植农户协会主席保罗·恩库博性格内向，寡言少语，却面对访问者侃侃而谈，发自内心地说：“林教授是上帝带给我们的礼物，给我们带来了希望，希望他和中国专家能在我们这里一直待下去，最好能成为我们的公民。”

在丰收会上总结发言时，夸纳省农业与环境部负责人卡尔斯爽快地宣布：“省政府已经决定，投资2000万兰特，在村庄沿线55公里地区普及菌草种菇，今后还要在全省各地普及。”

会后，20多位着装鲜艳的当地妇女鱼贯进入200平方米的菇棚，采摘一朵朵“破草”而出的鲜嫩平菇，或抱或捧出现在各路记者的镜头前，脸上莫不洋溢着幸福的微笑。没见过多少世面的孩子们，不约而同地帮助各自的母亲，有的用手抱着雪白的平菇，有的用头顶着可爱的平菇，清澈的双眼透着满心的快乐。

中国专家林辉看在眼里，不由得想到毛泽东的《咏梅》词，真可以用“俏也不争春，只把春来报。等到山花烂漫时，她在丛中笑”来形容菌菇。他和队员毛顺兴有备而来，上场露了一手，现场用猪肉炒蘑菇和青椒。色香味俱全，引得白人和黑人都争先品尝，多数人还是第一次享受中国美食呢。

夸纳省交通部门和农业部门的女干部也纷纷展示自己的拿手好戏，用菌草菇加鸡块和香肠做菜。一时间，这里成了别出心裁的品菇宴，烟火和香气四溢，热闹非凡。

南非执政党一位老党员感激地握着林占熺的手说："过去中国为我们培养军事人才，支持我们反对殖民主义，争取民族的独立和解放；现在，中国毫无保留地向我们传授菌草技术，帮助我们脱贫致富。世界上只有中国能这样，中国是非洲真正的朋友。"

两天后，《非洲时报》头版头条以"祖鲁王国诞生中国蘑菇——中南合作创成功典范"为题，报道了菌草项目的成功实践。而后，《非洲时报》又在头题疾呼："南非农业革命的星星之火，已经在祖鲁王国点燃，不久的将来必然会燎原非洲大陆。"

不久，南非副总统姆兰博-努卡特地邀请林占熺父女到约翰内斯堡官邸做客并共进午餐。她在听取汇报并观看菌草项目旗舰点妇女种菇、采菇和卖菇的录像后，非常兴奋，当即指示一旁的农业部长：对菌草项目一定要大力支持，要加快项目的发展速度，尽快在其他省也展开试点。

南非农业部长走过世界不少地方，对中国菌草的评价是："我见过百草，无一胜菌草。"

副总统还请林占熺提供多份项目实施的录像带，自愿要到国际相关会议上进行广泛宣传。

菌草蘑菇种植在南非由少到多，走上了千家万户的餐桌，极大地丰富了当地人民的营养来源，成了政府消除饥饿、增加就业、保护生态的好手段。南非总统办公室调研后得出结论："菌草项目是南非影响最大、扶贫效果最好的项目。"

短短两年间，夸纳省建起了32个菌草旗舰点，千门万户菇盛开，围拢在它们白白胖胖、绿肥红瘦身子周围的，是男女老少一张张真心实意的笑脸。贫困的黑人农民有了种菇这一技傍身，既有事干，又如愿脱了贫，大大提高了自己的社会地位。渐渐的，以往蘑菇产业由白人控制的局面似也一去不返了。此前的南非，虽然白人对菇类的消费量接近发达国家水平，但黑人的消费却几乎为零。

上下齐心，南非政府持续加大力度培植这个“中南合作成功典范”，菌草产业更是夸纳省投入最大的农业项目，该省菌草示范生产基地渐渐做成非洲第一，菌草产业链由此形成。

好评如潮中，2006年12月，接任夸纳省省长的恩德贝莱专门访问福建，签署了两省结成友好省的协议。他动情地对福建省领导说:“我在南非经常看到林教授在田头工作，就像我们那儿的农民。真的，我很少见过像他这样的教授。林教授为我们南非付出很多，却很谦虚，要得很少。我请求贵省同意让他在南非长期工作。我要有五个这样的教授，我省的农业就没问题了，生活水平肯定会日新月异。”

林占熺如贵客，来往南非萍聚间，让菌草蔓如丝，让蘑菇和旱稻百花齐放。草上草下，燕儿舞，蝶儿忙；草内草外，兄弟姐妹齐上场，林占熺和中国来的一批批专家组也从没闲着。菌草无言却有情，情义更在时空外。这株迎风而立的“中国草”，为南非妥妥地成为非洲第二大经济体助威，并深深扎下了根。

“我爱中国！特别感谢我的兄弟林教授能来这里帮助我的人民！”祖鲁王古德维尔在许多场合表现出的别样深情完全发自内心。

兄弟齐心打造“卢旺达样本”

“记不分明疑是梦，梦来还隔一重帘。”

2006年7月，林占熺组建的新团队来到“千丘之国”卢旺达。

自1994年菌草技术入选“南南合作”项目，被联合国开发计划署列为“中国与其他发展中国家优先合作项目”，1995年被国家外经贸部列为援助发展中国家技术培训项目，1998年起被中国政府列为援助巴新项目之后，这样的生活于林占熺已是常态。他也正好以梦为马，往更高更远的地方腾飞。就在上年10月，卢旺达方面就慕名邀请他去考察当地发展菌草和旱稻生产的可行性。

卢旺达地处非洲最主要河流——尼罗河的源头，由于连年战祸，贫困和落后旷日持久地横扫城乡。中国专家组一行下机后走在国际机场道，第一印象比巴新好，但没想到越走越是无边的荒凉：地少人多、水土流失严重，一下大雨，国际公路两旁一米深的水沟马上就被上游冲来的泥沙填满；百姓每天为提一桶生活用水，动辄排队等上数小时；大米全靠高价进口，菌类食品也依靠西方国家设厂生产，成本高而收益低，而且随着有关国际组织撤走已基本不能为继……

林占熺沉默了！耳边似乎听到了尼罗河奔腾数千年仍流不尽的愁苦和呜咽，身上那份大国援外的责任更重了。他决定调弟弟林占森过来攻坚，担任项目组组长。

此时的林占森已在巴新苦苦坚守了8年，推着巴新的项目走上了正轨。这个已被援外弄得黄干黑瘦的弟弟啊，在哥哥的心目中像枚螺丝钉，哪里艰苦就派他钉哪，打下一个山头经营好后再交给他人坐镇。

林占森离开巴新时，对接任项目组长的林应兴说：“接力棒就交到你手里了，这个组长不是职务，也不是权力和利益，更不是荣誉，而是一份责任，你要保住这块‘金字招牌’。希望你离开时，也能这样告知下一任。一任接一任，招牌亮闪闪！”

林占熺对占森在巴新的工作甚是满意，提出希望：“希望你今后继续谱写中卢佳话。”

万丈高楼起于垒土，援外更是如此。林占森一路听哥哥的介绍，心中已然有数，只是如何也没料到，在卢旺达首都基加利市郊创业的“垒土”破烂得如此惨不忍睹：墙是泥巴糊的，蜘蛛网举目可见，遍地坑坑洞洞，蟑螂老鼠四处逃窜；瓦片是生锈了的铁皮瓦，漏水迹象分明；院子和房间都没有门锁，破损的窗门只用纸皮简单遮挡；不论是生米煮饭还是洗澡、洗衣、冲厕，用水要从百米外提回。最热情的是蚊子，不分昼夜地飞舞，嗡嗡之声似带警告它们不好惹，稍不留意就会引发“打摆子”（疟疾），高烧不退、腹泻不止。住地恰处交叉路口，一边的黄泥路直达整天机器轰鸣的糖厂，过往车辆在晴天扬起满天尘土，让人无法呼吸，雨天则搅得满地稀巴烂，让人寸步难行；一边紧挨卢旺达通往乌干达的国际公路，虽是沥青路面，却劣质得让噪音鼎沸，有时喇叭声咽，似鬼哭狼嚎，不堪入耳，半夜一旦被吵醒，常常只能眼睁睁地望着月亮变朝阳。

“什么破地方？退房退房！”从8000多公里的东方远道而来，舟车劳顿，还得艰难地倒时差，可卡车噪声轰轰响，蚊子一次次“青睐有加”，叮咬得他们体无完肤。

隔壁就有人解嘲：“真是说梦话，你以为是在国内住宾馆呀！”

第二天早饭时，看到几位队员的“表情包”和一夜未眠留给两眼的血丝，林占熺心疼中，却也搬出了二十世纪七八十年代闽西老区几乎家家墙壁都粉刷的语录：“苦不苦，想想长征二万五；累不累，想想解放全人类。”言罢还开玩笑似的说：“毛主席老人家真是先知先觉，连我们解放全人类的苦和累都想到了。”

虽然此一时彼一时，“苦”和“累”也还有国界之分，但到底都贯注着使命和担当，林占熺每到一地，总不忘向新旧队员老调重弹："我们的身上背着国旗，脸上贴着国旗，心中响着国歌，要时时牢记，我们代表的是中国，一言一行都要对国家负责。"

由技术而政治，林占熺也从不高高在上，身为总负责，他的住房和三餐从不搞特殊。他也在"以身饲蚊"，也同样不堪车辆和机器的喧闹，傍晚收回早上洗晒的衣服时一样落满黄尘。

风从裂缝入，雨透屋顶滴。钢板搭的屋顶，一到雨天就滴答个没完，得用一层塑料膜张挂在床铺蚊帐上，这样既防滴水，也防这一带无孔不入的灰尘。一个月就得换，因为塑料膜也承受不住上面厚厚覆盖的一层灰土之重了。房间里常见癞蛤蟆猝不及防地拜访，形象照例奇丑无比，看它敏捷地跳过来跃过去捕捉蚊虫，也算为民除害，便也听之任之，无聊时还与它四目相对。总算闲下来了，又睡不着，有几个人能不无聊？房间里没个电视，电脑的上网费昂贵，公家补贴极其有限，自己掏钱多了也舍不得，就读书吧，能抱着一本书进入梦乡倒也不失为快事。

项目少不得雇用到当地人时，为了避免因语言沟通、文化差异而引发不必要误会，继而造成矛盾和意外，林占熺强调纪律，特别要求尊重和团结雇员，友好共处。当地政府给专家组配了一位女佣，帮助提提水，还教会了他们在停电时如何用砖头搭灶煮食，却几乎不敢劳她去下厨。除了她的奔放，还有就是卫生方式让人咂舌呢。没有洗衣机，或买了洗衣机后停电时，她帮洗衣服，洗池里的水还显然浑浊，她就说干净了，让人产生心理阴影。于是，她倒落了个轻松，连衣服都免洗了。

难改的是福建人天天洗澡的习惯，在这里不成为罪过也多少是奢侈了点，洗澡水要从外头提来不说，还得用电热棒在桶里烧热，再拎桶到卫生间。大家也不嫌烦，白天干活满身灰尘，不洗怎么行？反正回到住地就相对有时间了，可以轮着冲洗。

浑不自在的是卫生间没个门，更没锁，冲凉或如厕就搁上个板块顶着，渐渐也习以为常。被迫适应的还有，卫生间上头那只蝙蝠喜欢在人们洗澡时趴在梁上看新鲜。

趴在住地周围的，还有一处处小山似的垃圾堆。一挪垃圾箱，臭气冲天起，偶尔冒出受惊的蛇，昂头吐芯子与人对峙，任谁都要被吓一大跳。

中国驻卢旺达大使戚德恩来看望专家组，连称这里的居住条件太差，提出做些改善。看到专家组在林占熺带动下任劳任怨，大使感动不已："也只有我们中国人能负重致远，换成欧美专家，哪能这样受委屈？！"

项目刚上路，却又冷了下来。传闻是卢旺达新任农牧资源部部长不大喜欢，说卢旺达多年前有过其他国家的类似项目，但效果并不好。上层有不同看法，项目就可能面临撤销的危险。

林占熺得知，也不着急，拉上女儿冬梅就前往离首都基加利以东50来公里处，曾由欧洲某国援助的蘑菇种植项目地，专程考察，了解实际情况，弄清该项目失败原因。他们经该项目的当地负责人约翰·肯尼斯带领，察看了废弃的不锈钢小锅炉和其他实验室设施。从中知道，当初为了培养菌袋，每个参与农户都得花上一笔不菲费用，建起水泥地面的培养室，在菌丝培养期间还得不断向内墙和水泥地面喷水以保持湿度。

林占熺拍拍空空如也的不锈钢锅炉，再轻轻敲了敲蛛丝四挂的培养室墙面，道："可惜了，利用作物秸秆培养蘑菇，本该是个好项目。"

肯尼斯解释："项目原本不赖，只是不锈钢锅炉等设施过于昂贵，我们这里的人太穷，几家合起来也买不起。每户500美元的砖瓦房水泥地培养室建设费也让人望而却步，我们自己都还住茅草房呢！我们这里一到旱季连生活用水都成问题，哪还有水来保持室内的湿度！”

“这倒是。”林冬梅看着眼前这位被闲置的原项目经理，“可能还有其他一些原因，如本地的教育水平低，对灭杂菌、菌种接种等技术活儿，多数人即使学了也怕是一时难以掌握，导致项目无人问津。”

“是是，真是太可惜了！”肯尼斯的言语间除了遗憾和不甘，还透出对这个种菇项目的恋恋不舍。

林占熺灵机一动，问：“如果你想了解中国菌草技术，可以马上请你到中国参加即将开办的第15期发展中国家菌草技术培训班。”

肯尼斯大喜过望，欣然同意。

很快，为期2个月的菌草技术国际培训班接纳了这位最后一位报名的卢旺达学员。拿着结业证书回来，肯尼斯信心和精气神陡增，高兴地对卢旺达“菇友”们说：“这次在中国的培训，真是让我大开了眼界，原来蘑菇可以这样种。只要照林教授的方法，我们肯定能打个翻身仗！”他还来到中国驻卢旺达大使馆经济商务处，形象地比喻说：“真是不比不知道，一比吓一跳，原来那个欧洲国家援助的蘑菇栽培项目就像老牛拉破车，而中国菌草技术简直就是飞机、火箭！”

肯尼斯带动了当地一批“菇友”，成为中国菌草技术项目积极活跃的参与者。为了满足他们的不同需要，林占熺和专家组别出心裁，不辞辛苦地推出不同类型的菌草技术培训班，差不多每个班都有学员蜂拥而至。

当地200多名学员受到培训后，菌草育菇很快推广开来，卢旺达菇类的生产方式也悄然发生改变。

运用中国新技术，当地农户制作菌种的成本只需原来的十分之一，而进行菌类生产的投资不及原来的百分之一，产量还提高了两倍以上！在事实面前，那位新任部长对中国菌草有了全新的认识和评价，甚至成了中国专家的好朋友，不时到项目所在地参访，并邀上卢旺达总理、政府高级官员及联合国驻卢机构代表。

与此同时，“旱稻金山一号”也马上成为那些深黑色瞳孔里的新宠。待其收成，产量每公顷每季可达六七吨。继而，旱稻宿根栽培也取得成功。

短时间发生的这一切，震惊了卢旺达！

看到黄种人吸引得黑压压一片人纷至沓来，场面火爆壮观，那些在相邻围观中等看笑话、平时热衷于“数黑论黄”的白人专家哑口无言了。优胜劣汰中，他们的市场一下子失去了半壁江山，真如中国古话说的“黄狸黑狸，得鼠者雄”。

意想不到的还有，基地培养的当地技术员只要自称是“菌草之父”的门生，一出江湖就成为种菇专业户抢手的“顾问”。抢到后来，一个在菌草基地工作过的当地青年，也以增薪一倍的待遇给“挖”走了。

紧接着，在卢旺达官方主办的卢旺达第四届农展会上，菌草项目成为一大亮点，前来该项目展位参观咨询的当地民众络绎不绝，多达4000多人次。中国菌草获得“最佳展示项目奖”。

越来越多的卢旺达官员和百姓，对神秘的中国专家充满了好奇，想一探究竟，有的还专程来访。热情好客的“菌草之父”和中国专家们不嫌乌天黑地的工作精神，博得了他们的交口称赞：“中国专家好样的！”

林占熺此行此举，仿佛是下半年开幕的中非合作论坛的一场“热身操”。

2006年11月4日，正值中华人民共和国同非洲国家开启外交关系五十周年之时，天安门广场鲜花簇拥，彩旗飘扬，中非合作论坛北京峰会在人民大会堂隆重开幕。

当无线电波把中国政府为加强中非合作将采取包括在非洲建立十个有特色的农业技术示范中心的八大措施，传到正在卢旺达实施项目的林占熺耳里时，他和专家组顿时都沉浸在无比的自豪中。

国家的号令，更坚定了林占熺搞好科技援非的决心。

经福建省政府推荐，国家商务部、农业部两部联合审查，决定将中国政府援建非洲十大农业技术示范中心之一——卢旺达农业技术示范中心的重担，交给福建农林大学。林占熺作为项目具体负责人。

2007年4月，商务部组团前往卢旺达，就包括菌草、旱稻、蚕桑、水土治理等内容在内的农业技术示范中心建设事宜展开谈判。

菌草技术的谈判此前已走在前头且有了眉目。当时中国驻卢旺达大使馆曾委婉说卢旺达过于贫穷，政府部门发工资都要靠国际援助，林冬梅想的却是："白送的东西不值钱，还被瞧不起，认为没技术含量，菌草技术起码要体现基本价值。"此说得到参赞房志民的认可，在看了菌草中心与南非签订的合同后，提出收50%的基础费，设备采购另说。卢旺达方面也接受了下来。

这次谈判中，卢方官员受西方某些国家的影响，态度强硬，提出连选点等都要由他们来定夺，一度还得寸进尺。数天谈判极为艰苦，商务部带队官员都谈到要拂袖而去了。回国机票既订，工作人员到机场准备撤了，双方还在谈。林占熺脾气超好，真诚以待，林冬梅有勇有谋，从容应变，最后关头尘埃落定，为国立功。

这一趟，改签的是机票，没改签的是两国协定。中国代表团的回国行程虽然延期了，没拖延的却是中国对卢旺达等非洲国家的庄重承诺和履约决心。

2008年4月，林占熺带着中国浩荡的春风，领着愿意济世安人的技术专家，穿越八千里路的云和月，再往卢旺达，要完成中心的考察、论证、勘测、设计等一揽子工作。

孤身留守此地多时的林占森说："你们再不来，我可能就要疯了。"

自称"孤舟蓑笠翁"的林占森在卢旺达一待半年，林占熺对他也是心心念念，隔三岔五便会打电话过去，让他报平安，同时也指导和布置作业。不管那个时候的国际长途电话多贵，一生节俭的林占熺都在所不惜。

林占熺不厌其烦地叮嘱占森，得空时除了学习英语，提高与当地人的沟通能力，再就是要坚持锻炼身体，没有健全的体魄，就难以坚持长年援外。林占森也真是这样遵令而行的，语言过关了，给当地人培训时，一口英语如行云流水，连一些极为专业的名词也张口就来。

菌草中心建于离首都130公里之外布塔雷市鲁伯纳国家农业科学研究院内，占地面积26公顷，建设内容包括18公顷的农作物试验示范田，建筑面积近3000平方米的办公、培训、生产和生活设施，以及项目所需的农用设备和机械等；中心主要用于开展水稻、旱稻、菌草、蚕桑、水土保持五大领域的技术示范与推广，计划培训技术人员500名、当地农民2000多名，推广示范面积一万多亩。建成后，新增产值可观，并将对卢旺达的农业结构调整、生态建设和增加当地民众就业、提高生活水平产生积极影响。

针对农业项目成效较慢这一特点，林占熺起初就决定采取边建边运行的做法，既让当地民众对中心的前景心中有数，也为此后的全面运行提前做好准备。他在万里之外遥控，并把林应兴从巴新抽调过去，配合林占森工作。不过一年工夫，基地所产菌种已能满足卢旺达现有菌类生产的需求，基地周围还带出20多家生产菌袋的农户，其中年产20万袋以上的就有5家。当地超市不仅有源源不断的鲜菇面市，周边的刚果（金）、乌干达、布隆迪等国家也大量出现了卢旺达生产的菌草平菇。

这个情景，是罗海凌2008年第一次来卢旺达接替林应兴之后所见。一来就忍不住想家、在陌生国度里常因“认床”而辗转难眠的罗海凌，一接到轮岗或回国通知立马就归心似箭的林应兴，将心比心，林占森怎么可能乐不思蜀？

想家也不容易。那时在卢旺达也只能打投币电话，不管是省钱还是方便起见，也常得两个人“合作”，互相帮衬。一人通话时，另一人在旁随时准备投币，“补充弹药”，免得话费不够而中断，也免得通讯信号稍纵即逝。有一次，罗海凌和母亲好不容易通上了话，刚出口一句“妈，我在路边给您打电话”，信号就变差了，继之是嘟嘟嘟的忙音。再拨就不通了，反复投币也没用。第二天再挂通时讲清原因，母亲才放下心来，说昨天把一家人吓个半死，认为出什么意外了。

这样的事，林占熺遇到的会少吗？家里人担惊受怕会少吗？家里人被瞒着，但队员们怎会不知道：从示范中心的住地到旱稻试验地，有个大山坡，高度垂直落差百来米，年轻人爬一趟都喘得要命，可林占熺一来就爬，一爬就“上瘾”，不仅要在这里试验菌草的水土保持功效，还要在坡底进行旱稻试验。有一天他忍饥挨饿亲自上坡下坡测数据，血压一下子飙升到190多，差点回不来！

2010年5月下旬，林占熺又一次来到卢旺达，望着已然立地而起、排列有序、功能齐全的中心，他不觉心潮逐浪高，谁人能知当年草创时这里水电全无的艰难呢？他向商务部领导汇报时也不摆苦劳和功劳，却掩不住一脸欣慰：“用不着到年底，工程将全部竣工，今后就是中部非洲农业科学发展的示范推广基地。”

面对卢旺达政要的致谢和问计，林占熺也直陈己见：“今后贵国发展的瓶颈在于生态，解决生态问题最关键的问题，又在于水土流失的治理……”

余音绕梁中，一个多年的梦想近如指尖而来，如似锦的香菇绕着菌草突然冒出：把菌草治沙治水保土的技术用到治理尼罗河上，让流经非洲九国的尼罗河更好地造福卢旺达、造福非洲。

十年前，他和埃及特使法吉就曾这样筹划过。可惜法吉赍志而殁，一梦如是，时常灼得他心痛。如今身在尼罗河的源头之国，他油然想到了这个梦的源头，想到了法吉，想到该如何以酬其遗志……

午餐后，他把商务部领导送到卢旺达首都时，已是下午两点多。林占森知道哥哥这几天太累，而且明天就得远途奔波回国，就劝他也在首都附近宾馆或大使馆休息，明天可就近到机场。他却看着弟弟说：“我看你车开得不错啊，这些年没少练手……”

“我可是回国时学的，总感到自己会开车方便些，而且方向盘掌握在自己手里，比坐车更有安全感。”还在巴新时，项目组就配有一辆吉普车，还带上个当地司机。林占熺让弟弟留守时，再三叮嘱不能学开车，需要用车就随叫当地司机。林占森知道哥哥担心自己开车出意外，为了让他一万个放心，也就一诺千金，一直没去摸方向盘，2005年回国才进驾校拿了驾照。虽然巴新的方向盘在右舵，但熟能生巧，到卢旺达又换成国内一样的左舵后，妥妥地已是老司机。

林占森以为哥哥要批评他，哪知他却挥手道："走，带我去尼罗河源头看看！"

从首都到尼罗河源头，一半多是崎岖弯曲的山路，沿途村庄多，不时还被牛马、自行车拥塞，这时去显然太迟了，得折腾到晚上才能回，关键是林占熺也太累了。

对弟弟摆出的理由，林占熺不以为然："没事没事，抓紧时间出发吧，有调查才有发言权，回国这段时间刚好可以对症下药。"刚才一个激灵之下，把他久有的凌云志给唤起了，但以草治沙、治水到底非同小可，耗时费力靡财，得有各项预热，寻找出一个成本低、见效易、官民接受快的治理办法来，积小胜为大胜，再打有把握之大仗。他刚好利用这空隙开始"热身操"，现场观察、对比。

林占森还是显得为难："真要去，这小轿车也去不了，得折回菌草基地换皮卡车，一来二去又花时间……"

林占熺不假思索："那就赶紧先回基地换车！"

林占森没法说服哥哥，知道哥哥对待工作一向很轴，只好恭敬不如从命。如是开车先回基地，请当地司机开上皮卡车，向200公里外的尼罗河源头挺进。为了把眼前这条世界上最长的河流尽可能看得清楚、真切，林占熺舍不得眨一下眼。

皮卡车快爬上海拔2000米高的尼罗河源头一旁山路时，林占熺刚感叹这里森林植被锐减、水土流失严重，就觉呼吸有点急促，心跳急骤加快。眼尖的林占森马上拿出随车带上的装备，为他测心跳，量血压。心跳高达每分钟110次，血压更是超过正常值：高压248毫米汞柱，低压120毫米汞柱。

"还是下回再去吧……"

“不，我迫切需要第一手资料！”

林占森想了想，近乎恳请：“要不先就近找个地方休息，我们去看，回来把情况报告给您。”

林占熺不由分说：“不，既来之则安之，吃点药不碍事。”

吃了药，心跳逐渐慢了下来，血压却仍不稳定，但林占熺安之若素。

快到源头时，落日裹着云彩整个儿早滚落进尼罗河怀里了，天色已暗，林占森语气坚决：“怎么也不能再往前走了……”司机掉转车头准备回返。

林占熺眼神里写满了依依不舍，说那就在安全的地方停会车，我们下去看看。他披着满天星辉，目不转睛地看着神秘古老的尼罗河，摸黑拍了许多照。伫立星辉下的河边，想到曾有的壮志，有如“梦从海底跨枯桑，阅尽银河风浪”。

河水滔滔，在星月下波光闪闪，一个新思路也就这样闪进林占熺的脑海：用菌草治理尼罗河，首先从位于源头的卢旺达搞出示范点，让菌草在生态环境建设中闪光，摸索并积累经验，逐步向沿河其他国家推进，用在国内，放之四海。

回到基地已是晚上九点多，林占熺似乎用尽了最后一丝力气，一进屋就差不多瘫下来了，被大家扶上床后，饭也不吃，说是一点胃口也没有。一量血压，又升高了。吃了药睡了一会儿，开始说胡话，连说“回国”。

“可别吓我呀，大哥……”一旁的林占森轻声叹了一口气，“叫您别去偏逞强，现在病了还想着回国，就好好待着吧，什么也别管了。”

“不行，不行，明天一定要回国……”他语声含糊，刚想挣扎着起身，身子软软的却不听指挥，连续18个小时没合眼的他终于睡下了。

凌晨时分，他睁开眼睛，抬腕一看手表，“哎呀”一声，说马上送我到首都，明天一早要回国呢。

林占森说：“您都这个样了，现在也不适合赶夜路。”

他却连说几个“不行”，道：“不是说卢旺达治安不错嘛！‘家里’有急事，明天得赶回，后天是国际菌草培训班开学式！”

匆匆起床出发，到大使馆经商处的接待宿舍时，都过凌晨两点了，就躺在简易的沙发上“下榻”。一个晚上的情况都非常糟糕，把林占森都吓坏了，第二天怎么坐飞机单人远航啊？林占森只好报告大使馆，使馆参赞也坚决不同意他回去，说这样太危险了，发生意外谁也负不起责任。经大使馆紧急协调，林占熺的有关日程安排往后推迟两天，机票也做了相应的改签。

林占森执行大使馆“命令”，监管哥哥就地吃药休养。大使馆领导前来看望慰问时，他还反过来安慰人家：“我这身体原本就先天不足，少年时吃不饱，参加工作下乡还挨饿，这就饿出多种疾病来了，现在就是希望自己多辛苦一点，让世界少挨一点饿。”

大使馆领导情不自禁地说：“你们兄弟怎么都这样拼命啊，上次占森也把我们给吓坏了！”

“啊……”林占熺这才知道，弟弟来卢旺达第一年就出了意外。

2006年9月，林占熺率团回国不久，留守卢旺达的林占森感到全身乏力，也不当一回事，仍旧不停不歇工作。直到第四天指导当地工人砌灭菌灶（生产食用菌用）时站不住了，才被送到医院，经查得了疟疾！

林占森“中招”的原因，一是当地传染病厉害，疟疾太多；二是这段时间太过拼命。卢旺达项目刚启动，林占熺希望尽快产生影响，林占森和留守人员就加班加点。卢旺达上班时间是早上七点到下午三点，中午没吃饭，林占熺在这里时便带头率团“入乡随俗”，先行回国后林占森仍旧“萧规曹随”，蹲在地上干活常常一上午都不落座，身体一累乏，免疫力下降，疟疾也就乘虚而入，4天暴瘦10斤，要不是大使馆接报后高度重视，找来有经验的医生紧急处置，只怕凶多吉少。他一直不敢让哥哥和家人知道，怕他们万里之外不安心。

大使馆领导不小心透露后，虽然时隔三年，林占熺听得却依旧泪眼泫然，语带哭腔：“你呀你呀……”

经观察正常，林占熺才被批准“放飞”，一回福州便瞒着家人，在紧赶慢赶中跟上国际培训班的步伐。对这次“历险”，林占熺事后却笑着说：“有首歌唱得好，风雨过后见彩虹，反正每次较大的风险都有较大的收获。这次到源头，收集到了第一手资料，对尼罗河的治理就多了一层把握。就是卢旺达的蚊子太不友好，这么多年都没放过我……”

对家人多年之后的“兴师问罪”，林占森解释得也是一脸平和：“我是项目组长，除了工作上的压力，还有来自哥哥的压力，他都带病工作，我能娇气？还不把压力变为动力？！”

是啊，这个哥哥才是名副其实的拼命三郎呢！有一年10月，卢旺达狠狠下了一场如注豪雨，路上空无一人。连童谣都唱下雨天睡觉天，对农民来说，雨天几乎就意味着雨休，可他不是，叫上项目组穿上雨靴雨衣，前去附近的山坡检查种下的菌草是否被暴雨冲走。林占森语迟之中，他已冲在前面，这情形，谁还能等？

步行200米上山坡，林占熺带着大家边看边测，边用照相机拍，为的是得到菌草防治水土、泥沙的第一手资料。

林占熺在非洲野外发现过一个草种，见其根部发达，生物特性好，能抗寒，就突发奇想，如果能把它培育成能快速繁殖的草种资源，它在人类实现江河变清、沙漠变绿洲的梦想中，将发挥多么巨大的先锋作用啊。他如获至宝，马上引进这一草种开始培育。

他常说，干工作要猛如老虎，心细如针。第一次培育失败后，他改进方法，干脆将培育草种的花盆放在自家阳台前，以便随时观察、细心照料，发现问题及时解决。苦心人天不负，第二次培育成功了，他孩子般地跳了起来，兴奋地说：如果不出意外，今后世界上的大江大河，包括我们的长江、黄河、闽江、汀江在内的江河湖泊，治理水土流失就有很好的草种资源了！

他把这一草种命名为巨菌草，开始在国内外许多地方试种，他特别希望在尼罗河的源头之国卢旺达收到奇效。

林占森担心淋雨对哥哥身体不好，劝他回去休息，由他们来完成作业，他却压根不听，哪怕占森少有地生起气来，他也不回头。那天他们虽然都成了“落汤鸡”，却有了个重大发现：暴雨持续发飙中，许多有坡度的地方但见污泥浊水直冲而下，而种上了巨菌草的地方，却干净得很，任凭大雨倾泻，就是没有泥沙等脏东西冲出，不少地方连个水泡都没冒头，显然是被巨菌草给吸收了！

“巨菌草啊巨菌草，水土保持效果好！林老师啊林老师，送喜造福卢旺达！”有人放声大笑，出口成章。

异乡物态万般殊，唯有菌草最相知，多少烟雨迷人眼，千里绿映也分明。林占熺忍俊不禁中，也老夫聊发少年狂，舒展双手做了个雨中飞翔的动作。

这群中国人在倾盆大雨中一个个快乐得像条鱼，见到这一幕的白人和黑人，以为他们不是在玩浪漫就是疯子。

取样测试的结果让他们更快乐呢：种植了巨菌草的土地，与种植传统作物玉米的土地相比，土壤流失量减少97％以上，水流失量减少80%以上；而巨菌草套种玉米的土地，水土流失量是传统种植玉米地的21.3%！

防治效果显著啊！林占熺欣喜道："这个给治理卢旺达水土流失提供了经验，对黄河沿岸的生态治理也有启示……"

黄河，他又想到魂牵梦萦的黄河了，要是有翅膀，他恨不能马上飞到黄河上空宣告！

面对如此忘我工作的哥哥，林占森也自加压力，总想着让哥哥宽心省力一些。2012年4月，卢旺达总理哈布姆兰伊视察卢旺达农业技术示范中心，听了林占森的介绍，目睹菌草测丛根重上百公斤时，由衷地向中国专家致敬，并风趣地问："能不能让我也来参加培训班的学习？"林占森开心地说："欢迎总理阁下！中国菌草技术对卢旺达没有保留。"哈布姆兰伊总理搂住林占森的肩膀，混着英语和并不标准的汉语，反复地说："谢谢你兄弟！"

正因为林家兄弟带领队员们来回奔走，菌草技术培训覆盖卢旺达全国，福泽四方，这才有了2013年初《人民日报》记者的报道：

> 在卢旺达西南部布塔雷市"怜悯之城"孤儿院菜地一角，白嫩的蘑菇挤着破土而出。别看这里不起眼，对于孤儿院的9个孩子，菇棚早已成为他们心头的牵挂，恨不得日夜照料蘑菇的生长。
>
> "这些蘑菇是在中国农业技术示范中心的支持下种起来的，"孤儿院院长贝兰西对本报记者说，"种蘑菇不仅让孩子们吃到更有营养的食物，也让我们的员工学到了一门技术。"她还说，这里的4名工作人员刚参加完农业技术示范中心的培训课，孤儿院将来还准备种更多蘑菇。

卢旺达许多政要都知道，“菌草爸爸”把最得力的胞弟留下来当项目组长，也知道林占森为何多年放弃回国过春节的原因：中国的春节时段恰好是菌草在卢旺达播种和管理的黄金季节，林组长为了创造“卢旺达样本”而呕心沥血呢！

中国驻卢旺达大使馆举办援外人员摄影展览赛，林占森被人偷拍下的一张照片荣膺一等奖。照片中，他卷裤脚打赤脚，泡在水田里向卢旺达农民传授旱稻作业。使馆领导在表扬他和当地农民打成一片时，也提醒他今后要穿上长筒雨鞋，因为赤脚在非洲容易诱发虫类传染病。他却毫无顾忌，笑说这也是“上梁不正下梁歪”，占熺老师就是经常打赤脚，有次在旱稻地卷起裤脚还到处跑，大使馆只要能说服占熺老师今后不带这样的“好头”，我们保证有样学样。

参观摄影展的卢旺达官员听了照片之外的故事后，甚为感动，连声称赞：“中国专家跟别国专家就是不一样！”

一念在心，这对兄弟的很多担子和苦头都是自找的。他们把国旗贴在了脸上，更贴在心中。

哈布姆兰伊总理号召卢旺达农业专家和技术人员向中国专家学习，“脱掉鞋子，到田里去，脚踏实地指导村民，在全国推广中国菌草技术”！

菌草生态治理已被卢旺达列为国家水土流失治理的重点项目。“卢旺达样本”只是菌草援外扶贫的一个缩影。

春风已度莱索托

“春风已度莱索托。”这是2007年9月林占熺率专家组来到莱索托之后，中国驻莱使馆官员的一句话。话意不言而喻，也说明了莱索托的期盼。

人未至，声先闻。菌草技术在南非等地的成功，引起国土完全被南非环绕的“国中国”莱索托极大关注。2006年4月8日，莱索托王国农业大臣率代表团到南非的夸纳省取经，参观考察菌草示范培训基地和菌草旗舰点之后，不禁被眼前的一切给强烈震撼了，真是“点草成金”啊！莱索托与南非夸纳省气候相似，如引进菌草技术，必能有同样广阔的前景。

一份份恳切的文件跨越山海飞来，面对农业大臣的考察报告和莱索托政府的国家文书，这年10月，中国政府与莱索托政府签订了换文协定，把菌草技术列为中国政府援助莱索托项目。商务部把这一重任交给了林占熺主持的福建农林大学菌草研究所。

这个仅有200万人口的世界最大国中之国、平均海拔最高之国，还拥有一个世界之最，那就是联合国宣布的世界最不发达的国家之一。自然资源贫乏，粮食不能自给，经济基础薄弱，生态环境还相当恶劣，被划为“人类生态脆弱区”。多年来，国际组织相继在这里实施了20多项援助项目，可几乎都无果而终，不少项目已无迹可寻了。前些年，中国林业总局曾计划由某省在这里实施一项育林项目，有关方面考察后断定：山高土薄，难达目标，遂予放弃。

林占熺明知山有虎，偏向虎山行。2006年，他和女儿冬梅在南非工作期间，曾受邀请专程到这个“国中国”实地考察，困难当然有，但国家的任务却不容退缩。

这个不折不扣的高山之国，每寸土地都在千米以上。在这里实施菌草项目，要因地制宜不说，还得因陋就简。欧盟援助的蔬菜生产基地，光机器设备就价值不菲，却已然锈迹斑斑，听说上马不久即下马，已被废弃多年。林占熺一眼相中这个地方，决定变废为宝，于斯建起面积达一万平方米的菌草示范基地；对原有厂房也来了个“乾坤大挪移”，相继改建成菌袋生产车间、菌袋培养室、出菇棚、菌草草圃和实验室。

既知蔬菜基地的前世今生，林占熺解剖起“麻雀”来：“先抛开他们的整个推广方案行不行，仅就技术设备而言，在这样赤贫的地方，黑人朋友的文化程度普遍不高，哪里接受得了这么先进的生产技术啊，能不遭淘汰？所以，我们的菌草技术一定要容易学。”

“对，得让他们一看就懂，一学就会，一做就成！”从福建省农科院借调过来的林兴生十分拥护林占熺的主张，也对再度跨国出征充满了信心。

两年前，2004年夏，日本要建菌草基地，林占熺特地借调林兴生，派他前去仙台蹲点做技术指导。日方很会盘算：日本当地原料贵，劳动力也贵，而在中国，菌草生产成本低，生产好后再运去日本出菇，这样就可大大降低成本。

林兴生在仙台一驻三个月，林占熺不时也来，蹲在建于田间的几个大棚里，从管菇、注水、采菇、出菇、烤菇都亲力亲为，说所有生物都是有生命的，除了气候、温度特别要求，要时常关注才长得好。

盛夏时节，菇棚气温高达四五十摄氏度，高温之下出菇成问题。身在高温，心在油锅，林占熺想出了一个妙法，就是在菇棚顶上装水帘洒水降温，一试，效果出奇地好，竟可降温20多摄氏度。菌草长出的香菇大到20公分，口感比木屑长出的要好许多，后来价格卖得也高，出的香菇不少用来做比萨和菇汉堡，备受市场欢迎。

从日本到莱索托，贫富之差犹如天壤之别，林占熺传授技术却一视同仁。

打小对“穷”的深切体会，让他凡事都能设身处地为他人着想，在宁夏扶贫就提出，技术必须尽量简便化和本土化，让当地百姓能“一看就懂、一学就会、一做就成”，国外扶贫多出了翻译等问题，就更得简而又简。于是乎，他和专家组不遗余力，想方设法地让菌草技术尽量向简便化、标准化、系统化和本土化靠拢，便于当地百姓掌握。上马后的菌草生产线，从当地招收了一批工人，他和专家组都俯下身子指导，预计年产量可逾100万袋（筒），出菇较快的，七到十天就可采菇。

为了“拷贝不走样”，林占熺和专家组还时时进村入户，手把手地教他们怎么搭棚，怎么选用原料燃料，怎么用菌筒种菇，怎么出菇，如何烹调请人品尝，又如何宣传推销给超市。一条龙服务、一揽子解决。

莱索托像许多非洲国家一样，没有菇类食用习惯，也不敢尝试。中国专家只好又自加压力，不仅教种菇，还授以烹调方法，而烹饪也结合本地化特点：油炸、炖煮、烧烤……当地百姓怕吃菇中毒，专家们就一一先尝。

每个花样要尝，不同的顾客来了也要当面尝，林辉的肚子不由就鼓胀了，自嘲道：“我们像是清宫戏御膳房里的试菜人呢。”

林占熺也笑：“不是常说，顾客就是上帝嘛。”

看到中国专家大快朵颐了，当地人还能不放心？

看到他们黝黑的脸上浮现纯真的笑容，林占熺一天的劳累顿时烟消云散。

菌草示范基地离高山环绕的莱索托首都有二三十公里车距，中国专家组所住莱索托农学院一带虽不是山区，交通和通讯却都不太方便，安全也堪忧。他们除了上下班，平时就研究各种方案，最多到超市买些生活用品。多数超市都有持枪的保安，初见尤感恐怖，后面也就慢慢习惯了。这个人口稀少的国家，中国人不下万余，尤以福建福清人为多。黑人生产的蘑菇，一大部分就是卖给当地华人。

这年12月5日午饭后，林占熺带着助手林兴生、林治亭等人又从基地出发，赶往70公里外的一个示范点指导。

返程时已近黄昏。林兴生驾车到距莱索托首都马塞卢四五公里处的一个山口时，突然右侧冲出一辆汽车，不由分说地挡住了去路。

“遇劫匪了！”眼看车上跳下两个持枪黑人气势汹汹地冲过来，林占熺第一反应是叮嘱大家不要惊慌，切切不要与劫匪发生冲突，尽可能耐心解释。

两个劫匪的个头不大，一阵嘀咕后，其中一人挥枪示意林占熺和林治亭两人下车，继而押上另一劫匪开的车。一名劫匪则直接上了林兴生的车，示意他开车跟上。

一路上，林占熺连比带画，耐心解释：“我们是中国专家，是来帮助你们摆脱贫穷的。”

劫匪把他们劫持到几十公里外的荒山野岭，晃着黑洞洞的枪口威胁交钱。还好，劫匪不像是恐怖组织，看起来也不打算把他们当人质。林兴生用英语交流时，也掏出了口袋里的宣传资料，说他们是到农户家指导帮助种蘑菇的，这是中国政府援助莱索托的项目。

三个劫匪隐约听懂了，在翻遍他们身上的每个口袋，把相机、手机、手表和几百元当地币拿走后，也把汽车一溜烟开跑了。

四周陷入一片死寂和漆黑之中，林兴生有点懊丧：“今晚看来回不去了，得风餐露宿了。”

“我感觉他们只是穷怕了，想找点钱。一开始我就闻到他们的一身酒味，上了车还在猛喝，他们喝酒或许是为了壮胆呢。我感到他们应该没有特别的恶意，所以我们能够毫发无损，这是最大的幸运。”林占熺沉吟道，“还有，还有，他们如果只是为了钱，兴许还会给我们留下后路，不一定会要我们的车，喷有项目组字号的车子毕竟目标太大，这一带百姓都知道，所以，弄不好他们就半途给扔下了。”他越说越沉着，“走，与其留在荒山之上等救援，不如沿路找找看！”

月色银辉下，一行人沿途寻找，为防意外，他们或捡了木棍，或折了树枝防身。约莫走了半小时，果然发现了新大陆——那辆熟悉的汽车就被抛弃在路边。开心中，三人手持手中“武器”慢慢接近，劫匪是逃之夭夭了，却也把车门锁上了，即使不锁，没有钥匙照样开不走，怎么办？

林占熺瞬间又有了主意：“我总感觉，我们遇上的还算是良心未泯的劫匪，他们没把车开走，就可能把钥匙扔在路上。”

林治亭觉得不可思议：“他们为什么要这样做呢？”

林兴生则说：“照林老师的分析，劫匪是为了不让我们第一时间开上车，报案追他们？”

林占熺也有点穷开心起来，道：“我也只是猜测啊，但愿劫匪的心理密码能这样被我们破译。但愿他们良心发现，还能将相机留给我们，里面的资料丢了那才叫可惜！”

两位年轻人哈哈大笑，一个说林老师都能编童话了，一个说林老师您也得尊重人家劫匪的职业道德啊。谈笑风生中，仿佛被劫持之事压根没有发生过，一切都随风而去。三人沿着山路，继续小心翼翼地寻找。又走了大约半个小时，林治亭眼尖，一串被扔到路边的车钥匙在月光下闪闪发光，一个箭步上前捡起，掩饰不住内心的激动：“林老师真是神机妙算！”

拿了车钥匙，三人又气喘吁吁地转身回走。林兴生打开车门回到座位，惊喜地叫声："有救了！"原来他在劫匪冲来时及时藏在座位底下的手机，没被劫匪摸到，妥妥地还在。

惊魂甫定，连忙联络莱索托农业部官员。当他们找来会合时，已是晚上十点多钟。

中国驻莱大使闻讯，翌日赶来慰问，看到三人无碍，才松了一口气，设宴"压惊"，提醒圣诞节前夕这里最容易发生抢劫，大家务必小心。

国外种草，这难那难，一颗枪子儿就可能前功尽弃，但生死危难没有让项目就此中断。林占熺带着两位年轻的助手，依旧披星戴月在这个海拔千米以上的国土来回奔走，大有"黄沙百战穿金甲，不破楼兰终不还"的气概，这个"楼兰"就是这里的贫穷啊。从他们抵达莱索托到第一潮平菇采收，仅用了短短的88天，每平方米收获24公斤，大功告成！

中国驻莱使馆专门举行了一场"百菇宴"，邀请当地官员、有关国际组织负责人和企业界、农户代表，前来品尝菌草种出的各种菇类佳肴。被亲切称为"会魔法的专家"的林占熺，在菇宴上再次普及了菌草技术，林冬梅则做PPT介绍，向嘉宾展示在当地的种植推广情况和不同菇的产品。

"百菇宴"过后，几位中国专家还煞费苦心地扎上围裙，拉上热心的华人华侨，额外办起了烹饪培训班，教当地百姓做出一道道美味可口的椒盐平菇、蒜蓉炒平菇、平菇浓汤……

很快，这株来自中国的草，由基地向许多地方蔓延开来，63座菇棚、3个菌草生产合作社应运而生。不少家庭贫困的妇女大开眼界之后，纷纷跟进，在自家房前屋后搭起菇棚，出产后自给有余，就拿到各种公共节日推销。一时间，基地提供的菌袋成为紧俏货，往往要提前数周提交订单，排队取货。

林占熺到哪里都不忘最贫苦的大众。经他动议，专家组在莱索托组织妇女培训之后，还和残疾人培训中心结对帮扶，大受欢迎。受着身残志坚鼓励的当地民众，学到一门最简易的谋生技术后，从此就有了经济来源。

基地示范完成后，林占熺得先行回国，接下来如果接受下一期计划，两位跟他出征的年轻人则要留守两年甚至更长时间。上次遭遇的虽是看似“有良心”的劫匪，图财不谋命，但谁能料定未来？万一言语不合，一个指头扣下去，牺牲可能就在眼前。再有，这地方也是艾滋病的高发区。危险离得这样近，林占熺不怕一万只怕万一，自己不在身边，两位助手如何慎独，若遇危险又将如何处置？苦和累都没事，生命却无法换回。他们不是自己的子侄，真要出了事故，如何向他们的家人交代？一时间，他愁肠百结。

此前的他，摔断过肋骨，心跳骤停过，遭遇过“鬼门关”，却从没有知难而退，除了志如磐石，还因为“我的身体我做主”，但这次遇上的难题，比9年前商请胞弟留守巴新还棘手。他也怀疑自己是不是太神经质了，可万一呢，这可不是在中国，稍有疏忽便可能在瞬间万劫不复，绝不能掉以轻心啊！他特地与两位年轻助手推心置腹：“这地方的危险你们也看到了，你们还年轻，我也不能让你们出现意外，这个项目如何继续，你们愿意留下还是撤退，我想听你们的真实想法。”

留还是撤？如果撤，人家也不能说啥，其他国家的援助项目大多虎头蛇尾，谁叫这儿危机四伏，“贫困怨何深”？何况当时援外，背井离乡、一年一回、影响家庭不说，工资还不高，没有几许情怀谁愿意去？

有过在日本并肩种菇经历的林兴生，与林占熺可谓是志同道合。这个亦师亦叔的长者，在他眼里没有丝毫的疏离感，只有榜样式的敬爱，还有忘年交的深情。正是出于对林占熺的敬重、对菌草事业的热爱，林兴生放弃了省农科院原本相对轻闲且更有个人前途的工作，甘愿投奔到他帐下成为普通一兵。他看出了林占熺内心的纠结，坚定地说："我们的项目在当地深入人心，我百分百愿意留守这里继续推进，尽一点力，帮他们一起推倒贫穷这座大山。"

林治亭也说："我们普通人能为国家做点事情不容易，这项目既然是国家定的，可以帮助到莱索托发展，就应持续下去，只要不发生战乱，再孤独我都愿意留守。"

人与人共同经历过危险和情绪的大起伏后，常常油然产生更亲近的关系。林治亭不仅激发了这份关系，还感受到了林占熺身上散发的人格之美、力量之美，眼神里流露的先是离开的渴望，继而是留下的意志。

没人言撤，两人愿意结伴留下，林占熺欢欣不已："好啊，你们真是好样的。要知道，正是贫穷造成这些地方的治安不好，而我们的技术就是为了改变贫困的状态。"

"嗯嗯。"林兴生没想到他会来这个神转折，似笑非笑说，"今后若再遇持枪劫匪，我们就直接对他们说，咱中国人，扶贫矢志不渝。"

林占熺一脸严肃："今后援外任务肯定还不少，我们就是要以仁义之心行走四海，在完成国家任务之时，莫忘天下百姓的辛酸与挣扎，莫放弃自己对国家对社会的责任和价值。当然当然，安全第一！"

面临的严峻考验接二连三。一个孤独难耐的晚上，两位年轻人又谈起那个虚惊一场的经历，谈到万一，进而你一言我一语地将李商隐那首《乐游原》改为完全没有韵脚的打油诗:“向晚意甚适,驱车种菌草。夕阳无限好,只是遇劫匪。”改毕相顾而笑,仿佛完成了一件得意之作。

他们当然也有自己的得意之作。那就是协助林占熺,以菌草改变了这个“国中国”的贫穷;那就是在令人谈虎色变的恶劣环境里创下了一个奇迹,让青春的汗水有了最美丽的流淌,让人生的真谛得到快乐的诠释;那就是受到莱索托上上下下的高看和一次次盛情挽留,也把中国的友谊打桩般牢牢铸入高原。

2009年9月初,两年合作期行将结束,林占熺又来了。虽然援助他国的行动如箭在弦上,让他席不暇暖,但他还是忙里偷闲,要亲自将留在莱索托的勇士安全接回国,并对工作作个总结。菌草要种到国外,但也得把人员一个不落地安全带回国内,林占熺此心不渝。

消息传开,“高山之国”不平静了。一批批菇农合作社不约而同地恳求政府与中国方面联系,让中国专家多待一段时间。一个由30多位贫困家庭妇女组成的合作社,特别恳请林占熺一行回国前到合作社做客。他们如约而至时,迎接的除了歌声与舞蹈,还有她们煞费苦心为中国菌草创作的民歌:

有人说,它是野草;
有人说,它是生命;
它是食物,也是药物;
它是希望之物……

那天,莱索托的妇女们还向她们眼里“会魔法的中国专家”们一一送上当地工艺服饰品。那是她们的最高礼仪了。像非洲多数地方一样，莱索托人很少主动送礼物，却对中国专家例外，常常还远远地热情招呼。男女老少都说中国政府好、中国专家实打实地帮助，不像有些国家那样为政治目的和掠夺资源而来。

莱索托政府和人民的恳求，得到了中国政府的高度重视，第一时间同意把援助莱索托的菌草项目延长，再延长。

世界看在眼里：这么些年来，许多国家和国际机构援助莱索托的农业项目很多都半途而废，而中国的菌草技术项目还在持续，且已然本土化。

“任何关于菌草的事，就是我们的事！”林占熺这样说，专家组毫不含糊这样做。

于是乎，菌菇类产品的加工由此进入培训内容。结合在其他国家的实践，林占熺和林冬梅心中渐渐有了一套成体系的菌草循环产业推广模式，覆盖菌草育菇、菌草畜牧、生态保护三大技术板块，关联研究、育种、培训、推广、加工、教育六大功能。他们还想办法带动中国企业参与进来，或捐赠拖拉机、微耕机，或捐建基地办公室，或参加经营销售。

有一年，莱索托首相莫西西利在会见林占熺和中国贵宾时，一起观看了妇女菌菇合作社自创自演的“七天菌菇”。首相也津津乐道于莱索托农户的一封感谢信“菌草技术让我梦想成真”。

梦想成真的还有布莱辛·恩卡赛：“中国恩达得（当地语言对成年男性的尊称）就地取材，教我建起了大棚，培育菌草。”

恩卡赛的农场坐落在首都马塞卢北部的一座山上，饱尝牲畜散养导致植被破坏、水土流失的严重恶果时，偶然路过菌草基地，好奇地进去参观，就此结识了中国“恩达得”，成了菌草迷。恩卡赛在大范围种植后，农场附近的河水都变得清澈起来，他的目标是在属于他的所有空地上都种上菌草，把牲畜圈养起来，让土地肥沃起来，形成良性生态循环。

恩卡赛备感兴趣的，还有利用菌草做绿色能源，为此津津乐道："菌草产生沼气能发电；有了电，可以用水泵抽水灌溉；沼气残渣可以作为果树肥料……"

莱索托大学作物科学院院长里普托意识到中国菌草对环保的巨大价值，也成了追梦人：与中国合作，在莱索托高原上种植更多菌草，保持和恢复现有耕地，涵养水源，防风固沙，保护环境。

林占熺在莱索托有心种草草丰茂，还"无心插柳柳成荫"。当地一位研究生冲着他的名号想来华留学，可福建农林大学非部属院校，彼时也还没资格招收外国留学生。林占熺带着这个难题回国报告后，经多方协商，最后采取由中国农业大学和福建农林大学联合招生的办法，为莱索托圆了一个天大的梦。福建农林大学的此番创举和多年来的不凡成绩，后来也受到国家教育部的高看，经特批，成为较早招收留学生的普通高校。数年过后，留学生在福建农林大学已蔚为大观。

"草木蔓发，春山可望"

"听烧爆竹童心在，看换桃符老兴偏。"与清朝那个春节期间还在埋头创作《桃花扇》的戏剧家孔尚任大同小异，一生颇具戏剧性传奇性的农学家林占熺节日里也常在著书立说。2009年新春佳节，他就是在埋头修订前无古人的《菌草学》第三版中迎来爆竹声声的。春风送暖，也送来新的喜讯：时任国家副主席习近平不久前过境访问斐济，看到该国需求量极大的食用菌全靠进口，就特地推荐了林占熺发明的菌草技术，斐济领导人马上希望中国政府能将菌草技术列为援斐项目。

接到有关部门的电话后，林占熺激动得真有点“老兴偏”了：万万没想到，中央领导日理万机中，还记得他这么一个普通科技工作者，对菌草援外能这么关心和肯定，9年前给他颁授福建省科技史上首个一等功奖牌并殷切期望他继续攀登新高峰的情景，一幕幕犹在眼前。这些年来，他也正是带着这个重托，这么忘我工作、艰苦创业、不畏艰辛、开拓进取，为国争光。

往事不如烟，新任务如急令。既接，他的整个春天更是“急管繁弦”了。

多少个倒春寒，罗昭君凌晨冻醒，却见白天忙得不可开交的丈夫还在书房里挑灯夜战，不是翻阅资料，就是伏案疾书，再就是沉思，只为在新挑战中不辱使命。妻子劝他休息无效，除了牢骚一句好像联合国都归你管似的，别无他法。而其实，他所做这些，倒是联合国该管的，连女儿都开玩笑说他是“替天行道”呢。

兵马未动，设想先行。一次次孤灯相伴后，一个初步设想呼之而出，并情不自禁地向了解菌草事业的习近平副主席写了一封信。信中除了表达他心中难以言表的感激之情，还建议在福建农林大学建立国家菌草技术工程研究中心，以适应菌草产业化、国际化发展的需要。

5月10日，林占熺接到了中央办公厅的电话，说信收到，领导对发展菌草产业很重视，对建设国家菌草技术工程研究中心表示关心，你可按程序上报国家有关部门。

一切都在紧锣密鼓地进行着。这年11月，中斐两国政府签署了中国援助斐济菌草项目换文协定。

2010年2月，林占熺率专家组带着中国的春风，迎着南太平洋的海风，踏上了被誉为“太平洋上的翡翠”——斐济共和国的土地，有道是“春风江上路，不觉到君家”。

多次调研、论证之后，一个援助斐济菌草项目的发展蓝图，给量身定做出来了：建立一个现代菌草技术示范中心，从“传统二物农业（动物、植物）”向“现代三物（动物、植物、菌物）农业”转化，促进斐济经济、社会、生态发展，项目力争1年初见成效，3年明显见效，8—10年打造成区域示范中心。

看到第一批蘑菇如变魔法般从貌不惊人的菌草上长出，尝起来别有一番风味，斐济农业部长伊尼亚·塞鲁伊拉图赞美之中，满怀深情地说：“习主席上次来斐济时，品尝了一道用我们进口别国蘑菇做的菜肴，今后他再来时，我们一定用中国的蘑菇款待。”

2011年7月建党90周年，林占熺出席中共中央在北京召开的全国党员专家代表大会时，向中央领导报告援斐菌草技术项目已由商务部立项，领导微笑着送上鼓励。2014年8月，斐济总统奈拉蒂考来华时与中国国家主席习近平谈论菌草项目的新闻播出后，林占熺和专家组备受鼓舞，明白在这个最早同中国建交的太平洋岛国上建成示范中心的巨大意义。

在林占熺“点将”下，林冬梅偕父出征，担任了中国援斐项目的负责人。她根据当地的情况，开创了集装箱改装栽培菌菇的模式，还带领团队在短短三个月内完成了打井、建设示范基地、出菇生产等工作，并开展了技术培训。

2014年11月21日，中国国家主席习近平对斐济进行国事访问之际，在《斐济时报》《斐济太阳报》发表题为《永远做太平洋岛国人民的真诚朋友》的署名文章。中国国家元首首次上岛访问，全岛轰动，在富有浓郁民族特色的传统欢迎仪式和欢迎队伍中，也有斐济的菌草技术用户们。一干朝阳产业般的菌草项目，在这特别的日子里，更是显得与众不同。

此前两天，记者就在斐济现场报道了中国援斐菌草项目的盛况："近20个40英尺的集装箱装运的项目所需硬件、软件已全部卸下，各就各位；'中心'100多亩的菌草示范基地已平整完毕，菌草草种圃已种上几千株从福建专程运来的草种，在强烈的阳光下，菌草正茁壮成长，很快便能源源不断地为斐济各地提供优良的草种；年产300吨鲜菇简易生产线、出菇房，由6个冷库组成的菌草菇栽培房……也都投入运行，生产出的菌草菇开始投放市场，结束了斐济不能生产食用菌的历史；继第一期在斐济50多人参加的菌草技术培训班之后，第二期也在2014年11月18日开班。项目实现了'边建设、边培训、边示范、边生产'的目标，为南太平洋岛国农业发展带来了新的希望。"

时年古稀的林占熺，对历经多年艰辛能在重要时刻无缝衔接般迎来盛况不胜感慨，更深信这个"新的希望"，必然在两国元首的共同推动下，"草木蔓发，春山可望"。而他，为了催动草木和蘑菇蔓发，自是廉颇不老，随时披挂上阵。

三天前，在第二期菌草技术培训班上，斐济农业部常务秘书长罗提·理盖瑞爆出冷门："我开始不吃鸡肉，改吃菌草种出来的菇！"他动情地对学员说，"我们要非常感谢中国政府，感谢林占熺教授带领的中国专家组。这是一个展示斐中两国领导人共同意愿的重要项目，充分体现了中国对斐济的真诚友谊与帮助。它不仅给我们带来了用菌草培育食用菌的技术，对斐济发展畜牧业也十分重要。我们要珍惜这份珍贵的礼物，珍惜这一机会，把菌草技术学好，传播出去，让菌草业在斐济迅速地发展起来。"

11月22日下午，斐济农业部长参加完两国元首会谈后，兴冲冲地赶到中国援斐菌草技术示范中心转达喜讯："两国领导人会谈进行得非常成功，特别令人高兴的是，习主席在讲话中再次提到菌草技术项目。习主席说，得知经过几年的准备，菌草技术项目已经成功落地，很高兴，希望这一项目能帮助斐济人民增加收入，创造更多的就业机会，增加出口，造福当地人民，并进一步扩大成效。”

那一刻，林占熺和专家们都屏住了呼吸，生怕漏听一个字。

风从大海来，斐济农业部长的感触从内心来：“项目进展这么快，出乎我的预料；项目很成功，不仅对斐济的农业十分重要，对斐济的发展也很重要。希望我们共同努力，把两国元首形成的共识落实好。”

喜讯，又是喜讯！ 总书记本月上旬赴福建视察经过福建农林大学时，在车上也谈及菌草技术，提到向斐济推荐菌草技术之事。一时间，早就宠辱不惊的林占熺，真不知要用什么语言和行动来回报了。

第二天，骄阳似火，室外气温高达35摄氏度。林占熺不由分说地加入了为总书记成功结束国事访问之后的欢送队伍，和大伙一起激动地挥动双手高喊：“总书记好！ 习主席好！ ”

“菌草技术是总书记引进斐济的，我们对总书记最好的感谢和致敬，就是努力努力再努力，绝不辜负他的殷切期盼与嘱托，为中斐友谊贡献更大的力量！ ”这天晚上，专家组的每天一会，大家记下了林占熺的肺腑之言。

“努力努力再努力”，类似这样的话，林占熺说过多次，对人对己，共勉自励。只是，如何让努力更有深度与广度，“林家军”也是苦苦琢磨。若以社会上比比皆是的精致利己主义者作参照，他们多数会觉得，眼下的努力和贡献都大到天边去了；若以领头羊林占熺作比，那个差距也是大到天边去了，即使被林占熺感激和称道多次的林占森也搬来客家俗话，自嘲是“鸡屎比酱”。当然，林占熺听到后也马上调侃回去，说过分的谦虚等于骄傲。

到中国领导人访问斐济、喜见菌草援外成就的2014年，林占森已转战巴新、卢旺达、斐济等地前后16年，每每皆是先随林占熺左右，筚路蓝缕以启山林，在林占熺另辟战场后，则就地留守独当一面。林占熺常说没有占森的鼎力相助，就没有今天的菌草援外大业。如此援外16年后，世界需求越来越多，班师回朝的迹象遥遥无期，要打一场“持久战”的远景，兄弟俩却似乎心意相通。

是的，林占熺深为这个“革命生涯常分手”也喜相逢的弟弟骄傲，在2014年9月带上已熟知国内推广应用菌草技术经验的侄儿林良辉驰援斐济时，一路叮嘱他要向五叔学习，多积累一些援外经验，建好人才梯队。还说，你五叔援外慎之又慎，凡事想得周到，善于应急突发事件，他也是你的老师。

菌草业如星星之火，在世界燎原。林良辉的到来，并非古时所说“良禽择木而居，贤人择主而事”，而是一开始就受到耳濡目染，言传身教。他像堂兄林辉一样，得了新婚妻子的支持去援外，此前的成长则受泽于林占熺的润物无声。

林占熺对一干侄甥辈虽都一视同仁地爱护，对林良辉却仍有所偏爱，因为他过继给了为菌草事业而英年早逝的六弟占华名下，十年不到生父又病故，一个失去两个父亲的未成年孩子，林占熺想想便是一声叹息。

林良辉考上自费大专时，念及家里为父亲治病陷入困顿，六个兄弟姐妹出路也都堪忧，曾想弃读。林占熺一听就急，立马帮助凑钱。林良辉丧父后心情沉痛，又担心在那所学风散漫的大专学校学不到真本领，迷茫之中辍学打工。彼时林占熺正待出国，连忙请妻子想方设法把他拉到福州来，先在自己的书房帮助整理资料，了解菌草技术，开学后另图转学之事。林占熺的资料汗牛充栋，橱柜箱箧、桌面抽屉、床铺地板，触目处皆是。林良辉在书房里一待3个月，日有所得，还意外地发现伯父写给伯母的信，字字句句关切询问他的现状，读罢不由得泪流满面……

林良辉此后发愤图强，跨专业考上了福建农林大学。林占熺经常耳提面命，让他课余学习菌草栽培技术，遇上菌草技术国际培训班或重大活动人手不够时，也把他拉来帮忙和见习。那些年，林良辉没少干挑担、抬脚、动手、抖料等体力活。时间一久，闲言碎语便多了。林良辉生怕自己再在大伯麾下就业，会加重校园内外所谓“一人得道，鸡犬升天”的飞短流长，所以大学毕业后想去外面闯世界。林占熺心平气和地和他谈人生，坦然说自己既没得道也没得势，种草是苦差事，是最平凡的劳动，何谈升天？由鸡犬谈到鸡鸭，他还说：“单只鸭子连池塘的水都搞不浑，任何一个事业都必须抱团，菌草业这样才有前途，眼下和今后最需要的就是一批棒打不散的菌草队伍，我这一生肯定做不完，需要你们二代接力、三代继续。良辉啊，你这辈子就立下志向，死心塌地跟我做‘草民’吧。”

客家地区兄弟姐妹多的家庭，老大一向有威，林占熺读书又多，让后辈们既敬又怕。他每从省城回老家，总要关切问良辉学习成绩怎么样，良辉比自己的父母还更怕大伯，从不敢顶嘴。如今他都这样发话了，林良辉就只能“赶鸭子上架”了，而且绝不“鸭行鹅步”，否则只会让恩人般的伯父失望和伤心，让他的一番语重心长沦为“鸡同鸭讲”。为了更好地从业，做合格的“草二代”，不给伯父和菌草事业丢份，他一鼓作气考上了福建农林大学从事农业推广的在职研究生，读完已年近不惑，一再推迟成家。

知识和技术改变命运。林良辉第一次援外，憋着一股劲儿想大干一番。头一回出国，有幸目睹了党和国家领袖访问斐济那一幕，听到了斐济农业部长亲口透露的两国领导人对菌草事业的高看厚望，然后带着伯父的叮嘱，思考如何努力做贡献。

一天晚上，辛苦多时的林占森和林良辉叔侄难得地在陋室泡茶谈天说地。林占森忽问："良辉你和家里人不会恨我吧？"他说的是十年前林良辉父亲从生病到去世，他都不在场，直到第二年秋天回家后才知噩耗。

"这也不能怪五叔，是大伯让我们合伙瞒着您的。"林良辉说。

其实，那些年瞒下林占森的事不少呢，为的是不让他援外分心、添堵。他有多少遗憾和委屈啊，可计出大哥林占熺，如之奈何？！

天大的遗憾，永难弥补的痛失，还是三哥、林良辉父亲的病逝。2003年，他从老家连城出发来福州检查肝病，正逢林占熺带着林占森出发前往巴新。前一天接到电话告急时，林占熺说，我们机票已订，并已和国外约好了时间，外事无小事，涉及国家声誉，日程不能改。难过之余，他叮嘱妻子带三弟看医生，代垫医疗手术费。林占森留守巴新期间，心心念念三哥的病情，打回越洋电话问询。大嫂那给了放心的准信。此后，在异国他乡通讯不灵便的情况下，他又连续打了几次电话，想亲耳听听三哥的声音，可家人不是说还在休息，就是说去女儿家未归。2004年秋，他难得回国一趟，汇报完援外工作，林占熺连道辛苦后，神情异样地说："现在可以跟你讲一件事了……"原来三哥已走一年多，林占熺担心占森受不了，知道了也无法回国奔丧，只能徒增悲伤，还影响援外工作，就要求隐瞒。林占森听罢，马上号啕不已，真可谓"不见去年人，泪湿春衫袖"。

“你爸走得这么匆忙，才五十出头，我连最后一面都没见上，心里一直内疚。你来斐济这些天，我老梦见他呢……”

长辈们的深情厚谊，打小就让林良辉耳濡目染中深受感动，他安慰五叔：“我爸生下来就有点弱不禁风，生活习惯又不太好，爱喝酒，伤肝……他最后时刻一直念着您，却也主张不让您知道，怕您分心……”他没齿难忘，父亲走后，自己当年考上大专时，是刚回国的五叔和大伯母一起陪自己办理入学手续的。就读期间，五叔有次回国来校看望，见他的鞋子破了，贴心地买了双新的给他。

这些年林占森回国的次数真是屈指可数，回来也是短暂停留，鲜有居家过春节，只因为此时正是外国版的“一年之计在于春”，他身为项目组长岂能擅离职守？林良辉这些年常听五婶说，你五叔年年不在家，我们过年都没有滋味。他听着有心，常约自家兄弟姐妹和其他亲戚，春节期间多往五叔家串门添热闹。

对这个默默扑在援外事业上的五叔，林良辉有说不出的敬重。他比五叔的儿子只小3天，岂能不知五叔援外时，一对儿女都在老家连城，儿子念初中，女儿念小学，正是最需要父亲陪伴之时，却偏偏缺了那份无从补憾的爱。五叔一别多年后回老家，村里孩子对他是相见不相识，“笑问客从何处来”，就连亭亭玉立在眼前的女儿，若不是在自家屋檐下，也不敢轻易相认了，还以为是哪个亲戚来。

岂独没给三哥送行，这些年援外，留给林占森的遗憾实在太多了。一年又一年的清明，他没法为亲人祭扫。有年在卢旺达，大有古人“无花无酒过清明，兴味萧然似野僧”的况味。那天，风又飘飘，雨又潇潇，教人春愁细细添。他就在驻地简单地摆上祭品，祭父母，祭六弟，祭三哥，晚上枕泪而眠，“记不分明疑是梦，梦来还隔一重帘”。

长年援外，使命在肩，只能“太上忘情”，家人没关心上，对儿女的学习和成长也大有影响。儿子结婚那年，他虽然休假回国了，却临时要和哥哥林占熺一起接待远道来访的国外嘉宾而缺席。女儿出嫁那年，他留守卢旺达。儿女没说什么，倒是旁人风言风语，天底下哪有这样的父亲？！

2013年孙女出生，多大的喜事啊，而他已一晃多年没在家过春节了，于是和亲家那头约好，2014年除夕两家好好团聚庆祝一番。盼星星盼月亮总算把他盼回来了，谁料，都大年二十九了，临时接到国家有关部门的电话，年三十必须赶到卢旺达！

大年初一缓过劲来，林占森急忙给亲家打越洋电话拜年，来来回回几次，亲家总算接电话了，却不说祝福，一连串的火气隔着重洋都能强烈感受：有什么天大的事比你孙女重要，值得你连一天都不能多留？世界缺了你就不转了么，你就不会等过完大年初一再出发，你有那么重要吗？

他没办法解释，越是解释只会越惹亲家生气。换位思考中，他十分理解对方的气点所在。不是么，亲家就这么个独生女，不说你结婚时不在，让你晋级当爷爷了你还这么不在乎，别人知道了会怎么说？

此番出国，于林良辉是大姑娘上花轿——头一回，兴奋中还有无数期待，到实地一看，跟闽西农村二十世纪八十年代的景象差不多，新鲜感一过，加上语言不通，思乡情渐浓，每逢佳节更有苏东坡“中秋谁与共孤光，把盏凄然北望”的情境。想想五叔这十多年行行止止，孤身在外开辟战场，谈何容易，竟能拿起录音机自学练就一口流利的英语，不断地充实自己。他慢慢就受了感召，在看世界、了解国事天下事之余，也从五叔那里听闻了许多家事，特别是感受到伯父林占熺长兄如父般树立的家风。

“除了你大伯，这些年要是没有你五婶的支持，我也做不长，即使勉强走到了今天也不得安心。幸好她头发长见识不短，完全认可你大伯的情怀，才能放纵我十多年不着家。想想也真是苦了她……”说着说着，林占森眼角沁出了泪花儿。

林良辉知道五婶在老家当过村妇女主任，本要当老师，却为了这份其实与她八竿子也打不着的援外事业而自愿舍弃，甘当家庭主妇，以便五叔没有后顾之忧。林家兄弟、妯娌乃至两代人为菌草事业所做奉献和牺牲，真是一言难尽啊。五叔在卢旺达因疟疾差点丢命之事，虽时过境迁，却仍听得他忍不住哭了，感慨中问：“您为什么要这么拼呢？”

“后半生跟你大伯做这事，我觉得很有意义，多做一点工作，既可锻炼自己，也能减轻他的一些压力，帮上一小把，再就是让他不要对巴新、卢旺达、斐济的事太操心。”温温不作惊人语，话到这里，林占森看着林良辉，道，“良辉啊，我和林辉他们也说过，人这一辈子很短暂，能有机会参加援外，为国家做些工作尽点力，既是责任，也是光荣，大家都得珍惜！”

五叔早年在老家当小学老师，平时就会管着林良辉等堂兄弟，如今加入他的项目组，能不服管？何况他援外多年，每在一个地方，都能起到“稳心颗粒”般的效用，如鸟栖树、鱼潜渊那般，把事情做到妥当且安宁。林占森从不装模作样，也没有那些大话大道理，只以言传身教、微言大义，来塑造一个援外新兵的精神骨骼。林良辉继父亲、伯父之后，再次从五叔嘴里听到了“做人要像人，做鬼要吓人”的林家祖训，如今援外，更得把事情做好，树立中国人的形象，今后也以身作则把家训一直传承下去。

林良辉的加入，让菌草二代如虎添翼，在与专家组的共同努力下，斐济菌草技术项目被风评为“岛国农业的新希望”，成为中国对南太岛国农业技术援助的典范。援外多艰辛，援非更艰险，特别是万事开头难，没几个人愿意冲锋陷阵、以身试险，林占熺只有打亲人的主意。如此以菌草为旗，创下“林家军”。

“林家军”“林家铺子”只是内部的戏称，却非浪得虚名。但若要说是林家人在搞圈子，近亲繁殖，“吃独食”，那就大错特错了，谁想吃尽可来，“林家军”大门常打开。越来越多的志同道合者不问出身源源加入，主帅林占熺不论远和近、不分亲和疏，都一视同仁。他常说，自古独力难撑，独木纵然成舟，一棵树却成不了森林，要成大事，必得要有个坚强的团队、一支源源补充的队伍。

林占森在巴新、卢旺达时，曾有国内来人问他为何能待那么久？条件那么差，环境又那么恶劣，不安因素如影随形，他们待不了几天就度日如年。在了解援外收入后，他们感到不可思议，说即使每个月给二三万元，他们也走为上策。

菌草援斐济第一期是两年，第二期以后改为三年。常驻的除了林占森叔侄，还有黄智新及翻译等人，精干得不能再精干。如果林占森中途去别的国家指导或回国短休，林良辉就只能体验孤身或最多两人留守的滋味，这在很多地方其实都呈常态。当林良辉也被问及何以甘愿久待这类问题时，他这般回答：所有的苦和累，在投入工作之后就忘了。

一天的行程大抵这样：早上7点起床，饭后开车到周边农户家走访推广，教种菇。路途遥远而需在外留宿时，能节约就节约，有时还住在当地华人家，顺便听他们提醒一些注意事项。出门推广最大的困难，是让当地农户认知到菌草种菇的魅力与价值，激发起他们学习的兴趣。如果他们能听进去，哪怕开始个小试点，基本就好办了。菇出销售，必能带上周围一批人呼呼跟上。

项目组在斐济毫无娱乐，晚上最大的享受就是泡自带的茶叶，聊天南海北的事。电视可以收到国内一些台，林良辉最爱看安徽台“乡愁”节目，能让他想起遥远的祖国，思念起远方的家人，他特别记住了其中一句话：“一点禅灯半轮月，今宵寒较昨宵多。”

“聒碎乡心梦不成”的何止是他！有年中秋，“孤蓬万里征”的林占森，在巴新竟硬生生地被一首名曰《乡思》的宋诗给打动了：“人言落日是天涯，望极天涯不见家。已恨碧山相阻隔，碧山还被暮云遮。”读罢，不觉泪飞如雨。援外人都得面对一个“独”，既慎独，更独许深情。

独影阑珊时，谁都希望林占熺来，他一来，整个屋子的温度都升高了，就多了一些欢声笑语，就更受远景擎画的激励；但又怕他来，他一来，大家的血压也高了，照着他的认真劲做事，能不累？

罗海凌此前在巴新数年，躬逢林占熺“御驾亲征”，时间长的就有四五次。有时来办培训班，更多是来指导，亲临现场整体把控。只要他一来，每晚必得开会，把第二天的行程安排得满满当当。他总说，出来一趟不容易，尽可能多走走，多找些事情来做。主帅一回国，项目组顿时如释重负，但在他的鞭策和以身作则下，谁也不敢偷懒。

林占熺在斐济“如法炮制”，几位年轻的新兵起初感到烦累，慢慢也就认定这个认真细致的做法了。林占熺回国后，他们虽然不再每晚开会，但每周例会却也雷打不动，既规划部署工作，也检查总结任务。大家在交心中，也找到了各自的差距：“林老师把事业当作生命，而我们仅是把它当作一份工作。”

对林占熺的认识深入了，大家愈发觉得他难能可贵之中始终未泯那一份天真可爱，开始既望穿秋水般盼他来，也不舍他离开。

斐济二期项目的女翻译在送别林占熺和林冬梅回国时，竟哭得一塌糊涂。

林良辉在日记和心里，这样写着、念着：看，林老师总是风风火火的，满世界跑来跑去就不觉得累，到现在还没有停止自己的脚步！看，他又要出发了，“老骥伏枥，志在千里”莫过于此！生肖属猪的林良辉暗自攒力，也要像大伯林老师这样跑，戏称：“援外风口上，猪跟草儿飞。”

望着林老师渐渐远去的挺直的背影，留在国外的队员们总会想起他一再强调的话：“把论文写在大地上，写在农民的钱袋里。”这大地不只是中国，这农民遍布全世界。打小受“解放全人类”的标语熏陶，无数次跟着奏唱过《国际歌》的林占熺，有的是对人类的思考、面向全球的眼光。这正是他不断攀登菌草研发高峰、创造世界奇迹的源泉，也是他矢志不渝、科技援外的动力。2012年党的十八大开宗明义提出构建“人类命运共同体”理念，林占熺真是开心啊，仿佛给了他们这些年孜孜矻矻的援外，以更为不凡的中国气度、更为辽阔的世界视野。

此前和此后，林占熺东跑西奔，归去来兮间都不曾空手，慷慨大方地把菌草和旱稻留在了一个又一个国家和地区，把中国式和平、发展的福音及造福行动留驻五洲四海。每一次跨国之行，他播撒的恰似袁枚笔下的春风：“春风如贵客，一到便繁华。来扫千山雪，归留万国花。”

奔跑中，他随时会披着晨风降临，想着如何把这个地方的愁容涂改为笑意；又经常带着星星离去，在下一个目的地再演绎科学造福人类的中国故事。他天女散花般投下一株株草，一点一滴消解世界的沉疴和新疾。菌草技术大规模地复制和推广到这么多的国家，并非照搬照套，在国际舞台上大可再借用袁枚之诗来抒情："夕阳芳草寻常物，解用都为绝妙词。"

常言道十里不同风百里不同俗，菌草技术何以能大规模复制、推广到这么多国家和地区？林占熺的回答很简单："如果说把菌草技术看做是'鱼'的话，我们在援外中不仅授人以鱼，还提供了养鱼、捕鱼、加工鱼的一整个产业。"

他的思路很明晰，扶贫是菌草技术援外的出发点和落脚点，只要抓住"产业扶贫"这个关键点，菌草援外就有"源头活水来"。

斐济看到了，菌草养畜迅速成为全国农业第二大支柱项目。2015年7月初，斐济总理姆拜尼马拉马莅临中国援斐济菌草技术示范中心视察，当着林占熺和中国驻斐大使张平、斐济农业部长等人的面，高声夸赞菌草技术"非常棒"；继而于本月中旬怀着感恩之心，带上自称"物轻意重"的礼物——用中国技术在斐济培育出的各种菇访问中国，并特地来到福建农林大学国家菌草中心种植菌草且躬身浇灌。

2016年6月，斐济总统孔罗特视察斐济菌草基地，握着项目组长林占森的手，赞扬菌草项目是好项目、中国专家是好朋友。

2017年5月，斐济总理姆拜尼马拉马出席在北京召开的"一带一路"国际合作高峰论坛，再次紧握林占熺的手称道："菌草项目拉近了斐济和中国的距离！"

倘若只是外交辞令，穆阿奈拉村71岁的阿鲁修老人何以激动地展示他3个月采获鲜菇143公斤、卖菇约1500斐济币的记录？斐济残疾人雷瓦分会的娜塔瑞女士如何能组织会员们栽培菌菇并源源售给酒店？斐济亚恰拉畜牧有限公司经理图里洋又何以会连年扩大巨菌草的种植规模？菌草技术在保护环境之时，有效缓解了斐济旱季饲料匮乏的难题并促进畜牧业的发展，牛羊吃得膘肥肉美，向所罗门等国出口大受欢迎。

2021年，林占森告诉到访斐济的《人民日报》记者："作为饲草，菌草的种植已推广至斐济农业部下属畜牧研究站，畜牧企业与养殖户累计超过1000户，种植面积7000余亩，旱季牛羊死亡率因此降低……"

世界不争地看到了菌草技术在为其他岛屿国家提供可持续发展的样板，感受到了"菌草之父"林占熺付出无穷心血之后技术上的炉火纯青。

第三章 此人之风

2021年，建党百年。林占熺这个党龄55年的老党员一次次接过沉甸甸的金字奖牌：“全国脱贫攻坚先进个人”“全国优秀共产党员”“全国‘最美教师’”。此前，他已获“全国十大‘扶贫状元’”等荣誉，所在的闽宁对口扶贫协作援宁群体已被授予“时代楷模”称号。

2021年8月26日，在中央广播电视总台“闪亮的名字：2021年最美教师”发布仪式上，一对父女感动中国。

主持人问本年度“最美教师”林占熺，78岁还充满活力地带着一群年轻人，在世界各地不停种菌草，图什么呢？林占熺在自豪地介绍菌草改变生态、造福人类的几大成果后，中气十足地反问：“您说我能停下来吗？”

掌声中，随父亲工作18个春秋的林冬梅被请上了舞台。“父亲身体不好，工作起来又非常拼命，都不懂得爱惜自己，所以2003年我做了个选择……”话到这里，她忽然哽咽，情不自禁地上前拉住了父亲的手。

“她回来帮我……”父亲一语未了，眼眶顿时也湿润了。

如雷的掌声中，林冬梅擦干眼泪，迅速恢复常态：“其实我非常幸运，作为普通的科技工作者、教育工作者，我的工作除了常规的科研、教学，还能服务国家援外，为国家的外交事业做一点小小的贡献，我觉得这是我人生最大的价值，我感谢我的父亲！”

父女成战友

2001年元月的一天傍晚，林占熺从巴新经停新加坡转机回国时，与长女冬梅短暂相聚。

“爸，您还是考虑一下吧！”林冬梅仍执着于邀请父母来新加坡定居一事，虽此前已被谢绝过。

“这么多事，哪能享清福……”他说了福建省政府刚给他记的一等功，那也是福建省有史以来第一次对做出贡献的科技人员记一等功啊；也说了组织和领导对他的期许，他不能歇脚，还要为世界菌草技术的研发和产业发展奔跑。

“那等您退休之后？”女儿望着他日益瘦削的黝黑脸庞，小心翼翼地试探。父亲黝黑粗糙的皮肤与实验室里的科学家、教授、研究员有多大的不同啊。她不问而知，两年之后父亲就可按常规退休了。

“人可退休，但菌草业只能前进啊。”

他转身走向了远方。望着父亲略带瘸拐、重心不稳的背影，她满是心疼，泪水夺眶而出。她还不知道父亲此番出国遭遇脚踝骨折、心脏病突发之事呢，却蓦然有了一种从未有过的忧惧，似乎看到了他艰难负重在千山万水间的奔波。

那些年，与她在新加坡看到的发展不一样，父亲的菌草事业还犹如推重车上峻坡，匍匐前行，压力重重，不被理解，不被看好，还常受中伤。

每次回国所见所闻，不是阴转多云、阴转小雨，便是雨夹雪。忍辱负重的父亲虽还一如既往地“痴”，带着菌草四处奔跑，在推广中为了让人“识货”而到处求爷爷告奶奶。但年轻的林冬梅到底“少见多怪”，意气不平中愈发地心灰意冷，不想再步父亲的后尘，重蹈那一条前途未卜的漫漫长路。她尝试着过不一样的生活，因此在硕士阶段改选教育学专业，并最终以优异的成绩留在了新加坡。

拿到新加坡绿卡后，林冬梅计划把父母接出国安享晚年。建议一出，父亲轻叹一口气，说自己无福消受，除非新加坡请我去种草。相比于个人享受，他似乎更看重“天下之忧”，老百姓的钱袋子鼓一些，日子过得再快乐一些。生命的意义在于绽放。哪怕女儿回国短暂停留，他也没多少时间享受天伦之乐，常说：“冬梅，你在家多陪陪你妈啊。”妻子看到他和久别重逢的女儿说不到几句话，就被突如其来的电话或事情叫走，有时难免埋怨，他也不多解释，偶尔也会调皮地冒出一句诸如深情不及久伴、厚爱无须多言的话。说完，脚底生风就出了家门。家之于他似乎永远是个旅馆，奉献大众才是他人生最中意的归宿。

林冬梅安慰说着说着就伤心的母亲，也自我解嘲：“我看爸呀，除了菌草和那些用户，他陪不起任何人，赔不起时间……”

“他这辈子就这样，别看他平时不争不辩、不显不露，认准的事九头牛也拉不回。”知夫莫若妻，她只能认命。

未脱泥土气息的她，有时也真是百思不得其解啊：即使省政府给他记了一等功，即使菌草试验室在好事多磨中总算拔地而起，可校内外总有“羡慕嫉妒恨”的声音，比如：要不是“走后门”找省长，你那个实验室能建起来吗？省长管得了一时，管得了一世吗？他被批准带硕士研究生时已年近六旬，没有经费的实验室设备缺乏，学生只能到其他教授的实验室见缝插针，或挤公共实验室，为此没少遭人白眼和冷嘲热讽。

现实便是这般地匪夷所思。你不走不送，就容易被视为恃才傲物、假清高；你不争不怼，就容易树欲静而风不止；你越想息事宁人，就越不得安宁。与社会光环反差甚大的是，林占熺那阵子在校园里承受着巨大压力，还好他生来不喜怨天尤人，还好他早早就锻造了抗压心理以及起早贪黑习惯，也还好他在风雨里有了夹缝中求生存的本领。

谢联辉院士和一些正直的领导、同事，看不下去了，起而发声。但林占熺只是说："只要有地方工作，累一点苦一点没关系，再大的误解甚至敌意的攻击我也可以承受，相信总有一天能够化解。"不管身处何方、身居何位，他总觉得共产党员、教书育人者应如海一般，能纳百川，不嫌细流，做好自己，带动周围的风气，就像菌草必然改变环境一样。

在女儿的印象中，父亲真是个党性深入骨髓的人，他甚至再三希望她能从党员中择偶，还常常给她讲燕妮和马克思的故事。一次，女儿不经意说了声，燕妮嫁给马克思后经常连饭都吃不饱呢。父亲并没被轻易噎住，继续拿自己的理论诲人不倦：时代不同了，共产党就是要让大家吃饱饭。

作为家中长女，林冬梅儿时的记忆很深刻。父亲极少在身边，十指不碰家务，一天到晚不是走在田间地头，谈笑在农家，就是窝在实验室。妹妹春梅出生后，母亲要兼顾工作和家里，分身乏术，只好把她送到老家连城交给外婆带。外婆和外公、左邻右舍聊天时所讲到的父亲，是个有本事做大事的人，是个具有菩萨心肠的好人。

林占熺从全国有名的三明真菌研究所调到福建农学院工作后，林冬梅才从闽西老家到了省城，目睹了父亲研发菌草的艰辛。她稚嫩的心田，早就有了对科学家的直观形象，那就是像父亲那样栉风沐雨奔走田野山地、没条件创造条件也要搞科研那种。后来才知科学家普遍该有的标配：一个宽敞明亮、纤尘不染的实验室，各种高精尖的设备，不时环绕左右的助手等等，心里就不觉纳闷：父亲究竟是不是科学家，是什么样的科学家？以致在父亲举债自建实验室时，她才脱口而出："这钱不是为我们家欠的，别指望今后让我和妹妹给还。"

心无旁骛的父亲又哪里会在意女儿的童言无忌和无心"冒犯"呢，还乐呵呵地对回到身边读小学的女儿说："你就是我的小助手。"

她还真的从父亲那里领受来了第一份"科研任务"：每天傍晚准时守在收音机（后来是黑白电视机）前，等着收听福建天气预报，然后把各县市的气温记在小本本上，作为父亲研究食用菌种植的参考数据。

当父亲的小助手和"小棉袄"，让她早早明白科研的重要。父亲在一无科研身份、二无实验室和实验设备的艰苦条件下，顶着重重压力，白手起家，土法上马，最终成功研究出菌草技术，压根儿没有自己的盘算，只想造福千万家。这不是大爱是什么？！

父亲的一言一行，熏陶着女儿幼小的心，助她读懂当时流行的《攻关》诗的含义："攻城不怕坚，攻书莫畏难。科学有险阻，苦战能过关。"

父亲的艰难自不待言，"小助手"没有理由不心疼，却爱莫能助，只是努力学习，不让父亲操心。一次闲聊时，父亲得知女儿高二分科时想选读文科，便信口说，要是学理科，今后或能助我一臂之力。文科成绩名列前茅的她，也不拖泥带水，立即为父亲做了改变。

林冬梅选读理科之初成绩一度下滑，有段时间失落感难以言说，直叫老师担忧。幸好她天资聪颖，更兼心志坚定，在抗住失落情绪后，也迅速调整方法，奋起直追，最终以优异成绩考入厦门大学生物系。她对母亲说：“只希望以后能帮上一些，让我爸不用那么辛苦！”

那年正赶上中国与新加坡合作实施一项为期十年的人才培养计划，入学成绩优异的林冬梅很快就受到学校推荐，继而顺利通过新加坡国立大学面试。临出国前，父亲给世界观尚未成型的女儿约法三章：一是为国留学，学成回国，为国效力；二是选读理工科、自然科学，以用上人家先进的实验室；三是重大事项必须及时向家里通报。她在新加坡修的是化学专业，以期今后能帮父亲用之于菌类营养价值和药用价值分析上。

有一段时间社会上对新生事物的非议、不理解甚至抗拒，使菌草事业举步维艰，还带给林占熺一路误解。也正因此，林冬梅决定改弦易辙，留在新加坡发展。她能想象父亲那时有多失望，却从未在她面前流露过。

“梦为远别啼难唤，书被催成墨未浓。”有这样一个父亲，在这样的家庭长大，她再远走高飞，又哪能乐以忘忧？特别是有一年回国，母亲和妹妹忍不住大倒苦水，让她简直心碎。

原来，林占熺虽然为研究菌草而主动辞职，但肩上的行政担子不是说放就能立即放下。在他全身心投入菌草研究所时，学校压来了务必安排征地招工的32个工人就业的硬任务。这些“农转非”人员，是校内各部门挑剩后摊派过来的。偏偏这些人，大多好吃懒做，不服从管理。让他们割后山的芒萁，叫苦喊累不出工，林占熺只好自己带上妻子亲力亲为，害得妻子被四飞的毒蜂叮肿了半张脸，险些进医院。

这是件多么不容易的事啊。他为此被“逼上梁山”，成立了自收自支的菌草技术开发公司，协助解决其中一部分工人的就业和生活问题。他要是个想做生意的人，早就是千万富翁了。他在艰难推广菌草技术为开发公司赚来的钱，基本都用在了工人身上，还常常入不敷出，有时只好靠挣讲课费来给他们发工资。这些工人却还跟学校其他部门比收入，动辄就闹，根本不管开发公司自负盈亏的事实，也毫不体恤林占熺倒贴钱。

罗昭君曾问："这样条件下做事的，全中国可能就你一个人吧？"

"我是共产党员，还是生产处副处长，有责任为学校分忧。"一心要做研究的林占熺，没有任何有效手段来应对这些工人，再大的困难只能自己背过去。

眼见工人们白天晚上无休止地闹，罗昭君就反映给学校，却是"外甥打灯笼——照旧（舅）"。年底的某个晚上，七八个人一窝蜂冲到林家要账，躺沙发，让带来的小孩坐床铺，大有反客为主之势，根本不听解释，扬言不解决问题，就把林占熺从楼上扔下去。看到他们如此嚣张，胡搅蛮缠，罗昭君挺身而出，气愤地说你们是学校招工来的，不是占熺要来的，找学校要钱去！

对丈夫的忍辱负重，对某些人变本加厉的使坏作梗，罗昭君看在眼里，心有不平："莫说人善被人欺，马善被人骑，把我惹怒了，我先和你们拼！"

这伙人竟能找上自己刚搬的新房子来无理取闹，可见是受了唆使和煽动，居心何在？由房子想起，罗昭君的委屈一个接一个：菌草技术转让给日本后说好的奖励迟迟不兑现；六弟殉职后把这奖励作为抚恤金也好吧，可还是不给；学校福利分房时起码可以计入内吧，可也不答应，家里拿不出钱来，只好仍住旧房。六年后在有关领导的关心下，总算享受到了第二次福利分房，却被要求限时搬出旧房，应有的专利奖励还被"短斤少两"。他呢，从来不去理论，总说知足吧，多为别人考虑吧。她只好自己带着小女儿简易装修，为了省钱，天花板没做好，老发潮，他一点不在乎，还安慰说：“我饭来张口衣来伸手，还能不劳而获住现房，够幸福了！这个天花板若能长上菇，那才算‘潮’，能帮我们把菌菇吹上天……”事到如今，丈夫还有如此异想，她都要气笑了。

林占熺反过来劝她要以己度人，与人为善，别人又能恶到哪里去？说来说去倒像是她不明大义，得理不让人，罗昭君只能边叹气边流泪：“别人的良心被狗吃了，你还要赌别人的善良。你对别人再好也不要过头啊，别被卖了还替人数钱！”

林占熺以自嘲带安慰：“我要有那么傻，你当初就不会嫁给我了。”

“占熺啊，如果你从政，起码不会受人欺压，像那些处长们一样，一张报纸一杯茶一天就过去了，多逍遥自在啊，工资还更高。”

可不是嘛，他把从各地带回来的草，种在楼下靠厨房这边一小块空地上，以便随时随地服侍和观察。这些草在精心培育中，越长越好，越长越高，惹得对面一位老师不悦了，一天在阳台上大叫，林老师你看它是宝，我看是垃圾，别挡住我阳台的阳光啊。林占熺也不反驳，只说，既然有意见，那我就改地方吧。罗昭君知道对方一直怀抱偏见，听后忍不住要争曲直，他却说：“算了，好邻居赛金宝，人家没给拔掉就算客气了。他想眼不见为净，我们惹不起还躲不起？”他马上就将之移植到自家书房阳台，遗憾的是这里太窄小，比较阴凉。

这样的事能就此息事宁人算是好的了，有一段时间，一家人晚上听到敲门声都不敢开门，要是工人们再来闹一场，该如何收场？罗昭君思前想后，觉得婚后生活不啻一部“血泪史”。

她已深深知道，她嫁给他的使命就是照顾他。这个家须臾离不开她。家里的一切他啥也不会，转个密码锁都费劲，更别说家之外七大姑八大姨那一大摊琐事，还有一帮孩子动辄需要援助，不把他弄疯就阿弥陀佛了！所以，她不敢叫累，哪怕自己手术要开刀，也要熬到他出国之后才敢联系医院，想到伤心处她只能未雨绸缪地告诫已然远走高飞的女儿：“你出去就出去了，今后还是少打你爸的主意，倒要小心你爸打你的主意。”

林冬梅此时在新加坡的事业如鱼得水，生活舒适从容，受宠的目光如影随形，哪里会想到母亲打的“预防针”，竟会在看到父亲步履蹒跚的背影瞬间破防。不久前，一位朋友为父亲病逝而自己不在身边的悲痛一幕深深震撼着她，不由联想：父亲老了，长年在艰险之地扶贫和援外，在苍茫之地跋涉；自己身为长女，独在异国他乡享受优渥舒适的生活，万一生离死别突如其来……

还不止这些。她第一次感受到了父亲的“小草大爱”，父亲不再只是宣传报道中的先进人物，而是有血有肉、平凡伟大的现实英雄。父亲的形象从平面走向了立体，她的内心不由震颤起来，同时波动着对父亲负重前行的不忍。揪心中，她真正心疼起这个“俯首甘为孺子牛”“但愿苍生俱饱暖”的党员父亲——没有资金，缺少助手，更缺乏知音，长路漫漫，情何以堪？她瞬间拿定主意，尽一己之力帮扶父亲，让他再不用那么辛苦。

“借问梅花何处落，风吹一夜满关山。”2003年6月，她毅然决然地放弃在新加坡打拼来的一切回国时，坦率地告诉友人：“回国并非看到了什么广阔光明的前景，只是觉得父亲太累太难了，我也想知道他到底为什么。”当然，她另有怀抱，小小的新加坡都能飞速发展，改革开放20多年的中国在21世纪岂能没有一次伟大的复兴！她想见证这段波澜壮阔史诗般的历史变革，并为此贡献绵力，不负此生。

其实，她早就知道父亲的事业原本不难，比如把专利卖给高价相求的老外，或只消让带着巨大光环的菌草技术发挥其实用性强的特点，在创造经济效益方面施展天然优势。她和不少亲戚朋友很长时间都不理解他何以拒绝商业化道路而专注于公益性事业的选择。公益，是为大众服务而不求回报，这样的路一开始就不平坦，注定山重水复。

林冬梅回国后一经深入了解，才知实际比预想的还要困难：一个人光环越大越亮，一举一动越容易受到世人的审视，再怎么低调、无私、与世无争，都可能招来醋劲和恨意。是的，虽然2002年在省政府支持下建立了福建省菌草科学实验室，现在却连员工的基本工资都难以为继，身为“全国十大扶贫状元”之一的林占熺为了技术研发和扶贫推广更是负债累累。

有人说，你不是入选国家“星火计划”重点项目、科技扶贫首选项目，找国家要钱去啊。有人又说，你不是被联合国开发计划署列为“中国与其他发展中国家优先合作领域”了吗，找联合国要钱去啊。有人还说，学校不是扶贫机构，也不是援外单位，拉这么多事来做劳民伤财……这样言不及义的话，偏偏是从部分同事和同道口中冒出，林占熺只得无奈地耸耸肩，一笑了之，还提醒欲要转行跟随“落草”的女儿：“你可想好了……”这里除了他和两名助手，多年都没增编制。

林冬梅有的是“休说女子不如男”的硬气，话一出口，却像水草一样柔软：“古有花木兰代父从军，我就权当自己是个考过编制的天使，回国帮助您就是我的天命。”

“你可别反悔啊，我没强迫你。”

“但我记得您当年给我的约法三章。”

验证入伙的开场白堪称神级，哪怕是父女，也坦荡无欺，就差没有举行个仪式。面对父亲面临的“钱荒”，林冬梅不由得想到小姑娘时所说别指望我和妹妹帮还钱，童言犹在耳畔，谁料竟是“伏笔”，潜在岁月深处的某个路径，拐了个弯又回到了她身上。

这个塞来的“笔”——不，是自己主动要来的“笔”——比当年在老区长汀怯怯伸向父亲的那个饥饿少年之手，还让人觉得冷，觉得重呢，如何落笔、下笔、运笔？

没有编制，就难以招来人才，来了也留不住。没有运营经费，连员工的基本工资都无法照常发出，这些够糟糕了吧，还背着学校征地招工的几十号人工资，而且技术研发和扶贫推广活动已透支了20多万元！

她在为饔飧不继且光怪陆离的现状倒吸一口凉气后，深知开弓没有回头箭，也深知光有坚定意志和冲天理想不够，得突出重围、对症下药：菌草技术的生态效益与经济效益同等重要，要体现生态效益，仅靠科研人员个人或几家企业之力无法实现，必须争取政府支持和全社会认同。

一个风清月朗的晚上，萤火虫闪着亮光绕着一处石碑翩翩飞舞，那碑上刻着“发展菌草业，造福全人类”。每有心事或力不从心或遭遇重挫，林占熺便常来这里，一坐忘归。不管是喃喃自语还是抚石望字，仿佛都能再一次坚定自己的铁石心肠，为菌草业的“发展”和“造福”两大使命奋不顾身。但今晚，是父女俩在此对话。

“这些年菌草技术在国内扶贫和援外中，积累了丰富经验，技术上也越来越成熟，我想啊，今后如要继续深化和拓展，就需要开展基础研究，以加强理论支撑。”虽然他一直坚信“实践出真知”，也信奉恩格斯所言“社会的需要比十所大学更能把科学推向前进”，但在一些领导和学者的劝说下，也考虑适时加强基础理论研究。

“基础研究需要大量的资金投入，短期内又无法产生经济效益，我认为对于眼下已经陷入经济困境的菌草研究所来说，是难以实现的目标。”

“唉，一分钱难倒英雄汉……”他把烟给掐灭了，不让女儿呛着。

事非经过不知难，菌草之路更难！菌草技术一直被当成是林占熺的“私生子”，基础研究的投入一开始就厚此薄彼，营养先天不足，战力跟不上，直到2011年才千呼万唤来博士——这是后话了。

“爸呀，其实菌草技术的实用性很强，在创造经济效益方面原本就有天然优势，如果‘曲线救国’，比如先做强公司，挣到钱后，爱做什么就做什么，有何不可？政府如果不爱搭理，就通过商业解决。”

“我们确实需要用钱，但，人跟钱走还是钱跟人走呢？你很难在一段时间内做了公司再搞科研，公司起码也得有个三五年见效益和回报吧，先不说你过上富足生活后还有没有精力和兴趣再回头搞科研，起码你已经错失了这段时间的种种良机，被别人领先了，科学技术也是有时效性的呢！”他振振有词。

“可今天我们处于困境，我们的发展受制于瓶颈。而走到今天经费、编制、实验室都严重受限的困境，我看与您过于清高、耻于谈钱也有关。”

“清高有错吗？知识分子可以缺钱，但不能缺事业。菌草技术一问世，我就没想过用它来谋私利，选择的是项南书记希望的造福人类之路，在运用中发展技术，在田间地头与百姓共享……”

他看着石碑上项南的题字，又情不自禁地讲到了省长三年前的嘱托，而后深吸一口气，道：“我深感自己的责任重大、使命光荣，这些年来的工作就是在补短板，把技术应用到贫困地区是补社会的短板，把技术应用到生态恶劣的地方是补生态的短板，这难道不对吗？”

“说得太对，也太有哲理了。”

“如果只是锦上添花，那当然容易得多，可总得有人雪中送炭。在我看来，能帮助政府和老百姓解决现实问题，能为社会服务，比个人得失更有价值。”话说得有点沉重而苍凉，也透出力不从心的浩叹。

这是女儿和父亲的冲突。

月光和萤火光交相映照中，年过花甲的父亲愁容满面，一条条皱纹似密布。林冬梅心疼之中，也理出自己的主见：“我理解您的补短板，也理解雪中送炭的含义，但要实现这样的目标，就得先自我造血，发展产业，进而取得政府更大的支持。”

“自我造血？”他微哦之中，说，“记得最后一次和项书记通电话，他也提到自我造血……”

“项老真是登高望远啊，原来早有锦囊妙计！”林冬梅对光风霁月且思想超前的前辈景仰不已，她丝毫没有埋怨父亲在实践中尚未对项南的改革开放理念活学活用，毕竟说来容易做来难，但现在面临如此一个窘境，就得破局，就得坚定地走一条以菌草技术产业化应用为技术研发“造血”的道路。聪明如她，并没有自作主张，知道父亲耻于谈钱，创下菌草业不以赚钱谋私为目的，就不能过于敏感地一下把他往“钱”途上带，因而将之巧妙地结合进项南生前既有的动议之中，这样才能让父亲“言听计从”。

林占熺津津有味地听着女儿深思远虑的规划，颔首中有顿悟，顿悟中仍有补充：“不管未来发展得怎样，我们都要挡得住诱惑，耐得住寂寞，受得了委屈。”

大道至简！

世上事业功败垂成，皆在取舍之间，也皆在人才辈出。虽有林家子弟前赴后继奋勇加入，终归是帐下无军师、阵前少大将，让林占熺左支右绌中常常心力交瘁。硬撑十来年，他苦不堪言，郁郁累累。往后余生，若再无从生机注入，他这头老黄牛纵然可以任怨任劳到生命终结，但能走多远，梦想又能有多大的舞台，他心里没数。看到他的背渐渐弯了，腰慢慢挺不直，收效又差强人意，一向坚强的妻子都不禁落泪侵心，恨无头绪佐夫君。她知道丈夫太难，知道丈夫太需要诸葛亮和关张赵马黄，她既希望已然远走高飞的女儿留在新加坡不再“拈花惹草”，却又期待她能把薪助火。在这样和丈夫同此一出的矛盾心理中，女儿到底觉悟了，自请回归了。

谁也不曾料想，这个开朗大方的女儿像是毕业于治愈系，那些年在海外所学，哪怕改弦更张从事教育管理，最终都“偏巧”地适用于父亲的事业上了。她一来，军师和大将便都有了，菌草事业有了自己的天团，凯歌阵阵中延续的胜景，可以从唐朝高骈对雪抒写的“六出飞花入户时，坐看青竹变琼枝”，再唱到宋人刘克庄的“帐下健儿休尽锐，草间赤子俱求活”。

是的，正值菌草业的寒冬，忽见寒梅带春来，许多人的心病便都不治自愈了。

破局纾困

“倚门回首，却把青梅嗅。”诗里的青梅，在2003年被林冬梅改为了菌草，她和父亲并辔而行，每一路都要让菌草沾染上青春的色彩，带跑菌草之梦向未来，“好风凭借力，送我上青云”。

借力以致远，菌草栽培灵芝的专利技术就这样转让给了福建将乐菌草灵芝生物工程公司。

自秦皇汉武开始，灵芝便带上了千年不枯的神秘，被洋洋洒洒地载入史册。与此同时，灵芝被视为宝贵药材。其中的极品鹿角灵芝，长期都被人们奉为养生、健身的补品。林冬梅在新加坡求学和工作期间，看到不少华人和港澳台同胞对灵芝的高看和厚爱，曾以之告诉父亲。结合女儿提供的海外信息，林占熺较早研究起了灵芝，采用各种办法进行开发加工，力度愈大，愈觉菌草结合灵芝栽培出的食（药）用菌市场广阔。菌草研究中心成立后，他就提出要多出成果，多开发新品，一个中心没有高新产品支撑行而不远，其中的想法之一，就是要让灵芝的“神效”更科学、更全面、更有效地展现出来。如此，用鹿角灵芝提炼的“灵如意”应运而生。

林冬梅打着“如意”算盘，希望借菌草灵芝，为菌草业打出一个新天地来。

她主动请缨，带着父亲研发的菌草灵芝新技术，到将乐县水南镇积善村驻点试验，创建菌草灵芝生产基地，忙前忙后中留下了一串串深深浅浅的脚印。她主导下的多次试验证明，把木质素成分最高的灵芝用百分百的菌草原料规模栽培成功，其有效成分远高于木栽灵芝。如是，灵芝孢子粉等保健品的开发，必将对菌草产业发展起到示范作用。这一切与众不同的发生，仅在一年之间。女儿如此长袖善舞，着实出乎林占熺的意料。她利用自己在国外所学先进理念，带着团队快速走上了以菌草技术产业化应用为技术研发“造血”之路，并很快就使将乐成为全球最大的菌草灵芝生产基地。

“木兰从军”首战告捷，林占熺掩不住内心的欢欣，从将乐县实地视察回来，跟妻子谈及感受，就两个字：将乐。这个“将”，显然是进行时态，有此女将加盟，快乐不远矣，长乐可期也。长乐和将乐，都是福建美美的县名，他也愿意以之祝福世界上每一个菌草技术用户。

饱受艾滋病摧残的一些非洲国家，听说菌草灵芝保健产品能辅助治疗此病，遂派要员不远万里来中国福建农林大学，甚至是国家元首亲自前来，询问能否给予帮助。

菌草技术是个大有可为而又充满挑战的事业，走出国门，走向世界，既是林占熺放飞的梦想，也牵动着林冬梅的心，有时她在睡梦中也呢喃：一定要走出去！

破局，得与国际接轨。

2004年，菌草技术成功转让给南非夸祖鲁-纳塔尔省。得偿所愿的林冬梅，一年飞往南非三四次，国内外工作兼顾。跟在父亲身边，既做翻译，又帮他重新归纳思路、整理理念，如此虔诚地俯下身来学习，对菌草业从技术到做法便都熟悉了。

一路下来，林冬梅不禁叹息了。她发现这里的单亲妈妈日子过得极为艰难，口袋里空空荡荡，已沦为最贫困的群体。同样身为女人，她为她们不值，为她们难过。于是，她便召集她们组织成立菌草生产合作社，充分运用自己的教育学知识，不断简化菌草技术流程，让人真正一看就懂、一学就会、一做就成。在此基础上，她协助父亲创建了“基地+旗舰点+农户”模式，以破解农业技术进村入户难的难题，通过与当地政府部门紧密协作，让贫困农民成千上万就此告别贫困。

在“以木养菌”有现成技术之下，如何唤起世人对菌草技术来个“现学现卖”，转变此前已然成型的产业链，促进菌草技术的国际化发展？祖鲁王的“期待”，南非表现出的热情，让林冬梅心有所动：顺势者昌，何不借力发力，在南非召开一场国际菌草会议，助力菌草技术之“火”在非洲的燎原？她看准时机，2006年在南非开起了菌草国际论坛。这是菌草撬动世界之大事，也是她首次以“菌草女儿”的身份亮相国际舞台。她在南非一人担下所有的对外联络，因为世界各国的时差关系，相关事务此起彼落，忙得她每天都只能睡个囫囵觉。

越是关键时刻，越要屏住一口气。会议在即，出了一些临时情况：北京有人还没拿到签证；伊拉克粮农组织的博士，是业界“大佬”，人在约旦办不下飞往南非的签证，他若不来，这场国际论坛的影响力势必大打折扣……

闹腾中，林冬梅一一高效解决。涉及会议的机票费用报销，鉴于南非有关政府部门的规定比较“特别”，她只好向当地白人顾问先借十几万人民币先行应付。

巾帼不让须眉。林冬梅受着父亲的影响，以南非项目为抓手，遇上困难绝不退缩，把自己炼成了一位“女汉子”，奠定了她此后从事援外和国际合作的基础。

林占熺团队的作风深受中国驻外使馆的好评。房志民从巴新转任驻卢旺达商务参赞伊始，就主动把菌草项目介绍给卢旺达高层，进而向中国驻莱索托使馆推荐。“这么好的技术，早该走出国际，造福人类！”赞誉声中，卢旺达政府继南非政府之后，为获得外国技术而首次支付了专利转让费。两国有关菌草技术转让的谈判，林冬梅参与签订协议，一下子让负债多年的菌草研究所卸下了沉重的包袱。

经济上打了个翻身仗，全所上下顿时就像青青菌草那样，回春了！

无债一身轻，拿到财务报表后，一度为钱所困的林占熺眉开眼笑了，回家对妻子说：“要不是冬梅，我真不知如何撑下去，有时一想到中心要自筹六七十人的工资，就让我绞尽脑汁，夜不能寐，最怕人家上门找我要钱，总不能每次都说要钱没有，要命一条吧……”

妻子跟着如释重负：“冬梅还真是一块料啊，我也就放心了。你得多听她的，不能让她受委屈，可别让她甩手不干炒你的鱿鱼……”

在这两个成功案例的辐射效应下，菌草技术继而又通过国家援助项目落地莱索托等国，最终在非洲大陆落地生根、开花结果。服务国家对外援助和大量的培训，让菌草事业苦尽甘来。

林冬梅也有了独到的经验，一到受援国，第一件事就是了解政府组织框架、现行农业政策和发展战略，然后制定出相应的发展和推广计划。

2006年，孟加拉国经济学家、“微额贷款”开创者穆罕默德·尤努斯获得诺贝尔和平奖后，其“战胜贫困需要改变财富分配系统”等理论，给了林冬梅莫大的启发。在有了自主经费和父亲支持之下，她建议对派出去的员工，按国际标准来支付工资，要高于一般的援外工资水平。林冬梅和父亲一样，在所里可以只拿一点工资，但一码归一码，不能让菌草人员，特别是国际合作项目人员年年只讲奉献，奉献了十几年还没有斩断穷根，这菌草事业往后又何以为继？

校园内外却又浮起有关“林家铺子”之新说。福建省领导明辨是非：“就别嚼舌头了，你们知道林冬梅要做多大牺牲吗？如果不是林教授的家人手拉手接上，菌草中心如何能撑到今天？！”一位领导则公开称：“林占熺给女儿留下的不是什么物质财富，而是一项非常艰苦的事业，需要努力奋斗才能把这件事做好。”国家国际发展合作署领导说:“林教授没有林冬梅等家人的支持，光飞短流长、左右掣肘就应付不过来，如何走上国际舞台？他们没办个家族企业，就是最大的奉献！”

林占熺和女儿、家人的笑容里全是坦荡。

2008年，在菌草实验室对面，又耸起了一栋由福建省政府帮助建设的福建省菌草生物工程研究中心，为此后国家三个中心的落户铺开阵脚。

真是“江山气象一时新”，林占熺不由感叹起来:“还好冬梅及时回来，没赶上我老糊涂，总算没拖菌草事业发展的后腿。否则，菌草的发明人又成了阻碍菌草业的罪魁祸首，那就尴尬了。”

是的，所有的发展都不能忽略审时度势和“赶”，即使不说过了这村没那店，停滞不前，或十字路口徘徊，就可能不进则退，再醒悟过来已不知今夕是何夕了。所幸，林占熺在挑最难走的路时，女儿及时跟上脚步，成了最有力的倚仗和搀扶。

“太阳能技术已出现很多年，但因为社会发展没有达到一定程度，在纯粹的市场竞争中产业没有优势。如今能大规模商业化生产，一是得益于全球正处在应对气候变化的大环境下；二是有国家的人力扶持得以降低生产成本。只有形成行业规模，才能在规模效益下真正降低生产成本。”林冬梅在和父亲“会诊”菌草业今后如何体现效益时，举以此例，是为了说明菌草技术的经济效益和生态效益同等重要，而要体现更多的生态效益，必须争取政府更大支持和社会更多认同，才能达到“量产”，并完成产业换代升级，以一种更绿色、更健康、可持续的方式发展下去。

对政府的支持和社会各界的合作，林冬梅既没有“守株待兔”，更没有“望梅止渴”，而是再接再厉，不失时机地找上门洽谈，领着一批又一批合作者推广，由此积累了丰富经验。问她为何跑得那么勤、那么快，她眉眼带笑意，回答说再不跑就老了。朱熹的《偶成》说到她心里去了：“少年易老学难成，一寸光阴不可轻。未觉池塘春草梦，阶前梧叶已秋声。”

跑着跑着，短短几年，林冬梅已蜕变为众人眼里的“杂家”。她却谦称“烧火棍”，并说冥冥中有天意，自己不论学什么，都能学以致用，在菌草事业里找到一席用武之地：大学本科阶段所学化学专业，是她如今进行菌类营养价值和药用价值分析的基础；新加坡国立大学硕士阶段的教育学专业，如今成为她开展技术培训工作的利器，而工商管理专业则是她掌握经济发展规律，将技术转化为经济效益所必需的知识；中学时代的文科功底，则让她拥有能够胜任的语言和文字表达能力，以及对父亲理念的总结提炼能力，可以将父亲实践所得归纳整理再行传播。

自然地，这个“天意”更带着父亲身体力行、潜移默化的影响，让她走到哪里，心里都生出菌草，眼里长着太阳。

生态文明建设成为热词后，林冬梅不由得再次敬佩起自己的父亲来：他正是为解决“以木养菌”带来的水土流失而研究菌草技术！还有，在十八大明确倡导“人类命运共同体”以前，有人总说菌草技术应该赚国外的钱才是，无偿援助巴新等国只能是非主流。现在则不一样了，这说明父亲有超前思维，其服务大众、保护生态的明确思路难能可贵，每个地方、每个国家都有短板，社会和世界的不安定就是因为短板太多，又没能得到及时有效的修复。她情不自禁地再次翻看第二十届日内瓦国际发明展国际评委会对菌草技术的评价：“为人类提供优质菇类食品，为畜牧业的发展提供优质饲料，开辟了一条最合理最经济的新途径。”诚哉斯言！她又回头梳理和研究父亲的一些理念，觉得父亲是那样具有超前性，对“钱跟人走还是人跟钱走”这样的哲学问题都早有定见，实不简单。父亲也是自己的导师呢，她调整思路，只为更好地配合父亲的工作。

所谓“梅花香自苦寒来”，林冬梅的理念和执行力同时大放异彩，很快就在产业化方面“点石成金”，让“点草成金”的林占熺耳目一新，如虎添翼！

菌草技术成为全球反贫困的急先锋之初，怪事依旧是翻涌不息。特别是对某个援外项目，有人横加打压和否定，甚至指鹿为马，还无中生有向有关部门“告黑状”。联想父亲这些年起起落落、磕磕碰碰的技术推广，以及难以料想的冷嘲热讽、诬陷中伤，林冬梅难抑苦闷和寒心，终于少有地爆发了情绪：“我们响应国家号召扶贫援外，一不求升官，二不求发财，三不怕死（有人总怕去非洲），就是想为国家做点事，如果连这样都无法在国内立足，还要被定错定罪的话，那我马上卷铺盖走人。”

林占熺知道女儿一向单纯，在国外待久了，思维易走直线。身为科学家，他从来都支持女儿独立思考，在思辨中培养自己的判断和创新能力，但事关国家大事，所有的一切便都成小事了。他还提到当年项南送给他共勉的郭小川诗句“流言真笑料，豪气自文章”。

“记得项书记最后一次提到菌草时还说，政府部门要把它当作高新技术来扶持，在政策、资金上做到有规划，有引导，不搞‘撒胡椒面’，不搞‘一阵风’，持续不断抓，必结硕果。他还预判，菌草业只要坚持，肯定会迎来发展的春天……”

如同前辈的及时点化和鞭策，给了林占熺无穷的精神动力，他坚定传输的价值观和意志力，又对女儿起到了榜样作用，让她坚定心志。

终于，上级英明裁定了“官司”的是与非，给了林占熺和菌草团队一个明朗的支持。菌草事业迈出国门的脚步谁也挡不住。

林冬梅原本打算帮到父亲退休或菌草事业走上正轨，再继续自己的生活。未料，父亲对退休的理解远非法定意义上的年龄，已然“偏离”人生正轨的林冬梅，却再没有回到自己曾经设定的路线，父亲的事业终成为她自己的事业。她用言行，在吃苦中热烈着使命，雕琢出一个脊梁。

一天，林冬梅忽接父亲的电话：“冬梅，新草种终于长出来了，根长八九米，多年来我一直想为治理黄河、尼罗河找到更好的草种，这下终于有希望了！这也算是一次破局吧？”

电话里的父亲，兴奋异常，让林冬梅深受感染。一时间，她觉得自己所有的艰辛，在菌草事业的一次次“破局”之后是那么地微不足道；自己所有的不易，和父亲小草大爱、造福人类的追求比起来，都显得小巫见大巫。

谁也没想到，就是这个前面提到一笔的巨菌草，其发现不仅为“山水林田湖草沙”这个生命共同体的治理提供了“法宝”，还层出不穷地为世界贡献新能源。

贡献新能源

自古都说天道酬勤，诚不我欺。一位作家说得更形象：你的时间花在哪儿，人生的花就开在哪儿。

林占熺是善挤时间的高手。他的人生之花开得多，旺而不败，因为他把时间花在了生产第一线，道在日新中，不遗余力地为大众事业贡献聪明才智。

一代人做一代人的事。当许多人总在抱怨生不逢时时，林占熺没有“随波逐流”，在关注天下事中苦练本领，以犀利的科学眼光抓住一切时机，而成国际弄潮儿。

2008年10月12日，浙江兰溪热电厂用草发电的消息，迅速传遍世界，中国首创，也是世界首创。

草可以代替煤发电？这个乍听起来八竿子打不着的东西，却实实在在地跟一种“草”有关。

以草代木、以草代粮相继成为惊世之花后，林占熺没有停止科技探索的步伐。在世界如万花筒般变化时，一个比一个棘手的难题也在制造纷乱。石油价格暴涨，天然气和煤炭价格飙升，到处都在停电、限电，一些加油站长期空置无油可加，几乎所有燃料品种都大受影响，供应链捉襟见肘……而这，似乎只是能源结构性问题的预演，全球能源危机持续下去，世界必将陷入黑暗，危如累卵。

地球上现有的能源是有限的，特别是石油、煤炭日益枯竭，已经一次比一次刺耳地敲起了警钟。如“春江水暖鸭先知”一般，林占熺抢先嗅到了这一丝丝危险的气息。他的心情沉重了。菌草技术能为解决能源危机做点什么？菌草能代木、代粮，焉何不能代煤、代电？他如获神启，潜心开始了新课题研究，感到无论从理论还是实践上，都不会是天方夜谭，今后完全可以让菌草蓬勃生长的地方，长出一个个“煤矿”“油田”“发电厂”，已然在世界独占鳌头的菌草技术也定能为节能减排、低碳经济乃至解决能源危机，再次贡献中国智慧。

中国把“节能减排”提为基本国策，林占熺迎难而上，可谓一骑绝尘走万里，世人知是菌草来。外人所不知道的是，林占熺研究、培育和筛选的高产优质菌草已达40多种，其中不少菌草的产量是一般作物的五至十倍，对太阳能的转换率是阔叶树的四至六倍。

单说堪称最新撒手锏的巨菌草吧，妥妥已是当下太阳能转换率最大、产量最高的草王。普通草的亩产不过5000公斤，而均高4米、直径3厘米多的巨菌草，每一根都像一株竹子，一年可收割两季，每亩总产量都在2万公斤以上。简而言之，一亩巨菌草燃烧后的发电量相当于4吨左右煤炭燃烧后的发电量。这种草既神又“贱”，对环境的要求并不高，在沙地、坡地都可种植，不与粮争地；好事还在于，它像韭菜那样割一茬很快又长一茬，种活一次可以割上好多年。

菌草可做生物能源原料的消息一出，石破天惊！

那些天，林占熺和团队的电话几乎都被打爆了。有人直呼又是“伪科学”；有人说瞧把他能的，吹牛不上税；有人还说林占熺前世可能是树叶变的，太飘。一位支持过菌草业的老领导也感到不可思议，难不成菌草也成了万能钥匙，成了能治百病解千愁的灵丹妙药，他担心林占熺膨胀过头晚节不保，遂加婉劝。

常常地，不可思议处正是可思议处。林占熺胸有成竹，耐心地释疑解惑，还从横向、竖向多角度进行对比，指出巨菌草是相当理想的生物质新能源和新材料，有几方面的明显优势：

第一，形成时间短。地下的能源——煤、石油、天然气，都是遥远的地质时期被矿物化的太阳能。巨菌草是吸收、转化太阳能极高的植物，具有很高的生物量，其太阳能转化率是阔叶树的数倍，最高可达近20倍。在适合的季节种植，从种下到收获，只要百来天就够了。从形成时间来说，巨菌草优势十分明显。

第二，可以持续利用。煤、石油、天然气用一点就少一点，难以再生，而巨菌草在热带和亚热带部分地区，每年每公顷可产鲜草450吨，在北方每公顷也可产鲜草150—300吨。巨菌草的热值为3580大卡/公斤，菌草菌糟的热值为3495大卡/公斤，分别为原煤的71%、70%，也就是说，每公顷地一年种植菌草燃烧发电量，相当于五六十吨原煤发电量，每吨巨菌草（干）产沼气量为548立方米（含55％甲烷）。巨菌草可以种一次收割多年，太阳能取之不尽、用之不完，是可持续发展的“太阳草”“能源草”。

第三，节能减排。煤燃烧时排放出二氧化碳，而巨菌草成长时可以吸收二氧化碳，每亩大约可吸收6—10吨，与其燃烧时排放的二氧化碳相抵，实际上是零排放，是节能减排；如果把它转化成固体、气体、液体生物能源，就能实现负排放。当今世界，用生物质发电并非一个全新的课题……

他从来就不是纸上谈兵、言过其实之人，也知道凡事皆有度：“不过，单纯用草发电，在国际上是新生事物，特别是选择高产量、高热值的巨菌草来发电，更没先例。这事是好是坏、是优是劣，得通过企业实际运用来加以验证。”

理想是人生旅途上的指明灯，照亮前行的路。如何让这盏灯持续亮着，是个难题。林占熺想揭示大自然的奥秘，用来造福人类，让自己的一生多些作为和贡献，现在就是需要有人帮着他把理想付诸实践。

2008年夏初，林占熺带着助手正围着菌草研究所后山坡上长势良好的巨菌草丛，开展“头脑风暴”，电话响了，对方自称是浙江省兰溪市热电有限公司总经理柳建华，说他所在的企业因为备受煤炭涨价和污染环境的压力，半年亏损高达600万元，无奈中决定根据国家节能减排的产业政策，将原来烧煤的设备改造为用生物质做燃料，技改后却面临着优质生物质资源不足的问题，有人向他推荐了林占熺，因此特地慕名请教。

这极可能就是自己需要寻找的那一个，林占熺马上约柳建华来福州见面。

一通坦诚相见下来，双方都愈发明白，若能利用好优质生物质资源，好处多多。一是能有效控制盲目的投资规模，眼下好多地方一哄而上搞生物质发电，多数采用建新厂的做法。据初步了解，兴建一座两万千瓦左右的新电厂，起码要两亿元的投资才能拿下，如采取技术改造的办法，将原烧煤发电改为烧生物质发电，仅需十分之一的投资。二是有利于解决“三农”问题。兰溪热电厂按原来规模，每年要花六七千万元买煤，煤价涨后，这笔煤款奔亿元而去，如用生物质做原料，就能把原先这笔煤款的相当一部分，用于解决“三农”问题。企业技改投产后，仅种草、收草、工厂用工等，就可以增加六七百人的就业。三是有利于科技创新。热电厂已采用新技术，对燃煤锅炉成功进行了改造，如果林占熺再帮助他们解决优质生物质资源，并在企业周边荒地、山地、沙滩地、闲置地大面积播种，本身也是一种很好的创新。

柳建华自称对全国眼前已建、总投资近200亿元的80来家生物质发电厂有个初步了解，看到了它们陆续暴露出的一些问题，进而说：“其中，秸秆等生物质资源未能连续稳定供应，既是新式企业发展一大瓶颈，也成为高成本运行的一大因素。”

来自生产一线的情报和迫切需求，让林占熺更是豁然：“以草代电”能否成功，关键在于能否选育出高产量、高热值的草种，取决于选用的原料能否做到不与民争粮、不与民争地，也取决于能否从生物质中生产出高附加值的产品。

法国哲学家伏尔泰曾说：“在理想的最美好世界中，一切都是为最美好的目的而设。”茫茫人海里所有的遇见，如果说是上天安排的缘分，那么如何合作，则取决于人的投缘、目的的美好。林占熺和柳建华越聊越擦出火花，就又拿出“老夫聊发少年狂”的劲儿，马上跟着他赶到兰溪现场考察。

“林教授，我们现在可是命悬一线了，您来了，我们就有了‘救命稻草’。”公司管理层都寄予厚望，仿佛他就是“救星”。

耳闻目睹，情况着实棘手：热电厂如果继续使用煤炭发电，毫无疑问很快就会破产；如果巨菌草发电成功，发电成本降低，热电厂才有可能逐步收回上千万的技改投资并获得盈利，起死回生。

真可谓命悬一“草”！林占熺觉得责任重大，考察企业周围环境后量体裁衣，确定选用经多年培育和检验的两种菌草——巨菌草和象草。

2008年6月18日，第六届中国·海峡项目成果交易会（简称海交会）隆重开幕，林占熺和柳建华如约签下项目合同，首批试种17亩。

十几天眨眼过去，巨菌草蹿出地面四五十公分。林占熺说，按其在福建自然生长的速度，到10月收割时，将长至二三层楼高，叶片宽大，形似“巨树”。首次在浙江种植，亩产量多少，每亩能产生多少热量、发多少电，林占熺做了个粗略统计。

10月12日，浙江省兰溪热电厂用巨菌草发电成功的新闻，像电流一般飞快传遍世界。现场对首批试种的巨菌草、象草进行收割验收：各项指标均达到要求，种植80多天后，就长到4米左右，每公顷的鲜草产量高达105.5吨；一亩巨菌草发电量相当于4吨左右的煤发电量的预计，得到有根有据的证实。

林占熺亦向媒体发布：“巨菌草发电验收合格，标志着发电技术已从煤炭等不可再生资源向可再生能源转变。”

这些消息，如同从巨菌草丛中飞出的美丽小鸟，一路引来吱吱喳喳的声音。“以草代煤”及其后“以草变油”的实践，开启了一扇开创新能源的大门。

兰溪热电厂的成功首创，在信息时代燃爆了无数的联想。那段时间，平时寂寞得像孤岛的菌草研究中心突然热闹了，广西、贵州、湖南、广东、浙江、江西等十多个省的求助脚步纷至沓来，连山坡上的野猫和流浪狗都来看热闹了。这些南来北往中差点造成福建农林大学交通拥堵的来客，正是为此“羹”而来，希望从福建引入技术，用于发展他们当地的生物质发电。

在这里，广西某公司签下了总投资4亿元人民币的合作协议，投产后年发电量约4.8亿千瓦时，年产值约4亿元人民币。该地因此种植5万亩巨菌草做生物质资源基地，连同原有的甘蔗叶、蔗渣、玉米秸秆等，保证有充足的生物质原料供项目发电。

在这里，广州某公司签订了技术服务合同，林占熺在项目选址、种植地建设、种植、施肥、繁殖、收割等阶段，提供技术方案和现场技术指导。

在这里，哈尔滨工业大学也签订了专利技术转让协议，致力于把巨菌草运用于能源领域。

在这里，还有许多协议如春雨飞花，在林占熺有求必应中点点着地。

“菌草对太阳能的接收率特别高，生长很快，是取之不尽、用之不竭的能源草。”

“菌草作为生物质燃烧能够发电，粉碎后产生沼气也可发电，可以深加工成各种高附加值的油气能源和高分子材料，加以循环利用，又能解决就业、土地荒漠化等问题……”

宣传带来的效果是，不少人和使用单位不时也热心地贡献智慧、改进相关技术。林占熺还收到一些生物质能专家的商榷函，肯定中也希望走综合利用之路，生产出附加值高、社会急需的产品。他给出的回复是：眼下的一些研发成果已证明，人类完全有能力解决这一难题，巨菌草等生物质资源成为新能源将有更广阔的前景。

科研没有禁区，再优秀的产品也都得面临更新换代，菌草技术在推广和运用中，能引发诸多人士的用心关注、用力琢磨，并在研发中触类旁通，花团锦簇，万紫千红，岂不妙哉！但在如潮好评中，天天与草为伍的林占熺，却没像草叶那般轻易飘上天，反而更冷静了，闭目细想后，他默默拿出笔，把人们担心的巨菌草等引进草种会不会产生生物入侵、生态影响的问题列入重点研究课题。

科研上的弄虚作假，最终危害的不仅是科研者形象，常常还得让相关事业“陪葬”。个人形象较之公共安全、国家利益，只是微乎其微。何况，林占熺从来不为这样的形象所累，名利于他如浮云，他也没有多余的时间想这些，就这样指挥团队分头出发去科考了。

宁夏银川永宁县、重庆万州高峰镇、浙江金华、新疆呼图壁、海南儋州、福建连城……山山水水，村村落落，四处种植引进后培育的巨菌草、绿洲系列等菌草，不管是星星点点或密密麻麻，林占熺总是细细观察它们生长变化的情况，进而对其生态安全各方面展开一丝不苟的深入研究。

因为爱惜羽毛，他认真得近于挑剔，他向自己发出挑战，能在鸡蛋里挑出骨头来才好呢。

第一份研究报告出来了：从境外引进、筛选的巨菌草等，是用做生物能源的较好草种，是不抽穗开花的（不育），个别在特别气候条件下是抽穗开花的，其种子在自然条件下萌发率极低，只有千分之几。从世界各地种植多年的情况（最长27年）来看，从未发生生物入侵现象。

另一份报告也指出：广种巨菌草等，不仅对生态没有负面影响，而且能优化生态环境；用种草发电的生态效益远远高于用煤；种植菌草有助于保持甚至改善生态多样性，草丛中能生长各种昆虫，并且吸引鸟类筑巢和小型哺乳动物栖息；与农作物相比，少施肥，不用除草剂杀虫剂……

又一份报告对巨菌草生长情况作出判断；多年生的菌草不干扰土壤系统，能修复生态，在坡地、盐碱地、沙地、荒地和受到重金属污染等地方种草，能保持水土，增加土壤有机质含量，减轻土壤板结，能吸附重金属，净化水体。

一份份报告，连同背后研究获得的试验数据表明，引进的这几种菌草是安全可靠的，不会造成生物入侵的后果。

他们不是卖起瓜来就自卖自夸的王婆，知道要让瓜卖得好，独此一家没有分店，就不能做一锤子买卖，就得让吃瓜群众放心。思想的创新往往是科技创新的先导，领域内、江湖上的口碑常常是事业兴盛的指南针。菌草就这样进入了新能源的新时代，引无数人折服，长城内外大江南北跃跃欲试中，不约而同地浮想联翩：种草种草种菌草，“煤矿”“油田”冒出来！

有人把巨菌草直接称为“能源草”，称为“能源危机的救命稻草”，有人则干脆将“用草发电”称作为“新的能源革命”……林占熺不喜欢过甚其词，指出一些不能回避的问题，再三表示：“这是需要实实在在去做的一件事，一味拔高，容易离题万里。”

2008年11月8日，来自35个发展中国家的学员们在参加国际菌草技术培训班后，联名倡议：

> 人类面临着共同的难题：贫困、饥饿、失业、生态环境退化、艾滋病……（我们）因此决心推广菌草技术，使之国际化，并把菌草技术作为一个工具，通过科学和技术的创新以及赋

予平等参与的权利，来应对这些全球性的难题。

我们通过菌草技术走到一起，为了我们和后代，要把世界变成一个更美好的地方。我们为了地球上的生命得以延续而所提供的任何帮助，都不是用金钱可以衡量的。这是人类的使命。

又是一年春草绿。2009年的海交会，3米多高的菌草排成几十米绿墙，美不胜收。每株菌草都贴有红标签，记录着它的学名、发源地、种植时间等，成为展会最为亮丽的一道风景线。特别制作的“菌草频道”，以视频方式播送菌草动漫：“没有花香，没有树高，可是我的蛋白含量却很多；既可种菇，还可喂猪，农民兄弟增收会有我的功劳……”

开馆两小时，几千份菌草技术材料便被一抢而空。不少老外还遗憾“菌草频道”没有英文版呢！

“菌草之父”林占熺也一下子成为本届海交会引人注目的“签约王”，一举签下十几个合作协议。一经敏感的记者捕捉，《科苑盛开菌草花》成了头条新闻。

“产业化是菌草技术长盛不衰的根本动力，也是菌草可持续发展、造福人类的保证。我感觉菌草发展的春天来了。”不管是接受采访，还是即兴发言，或是和团队、合作伙伴有一说一的交流，林占熺自带“阳光”，给人温暖和希望。

菌草燎原的步伐，从发源地福建款款走向世界，送上独一无二、黄芩无假的“福”礼包。有磨皆好事，无曲不文章。诸多的曲折传奇，让菌草技术和发明人一样，开始受到越来越多的尊崇。

菌草技术当年在发源地遭遇的尴尬，一言难尽。福建省发改委的一位领导曾说：“有人说福建除了少数几个地方，都是开门见山，睁眼便是花草树木，草满为患，怎么还花钱占地种草？”他推动“海交会”为菌草造声势并下拨支持款项后，还被人骂为神经病，说是挤占了整体盘子，“直到菌草技术扶贫和援外变为国家行为之后，我才重重地松了一口气，这真是不得了的事，菌草技术终于有了广阔的舞台，墙内墙外开花都香了，我算是等到了这一天！”

既要促进中国拥有自主知识产权的菌草技术更好地发展，又不能让其墙内开花墙外香。2009年初，福建省有关部门为此展开专题调研。8年前，省里也有一次对菌草的专题调研，众说纷纭中，时任省长习近平力排众议，给处在十字路口、前景堪忧的菌草，来了一场近乎心肺复苏的“及时雨”。

春天的故事总是伴着和风拂面。2009年2月20日，福建省领导到福建农林大学菌草研究所视察指导，明确指出：林占熺的“草”，不单是他个人的事，也不光是一个“草”，从这个“草”当中可以看出农林大学在教学、科研与实践相结合上，有一个很好的切入点；要扩大宣传面，扩大林占熺的影响，扩大他在农林人员中的知晓率，更好地发挥他的作用，使这支队伍更加壮大；研究所也要不断研发出新的成果，开发出新的产品。

重视之下，福建省进一步加强了对菌草产业化的政策引导与资金扶持。共产党员为人民服务的宗旨意识，连同知识分子“士为知己者死”的情结，让林占熺带着团队出动得更频繁，如雷霆，如脱兔。

看到他越发神迷心醉，廉颇不服老，动不失机，每天都要把时间和精力消耗殆尽后才情愿回家，妻子罗昭君不情愿了，语气幽幽地说：“我现在真是怕领导关心你。”

“为什么？以前埋怨关心不够的也是你……”

“领导一关心，你就跑得欢，还老当益壮呢，我的关心你就熟视无睹了！”

林占熺明白过来后一阵苦笑：“你知道我这个人最怕辜负，要是不小心辜负了你的关心，只能向你赔罪，你也知道自古忠孝不能两全。”

“我还知道，你是宁愿负我，不愿负组织，咳，我的好心被你当作了驴肝肺！”

“不不，我哪能不识好歹，更不会做负心汉，你就放心吧，糟糠之妻不可忘，我这辈子发明菌草，就是为了结草衔环来报答你的关心，你这个大‘箩’就是能装下我这根草，你永远是我的避风港。”

林占熺有板有眼，诙而不谑，倒把罗昭君给逗笑了，白他一眼：“理都让你占了，怪不得名字有个‘占’。”

这类场景倒叫女儿女婿觉得现场观摩了一场免费话剧，享受了一道文化快餐，题目或可取个菜名叫“夫妻肺片”。

岂止是一个省、几个省重视，这株横空出世的新草早已惊动国家层面。菌草团队自上而下更是风风火火起来。“我们找准了自己的位置，就要主动作为，为菌草产业化提供技术服务，让菌草科技创新再结硕果。”林占熺仿佛在起师动众，每一句话都让人感心动耳。

鲁迅曾说：“从来如此，便对么？”林占熺也要对自己发明的菌草技术来个自我革新。老旧的做法是，菌草要等到干燥之后，才能作为大规模培育食用菌的真菌培养基，这明显增加了菇农的劳动强度和生产成本，也成为发展菌草产业的一道障碍。林占熺就想，能不能改一下，直接用鲜菌草经灭菌和发酵后，作为食、药用菌的培养基，以减少原料晒干和加水两道工序？

实践是最好的检验标准，试验是推陈出新的传统妙方。一系列的试验之后，嗬，他自证了新法的可行性：鲜菌草完全可以直接用来栽培多种食用菌，包括紫孢平菇、杏鲍菇、玉菇、灵芝、香菇、毛木耳等，而且质量好、产量高。

一个不起眼的“小突破”，却大幅度降低了菇农的生产成本。新旧菇农感激之声此唱彼和。

鲜菌草粉碎难，是长期困扰菌草业的又一难题。福建年降雨量大、降雨天数多，偏偏此前生产的菌草粉碎机只能粉碎干草，对湿草一筹莫展。长期以来，菌草的晒干和运输在增加生产成本时，也影响了菇农发展生产的积极性。林占熺早就明察了这只“拦路虎”，他希望相关企业能一起来解决，并推介了在南非所见从欧洲引进的相关机械，很快联手研制出了可以粉碎鲜菌草的新机器。

开展菌草工厂化、标准化栽培工艺的研究，是实现菌草业规模化、标准化、现代化生产的重要一环。长期的实践，加上女儿林冬梅等人的启发，林占熺益发清楚地认识到了这一点，遂根据菌草产业发展和有关工厂设施栽培的需要，采用三级系统筛选法，开展菌草食用菌配方筛选试验。在获得栽培金针菇、黄色金针菇、杏鲍菇、小平菇、紫孢平菇等食用菌的准确数据后，马上将这一技术毫无保留地提供给相关企业进行示范性生产。这些新法，大多取得了明显的效果。

重点食用菌县、龙头企业因其体量和分量，多年以来一直是菌草中心提供技术服务的重地，也因它们的“量”大而难“啃”。

在素有“中国花菇之乡”美誉的闽东寿宁县，食用菌是举足轻重的支柱产业，也因为牢固的传统做法和强大的习惯势力，菌草技术难以在此立足。2008年之前，该县为大量生产不可或缺的食用菌，每年仍要砍伐阔叶林3.8万立方米左右，最多的一年竟达

11万立方米。坐耗和坐吃都可以迅速“山空”，林木的生长赶不上砍伐的速度，告急中凌乱的便是该县的发展步伐，虽然30%的木屑从外面引进，但原材料短缺依然成了制约此地食用菌产业发展的主要瓶颈。

眼看食用菌这根“支柱”有点风雨飘摇了，傲慢的人们终于放下偏见，敲锣打鼓从福建农林大学引入了菌草栽培食用菌技术。

此前，林占熺和团队可是好说歹说，都没能摇动寿宁县的心，还曾冷眼表态宁愿讨饭也不会用此技术。眼看自信能管上一百年的深山密林如此不经砍，又遇上国家新规，窘迫之际，只好拉下脸，有关领导还说要“负荆请罪”。林占熺不计前嫌，轻轻一笑道：“我们一定会让菌草替代木材，为寿宁县开辟一条食用菌生产的新路子。”

寿宁山高路远，小径两旁常是莽榛蔓草，荆棘拥塞，有人劝他不必每地亲往考察，有时出主意作决策即可。他却拿出了习近平同志在闽工作期间三到下党乡的故事，说那时到下党乡的羊肠小道只能步行，人家当大领导的都能吃苦在前，我本是山里人，又是党派出的科技人员，要有农民的本色和党员的气魄。于是，他一次次气喘吁吁走进寿宁县坑底、大安、清源等食用菌生产区指导。他长年坚持的走出实验室大办培训班的做法，一年不到就让3500多名菇农学到了技术满意而归。

第二年，菌草食用菌已占到全县食用菌生产总量的十分之一，年节约木材5000多立方米。3年后，菌草食用菌所占比例在该县已达食用菌生产总量的三分之二以上。尝到甜头的寿宁人形象地说：林老师点上一把“火”，就在寿宁“燎原”开了一个菌草王国。

一天，闽北一个叫叶进的企业家慕名来求合作。原来，他前不久到顺昌县喝喜酒时，听说当地有人使用空调全年种菇，受到极大触动，遂专程参观，发现思路独特，效果不错，只是管理没到位而致产量一般。他就此写信求教国家农业部，恳请推荐该领域最先进的技术和专家，遂有登门拜请之事。林占熺怀着莫大兴趣实地考察，为叶进出谋划策。强有力的技术支撑，让叶进再没后顾之忧，狠狠砸进2000万元资金，与林占熺等专家一起搞菌草食用菌基地建设，进行菌草杏鲍菇工厂化生产。很快，基地内就打造出了一个“北极圈”，模拟北极寒冷的天气产菇，使杏鲍菇全年365天都能生产。在科学化的管理中，叶进还与专家们一起研制出臭氧发生器，造出人造臭氧，保证食用菌全天候都能顺利茁壮地成长。两年不到，基地已成为年产杏鲍菇1500吨、产值逼近亿元大关的当地龙头企业。叶进逢人就夸林占熺的技术和人品，说遇上林教授是今生修来的福报。林占熺谦逊中又玩起了“名字梗”，说叶进董事长人如其名，叶和草前世有缘不说，还一马当先追求科技进步，有此一叶，今后还能更进一步。

林占熺并不是无关痛痒地勉励他人，说这话时他自己已经在“百尺竿头”上了。哪怕更进两步了，他也不会居高临下、见不得人好。他常说独木不林，菌草技术是大家共同的技术，殷切希望大家一起飞，一起火，一起蔚然林立。

所谓秤不离砣砣不离秤，在为菌草产业化提供优质技术服务大展新作为的同时，林占熺没有顾此失彼，孜孜不倦地埋首于菌草研发上，让新成果和新突破齐飞。

看到菌草灵芝、鹿角灵芝的栽培技术明显提升、更趋成熟，林冬梅能不称奇道绝？有一天，这个昔日的文艺青年陪着父亲从寿宁县回来时，谈及明末曾在寿宁县出任知县的文学家冯梦龙及其传世佳作“三言”，不无自豪地对同行说：“冯梦龙老师要是知道林占熺老师用菌草造福寿宁百姓，兴许也会拍案惊奇。”

众皆称善。诞于龙岩的林占熺，怀抱传世之作——菌草技术一马当先冲向世界，再回转福泽寿宁，何尝不是一种惊奇！

菌草灵芝、鹿角灵芝是林冬梅特别在意的菌草专利之一。正因为她一回国就情有独钟，亲自尝试生产推介，取得了一定热度，才更引起林占熺的重视，菌草灵芝有效药用成分的研究、提取、分离，较快地有了新进展，并在反复试验中有了确凿的数据：菌草灵芝多糖肽的含量是椴木灵芝的2.8倍，另一重要有效成分三萜的含量是椴木灵芝的123%……紧随其后的便是菌草研究所药用菌中试车间建成投用，一批对提高人体免疫力、保护肝、防止辐射等有良好作用的保健产品，有望投放市场。

自打知道冯梦龙和寿宁的关系后，林冬梅就不时联想，父亲身上有哪些冯梦龙式的“明言”“通言”“恒言”，仿佛她有朝一日可以向人娓娓道来或者斗胆代笔。人道士别三日刮目相看，林冬梅却觉得身边的父亲差不多每天都能让自己侧目：无一日虚度，不是在生产一线奔波，就是在研究所埋头实验，一直保持着不可思议的巅峰状态，今天说菌草灵芝、鹿角灵芝研发过关，明天负责任地相告，巨菌草发酵生产沼气的试验取得初步成果，沼气量是作物秸秆所产沼气量的两倍以上，“以草代气”前景广阔……

她曾跟随父亲实地探讨不同土壤、种植方式对巨菌草产量的影响，当时只道他这是在深入开展菌草生物学特性的惯常研究，后来才知他是在酝酿一场史无前例的壮举，要为沿黄河地区的荒漠治理提供新依据，要为西部发展畜牧业生产提供新途径。当这些设想跃然各大媒体时，连她都忍不住吃惊，自叹没跟上父亲的思路和脚步。

“十二五”的序幕在浩荡春风中一拉开，立马让菌草人觉得满目新丽。根据时任福建省委书记孙春兰的批示，《福建省“十二五”

战略性新兴产业暨高技术产业发展专题规划》将菌草产业发展列为重点，并提出诸多建设性意见及支持措施。

“领导这么关心，又是激励，又是鞭策，你又要大放光彩了……”罗昭君既为菌草事业的一波波发展高兴，也为丈夫逐梦之路上不知何时方止步的跋涉而心疼，一时不知说什么好。

光彩和成果一样来之不易，靠一路“突破”而得。农户的拒绝、学界的非议、社会的不解，一路陡峭一路悬崖一路是网，丈夫经历得太多，差不多就是以一己之力去开路，突破重围，谁叫他不断跨界探索，不走寻常路？

大女儿冬梅比喻得恰如其分：“突破的人是最痛苦的，你要钻个洞，等到洞钻大了，光线已经能透过来了，大家才知道原来是这个样子。”

小女儿春梅摇着怀中的孩子，轻声哼唱起了歌：“向阳坡上青青草，你从哪里来？像树不是树，是草比草高，美名太阳草。来啊，来发电呀，贡献新能源呀；来啊，来绿化呀，让海峡西岸更精彩，山绿水清天更蓝……”

这首名为《太阳草》的歌，是音乐界人士献给林占熺发明菌草的心曲。对此，家里的人谁都知道，此时的林占熺，已不仅仅是自己的丈夫、父亲、岳父、大伯，更是属于社会、属于世界的“太阳草”。

“太阳草”永远是扎根土里，朝着高远的天空生长。

海拉尔的风

树大招风，芳草天涯。在菌草横空出世之后，林占熺也听过“我和草原有个约定”，只是未料到来的旋律和方式会这样与众不同。

2010年阳春三月，林占熺正在为“十二五”规划中的菌草蓝图细加透析，来自内蒙古的紧急求援不期而至：海拉尔5000万亩草原面临生态危机！

事关重大，得急人之所急，也急草原之所急。他知道，草原下面储存着大量的碳，如果草原继续退化，这些碳便会释放到大气层中，加剧气候变暖，威胁人类赖以生存的水源。应对草原，他们还是头一次，也不知如何就被求助到了，助手为尚无实战经验而忐忑，他说：“试试吧，只有接受挑战，才能享受成功的喜悦。”

一说到中国的草原，人们首先想到呼伦贝尔大草原，殊不知海拉尔被称为草原明珠。和多数天然草原一样，海拉尔的草原面积20世纪不仅大为减少，而且质量下降，沙化、退化、盐渍化严重，产草量持续降低，牛羊等牲畜日益增加，草畜矛盾十分突出。接机人一路介绍现状，面带愁容。

驱车从草原边缘进入草原腹地，污染、全球变暖及大量的公路和其他基础设施的修建对草原的影响触目惊心。走在草地上，几近光裸，像是踩在柔软的沙土上，更觉步步惊心。一岁一枯荣是草原的铁律，但今年的春风吹过几遍了，一望无际的草几乎都还在枯萎中沉睡，任残雪覆盖，几处草丛在微微泛绿中似乎想手拉手站起来，向这个沾染着一身草味的人打声招呼，却直不起腰，耷拉着刚发芽的脑袋任风摇摆。没有草色的草原也就没有了生机，没有了灵魂，风的呼啸加重了四伏的危机，似乎还带上了小草的哭泣，在呼唤人们为它们疗伤。

草原海拉尔，我从东海来就是拉“尔”起来！林占熺喃喃说着，边走边俯身细看，一次次抚摸，都像是对小草的“望闻问切”。好一会儿，他有些气喘了，就干脆席地而坐，小心翼翼地挖出数根草，从头到脚翻来覆去地细看，想要洞察出草原生态危机背后的根源。

思接千载，神游八荒，林占熺不禁想到上年刚离世的中国草业科学创始人钱学森。研究导弹的钱学森也爱草、重草，年逾古稀仍矢志不渝地为发展草业奔走呼吁，晚年辞去一系列职务和荣誉，却破例担任中国系统工程学会草业委员会名誉主任，还第一次同意用自己的名字设奖——“钱学森草产业科学奖金”。林占熺隐约记得1984年钱学森那篇《草原、草业和新技术革命》一文提道：“内蒙古有13亿亩草原，如果下决心抓草业，可是件大事。”他隐约记得钱学森认定草业是“阳光农业”，可以把取之不尽的太阳能，通过植物的光合作用进行产品生产，为人类创造财富；对他1990年重新丰富草产业的概念也有印象，“不仅是开发草原、种草，还包括饲料加工、养畜、畜产品加工，也含毛纺织工业。”还听说过他生前致函国家领导人时对草业的担忧和扭转局面的建议：“60亿亩草原草地比耕地大4倍，是我国极大的一笔财富，可惜现在已沙化20亿亩，如不大力拯救利用，是我们的罪过。”

林占熺知道，正是钱学森的一次次建议，国家才成立了草业专门管理机构。哲人其萎，“我们的罪过”说得何其峻厉！这个“我们”让林占熺无法置身事外，还得竭尽全力多多消除一点钱学森自责的“罪过”，以告慰前辈的在天之灵，实践钱学森的理论：“草业兴旺发达起来，它对国家的贡献不会小于农业。”

第二天，林占熺换了块略显生命色彩的草原再看。这里留下了牛羊过度啃食的痕迹，连同鼠患的现场，裸露出深色的土壤，像一块块破旧的地毯。另一处牧区，除了悠扬的马头琴飘荡在空气中，也同样消失了想象中的神圣性。被砍伐的几截树木任凭雨打风吹，牛羊在埋头吃草，喂马喝水的牧民们在随意拔草，水里的污物随处可见。他努力缓解有点沉重的心情，吩咐助手等人如何测量，记录数据。一会儿，他揉了揉酸麻的胳膊和腰腿，起身径直向一群牛走去。

“好吃吗，能吃饱吗？”昔日的放牛娃、今日的孺子牛，对牛天生有种发自内心的特殊情感。他看到，眼前这些牛确实都不甚肥壮，正垂着瘦瘦的头，缓缓嚼着弱草。

牛不知所措地摇头摆尾，奇怪地看着一团和气的老顽童，迟疑了一下，转身到另一处贫瘠之地觅草。

牛羊和马，是草原的伙伴和朋友，走得过亲、过勤、过分，也便成了危害草原生存的敌人。看着狠劲啃食枯枯草原的牛羊，来救草原的他，却并没有恨上它们，他知道，自己在福建吃的牛羊肉，不少都可能来自这里呢，不能既要肉香又不供草，草畜矛盾仿佛也有他的一份责任，他要想办法破解。

他又走近一头有点落单的小羊羔，“放心，放心，会让你们吃饱。”小羊羔不敢和这个陌生人纠缠，咩咩叫着一颠一颠跑远了，脚下扬起一阵灰尘，若是平时的青青草原，哪能如此轻易地尘土飞扬！

牛羊不解风情，不知这个有心人已默默地为它们准备好了未来的粮草。他此前已做过多次试验，断定菌草尤其是巨菌草，会是一种罕见的上佳牧草，是发展菌草饲料和菌草菌物、人工牧草，解决中国饲料严重紧缺的有效途径。

改革开放30年后的中国，食品结构发生了重大变化，人均所需口粮从1986年的207千克降到上一年的148千克，人均动物性食品消耗量却迅速飙升。正如有关专家预测，未来中国需求的饲料食物当量将是人均口粮的2.5倍，为此国家不得不每年大量进口玉米、大豆及苜蓿等饲料，以解燃眉之急。却又有专家指出，这些进口饲料相当部分是转基因产品，对人类可能构成危害。

所有猜想尚待科学进一步证明时，林占熺已生成“菌草饲料”之梦。眼前的草原就是他的梦想一线工厂。

在应邀前往海拉尔的路上，一个菌草抢救草原的计划在他的脑海里更为清晰地浮现。

这些年，他和团队在南至海南岛、北至齐齐哈尔乃至国外的广袤大地，多处反复试验，取得的一系列数字有力地开出证明：菌草不仅成长快、产量高、对土壤要求不严格，投入成本少，而且营养丰富。拿巨菌草来说，单位面积产量是青储玉米的3—5倍，种植后如像农作物那样管理，不消70天，其粗蛋白含量可达15%，经过菌制剂短期发酵后，其粗蛋白含量还可以提高到15%—20%。巨菌草适口性强，是牛、羊、猪、鹅、鱼、鹿等动物喜欢的饲料。目前大量进口和提倡种植的苜蓿，其干草粗蛋白含量虽可达18%，但亩产鲜草不过二三吨，只有北方种植巨菌草亩产的五分之一、南方种植巨菌草亩产的十分之一。玉米的粗蛋白含量也只有12%左右，亩产鲜草只有五六吨。

“纸上得来终觉浅，绝知此事要躬行。”这些亲自试验得出的数据，让林占熺的分析头头是道、底气满满：“从亩产、营养成分、投入等各方面进行对比，巨菌草等菌草的性价比、综合效益，都明显高于玉米、大豆和苜蓿等饲料。菌草种植、加工的技术门槛低，农户、专业合作社和农业龙头企业都容易参与进行，是当前实现生态治理与发展经济的最佳切入口。”

寻到了入口，也就确定了方向，团队上下对他的分析很是信服。

了解农情、畜牧情和国情的他已然知道，过冬饲料这些年紧缺不缓，国家为此每年用农地种植近亿亩的玉米作为青储饲料。

他忧患之中，由此及彼产生联想，如果菌草真能撬出一个突破口，那每多种一亩巨菌草，就等于为国家增加了一二亩的土地，总的算下来，每年就可为国家增加一二亿亩耕地，不仅能有力解决全国过冬饲料紧缺的难题，还能明显提高企业经济效益与种植养殖户的收入。如果这样的推断没有问题，岂不是可以进一步说，菌草技术不仅可以用来修复生态，还可以把西部荒漠之地及大河大江两边的沙滩地、盐碱地，打造成国家巨大的饲料储备库，实现生态、经济、社会效益的共赢，一举数得啊！

有天深夜，他推演及这美好的远景，竟然在书房手舞足蹈不能自已。睡眼惺忪的妻子前来催促休息，他却兴奋地拉着她诉说心中的美好。妻子是既爱怜又纳闷，说："占熺啊占熺，你真是吃地沟油的命，操中南海的心。好吧，希望你能再放卫星，但现在全世界的星星都睡了，你也总该睡了吧？"

"好好，"林占熺满口应承，知道妻子的好意，呵呵笑道，"这个'卫星'一上天，就不是吃地沟油的命啰。"

需要他操心的事可真不少，到哪里都要"烧脑"，就如这趟草原之行。行前，助手专门帮他找到了钱学森的一次讲话内容："怎样利用现代科学技术发展草业，还得从利用太阳光这一能源做起，搞好光合作用，也就是要精心种草，让草原生长出大量优质、高营养的牧草。"多么奇巧啊，他们正是为"精心种草"而来。

草原上清风徐来，他们围坐在一起如切如磋像是指点江山，偶尔也抬头感受风吹草低见牛羊，头上白云悠悠，充满了油画的质感。

天苍苍野茫茫笼盖四野，太阳西下，温度极低，林占熺冻得流鼻涕了。陪同人员见状，连忙把他们劝进一处毡房里。几位牧民手捧洁白的哈达，端来扑鼻醉人的马奶酒，唱着高亢的敬酒歌，用最高礼节招待远方的客人。林占熺一行只能入乡随俗，在喝下马奶酒时，他想的是不能白吃白喝，不辜负牧民们的盛情和期待，我来就是希望尽快还草原以丰茂的草地，还牧民们以快乐的天堂。

就地细致地会诊后，林占熺把菌草抢救草原的思路考虑得更周全了：根据当地的气候和地下水的分布情况，宜赶在6月初把菌草种上。建议得到采纳，他马上帮助调运巨菌草草种，像是火急地投入一场战斗。

种完这批草种，落日的余晖染红了海拉尔草原。人们在按下相机快门时，还在为前途未卜的菌草默默祝愿。

不承想，这个为救场而来的草种果然不简单，不消多久便超燃，长大了，长高了，不负众望地在这个陌生的草原大显身手，成为改善土壤、抑制地表增温的中流砥柱。它们的每一寸长高，长结实，便让贫瘠的草原多一份绿，迎来了一大片郁郁葱葱的转机。

“菌草技术有如‘离离原上草’，只要有一丝根须扎进海拉尔草原，就有顽强的生命力，就会发芽、拔节、开花，并成为最好的牛羊饲料。”说服力比谁都强，林占熺完成这个自称的分内之事班师时，草原已开始大面积泛绿，牧民们其乐融融地歌以凯旋曲。邀请方盛赞是“诸葛借东风”。好吧，就让“我和草原有个约定”在目成心许中，“凝成永恒”。

若干年后，当人们谈及菌草技术援宁夏、援新疆所取得的显著成效，感叹菌草业已成为农牧民增收的特色产业、为高原藏区的生态治理和藏民脱贫攻坚开辟了新途径时，请记得林占熺的海拉尔草原之行。

回到福州的林占熺，气都没多喘一口，又十万火急地投入另一场生态保卫战。

2010年7月，一场罕见的特大洪灾突袭福建泰宁县，新桥乡大源村的生态遭到最为严重的破坏，全村直接经济损失达3630余万元，原就不多的田地有89亩被毁成乱石滩地。

林占熺得知，马上把大源村当作用菌草治理、恢复生态的战场。他带着菌草研究所的几位党员，冒着酷暑驱车数百公里赶到灾区，深入调研考察，提出具体实施种植菌草的方案：一方面解决当地生产食用菌的原料问题，养羊、养鹅的饲料问题，尽快恢复生产，增加农民收入；一方面阻止水土流失，保护闽江源的生态。他电光石火般忙了一段，留下两位技术人员驻村指导种植菌草，他在后头还发动菌草研究所先后四次捐送来菌草种、粉碎机、高压灭菌锅、电机等物资。

年底气温降至零摄氏度以下，林占熺又冒着漫天寒意赶到大源村，进一步帮助恢复生产，解决生态建设存在的问题。看到这里通过种植菌草，保护生态和发展生产均已取得如期成效，一颗心落回肚子里了。

三明真菌所的一位老同事来看他，感动有加："我听说了你的崮草技术，真是为你感到骄傲，更佩服你无私地把专利技术献给贫困地区、老区、山区和少数民族地区。听说不少人因你的发明致富，过上了好日子，而你却苦了自己。"

林占熺拉着老同事的手，情真意切地说："不苦不苦，有事情做，还能被社会需要，还有点作用，起码是苦中作乐吧。当初我们在一起搞食用菌科研，目的还不就是为了造福社会，让老百姓的钱袋子鼓一点，再鼓一点。"

"当初是这样说的，没想到一晃30年你成就越来越大，还一点儿也没变。"

“变是变了，你看，头发变白了，脸上皱纹多了去，还染上了一身病痛，毕竟岁月不饶人。要说什么没变，就是这个心没变，叫做我心依旧。”林占熺边说边哈哈大笑起来。

“想来惭愧，我是人到中年万事休，到站就退了休，可你还在为社会超龄工作。人生七十古来稀，在你这里可是一点也不‘稀’啊！”

“共勉，共勉，听说你最近也老当益壮，在给什么厂子当技术指导？”

“是啊，也是向你学习。今后只要一息尚存，我都会是菌草技术的支持者，前段时间我在一篇文章中看到你当年的一首诗：‘菌草千秋在，仕途一时荣。钱财如粪土，仁义值万金。’我逢人就说，诗言志，你就是这样的一个人。”

“哈，这是打油诗呀……”这是20世纪林占熺辞官、举债搞科研时送给好友的言志诗。人家白居易作《赋得古原草送别》，他则作“赋得菌草来话别”。近年可能是记者采写时挖掘到，他倒也高兴能得到老同事的注意和肯定。

肯定意味着尊重。

“泰山不让土壤，故能成其大；河海不择细流，故能就其深；王者不却众庶，故能明其德。”先秦政治家李斯的思想火花，两千年后在林占熺身上大放异彩。正是这样锲而不舍地不让、不择、不却，让其人其事其德光芒四射，让越来越多的人们看到了菌草技术的巨大潜力，不约而同地响应和合作。举国上下共话生态文明建设后，那些协议、邀请和订单更是如雪片纷至、如花纷飞，如林占熺的眼中有山河万里一样，字里行间都种下了千顷种子。“绿我涓滴，会它千顷澄碧”，带上这样的豪情出发，又怎能不开怀迎来菌草“井喷”气象？！

一切需要时间沉淀的美好，都值得人们耐着性子去等待。菌草团队在欢呼远景就在眼前时，有理由相信，本为生态等问题而生的菌草技术，在今后的换代升级中，必将以一种更加绿色、健康、可持续的方式，大行其道。

林占熺也沉浸在未知却可期的理想之中，不由想起时任福建省省长习近平在福建农业大学《关于赴宁夏开展小流域生态环境生态综合治理情况汇报》上所作批示，正是在这一批示的指引下，菌草技术开始了有目的面向生态治理的探索。这个联想助他更好地理解总书记的治国理政宏图了。在党支部学习会上，他说：总书记在宁德工作时就为摆脱贫困开出了灵丹妙药，也就是"弱鸟先飞"和"滴水穿石"的思想理论；在省长任上，又特别关注生态环境综合治理；扶贫和生态治理就是我们菌草事业今后的方向，我们就是要有"弱鸟先飞"和"滴水穿石"的精神状态。

时刻想着为党分忧的他，看到了另一抹曙光，并甘愿做这个大业的马前卒，终于，他决定要对最难啃的硬骨头下手了。

钱学森曾提出，真正知识密集型草业产业的出现，就是人类历史上的第六次产业革命，时间将在21世纪下半叶。林占熺赞同这一观点，只是认为时间大可提前。他为此还拿钱学森告诫草业工作者的一段话来"自圆其说"，并向团队鼓劲："共产党员嘛，不能只想到五年、十年、十五年，要考虑五十年、一百年，要有远见！"

林占熺就是个有远见的人。

携草出征海外、让"菌草之歌"唱响寰宇时，他心头始终滚烫着早岁在黄河边的承诺。曾经从事的行政、党务工作，使他对毛泽东在党的七届二中全会上强调的"弹钢琴"工作法也算熟稔于心，手不停挥间，菌草自是"百花齐放"。菌草环顾的地方，不管是国内还是国外，大多是天之涯、海之角、沙之头、地之尾，总是如约盛放，没有让种草人无功而返寂寞回。当他选定在海拔3000多米的西藏林芝米林县甲邦村附近的流动沙丘作为菌草治沙试点时，思绪不由从世界屋脊飘向黄土高原。继而，就有了铸草为剑，直指黄河泛滥区和西北大漠之举。

黄河边的沙

20世纪70年代初，林占熺第一次来到黄河边。

别人或感叹母亲河在与岁月拔河中被拉成如弓一般蜿蜒的几字湾，或讶异于黄河与黄土高原激撞交融中造就的硬梁平地相间、丘陵沟壑交错的奇特地貌，他却不在意这些“鬼斧神工”，而注目于丘陵坡面上稀疏的灌木林。咦，连一棵乔木也看不到，所以涵养水土能力差，一遇强降雨，雨水裹挟坡面的泥沙就滚滚流进了黄河或支沟里。

母亲河啊母亲河，你为何如此多灾多难！他立下愚公移山志，要早日让这里河清海晏，时和岁丰。

风华正茂的年轻人，意气风发中指点江山、挥斥方遒也是常情。有人听了一笑了之，有人却不免瞠目结舌：“你的志向也太远大了吧？”有人则极尽揶揄：“你不在这里工作，喝的又是闽江水、汀江水，远在十万八千里的黄河关卿何事？那里再飞沙走石，也吹不到闽江、汀江去，落不到你的饭碗里，只怕你纵有凌云志，也鞭长莫及！”

黄河在咆哮，笑他的自不量力；飞沙在肆虐，要吞噬他的志向。

谁能相信，这个并非只是说笑的人，此去经年，怀揣当年这个许愿再也不曾放下，走到哪里都痴迷于寻觅良方，要还黄河以水土，还水土以生命。一有机会，他就朝至沙漠地，暮宿黄河边，深感时不我待。拿内蒙古西部阿拉善盟的乌兰布和沙漠来说，近40年来，由于气候变暖和人为破坏等原因，流沙东进南移的扩展速度异常惊人，已逼近黄河岸边，照这样下去如何得了！

林占熺燃起了雄心，没日没夜与风和飞沙比速度，只争朝夕。从初打照面，到1986年终于培植出菌草，暌违15年。1995年，他在推广菌草技术时途经黄河中下游的山东沂源，黄河断流、当地老乡赶着牛羊搬迁的情景对他触动极大：偌大一条河流竟干涸至此，这还是“母亲河”，是国之“血脉”啊！在感叹以前治理黄河的多数工程都要耗费巨资效果还不理想时，年轻时的梦想又一次在心中迸发：如果能在黄河沿岸发展菌草产业，或许就可以建设一个生态屏障，真正为黄河做点实事！不久，他应邀赴京向中央某部委领导介绍菌草产业扶贫的情况时，也把这个设想和盘托出，称：将菌草技术应用于生态治理、将生态治理与产业扶贫相结合，在全世界都属于首创。这位领导对此想法非常重视，说：林教授，届时我跟你到黄河种菌草！

此后再到黄河边，林占熺的书包或公文包乃至怀里，总揣着一根又一根草，他在寻找最合适的草种，物色打头阵的先锋草，想为母亲河排忧解难，此情何尝不是古代诗人所言“爱好由来下笔难，一诗千改始心安”。

林占熺对草是痴到骨子里，醉在心里。有一年，他到南京农大参加全国性会议，路过学校农场时，被前面小山坡上一株近4米高的芦竹吸引，急忙上前观察一番，最后想方设法把它带回福建。又有一年，福建省委组织部和省人事厅组织专家到云南、贵州考察，林占熺几次“掉队”被找回，皆因他为移植路边几株不知名的草而忘乎所以……

经过对新草种千万次、千万里的追寻，他终于培育出了一种根系长逾9米、可以多年生的草种，命名“绿洲一号”，自豪地对团队说：“现在剩下的问题，就是这个草种的分蘖率还不够理想，这个问题完全可以通过搞组培来解决，快则一二年，长则二三年就能攻下，那时就有更好地用来治理大江大河的菌草草种了。”

“绿洲一号”和巨菌草的组培试验也放在了非洲。几进几出，林占熺对援非有了一己之见，认为要从根本上帮助非洲，一定要有效治理尼罗河，这对沿河九国甚至整个非洲的生存与发展至关重要。他不仅建议国家有关部门把用菌草治理尼罗河列入中国援外项目，也呼吁将之提到国际社会视野。他以“绿洲一号”和巨菌草为“轻骑”率先行动，还想着为今后的治黄大计积累经验，进而为世界总结可推广复制的典型经验。

“生态文明建设”跃然而生，而成“国之大者”，让这些年浸淫其中的林占熺更是心明眼亮，用菌草治理黄河的时机成熟了！他踌躇满志，几次向中央领导和有关部门建议建立菌草治理黄河示范区，让黄河水早日变清，他自告奋勇请缨出征。

面对这一切，有人真是万分不解：“人家在你这年龄早就退休了，你何必要自加那么多压力、勃勃雄心？”

林占熺平静地说：“这些年，一些早退休的人不也相继离世了嘛，我不过是不愿等死，才有了一点你说的雄心。”

对方知道林占熺的幽默，仍好意地劝：“你已功成名就，真有想法，交给团队、派出弟子就好，功劳也是你的。”

不错，此时的林占熺在国内外所获荣誉与奖状数不胜数，且桃李满天下，菌草弟子已遍布五洲四海，不下三万之众，但他笑道：“不是说老将出马一个顶俩嘛，我也没啥功劳簿好躺，有生之年看看能否多添一份新功，承蒙你的鼓励和支持，届时有了功劳算你一份。”

也有人担心：“知道你是老将，但毕竟要带药罐子，这样劳累奔波下去如何受得了？真该少些折腾、多享清福了！”

不错，他几次差点被病魔拖进阎王殿，这时完全可以安度晚年，在过去那条推广菌草科研成果并转化为先进生产力的荆棘之路上歇息，安逸地过正常人的日子，但他却说：“能让我带着菌草拥抱黄河，帮助更多贫困群众过上好日子，是我的幸运呢，本身就是享清福。”

有人忠言逆耳：“治理黄河古往今来多少人，有几个有结果，还是急流勇退为好，省得一世英名折戟沉沙。”

不错，治理黄河上千年败多胜少，折戟沉沙、出师未捷身先死的现象屡见不鲜，菌草技术虽说此时已先后15次获得国内国际科技大奖，并获7项发明专利，但用来治理黄河能否见效、如何见效还都难说，老将出马也未必就马到成功，马失前蹄出个啥状况再正常不过，但他说：“我哪有什么英名，一点点浮名，还不如换来种草。”

人们不知道，或不尽知道，在别人水中望月、雾里看花时，林占熺已眼疾手快地把此前那些年一直探索的这方事业强力推进。好风凭借力，机会不等没有准备之人，任何一个伟大的时代都不会把红利赠给袖手旁观者。是的，他先行一步，率团队抢占了先机，早就开始用菌草技术扛起服务国家生态文明建设的重任。福建和宁夏就不说了，内蒙古、新疆、西藏、河北、河南、贵州等重度水土流失区、荒漠地、沙化地、盐碱地、石漠化地，此前已相继迎来精干的“林家军”，一系列菌草生态治理的研究与示范让世人目不暇接。

黄河更不知道，昔时这位青涩的福建人只因多看了一眼，就过目不忘、过心不变，40年过后还要回头治它。情因景生，景因情美，这世界总有一些感人、恒久而珍贵的一见钟情。

胡适当年从美国学成回来到北京大学执教，公开宣称："我们回来了，请你们看分晓吧！"林占熺能站在黄河两岸如是宣言吗？当然可以，他雄心当燃，只是他没有胡适当年的高调，志向却不输前人：希望用三代人的愚公移山之志、精卫填海之力，去实现这个千秋家国梦！

与黄河宣战前，他已暗中"招兵买马"，女儿冬梅从新加坡回来不够，小女婿还从公司辞职"入队"。他告诉亲人们，黄河流域水土流失如何成为他心头绕不过去的"一座山"，他如何立誓要使尽洪荒之力来移掉"这座山"。在"个人还是国家"这道选择题上，亲人们纷纷表示协助他实现又一个宏愿。

沙尘笼罩着阿拉善，灰色的天地由风声和沙子统治。

2013年4月19日，内蒙古阿拉善盟乌兰布和沙漠东缘黄河沿岸，迎来了"不速之客"——一支风尘仆仆的小分队，年龄层次覆盖老中青三代。若干年后，这里的陪同人员谈及初见那一幕，仍语带感动：《西游记》里唐僧师徒四人西天取经好歹还有一匹白龙马，他们起初却得靠两条腿走路，还不是来取经，是主动"送经"。

一如后面才知他们此举拉开了戈壁治沙的序幕，受到的感动也是后话，当时对他们选择这个不毛之地更多的是担忧，起码是半信半疑：难道不知这里是中国四大沙尘暴发源地之一，年平均降雨量仅102.9毫米，蒸发量却达2258.8毫米，沙层厚度在2米以上，常年风力6—7级？难道不知这里东部85公里的河段，近些年每年都有上亿吨沙土入河，成为黄河全流域飞沙走石最严重的地段？

所有这些，林占熺早就明了，对团队也有言在先，他有自己的“心经”：治沙就要敢于啃硬骨头，把最难的地方给治理好了，才有说服力，也才能培养人才，锻炼出队伍。

唐僧取经正值盛年，而林占熺“传经试宝”已届古稀，“物以稀为贵，情因老更慈”。带队“长老”不老的是精神，电视剧《西游记》的主题歌与他们此番“西游”的壮心倒也契合，“斗罢艰险又出发”。他手中的菌草犹如镇妖除魔的利剑，心潮逐浪高中，“欲与天公试比高”的希望也由此腾升。

昔时往矣，浑浊的黄河之水过滤不出少年郎的风华正茂，却依稀仿佛照出老翁的眼神依旧如春风和煦、如炬灼人、如佛悲悯，如水清澈。他读懂了黄河的心思，要与它来一场海誓山盟的绝恋。黄河之水不复回，却流失不了他种在心头的信念，时间的考验在他面前显得画蛇添足，再多的沧桑和艰险也无法让他退却。

他一到内蒙古乌海机场，便坐上汽车过黄河沿护堤直奔沙漠边一处建在盐碱地的农场，与6名先遣队员会合。那是内蒙古悦禾生态科技有限公司所属农场，场部只有三排平房，初来乍到便受到西北风的欢迎。风沙过境，遮天蔽日，门外动辄便沉积20公分以上的沙子，怪不得这里的门一律设计成往里开，否则再怎么用力也怕是推不出去。平时户枢紧闭，有次窗户被狂风吹开，七手八脚关上后，眨眼工夫，风已送出“厚礼”，两三厘米的黄沙遍布房内。

“你们这边的风沙也忒大了，要刮到什么时候啊？”一位队员被风沙吹得眯了眼。

“差不多都这样吧。我们这里一年就刮一场风，从年头到年尾刮个不停而已。每年十一月到来年三四月份风沙更大。要不，乌兰布和在蒙古语中怎么叫‘红色公牛’？”

当地人见惯不怪，习以为常，还带上点幽默，得知他们要来这里治理风沙，就问：“你们来自哪里？”

“福建。”

对方呵呵一笑：“你们有福不享，却跑来这边找西北风喝，找牛皮吹。这边的风沙你们福建人要是真能治，那千百年来你们干吗去了？”

别怪人家一笑而去，他们这次来不过是做试验，将信将疑中被林占熺激发起来的一点信心，初来乍到便被当地人一席凉凉的话吹得支离破碎，被从未领教过的风沙打得蔫头耷脑、鼻青脸肿。

这风沙可不像当地人的冷笑那样一吹而散，它们摆开了阵势，等着看眼前这群挑战者的笑话。

林占熺没有在风沙的喧嚣声中迟眉钝眼，更没有改变主意。他谢绝了当地负责人请他入盟旗所在地下榻的邀请，而与大家一起挤在向农场租借的一个十多平方米房间，住上下铺的铁架子床，仿佛又回到了大学时代。这样方便随时观察，更能收集第一手材料。他就是要以身作则地告诉同行，这才是搞科研应有的样子，只有这样就地深入科研才行。

乌兰布和的蒙古语之意“红色公牛”够形象，坐拥一万平方公里瀚海的“牛魔王”难怪有地盘兴风作浪、疯狂肆虐，那他们就来做孙悟空降妖除魔吧！他们细细打量面前的沙地，挥了挥手，从头开始。哪怕对流动沙丘的习性等等不甚了解，也得从零基础摸索。此前，有关方案做了一遍又一遍，改了一稿又一稿，他们是有备而来，特地备下菌草这个见面礼，每一株草都被寄予希望。

4月21日，乌兰布和菌草防沙治沙项目正式启动。没有锣鼓喧天，没有彩旗飘飘，没有万头攒动和记者手中的“长枪短炮”。

现场站了一排菌草团队和来自北京、内蒙古、福建为数不多的有关人员，简单地拉了一条大红横幅，一台为沙坡地量身定制的菌草播种机，还有几车从福建、海南远远运来的菌草草种。林占熺对十来种草种的特性进行研究比较后，从中选出巨菌草、“绿洲一号”，勇闯“刀山火海”。

随着林占熺一声令下，一丛丛如高粱秆般的菌草草种，截断后被播种机植入沙地。这一天，采用育苗移栽和机械化种植两种方法，来自南方的青青菌草履薄临深，嵌在了北方6万多平方米的沙漠上。

为了这一天的到来，林占熺苦等了40年。自培育菌草以来，他没有放弃每一次以草治沙治水的机会与实践，同时持续专注于新草种的发现。

还记得林占熺1983年考察而影响其一生的中国三大水土流失区闽西长汀县吗？10年过后的1993年，林占熺携带象草卷土重来，在这个水土流失重灾区进行种植试验。结果表明，所有的种植地当年夏季午后草地地面温度都比裸地低了10—15摄氏度，相对湿度则高了30%左右，年地表径流减少30%，土壤侵蚀量减少78%，每公顷每年减少土壤侵蚀60—70吨。可见，菌草在护坡固堤、保持水土方面已显英雄本色。

还记得闽宁协作的菌草首站地宁夏彭阳县吗？1997年起，林占熺在让菌草为这个生态脆弱的地区献上蘑菇时，也大胆试种于荒漠地，探索如何把西北地区的生态治理和菌草产业扶贫有机结合，算是为未来治理黄河埋下了更近的伏笔。遗憾的是，在南方多年生的草种在这里过不了冬天。林占熺为此又几次在宁夏、甘肃、新疆多处生态脆弱地区继续试验，积累科学数据，解决其越冬的办法也渐渐浮出水面。

2008年北京奥运会之际，林占熺像是个长跑健将，举着新培育的巨菌草如举火炬，要给中华人民共和国首次举办世界顶级体育盛会也来个献礼，他把一场硕大的实验比赛从福州市闽清县一直摆到闽西连城、武平等县。他采取“等高线活篱笆法”，在对闽清丰达农场45度裸露坡地进行水土治理，一层层“堵”水，让洪水分散开来，以此保护植被，防止土壤进一步流失。“百日维新”仍不败，郁郁葱葱的巨菌草犹如铁笼般保护着脚下米粒般的泥地。继而在武平、连城等地试验，效果都一样。数据有力地表明，菌草对土壤的防冲能力和吸附雨水能力，让树木和农作物甘拜下风。

巨菌草在福建本地的种植试验中成绩夺冠。所有的实验地仅一年工夫，草、灌、木就同步得到自然恢复；两年后，这些草地在贡献数倍于其他草种的作用之后，沙土被进一步牢牢锁定，周围土质也有了明显的提升。

“绿洲一号”的种植试验也在国外同步进行。在逐一解决试验中发现的问题后，矛盾最后集中在草种分蘖率较差上。林占熺率专家组为此又花上两年时间，终于通过搞组培迎刃而解。

2010年，林占熺率团队在宁夏闽宁镇荒漠上种植的巨菌草，95天后经专家验收，亩产鲜草20吨。这一试验结果，为黄河流域荒漠化治理和中国西部发展畜牧业生产，提供了一种生态、经济、社会三大效益有机结合的新模式。

2011年开始的菌草治理水土流失试验示范，结果很给力：种植巨菌草地的土壤流失量比种植玉米的减少97.05%—98.9%、水流失量减少80%—91.1%。

巨菌草、“绿洲一号”如是功力，让林占熺确信有了专治大江大河的多年生菌草草种，遂剑指黄河。俗话说“没有金刚钻，不揽瓷器活”，此草成了他的“金刚钻”。

选择阿拉善作为生态治理头一站，何其不是巨菌草与“绿洲一号”大展身手的首善之地。能否在此不毛之地变出青纱帐，大家心里都没底。前来观阵的各色人物被呼呼大风送回路上，在车上聊起话来问号越来越多。有人甚至纳闷：这会不会是林占熺为了炒作，明知不可为而为之？

“菌草种下100天，真能见答案？”

“能啊，非生即死。”话说得颇堪玩味。

也有人力挺：“林占熺能跨出这一步，是充满底气的，纵有不测也是英雄！”

“是是，还是乐见其成吧，说善话，行善事，做善人！”

风沙多行不“善”，林占熺此前考察并率团队选择此地安营扎寨时就领教过了。身处沙漠地带，古之边塞诗人笔下“飘忽狂风一霎间”“狂风卷野怒涛翻”“一夜狂风吹欲尽”“十日狂风才是定”等纷繁景象，像是剧情重演。狂风呼啸中，种好的菌草不消多时就被吹得披头散发，深埋的杆都被吹开扒拉掉，谁还有兴致探问“狂风吹去落谁家”？旋遭太阳暴晒，再贱再硬也保不住小命啊。

不知有多少次，林占熺等着风来呢，以便观察种下的菌草如何生长，能与风斗上几个回合。他一天要出门观察几次，一般是早上六七点出去，十二点左右回；下午一二点出去，五六点回来。来回之间，从头到脚都是沙尘。哪怕疲惫不堪了，晚饭后还得召集大家开会研究，一天到晚都是周而复始的满满当当。

阿拉善狂风屡起，林占熺和团队东跑西颠中逐渐观察和掌握了这方动静。台风除外，福建内陆平时阵风四五级算是大了，阿拉善的常年风力都不下六七级，还按时段分出层级来：上午五六级的话，下午就可能七八级，一个月至少有四五次八级以上大风，碰上十级乃至十二级大风也属正常，电线杆和为数不多之树不被连根拔起、不停电那才算稀罕。还有，这里气候恶劣，空气最低湿度仅5%，比福建不知少了多少个百分点；极端低温-32.5℃，只能拿福建的夏天作反比……

水土不服也够难受。当地人端上的菜哪怕用开水再涮两遍，皱眉咽下，也仿若吞了一口咸水湖，白饭和方便面遂成首选。林占熺最让人称奇的是随遇而安，几乎什么都能下肚，仿佛有个万能胃口，只要在这里工作和科研有意义，他就能适应，并鼓励大家吃苦耐劳，尽快适应必将在他们手上改变的环境。

广袤的沙漠地带，出行极其不便，起初连交通工具都没有，只好向农场借。有次，队员余世葵借了辆摩托车，受命到20公里外的超市为大伙儿购置生活用品。他沿着黄河堤岸小心翼翼地缓行，轮胎不时陷进松软的黄土或沙里，回来时差点没让队友们笑背过气：除了眼罩处，一张脸全被喷成了黄泥巴。

南国四月，芳菲不尽，可身处西北大漠黄河畔，却不似此时应有的人间气象，无时无刻不受煎熬。绿色基金会介绍的企业带着不咸不淡的表情前来合作了，菌草种植面积总算又扩大了一些。

5月中旬，草苗好不容易长到十来公分了，大风起兮沙飞扬，那些在干旱中苦熬的草被打了个措手不及，一下午全都烘干了，一片惨淡。

“就说嘛，这鬼地方怎么可能把草种活呢？真服了你们，这么有能耐忽悠我们的董事长。”合作企业驻地负责人的叫嚷声，像风沙一样喧嚣。

谈何忽悠呢？上年在有关部门召开的沙漠治理会上，林占熺发言过后，当地绿色基金会介绍企业来合作，也算是当地政府做的对接工作。余世葵知道事情由来，但正是需要仰仗人家之时，也不好较真，其实整个工作队心里也是没个底，只能硬着头皮表示继续观察。

第三天，风还在使劲地呼啸，那家企业连人带工具一夜间全跑路，扔下一句比风沙牙碜还让人寒碜的话：“这不关我们的事，不过是有人多管闲事，你们还想干，但愿能找到替死鬼。”

虽知善财难舍，但第一家合作伙伴待不满一个月，就逃之夭夭，对整个团队打击很大。正在别处推广和指导的林占熺，恨不得立刻拍马奔来救急，但另一头的事务却盘根错节抓挠得他毫无分身之术，只能远程操作，指示余世葵采取补救措施，并拿着他改进的方案，找农场合作。

农场说咸道淡中显得很无所谓：“我知道你们福建人乐善好施，但阿拉善真是善者不来的地方，你们还是回福建享福吧。”

“我们福建人主张为善最乐，也主张爱拼才会赢，你都知道我们乐善好施了，就让我们施一施、拼一拼嘛，何况对你们有百益而无一害。”

眼见这群“南蛮子”大有不撞南墙不回头之势，农场又受了有关方面的招呼，只好请一家关系密切的企业对接。但该企业负责人开口就说南方的草在北方沙漠地根本长不了，要是有这等好事，前面那家企业也就不会远走高飞，工作队来这里就是为了骗吃骗喝骗钱花。话说得这样不客气不友好，目的是让他们识趣，哪里来就回哪里去。

工作队除了菌草和技术，几乎赤手空拳，眼下只好忍气吞声地解释。对方勉为其难地表示宽以时日，如果仍无济于事，就只能下逐客令。助人为乐倒招来寒气逼人，得反过来求人，真是自找苦吃。队员们都忍不住要冲天咆哮，怎么就感动不了上苍呢！

大清晨，农场同意派个小货车拉他们出门。大中午，他们只能顶着赫赫炎炎的骄阳步行40来分钟回营，人人被烤得浑身冒烟冒油，有人脚底起泡，疼得龇牙咧嘴。

如此有进无退，终于看到草嫩嫩地又蹿高了。但很快，风沙也跟来了。风沙似乎不容在它们长期霸占的地盘搞“绿色革命”，摆出一副有我无你的架势大动干戈。可怜这些初出茅庐之草，如何经受得了暴风骤雨般的霸凌，在一个暗无天日的下午，不是被大风折断，尽现枯枝败叶，就是被狂沙打烂，连排掩埋，气息奄奄。

这里的白天流金铄石，晚上又寒风侵肌，人非草木，纵怀使命，也难免要被接二连三的失败挫个萎靡不振。能不能做下去？队员们一时疑窦四起。

林占熺自信菌草绝不是过路的风景、立不住的葫芦，6月中旬他再次来到现场，一番创新思路后，重新排兵布阵，然后说：“没问题，继续浇水，注意观察，及时采取各种补救措施。”

顶风而上，浇水复浇水，原本一塌糊涂的枯草果然渐渐发青，慢慢挺起了腰杆，抖擞起精神来，好像有决心与风沙斗上三百回合。

“真的能长，真的能长啊！”

“这件事真的能做，真的能做啊！”

他们为菌草两个多月来的表现而喜悦，为来这里做对此事而激动，那一株株草啊，要像宝贝那样保护好！

一日，大伙正施肥浇水，忽地蹿出一只兔子，一溜烟就跑成了一个黑影。有人不经意地说：“兔子尾巴长不了，我们的草不会这样吧？”

马上遭到讨伐：“可别乌鸦嘴！”

墨菲定律说，越担心的事就越会发生。风沙似乎是接到了兔子的密报，又一次卷土重来，漫天盖地来得更猛烈了，要扑杀看起来不容小觑的新草于萌芽状态。并非势均力敌的一场混战过后，菌草满地狼藉，死去活来的伙伴也垂头丧气。

此情惨重，让人如置冰窖，如跌谷底，与前些日子所见长芽时的愉快心情大相径庭，队员们一个比一个沮丧。余世葵在第一时间的报告中，语带哭腔。

前后落差之大，也让林占熺扼腕，在电话里听了汇报后，反复端详传过来的照片。哪怕不在现场，他也可以是“木匠丢了墨线——全凭眼力”。面对菌草的照片，他火眼金睛般透过现象看本质，不免也产生怀疑。科研之路不多几个怀疑，不防患于未然，立足点就可能不稳固。他询问之下，此前的试验，进场那段时间扎实掌握的第一手资料，助他有的放矢地隔空为菌草也为种草队疗伤：“这里空气湿度低，风大沙子又热，这样吹吹打打再加蒸发，能不把叶子烘干？这样吧，挖些草出来看看根系长成什么样了，特别是检查一下它们的芯有没有死。”

这些曾被当成宝贝的草，如今虽然命悬一线，但要把它们挖出来检查身体，却又不忍心，生怕来回折腾中倒真要了它们的性命。这一挖不打紧，果如林占熺所预料那般，不少草的叶子虽被风沙烘干，“心”却没死。由草及人，他们像是挖掘到了自己人生的潜在价值！

接到报告，林占熺大喜过望，说：“叶子全干都不要紧，只要芯没死就有希望，枯木逢春能活，它也是，再好好观察！”

果然是阳光下又生，一丛丛芽儿似乎都在蒸蒸日上。然而意外还是来了，几乎是前面失败周而复始的重版，生而复死，一如“狂风忽扫万枝花”。

风沙吹枯草，草短声剌剌。余世葵跌坐在枯萎的草地上，捧着被沙子烫得起泡、瘙痒难耐的脚，愣看着眼前的一切，最终没忍住眼泪，任它肆意淌在了布满沙尘的脸上，像两条细细的河流。

其他三位队员也都跟着一屁股坐下，人人的手上和脚上都泛起了红色带水疱的疹子。大家沉默不语，失神地望着地里，心里直打鼓，这草还能再长吗？

好半晌，跟随林占熺在西北其他地方有过推广经历的罗老师率先打破沉默："不可能了，活都活不下来，还指望它固沙，除非太阳从西边升起。"接着，他还谈了一通自己的认识。

"是啊，照这样下去行不了，没希望……"在福建也跟了林占熺好一段的严老师不禁也心灰意冷起来，"风沙实在太大，有点顶不住了。"

"再这样待下去，哪怕草能借尸还魂，我先崩溃了。"一位年轻的新兵出口虽是气话，内心的惆怅却也难以言述。

此时的余世葵，还不太懂菌草技术，但牢牢记住林占熺的叮嘱："坚持就是胜利，不到万不得已决不撤兵。"回到营寨，他把最新情况连同小组的看法整理给了千里之外的林占熺。

林占熺在电话里面授机宜后，不容置疑地说："胜败乃兵家常事，不要一蹶不振，继续跟踪观察，成功与失败往往只有一步之遥呢！在我没宣布结果之前，你们谁也不要擅自发布，更别放弃，坚持就是胜利！"

听着岳父干涩嘶哑却又坚定有力的声音，余世葵立下军令状，就算只剩下自己一个人，也要拼到最后一刻。岳父之心、之志，他比别人更懂，理应也更多地承担责任分忧解难，哪怕每一关都那么难闯，自己也得勇往直前，不可泄气。

复恐匆匆说不尽，心因忧患而温厚，善体下情的林占熺又在短信中，录赠"道阻且长，行则将至，行而不辍，未来可期"之句，为前线将士打气。

商人重利轻别离。这家企业受命对接的负责人只看眼前，一个劲地想赶走他们腾出地盘，像是奇货可居，要换他人上场。

意扰心烦之中，余世葵一行苦口婆心地给对方讲道理。对方不耐烦道："企业这些年已为生态治理花了不少力气，你们不要再骗我们了，不要再忽悠我们的老板接手了！我下去看了你们的几个点，有的地方草都长得快半人高了，可叶子照样全干，死翘翘的怎么还能活下去？"

"放心放心，过几天它们就会东山再起。林教授是国际有名的大专家，研究过气候，他说了……"余世葵想着岳父电话中的自信，也来了信心。

高深的理论，有时听得对方一愣一愣的。但对方咸嘴淡舌加争吵，仍是一心只想把人赶："就算再长出一些叶来，还不是照样又被打死，你们再耗得起，也得考虑我们企业要讲效益啊！"

对方天天来闹，团队多数人的情绪都快绷到顶了，真希望林占熺能就此顺坡下驴，下令收兵，日后有人问起，也可推说是人家不配合。林占熺才没那么世故呢，通过无线电波传递的，却是一副"咬定青山不放松，任尔东西南北风"的慷慨，是"胜败兵家事不期，包羞忍耻是男儿"的激励，是不到黄河心不死，到了黄河不死心的血气。他们反复思量，把总指挥的电话鼓劲当定海神针："一定要稳住，要有信心，观察观察再观察，哪怕不成功也要弄出经验来！"

林占熺言辞每每斩钉截铁，余世葵明白，再苦再难都必须熬过去，"守株待兔"，此兔不言而喻，绝不是那个尾巴长不了、急如丧家犬的兔子，而是今后傍上菌草后再不想挪窝之兔。年轻的妻子在电话中替他心疼，想着央求父亲发令撤退或暂时休整，他竟说你既说不动老爸，也动摇不了我。

团队弥漫着低沉的情绪，当地质疑声聒噪，余世葵却有自己的招数，他吵任他吵，我做由我做，当个“钉子户”，能拖一天就是一天，拖着拖着事情可能就有转机。

“已经失败6次了，你们真的不可能成功了，占着茅坑不拉屎只会害人害己！”对方又甩起了脸色，近乎诅咒。

余世葵还是赔以笑脸协商，摆出一副打持久战、决不善罢甘休的架势，有时还向对方摆起了龙门阵，结合岳父的“招数”动之以情：“当年我们的前辈在山沟里搞马列主义，在沙漠里搞原子弹，也是一场场试验，开始时有几个人看好，最后不都成功了嘛！我们是为了给你们这里造福而不辞辛苦。只要你们少些吵嚷，多些支持和理解，我们就一定会试验出成果，届时还不是你们优先享用……”

对方碰上“钉子”，只好提出重签协议，要求分享到更多实惠。能相信有成果，总比天天干扰为好，工作队为顾全大局而委曲求全。

7月底，林占熺再来现场“会诊”，给队员们打气：“沙尘暴过后，风沙逐渐转小，菌草这时就能趁机生长。另外，这次选用的草种，我事先都在实验室里做过多次实验，在没有光合作用、没有施肥的情况下，50天内根和叶还能生长……”

这真是一场孤军顶风而上的持久战啊，大伙的心情虽不时起伏波动，毕竟还是被主帅的镇定自若给慰藉和鼓励着，无不珍惜这个连争带“赖”得来的岁月，只差每天搂草睡。

“菌草生长过程中遇到大风沙可能会倒，但不会死，科研工作也要像菌草那样，不管遇到多大困难，还是要坚持到底！”林占熺因势利导，话语上升到精神层面了。

每天每天，都在与老天抢时间，毕竟季节不饶人，一年的菌草种植季快进入尾声了，绝不能铩羽而归。

苦心人天不负，守得云开见月明。在第七次试验时，菌草一截一截冒出来，沙子埋它一截，它又长一截，猛地涌出了力量，在疾风狂沙中傲然挺立在贫瘠的黄色沙漠上，齐刷刷抬头看天了。元气满满地，以每天七八公分的速度节节攀高，以数不清的须网在沙地里扎根。

那天，队员们遍观喜人气象，又你看我我看你，看着看着，热泪里便涌出了酸甜苦辣：要不是主帅坚持，指导他们一次次及时采取补救措施，这场试验就可能功亏一篑了，而现在该可以缚住“沙龙”了！

“风啊风啊，请你给我一个说明！”队员们哪个不曾对着风沙怒吼复长啸呢，他们一个比一个记得风沙的凶狠：5月18日—7月21日，相继遭遇8级以上大风沙袭击，平均每8天一次；7月21日，遭遇试验区范围内30年一遇的10级风暴，附近农场的4根电线杆全被大风吹倒；至于6级左右的风沙天气就忽略不提了……

林占熺却给了风沙一个说明，他据此筛选出更适合治理风沙的草种，在总结中不断丰富菌草治理生态的关键技术和配套技术。触景生情中，他想到了毛泽东语录：“我们共产党人好比种子，人民好比土地，我们到了一个地方，就要同那里的人民结合起来，在人民中间生根开花。”早在宁化县插队时，他就是“学毛著积极分子”。

如此嘉言善行背后的奇迹，让犹豫中的企业再次把合作的手握紧。

“希望我们的立足点不是建立在沙滩上！”林占熺口中的“我们”，一语双关，首先是从决心像菌草一样扎根的菌草团队，扩大到企业，再大而强壮一些，希望全社会都成为“我们”。

温志乐接任悦禾企业董事长后，也并不相信菌草业能做起来，对沙漠里种菌草的意义也不以为然。悦禾建在沙漠边缘的厂房基座老被流沙淘虚，尝试做绿化屡战屡败后，以为得先做些护坡，一时之绿照样没能逾越一个冬天。眼看成天呼啸的风沙要把基座淘空，束手无策中向菌草求援。余世葵带人对症下药，对厂房外围的大片沙地用菌草给缚住后，再在厂房附近播撒其他草籽，一下就固若磐石了。温志乐连称菌草太伟大了。

来自福建的一株草和一帮人，扎根于阿拉善并带来的改变，让温志乐感动了。他和林占熺也越走越近，有次问他："林教授你年轻时有官不当、有钱不挣，年纪大了还有福不享，跑这里来自找苦吃，图什么啊？"

林占熺的回答浪静风恬："你说的官啊、钱啊，都算不了什么，对我来说，自己的发明创造如果能对人类的生存和发展有一点点贡献，就是莫大的价值。"

温志乐的敬意油然而生，忍不住又问："你想过没有，如果这些成果转化为个人资产的话，会有多大财富啊？"

林占熺笑道："那也比不过一株菌草。"

"林教授……"温志乐感觉自己冒犯了尊者，讷讷之中情真意切地说，"你真是太伟大了！"

林占熺急忙摆手："过奖过奖，我不过是沧海一粟，离开大家的支持，只能孤掌难鸣。"

温志乐上前攥紧林占熺的手，近乎立誓："我要多发动一些人跟你一起种草！"

"中国治沙新武器"

争取到又一家企业伸出橄榄枝时，已是如火的七月，菌草在顽强地搏击几场大风之后，参差不齐中大多也长到了三四十厘米以上。

林占熺这次远道再来，对“篱落疏疏一径深，树头新绿未成阴”现状分析并提出改进意见后，深信这些扎进沙土里的力量会出人意料。经验老到，让人心神安定：“长到这份上，就不太怕风沙了。我们以前不懂流动风沙的规律，也不太了解当地气候，做法上简单化了。你们想啊，这里的新沙堆大都在30厘米以下，那么，只要叶子长过这个坎，是不是就不容易被飞沙打伤致残了，每日劲长之中也就不易被埋没了？”

多年与草为伍，林占熺愈发地懂草性，知道草亦如树，长高长粗壮之后，便不会随意地被风沙打压和“处置”，只要能升高，就可能长成劲草，并成为风沙和水土流失的劲敌。所有的经验都是在躬行中逐步摸索、总结而得，在过五关斩六将的血与泪中臻于至善。他建议适当采割附近盐碱地的芦苇，捆绑好再置放到菌草种植地的外围特别是几个风沙口，三五成排做沙障，看看效果如何。显然，这些沙障的设置，减轻了风沙对菌草的影响和破坏强度。他有时蹲伏在沙地里，一待一测就是大半天。他在很多地方插上了沙签，弄清楚顺风的地方沙子被吹走多少厘米，背风的地方又填高了多少。

看到他这样身体力行，大家都明白了他不住新村而愿意窝在这里同甘共苦的要义，边试验边观察边记录，遇上问题能及时改进和解决。对于不少人来说，那一段日子反复做的实验次数，差不多是同行在外三五年的总和。

种啊种，日复一日就种上了一百零几亩，分做了几十个实验场。哪块场地都犹如手心手背不容忽视，发现问题便第一时间处置。哪怕林占熺不在场，团队也要每天跟进了解情况，相应作出改进。

这里有菌草与当地沙生植物配种的实验场，就是把当地沙生植物和作物的种子套种到菌草地里，看其长势和收成。得出的结论是，当地的沙生作物不是不会长，而是备受风沙移速过快的摧残，常常在发育期就被吹个东倒西歪，难怪尽长歪瓜裂枣。他在四处走走看看中还发现，这里难得一见的沙生植物很少有垂直笔挺生长的，不是歪脖子就是斜身子，大风一来，覆盖它们的沙子就一层层被吹走，如果这阵风连刮数天或十几天，长达几米的根系便常常被扒光，这么一裸露，水分就愈发地不够支撑了，久而久之不晒晕也得枯死。一定要让它们这群草狠狠地扎下根，不是一株两株隔着楚河汉界相望，而是成群结队手牵着手昂首挺胸叱咤风云。这个因菌草种植而得以改良的环境，哪怕宽限个三五天收容这些沙生植物或作物，都可能“共襄盛事”。

是的，万物生长都是自然的造化，风沙再毒辣，出招再凶残，也无力一下子就把有生命的东西给弄废致死。多数沙漠都有个潜在的规律，处在几十公分以下的沙堆可能有些潮湿，能养活少许植物，是谓沙生植物，更何况这一带依着黄河边，有的地方可能就是千百年前的黄河古道，底下还蕴着不少水分呢。

欲觅良方，就得躬行。林占熺时不时带着仪器，逆风而上，艰难地爬上沙丘顶端，测量风速。回来再沉着地与团队一起分析当地的沙土构成、风沙规律，再行考虑调整种植布局、变换育苗方式。在实地研究和实践中，他们开创性摸索出了用菌草与草篱结合等防风防沙新办法，大大提升了菌草幼苗的发芽率，又大大降低了沙暴对幼苗的危害。

林占熺也曾请教有关专家，确定流动沙丘的底部并非全是原始沙漠，不少还是良田菜畦甚至是疏树地，只不过是被随风源源而至的“外敌”—— 沙子给日复一日地鲸吞蚕食了，原生之木被掩埋或被连根拔起之后，覆巢之下，焉有完卵？

林占熺每到一地，总喜欢前后左右走走看看，常有不经意的发现，这也是他能真正把论文写在大地上的妙方。

他的目光就这样从一望无际的沙漠，延伸到另一头同样辽阔苍茫的盐碱地，瞻之在前，忽焉在后，心有所触：在那里种上菌草，对改造盐碱成分、对固堤会是如何？有了想法，便马上来找悦禾企业负责人，和盘托出奇思妙想。

“巨菌草根系发达，与沙蒿根系比较，根鲜重是它的5.6倍，根数量是它的20倍，平均长度是它的1.11倍。一株巨菌草的固沙面积达到15.2平方米……”林占熺说得有根有据，毫不含糊。

这话说到悦禾企业的心坎上了。他们所属农场在这一带拥有3万多亩地，其中2万来亩是乌兰布和沙地，一万来亩是黄河滩涂只长芦苇的盐碱地。企业负责人感动于林占熺坚韧不拔的精神，也看到了眼前的成果，自然愿意开展更多的合作，最好能对闲置之地来个百废俱兴。

风沙跑得贼快，每快一步就会埋掉一寸山河，逼得人类步步退让。拿阿拉善来说，每年沙子都要往盐碱地漂移30多米，一移就成“钉子户”，贪婪得要把整个地球都给霸占了去。

有时仅一夜工夫，沙子就能把农场开出的路给垫高一米，让附近的穿沙公路垫高四五十厘米，并且轻松地覆盖七八米宽的路面，甚至把路旁的沟渠也给填平。看到风沙如此疯狂地扩张地盘，林占熺更为着急，要早点让菌草成为风沙的克星，作为前所未有的治沙新式武器，不只限于此，还要将之扩大到全国，放之四海而皆准。现在他需要实验，他要跑在风沙前面，“老夫聊发少年狂”，他有时比风沙还急不可耐！

风沙打在脸上如针扎似刀刺，痛了就侧身或背着走，整个脑袋只露两只眼睛探路，然后“满载而归”——衣服口袋尽是沙。第三次来阿拉善时，林占熺带着女婿等人，迎着风沙的一手遮天、一路吹打到盐碱地做实验。在他的鼓动下，悦和企业同意把沙漠东缘黄河沿岸只长芦苇的盐碱地也割一片给他种菌草。

蚊子群起而攻之，似乎要捍卫自己的“领地”。这些盐碱地只要有一点积水，就成为蚊子的超级乐园。那些死寂的水面上浮动的全是黑压压密不透风的蚊子，个小，喙尖，稍有动静便嗡一声齐飞，成千上万，搅得水面涟漪阵阵。下午五时左右，风小一些时，它们便兵分数路，一窝蜂径直向人扑来，以百敌一。有好几次，林占熺只觉眼前一黑，刚扭动身子挥动双臂驱赶，冷不防脸上已痒得不行，抬手随意一打，掌中就沾满了十几只蚊子的鲜血。最讨厌的还不是这个，而是被蚊子骚扰得根本没法做事。他们后来也学当地人，戴个丝巾围脸，个个成了黄河边的“蒙面侠”。

林占熺做事，特别是采集重要数据，都要亲自动手才放心，越是艰苦之处越不落下。他参加扶贫，再边远的村落都要亲身前往，看地质，探气候，采新知，长见识。按他的既有经验和原定方案，看与不看也没问题，但他却来了，而且认真细致，押上充足的工作时间，绝不走过场。在讨论或点评中，他有时虽然也认可别人的案例，却认为有可能在改进中把事情做得更好。

林占熺对团队的管理和培养，除了自身的人格魅力，再就是以身作则。工地上人多且杂，各种材料成堆，他认为在这样的现场更需要有效组织，言传身教。

沙漠地带土壤贫瘠，这款必然要寄予重任的江南奇草也离不了肥力。林占熺便开始了有机肥试验，用皮卡车从外头拉来牛羊粪便，在水里泡开发酵后再行使用。味重难闻，十里飘臭，人皆掩鼻作呕不愿近之，他就俯身来做，过后一脸认真地说，你们再闻闻这个味道，好多了吧，是不是感觉有点香了，它之于菌草，还是宝呢！

干活当头，风沙吹着干粪飞，人皆敛声屏气如遇毒，他呢，不是依然故我，就是去抢回那些被卷走的粪块。看着主帅手捧牛羊粪便如奇珍异宝，挥铲抬筐弯腰浇草一招一式像老农，大家也就有样学样，进而习惯成自然。事实证明，羊粪之于草的肥力特别长效，比化肥还好，菌草长势日见其好。

余世葵看在眼里，对岳父的敬意又生一层。他以前路遇堆放的牛羊猪粪或野外遗矢时，本能地总要绕道而行。经过戈壁滩这场密切接触后，他的整个心态和观念为之改变，甚而觉得它们不过尔尔。

林占熺此前和此次的每次亲临外地现场，对驻扎于斯的工作人员和研究生们都别有一番启示。他不仅现场培养他们的基本观察能力、严谨的科研作风，还晓谕科研的方法及精神真谛，切实把他们影响和带动起来。

将懈而兵怠，榜样的力量在“带动”，大家心里有了绵长的感激，甘做菌草业的“善男信女”。那些强度超大且超脏的活儿，连当地人都嫌工钱低而不愿意做呢。不少队员的亲朋好友得悉他们饮风咽沙艰苦蹲守，只有区区收入甚至尚不及自己时，就替他们不值，怂恿改行。只是因为林占熺强大的精神气场，才使得军心一片磁针石，不让草铺戈壁不罢休。

最大的困难是资金，合作企业支持两年后，力度大减，传出话说，地可以多拿一些去做，他们需要另用时再拿回来就是。因此，林占熺多了一项工作：自筹经费。个中艰辛一言难尽。没有资金就难招到人员，更别说才干，所以林占熺只能派二女婿替他坐镇。悦禾看在眼里，感动之中也曾帮助引进别的企业加盟。

也有一位企业家受到鼓舞，信誓旦旦地表示愿意追随，斥资百万在当地打造一个样板。只是，他就地停留了两天，热血不过三分钟，扔下一句“在沙漠种草，我傻还是自讨苦吃呀”，一去不复返。

林冬梅笑过这位急功近利的企业界“壮士”，也开过父亲的玩笑：“林老师您在什么地方种草不可以呢，想治沙也没问题，却为何每次都要挑最难的路走，还那么卖命？”

林占熺也还是那句“锦上添花容易，雪中送炭难得”。他也没有像县委书记的好榜样焦裕禄、谷文昌当年那样指天为誓，“不治好风沙，就让风沙把我埋葬”，而是温温不作惊人语地默默做企业家眼中的“傻子”。

2013年9月14日，这个“傻子”黝黑的脸上，露出了孩子般无邪的笑容。

这天，烈日当空，中国科学院、中国工程院、北京大学、清华大学组织的强大专家队伍，继不久前中国农业科学院、北京林业大学等单位组织的验收后，也抵达阿拉善菌草治沙试验示范基地，来一番现场考察并论证。

汽车驶进乌兰布和沙漠腹地的穿沙公路，眼前沙丘连绵起伏，无边无际。曲里拐弯行走一小时左右，视线里的一派深黄渐呈淡绿，越往里走越觉改变颜色时，一片绿洲突然跃入眼帘，在茫茫的黄色沙海显得郁郁葱葱，如纱似帐，像是天上遗落的明珠，有目咸赏。不少人明显记得，一年前的天地原本不是这样子！

“真是奇迹，了不起！”

“罕见，菌草太神奇了，画面超震撼！”

“乌兰布和沙漠有了最美童话！”

专家们行走在翻波滚浪的草海中，望着一丛丛尽染新绿、迎风轻摇、生机勃发的菌草，摸着运用不同菌草栽植已然高人一头的复合草篱，细察其发达的根系网络，不禁惊叹有加。

他们都不外行，知道在年降雨量不过百来毫米的流动和半流动沙漠里种草，不是什么人都能干、都能坚持、都能干成的，光这种精神就足以感天动地。暂且不论一丛菌草是否把十来个立方米的流沙给吸附、抓牢、固住了，他们所欣喜看到的是，菌草根系发达而密集，须根犹如天然网状，条条纤维都很坚韧，一草深扎起码就是一道“绿色防线”啊！

现场解说的林占熺，道及菌草经受的七次“死去活来”严峻考验后，声若洪钟：“实践证明，菌草只要能扎下根，顶着风沙长至30厘米高，便能抗住8级大风，生长一百天左右，就能固住流沙。”“这一带沙地种上巨菌草和新培育的‘绿洲一号’草种后，有机质含量分别增加了58.97%和197.43%……”

这番侃侃而谈，连同眼前英姿勃发迎风斗沙的菌草军团，让现场的院士和专家们有充足的理由相信：乌兰布和南部沙漠将被滋润出一片绿洲，中国治理荒漠化真的诞生了“秘密武器”！

他们谁都知道，这个广袤的地区是中国八大沙漠之一、四大沙尘暴发源地之一，也是黄河流域流沙最严重的地区之一，林占熺选择此地进行菌草技术生态治理，其抱负和意义显然是桃李不言下自成蹊了：连这个地方都能治理成功，还有什么地方不能迎刃而解呢！还有还有，正如林占熺所介绍，让人头疼的崩岗等遇到菌草技术，也相继给治住了。宋朝戴复古有诗曰“意匠如神变化生，笔端有力任纵横。须教自我胸中出，切忌随人脚后行”，真可以借来赞扬林占熺的创新和工匠精神！

下午的院士专家和企业家座谈会热烈激昂，林占熺结合视频，边介绍边回答问题。谢华安、李玉、杨利民、谢新佑、唐华俊等院士和专家，在高度评价中，一致认为这个实践成果为中国干旱半干旱区生态修复提供了新途径，达到国际领先水平。

中国科协原副主席、中国生物多样性保护与绿色发展基金会名誉理事长、中国荒漠化领域研究带头人刘恕一出口便情动于中："林占熺教授带领一批年轻人走出实验室，从遥远的福建来到这里，在最严酷的自然环境下搞研究工作，令人佩服！坚持理论联系实践，是方向性问题，对于当代科学研究非常重要，而现在真正能做到的人越来越少了，能吃苦的年轻人越来越少，我在林占熺教授这里看到了希望！"老大姐言罢，泪光闪烁。

新华网刊发文章《福建"菌草学"成果成中国治沙"新式武器"》，激切欢呼："菌草技术已经为我国防沙治沙闯出一条新路！"

"遥远的东方有一条河，它的名字叫黄河……巨龙巨龙你擦亮眼……"菌草团队不少人会唱那首老歌《龙的传人》。治黄要先固沙，这些在黄河边相依相伴的菌草，在固沙防风之后，"巨龙"才能睁开眼啊，它们接下来就是要为"巨龙"擦亮眼，引一河清水向东流。

直到建党百年前些年，菌草业的豪情壮志连同在黄河边、戈壁滩一根一板谱就的绿色韵律，让当地政府在大小领导、八方来宾络绎不绝的参观中确信看到了愿景，菌草团队受困多年的瓶颈才得以破解，连试验和生活所需水电费等，也开始由地方政府负责了。

弄明白菌草军团何故兵发阿拉善之后，人们能不像"阿拉"（吴语词汇中的"我们"）一样皆称其"善"？在知道菌草扎根艰难却仍百折不挠、善始善终之后，能不在期待黄河今后“从善如流”时，对林占熺这些年领着团队不倦奔跑的样子，来个英雄礼赞？

是的，菌草团队可以大声向这片土地宣告：“阿拉”，善！

是的，阿拉善这片土地对菌草团队愈发地善气迎人。

是的，菌草团队的向善而行，向阳而生，让人想到梁启超的一句话：“私德独善其身，公德向善其群。”

2013年，林占熺获得国际生态安全合作组织颁发的“世界生态安全奖”，成为中华人民共和国第一个获此殊荣之人。

等闲识得东风面，著草成新绿，枝头春意闹……戈壁滩这支种草队伍，带着不可言说的激动都开始寻章摘句了。但天有不测风云，人算不如天算。

2014年夏秋之交，千磨万击中的菌草，眼看要卷成千重浪了，却在一场神鬼莫测的超级大风中，悉数被毁。新草旧草上下翻飞，无助得犹如浪涛中的飘萍。真是一夜回到解放前啊！几位队员泪流满面，哭得都像个孩子。

那天，林占熺华发苍然，在黄河边一坐半天，差点儿把牙齿给咬碎！

替岳父“出征”黄河和沙漠多年的余世葵，睁着被风沙打得红肿的双眼欲哭无泪：“真是没完没了啊，难道真是不行，天意逼我们收兵？”

现实让所有人又扎了一次心，大家希望他老人家难得糊涂一次，反正用功至此，完全有理由一走了之。林占熺却声色俱厉：“不，我们是有进无退的过河卒子，绝不能缴械投降！”

风更大了，似乎又一阵嘲弄，林占熺神色坚毅，目光如炬：“你们都知道，这一带是全黄河流域飞沙走石最严重的地段，每年有上亿吨沙要流入黄河，照这样下去那还得了！”

50年前，年轻的他第一次听到母亲河的哭泣，那些被沙漠围困得暗无天日的河段，那些在崩塌中和惊涛骇浪一起流失的土地，同此一哭、泣如雨下啊！他立誓发狠，要替母亲河把泪止住。

林占熺努力压抑着心中的烦乱，苦苦思索。阿拉善啊阿拉善，你这里的土地公何其不作美，让风沙来者不善，毁我绿色长城，我岂能偃旗息鼓，今儿个我就是“善者不来”，不决出个胜负就誓不罢休！

风沙渐住，他茕茕孑立在黄河边，抚摸着尸横遍野的菌草，眼里洒泪，心中滴血。在别的地方各项荣誉拿到手软的他，真是不甘败北于此！他情愿以泪为水，以血洎酹，让它们起死回生，就如鲁迅诗中所说“血沃中原肥劲草”，一切都在所不惜。

滔滔黄河漂走了镕金的落日，远处传来队员的呼唤，他揉揉酸涩的眼睛，示意他们过来，把他从趴窝的草丛里挑选的几株长根系菌草一起带回。

像所有的夏天一样，太阳从早7点君临到晚7点，阳气充足，那是菌草团队不愿错过的时间。月亮轮岗，晚上的温差能直线下落15摄氏度。夜深了，满天的星星已被风沙吹打得七零八落，林占熺冷得直打寒战，却仍无睡意，一次次抚摸连着几天挑选带回的长根系菌草。这难道就是自己多年心血被毁之一旦后的最终结局，不不，这绝不是自己想见的场面！怎样才能让菌草像房子抗震那样有力地生存，进而帮助这里的人民拥有美好的家园？他的脑袋像车轱辘那样不停地转动，在灯光下俯身对十多种长根系草种再筛选，反复再反复，审慎的目光终于落下，它能在草间求活，起死回生吧？

智慧的猫头鹰总在夜间起飞。翌日会上，他拿出了自己的主张，并和大伙一起研究风沙规律，分析沙土结构，调整种植布局，变换育苗方式。

“老天爷有时就喜欢和人开玩笑，唐僧师徒西天取经，不挨过九九八十一难，怎能修成正果？凡事也一样，失败了就再尝试嘛，只要人不趴下，管它有完没完！”

从不服输的他，亲自蹲守此地，带着团队选种此草，一丝不苟得连最细微之处也不放过。一人教，几人种，种啊种啊，终于在种植季的尾声，菌草先锋一株接一株，一拨接一拨，牢牢扎根在了沙地上。

行行重行行，他们另起炉灶四个月后，乌兰布和沙漠南部终于长出一片新绿。那一天，黄河边、沙漠地，这帮人破涕为笑，像一群傻子。

看着这些用心血浇灌的草，他们又想哭了。是因为生机勃勃的绿，更是因为这片草带来的希望。

来年再细测，有菌草的沙地，不觉都蕴含了有机质。特别是，菌草下的沙丘岿然不动，像是被魔法柔远镇迩。

那些前来求证的记者们，人同此心，心同此理，与其在乎“独怜幽草涧边生，上有黄鹂深树鸣”的诗意，更期待菌草能在“狂风卷野怒涛翻”“昏天暗地尽灰黄”这样的极端天气下，以一种前所未有的豪横方式，宣告“凌风知劲节，负雪见贞心”的真义。

就这样，2013—2015年，林占熺带队在飞沙走石、环境恶劣的乌兰布和沙漠东沿黄河沿岸，连续三年开展种植菌草固沙防沙的研究与示范，备受各方关注，大家也无不期待来自国家权威部门的看法。

“你们做的这一切，为生物治理荒漠化、修复黄河生态闯出了一条新路，确实是给中国治理荒漠化提供了秘密武器。”国家林业局给出的“确实”评价确实让人喜出望外。

乌兰布和由此被国家定为开展种植菌草、固沙防沙研究的示范区。林占熺没有飘然得意。他希望，今后中国所有亟须治理的沙地，今后黄河流域沿线九省市的山河，能有个当代版的“草木皆兵”故事才好哩。那草木即为菌草，那菌草就是守护沿河生态的兵丁。

这场演义在他的导演之下日益变得可期。这些菌草适应性强、生长快、根系发达，一举固定沙丘后，与肆无忌惮的沙漠成了欢喜冤家。而收割之后，菌草还可以作为牛羊的饲料，也可用来制作生产食用菌的菌袋，扶助贫困地区的扶贫减困、产业发展。

于是，人们会明白，国家菌草工程技术研究中心获批在菌草研究所挂牌成立后，几近“素颜”的会议室墙上那幅镶嵌着一个个红五星的中国地图，为何分外耀眼，上面标记的正是沿黄河各省而设的菌草种植示范基地。这也是林占熺的菌草治黄“作战地图”，但他谦称自己并非将军，只是一名有进无退的过河卒子。他动辄还引用胡适的名言，“做了过河卒子，只能拼命向前”。

在拼命向前时，他也正一步步接近目标。

与黄河和沙漠的决斗，成了他这辈子自找且最难啃的一块硬骨头。这个“卒子”和他拉起的团队，一来阿拉善就牢牢驻扎，风吹不昏，沙打不迷，棒打不散，撼山易、撼“林家军”难。

这个只负责种草的“林家军”，要以内蒙古阿拉善盟为菌草治沙示范基地，辐射周边。他们种啊种，治啊治，到底是苦心人天不负，数年之后，基地试验草测的经济效益出来了：鲜草亩产量平均达15吨，一亩地可收入近5000元。更让人激动的是，中国治沙暨沙业学会给出了社会效益评价：“菌草技术填补了黄河流域种植多年生菌草的空白，为在黄河全流域建立菌草绿色生态屏障开辟了新途径。”

忽如一夜春风来，黄河中下游沿岸有7个省闻风而动，3年间建起了14个菌草生态治理与产业发展示范基地，成功试种菌草6000多亩，进行菌草治理水土流失、防沙固沙和治理盐碱地的试验。2016年，嗅觉灵敏的企业已备下十多万亩的菌草草种……

“看似寻常最奇崛，成如容易却艰辛。”这么个横空出世的生态屏障，正是这位老共产党员雄心勃勃的百年大计，向建党百年定下的“礼数”。

生态生态，最难将息

唐朝末年某日，人称郑鹧鸪的诗人郑谷遇雪，偶题为诗：“江上晚来堪画处，渔人披得一蓑归。”

此句看来甚妙，到北宋，他的江西老乡王安石伫立某处古渡口时，拿来成为其诗《江口》之句：“六朝文物草连空，今古无端入望中。江上晚来堪画处，参差烟树五湖东。”

宰相能借用，别人如何借用不得？所以，五代诗人佘壹作《重修朝宗门楼集句呈王宰》时，也大大方方地借用入诗：“江上晚来堪画处，丹青画出是君山。”此处王宰，当然不是当过宰相的王安石王荆公了。

至元代，“元曲四大家”马致远之作《寿阳曲·江天暮雪》，几乎脱胎于郑谷之诗：“天将暮，雪乱舞，半梅花半飘柳絮。江上晚来堪画处，钓鱼人一蓑归去。”

林占熺伫立于黄河流域，一望无涯中，油然而生自己的“堪画处”，他要描绘自己的丹青。种草一念起，心潮逐浪高，他要如画丹青般，让草长际天，参差满两岸，草色连空胜古今。

林占熺念念在心的，不是文绉绉的“江上晚来堪画处”，而是王安石最得世人好评的“春风又绿江南岸，明月何时照我还”。2013年他再来黄河边，为的是渐成热词的生态，不做讨生活的渔翁，甘做让别人活得更好的拓荒老汉。每天在汗滴“草”下土之后，这个种草人比“披得一蓑归”的渔翁还要不易，却从不“为赋新词强说愁”，只坚信会有明月照人还的那天，再如何参差不堪画，他也要交出一卷河清海晏图，图里漠上千草秀，河边万木春，多少悲喜事，隐在岁月中。

2013年下半年，为了解决队员们每次出门都为交通发愁的难题，为了效率和速度，林占熺四处筹措资金，总算买来了一辆皮卡车。捉襟见肘中，只好把配置从四驱降为两驱。后来才知，两驱的皮卡车马力小，如果速度跟不上，风沙一大，轮胎一陷沙堆就往往动弹不得，要靠人下车挖沙辟路，队长余世葵没少干挖沙推车的体力活。实在没招时，只能打电话求援，却常常连抛锚的位置都说不清，与农场的直线距离看似近在眼前，中间隔着一段曲曲弯弯，实则远在天边。那些绕来绕去的堤岸和泥土路，让再有耐性的求援人员也要望而生畏，踌躇不前。

与渔翁、蓑笠翁截然不同的是，种草翁在这里难得遇雨，而雨水却是种草最需要的。这里从4月到7月，刮风不止，有时也望见黑云压顶，“山雨欲来风满楼”了，却等不来“雨脚如麻未断绝”，仅象征性地下个五六滴。有时雨滴虽大也没用，转瞬间便被风吹得不见踪影。在那里多年，林占熺和队员们似乎只遇上过一场算得上真正意义的雨，降雨量也就一二十毫米吧，在阿拉善特别是乌兰布和沙漠算是大雨了。菌草天天都要人力浇水，在形同“输液”中它们只差声泪俱下了，怎么把我们安置在这么干涸这么干燥的地方啊，还让不让我们活？

林占熺不仅要让菌草活，更要让沙漠绿，还要期待黄河善，有了菌草的绿色拥抱，从此不再为难和危害沿河两岸百姓。谁也不能自信一张白纸就能画出最美的图画，但他知道自己所要描绘的丹青，就是要纯粹的绿，世代繁衍的绿。

正所谓难得岁月静好，总有司空不见惯，在南方“雨足郊原草木柔”这样微不足道的自然现象，转场沙漠后便成了神话，为生活缺水而发愁，连带着洗澡都不方便。喝的水咸津津，不需检测，一看便知长喝要出问题。挖井打地下水，氟元素超标，却只能这样睁一眼闭一眼先将就，后面再慢慢改进。矿泉水、纯净水当然也想过，可出入不方便，前往工地用车都得求人看脸色，又岂能公私两便？总算自己买皮卡车了，可来回一趟需耗时3小时，一天下来够浑身酸痛的，哪里还赔得起时间和精力。请当地人运水过来？也没闲钱付人家居高不下的跑路费，前后直线距离十公里都常常没个服务区。仔细一想，似乎全是将就。

余世葵谓之难，可不是新新人类动辄夸张的“吓死宝宝了”。他刚进阿拉善那两年，一口气干完了此前人生没碰上的活儿，头一年最是深刻地集中了几乎所有的难。他所言难，于林占熺更是千难万难集一身，翻来覆去试验过无数回科研，似乎迎刃而解了，隔年却还是难以预料地遭受几乎全军覆灭的重挫。

那年真是难乎其难啊，仿佛不难死一两个英雄好汉就不算真难。碰上林占熺这么个难能可贵、愿意一拼到底的超强挑战者，也真是一切发难者的劫数。任你把游戏规则设定得难如登天，他都在从容中铆足了劲，见招拆招，御敌无形，终以一把把“草剑”制服不可一世的流动沙魔。在风沙称臣受固之地，菌草腾挪跌宕，一高数米，气节自在。林占熺还称，用一些特殊栽培方法可以长得更高，菌草就应该成为克敌制胜的巨人。谁愿意四面树敌呢，菌草既愿意也可以，它的敌人就是贫穷、饥饿、生态恶化、水土流失……

这个时候的林占熺，虽然还被一些人因循守旧地称作“林大炮”，但最艰难的时候已经过去，一场战役已决出胜负，分布在五洲四海的菌草团队都因之士气高昂。菌草在沙漠里扎根长高了，在黄河岸长得葳蕤生光了，但长得最高最快最丰茂的却还是菌草团队的信心。他们此后不管置身何时何地，仿佛都随机掌握了可供破译所有难题变异的密码，知道何去何从，如何难作于易、巨作于细。

一场场大战小仗下来，给林占熺不时改进修订的“菌草学”带进了不少精彩内容。

菌草学的基础学科建设，犹如内蒙古自古而今人皆能骑，“万马奔腾山作阵”，它借阿拉善乌兰布和沙漠一带为阵地，也在快马加鞭，鼓角声雄中，渐现“草木森罗归队伍”之气象。林占熺每一次沙场点兵、每一回巡阅战地和大家同吃同住同劳动，莫不在塑菌草队伍以魂，以魄，以光，以火，传之以情，以情激情。

菌草年年月月在长，队伍一期一期在组建在锻炼。常说铁打的营盘流水的兵，但这个营盘的队长，一年年过去了，还是余世葵。只因为这里太艰苦太寂寞也太重要，没几个人愿意来。林占熺派亲人来坐镇，所有的亏待似乎也才安心一些。

有人戏称余世葵被岳父“流放”，他倒自嘲是“自投罗网”。

2009年成为林家二女婿之前，余世葵从工业自动化转到通讯行业多年已然得心应手，只知道年近古稀的林占熺是农业教授，发明菌草后一直乐此不疲在推广，身在尤溪县老家农村的父母知道的都比他还多呢，对岳父20年前为推广以草代木栽培香菇技术时掀起的那场“尤溪效应”如数家珍，还说老百姓时至今日仍感恩称颂呢。婚后，他为了新婚妻子上班方便而暂住岳父家，耳濡目染中，愈发感动于岳父对菌草技术扶贫的执着和热情，也了解到菌草业发展的艰难。看到岳父人手少得可怜，他便时不时地贡献出节假日，助上一臂之力。林占熺每到一个地方，就是工作，一有想法便要付诸行动，自嘲做饭菜不行，但浇水施肥什么的却拿手。余世葵助力上瘾，干脆辞职全力以赴。公司老板原以为他嫌工资不高而想跳槽，问清情况后既意外又感动，说可以先去帮助你岳父几年，随时欢迎回来，为此还替他多交了4年社保，直到他主动谢绝。

跟着林占熺“远征”阿拉善，哪能想到条件如此之差、工作如此艰苦呢，一年中要从2月下旬连续干到10月中旬，因那里冬无暖气，不适合过冬，这才有五六个月的时间回来。要不是为了岳父，他都不想故地重游，更何谈长年坚持。前面4年，他的收入大打折扣，不及通讯行业工作时的一半，昔日同事闻之而惊：“我们还以为你跟着你岳父在外头赚了大钱呢！”再问他何以这样不在乎钱，答曰受了岳父的影响，岳父退而不休，每天工作都在十几个小时以上，可每个月从菌草研究所只拿二三百元的补贴，还经常不要。

倘若对方有兴趣，他偶尔也愿意分享自己引以为傲的科学家岳父。这个岳父啊，一向不注重物质，不考虑收入，大半辈子还不知拿了多少钱来助人为乐和补贴菌草事业。岳父岳母在两边的老家都是老大，婚后在计划经济年代动辄就从自家粮票里拿出一半，分给两边家用，剩下的一半才用来勤俭持家。后来日子略为好过了一些，两边的家里照样帮个没完。

原以为外面的世界有几分精彩，却原来清苦得匪夷所思，一些熟人朋友难以置信了："什么，你们在阿拉善没有科研经费，一期3人小半年的开销总计不过8000元？"他们知道，这点钱只是余世葵以前在通讯公司一个月的基本工资。

他也不怕别人笑话，大大方方地说："我们这些人都是外聘的，目前我的工资通过农林大学项目聘任制来发放。菌草研究所正式编制才20来人，其他六七十人都要由林老师做项目来发工资，算是劳务派遣，贵了养不起啊。"

听者不禁又大跌眼镜："什么，你还不是正式的编制？"

"正式的编制，林老师说要用来聘更好的人才……"

人们不胜唏嘘中，也从他的话里听懂并相信了，他的老岳父林占熺心里装着天下人，一直以来都不是为了养家糊口而奔命。

余世葵跟在岳父身边风风火火地种草，在一片科学知识和精神骨骼中浸淫，似乎一发入了魂。沿着黄河沿着沙漠逆风而行，哪怕风沙打得人睁不开眼睛，林占熺只要认为有需要观察的东西，便都要带人去实地了解。潜移默化中，余世葵明白科研和感情一样，来不得半点虚情假意。

林占熺对吃穿住用行从不在乎，到了条件艰苦的沙漠地带就更是随意，对师者之传道、授业、解惑却一丝不苟。阿拉善这个基地他哪一年没来，哪一次搞过特殊化，哪一次不是和团队同吃同住？哪一次会漏下培训，哪一次上课会留一鳞半爪？他都恨不能把平生所学悉数相传呢，殊不知不少地方得花钱来培训。他带往阿拉善的研究生越来越多，创造机会现场授课，希望他们能学到真正的实战知识，犹如一场野外军训，不管他们今后如何择业，都有助于他们精神力量的生长。有的学生大一选修菌草这门新课时还不甚了解，有人考上研究生被调剂到菌草学时还心存怨意，跟了导师一段时间，整个儿变了。人同此心，心同此理，这些研究生的情感认同越来越强烈，毕业后大多情愿给导师接力，把一株株“幸福草”送到千家万户。

驻扎阿拉善，除了菌草治理生态这场重要实验，还得择机跋涉四方，播下希望的种子，以之扶贫，这也是他们平时的一项工作，每月不下五次。乡下交通条件差，通讯更不好，手机信号常在明灭之中，杂音、掉线、不在服务区，不一而足，这就更促使他们必须到现场了解参数，收集并分析数据，才能对症下药。有一天，余世葵到呼和浩特近旁的贫困乡村指导，累到晚上，竟找不到一家旅馆，只好买了条简单的被子，在老人福利院住了一宿。

因为父辈的关系，谢联辉院士的女儿常和林占熺及林家人来往，有次情不自禁地说：“你们全家干着最苦最脏最累的活，工资低、职称难评，还被人说七说八，却顶着压力一直默默干，真是世上最美科研家庭。”

可谓一语道破，说到“林家军”特别是林家二代的心坎上了。林占熺评高级职称时的一路磕碰已然翻篇，少了科研论文就评不上职称的问题，却还是像拦路虎一般，把这支更想着“把论文写在大地上”的菌草队伍拦在门口。哪怕余世葵在奉献七八年之后修为正果入了编，专业职称却还是原来的通讯工程师，没有相应的职称，工资水平就几乎原封不动。哪怕他们在菌草业的推广运用方面已是行家里手，但在高校现有的评估体系中，对中高级职称只能“望洋兴叹”。

常常地，连“叹”都多余，在这个最美科研家庭显得思想落后，任何个人的得失与他们抱团笃定的造福世界这个菌草之梦相比，都渺渺如微尘。

林占熺几十年如一日，先后从国内外“拉下水”的至亲有十余位，他们哪怕不在编，也几乎没做“临时工”，更没有精致利己地见异思迁，不约而同许下的都是同一个誓言。他们在义无反顾地源源投身于总少不了要被沿途“笑话”的菌草业10年、20年、30年后，终于让笑话变成神话，让小小一株草变成人类共同的巨大财富，让曾经笑话他们的人严肃起来，也让曾经的诋毁者从自省到失敬。

失敬的不只是个人的成功，而是他们一个集体一个团队都在济寒赈贫、愚公移山般为人间造福，这么高尚的灵魂世上多吗？

不说为此牺牲的六弟，不说在牵船作屋、颠连穷困的国家和地区援外十载不够，再押上十数载的五弟，也不说放弃发达国家绿卡回来吃苦的长女，就连这个小女婿，婚后不久也“挥鞭万里去，安得念春闺”，不知不觉在风沙弥漫的西北漠地一戍十余年。在这最好的年华里，多少年轻伴侣卿卿我我玩的是“我是风儿你是沙”，他却是一出“我饮过风咽过沙”，只在过冬时才能“我向你飞，雨温柔地坠”。飞的是他，温柔坠的是妻子和两个孩子的泪雨，哪一年如候鸟般的归来，他身上不带着七损八伤？什么三十功名尘与土，不过是八千里路云和月。

罗昭君一念至此，有时顿觉负疚：“这辈子做林家人真是命苦，我嫁给林占熺，没过几天好日子也就算了，可连女婿都受苦，连累女儿独守空房……”

疼惜女婿中，她连着也替小女儿春梅抱屈。春梅多懂事啊，自姐姐留学新加坡后，不仅是父亲的“小棉袄”，也是母亲的孝女，总想守在父母身边，时刻还替母亲分担家务。有一次，一位堂姐从老家给罗昭君打电话，说其父病了，家里旧债未还，真是没钱看病。言下之意，不言而喻。罗昭君忙说有病要看，你伯父在国外，我来想办法。春梅在旁听得连气带哭，父亲的事已够母亲受了，这辈子还要为婆家和娘家两大家子的事忙前忙后忙里忙外，哪还有自己？她真是怕步母亲的后尘，这样太痛苦了，要是婚后也遇上这等琐碎事，自己又如何应付得过来？还是不结婚的好，一生只负责父母这一头，安贫乐道也轻松些。

眼看小女儿年过而立，还陷在婚姻恐惧症里不能自拔，罗昭君感觉胸闷气短："你姐不生孩子，你不结婚，那我活着为了什么？我跟着你爸一辈子愿意苦死到现在，还不是为了你们，希望看到你们有个完整的家。"

长女没能要孩子，一大原因还不是执意要回国全力帮衬父亲事业所致，这是做母亲解不开的心痛，所幸两年后，小女儿终于遇上三观一致、百善孝为先的如意郎君，如意之一竟是能替自己助力父亲。至于他而后放弃公司高薪、不请自来"落草"，想来也是小夫妻一番密谋后的心意。看到林占熺照单全收，还远放大西北镇守"重地"，罗昭君不觉为女儿女婿打抱不平："春梅成家，倒成全了你，你让他们劳燕分飞就不痛惜？"

麾下又进一将，林占熺高兴得连幽默都不打草稿："我既没有同春梅抢人，也没有任何的威逼利诱，世葵说'自投罗网'，我看投得也对，这个'罗网'啊，还不是他岳母罗昭君编织的网。"

林占熺玩起"谐音梗"，时时也能乐翻人。他说得轻松，但余世葵成为林家女婿后可不轻松，特别是转移阵地到西北驻扎，东劳西燕成为十年不变的常态。有时妻子思念他了，想前去探亲，他慌忙劝阻："女孩子不能去，这里连洗澡、上厕所都不方便！"及待后来他和团队在那里因地制宜建了简易厕所和浴池，春梅才公私兼顾前去。

那里风沙真如刀，以前没打在自己身上不觉疼，林春梅领教之后才知能让人吓掉魂，心里直叹父亲够狠心、丈夫够有恒心。

哪怕还没形成常规意义上的沙尘暴，远远地就像一堵沙墙从天边拍马冲来，铺天盖地，白天顿成黑夜，眼前人顿时五官混沌，工作和生活时而得“掺沙子”。那么，未治理前的景象就不难想象。

有一次，她跟着父亲和丈夫同去几十公里外的刘拐沙头，翁婿一谈都是工作：“刘拐沙头的沙子直接吹下黄河了，风一大，就是成吨成吨的沙……”

她身临其境，已经饱尝了风吹沙飞之快。听父亲这么忧心忡忡地道来，她猜测他们准是要对刘拐沙头动手。这个地方，古人从军出关，如王昌龄边塞诗所云，“人依远戍须看火，马踏深山不见踪”，而今，她的父亲领着丈夫和团队，要摆开一场“黄沙百战穿金甲，不破楼兰终不还”的架势，她相信他们会得胜而归，坚信黄河边、沙漠里的如花菌草，会让人一眼望不完，一日看不尽，沿河流域今非昔比。

她不是盲目地乐观自信，也不是因为站在了阿拉善菌草治理流沙现场，甚至也不只是媒体关于菌草技术已取得系列国际领先成果、为黄河生态安全屏障建设提供了科学依据和适用技术的如云报道，更因为她的眼见为实，坚信天亦有情、天道酬勤。小时候，父亲陪自己和家人何其少，不是在琢磨就是在四处试验“治沙武器”；婚后，丈夫顾不上自己和孩子何其多，有多少热血和汗水洒这里；姐姐回国这些年，一张秀气的脸被风沙摧残几多……当年原子弹在沙漠里会开出“蘑菇云”，能长蘑菇的菌草又岂能不开花！

是啊，父亲和丈夫初来时的不毛之地，如今已有一株株、一丛丛、一排排菌草在风中歌吟，向着沙漠、黄河和天空伸出枝叶，在阳光下盛开。如果说菌草荣枯有数、得失难量，她也开心这荣和枯、得与失中，从此都有了丈夫的影子。回来讲给母亲和孩子听，隔代人都听成是神话，都觉得他们比孙悟空还能变，比唐僧还慈悲。她还有个秘不示人的发现，原本内向的丈夫在内蒙古摸爬滚打几年下来，身上也浸染了草原标配的胸怀和豪爽、自信，她感谢父亲带出了这么一个男子汉。

有一年，余世葵远戍回来过冬，颠沛中一脸沧桑，林占熺和大女儿冬梅后脚也到家，各自捧上一杯菌草茶后，便又谈起了近期的工作，没完没了。

罗昭君不乐意了："在家里就说说让我这个老太婆高兴的家事吧，不要一张嘴就是国事、天下事。"

倒是小女儿站队，一语双关地打趣说："国事和天下事都是我们家林老师的事，那也是我们的家事呢！"

即使夫妻独处，余世葵也很少谈个人得失，常常由衷地感叹岳父的家国情怀："他一直不停地为社会做事，看清楚了社会需要什么就做什么，坚定地做，遭遇失败了也坚持往前走。这点真是比我们强太多了，值得我学习一万年！"

她感觉丈夫不是被父亲洗脑就是给收买了，却也喜欢这样的"一边倒"，笑曰："不误你就好。"

怎么会误呢？在余世葵眼里，林占熺不仅是岳父，也是自己心中那束光；而在菌草团队的眼里，本就姓林的他，就像这支队伍中如树一样高大的巨菌草，用盎然绿意感染所有生灵，使明媚春光常留人间。

她似乎受到了声音力量、精神光芒的感染，也轻车熟路地玩起了皮得飞起的"名字梗"："你是我们世界里的向日葵，遇上爸这样火一样的太阳，还能向哪里！"

余世葵对此愿意照单全收，也乐于把自己最简朴的心思，与妻子和妻子之外的人们分享："这些年，有点不符合正常人思路坚持下来，就是受岳父精神的影响。以前没想那么多为何会抛弃好好的工作跟着他半路出家，现在想来，首先是认同他的做法。他一向不计得失、不为个人考虑，几十年一贯制，没有三心二意，跟着这样的人哪会迷失方向？他说自己是共产党员，一辈子总要为这个国家做点有意义的事，留下一点痕迹，这让我第一时间想到我妈，她是多年的党员，含辛茹苦供我读书上大学，就是希望我为国家和社会做点贡献。我也就越想越通了，这辈子就是要像岳父那样做人做事。”

他成为林家女婿，继而成为“林家军”一员，如鱼得水般契合，照林占熺的话来说，喜上加喜。

有时两边亲家聚会，林占熺也语带抱歉：“世葵这些年跟我尽吃苦，请亲家莫怪。”

余世葵母亲说：“女婿半个子，亲家把他教育得这么方正，这么大公无私，我们感谢你还来不及呢。”

因为这件事，林占熺成了妻子眼中逢人便说的“成功人士”——成功地把全家人都拉下水，当“草民”跟着种菌草。

妻子每每这样戏说，林占熺每每这样赔笑：“要不怎么办呢，自古不是说‘打虎亲兄弟，上阵父子兵’嘛，独木不成林，没有你们的支持，我兴许就走不到今天，更别说实现黄河千里菌草生态屏障。将心比心，有几个人愿意在沙尘暴地区蹲守种草，别说工资低、环境艰苦，也可能失败，出不了科研成果，但必须要有人常年蹲守，只能派世葵代替我。他在沙漠地带一守多年，此心安处是吾乡……”

一位曾在戈壁滩见过这对被沧桑磨难洗礼得不甚符合正常翁婿行状的记者，搜肠刮肚中，用上了一个高冷词“同风拿云”，来形容他们的志向高远。

有其兄，能无其弟其妹；有其父，能无其子其女；有其翁，能无其婿；有其帅，能无其将士？这里说的，都是非家族企业的“林家军”，“风头”无两！

野草与珍宝

“林老师呀，时刻想着在自己的岗位上为党分忧，大半辈子都心忧天下……”2011年，福建农林大学党委书记叶辉玲还没上任，早就听说了林占熺，一经接触，特别是深入非洲、南太平洋岛屿察看几处菌草基地后，感到其人其事比传说中的还要好。

2012年8月，叶辉玲带队到西藏林芝，实地考察菌草种植、生态治理和菌类加工项目，关切地对林占熺说：“林老师，海拔3000米以上就严重缺氧了，您年纪大了，就适可而止吧，高原反应可要不得。”林占熺笑了笑，不顾劝阻，带着工具，迎着猛烈的山风，爬上了沙丘的顶端，那里超过海拔3000米了。他在仔细考察周围的地形、风向、沙丘的湿度等等之后，选定三处流动沙丘作为开展菌草种植和风沙治理试验的示范点，并亲手种下他带来的巨菌草和“绿洲一号”等菌草。半年过后，各路专家现场判定：“当年沙地被完全固定，治理流沙成效显著，为国际首创。”菌草技术为西藏的生态治理和脱贫攻坚开辟了新途径，后来，自治区主要负责人率团专门来福建农林大学调研菌草项目合作推进事宜。

叶辉玲看在眼里，在校党委会上提出，领导干部要像爱护自己的眼睛一样爱护年过七旬还在春播秋种的林占熺教授。

2013年3月，中共中央总书记、国家主席习近平开启了上任后的首次出访，其中包括访问南非，并在南非会晤部分非洲国家领导人。3月28日深夜，总书记拨冗接见了前来南非参加相关活动的国内一些单位代表。叶辉玲汇报了菌草技术援非情况，并提到菌草技术发明人林占熺此时也在南非，写了一封信请有关部门转呈总书记。总书记说收到了，并表扬了林占熺工作的意义。

这也是福建农林大学的光荣和骄傲啊！叶辉玲回国后再调研，深感学校对林占熺的支持与总书记的要求差距不小。福建农林大学的主业虽非种草、扶贫、援外，但得有大局观，得服从国家的整体需要，在新的起点继续攀高，让菌草在生态建设、在构建人类命运共同体中发挥更大作为。她特地上门慰问林占熺和家人，嘘寒问暖。

过去那些年，对林占熺所受委屈有着切肤之痛、触之泪流的罗昭君，偶尔也抱怨回报对不起辛苦，但现在面对组织的主动关怀，反而含蓄起来："谢谢组织关心，别把他说得那样好，他就是瞎操心。"叶辉玲代表校党委对她这位贤内助表示致敬，并希望一如既往支持，她还不好意思起来，说："有组织的认可，我对他的支持那就更值了。"

经组织研究，要给已在菌草研究所服务十多年的林冬梅解决行政编制，给以副处级待遇。不料，林占熺竟出口谢绝，不让"开后门"。

在多个领导岗位上阅人无数的叶辉玲感动了！放眼四周，一个职位有千军万马在抢，林占熺为何就能免俗，如是家风醇厚到都让人不敢置信啊！这才是共产党人啊，为他人忧，为天下忧，要让人活得像个人！

虽然林占熺高风亮节地谦让，尽现大家闺秀的林冬梅也父唱女随不计回报，虽然叶辉玲也听说了林占熺当年辞职从研以及"仕途有末端，科技无止境"的自勉，但身为高校党委书记，她有自己独到和高远的眼光：菌草事业必须后继有人，绝不能让女承父业落下后顾之忧，人才必须主动关心和爱护，别让夜长梦多成为自己和社会的遗憾！在她的努力和担当下，此事终得圆满解决，林冬梅被任命为本校国际合作处副处长，日常工作仍围绕菌草中心，后来兼任国家菌草研究中心副主任。别人眼里也许是理应如此，林占熺却说，又蒙组织照顾送温暖了，我们无以为报，只能更好地工作。叶辉玲真诚地说：你们是学校和国家的宝贵财富，我们不过是在做好服务工作。

温柔深种、感恩在怀的林占熺，了解的人都知道他就是一株铁骨铮铮的宝草。说他心中有梦、眼里有爱、脚下有路，人们想来该是心口如一了。若说他心中有信仰，脚下有力量；心中有光，万物皆美好；心中有花，万物皆花；心中有铁，万物皆可炼；心中有海，处处皆是马尔代夫；心中有草，哪里都是原乡……想来也是识者的由衷之言。于是，2013年，发展中国家菌草技术培训班学员就集体创作了诗歌《成长吧，菌草！》，向此“瑰宝”致敬：

菌草技术，中国菌草
来自发展中国家的我们
听闻菌草技术并爱上它
决心学会菌草技术
帮助国家发展
……
我们团结一心
在各国土地上应用菌草技术
为子孙后代带来福祉
成长吧！菌草！成长！

这样成长的还有林冬梅，在踏草逐梦中，她愈发地坚定，并跟着父亲到了联合国舞台，一起操心天下事了。

2017年春夏之交，20天内，林占熺两次受邀，赴联合国总部演讲。这年他74岁。

5月26日，联合国总部第六会议室播放的一个短视频屡屡引发观众掌声。讲述的是：卢旺达首都基加利农民莱昂尼达斯参加菌草技术培训班后，于2014年创立了“得意”公司，培训和雇用当地青年、妇女以草种菇，并得到中国援卢专家指点，把蘑菇源源供给酒店、餐厅、集市，致富后不仅让两个孩子上了好学校，还办起了幼儿园，成为当地受人尊敬的菌草专家和企业家。他自豪地说：“每天早上，幼儿园的孩子们都能喝上蘑菇汤，解决了过去营养不良的问题。”

莱昂尼达斯并非个例，全球像他那样因菌草改变命运的贫困农民数不胜数。对他们来说，菌草意味着“点草成金”——将草转化为美味营养的食用菌，带来现金和尊严。

斐济常驻联合国代表达乌尼瓦鲁激动地说：“菌草技术使斐济人民受益无穷。学会了种菇，今后生路无忧。”

平凡且渺小的草，竟能经中国人之手治理风沙、改善生态，还能养菇致富、发电造纸，贴近苍生，造福偌大世界里的千千万万个贫困户，走出一条前所未见的新路。能不成为全球反贫困的急先锋！

联合国粮农组织纽约办事处主任卡拉·穆卡维听了林占熺的演讲后，确信这一技术对农业可持续发展非常重要，在发展中国家推广菌草技术有助于减贫和消除饥饿，联合国系统对此表示赞赏。

会议向全球宣告：菌草技术被联合国列为中国—联合国和平

与发展基金重点项目；中国—联合国和平与发展基金菌草技术项目正式启动。

全球也都知道：两年前的2015年9月28日，中国国家主席习近平出席第七十届联合国大会，作题为《携手构建合作共赢新伙伴　同心打造人类命运共同体》的重要讲话，全面阐述人类命运共同体理念，提出一系列促和平、谋发展的倡议举措，在联合国史上留下深刻的中国印记。

“菌草技术源自中国，属于全人类。”林占熺在这天题为《菌草技术与可持续发展——新领域、新技术、新食品、新产业》的演说最后，语声铿锵，面带微笑。

6月12日，林占熺再次现身联合国总部发表演讲。有这些年的实践，又有女儿的陪同和参谋，他再不像20多年前得国际金奖上台发言时那样手足无措、难以言表。一个年过七旬的中国科学家短时间内能以如此频率“登高”，实属罕见。

这一次，他代表中国提交全球“消除饥饿”的“中国方案”。同时，“中国—联合国和平与发展基金菌草技术项目”在纽约启动，他和中国菌草团队肩负新使命：如何利用菌草项目在各国建立的模式和取得的经验，落实联合国2030年扶贫减困、生态保护的可持续发展目标，从而让菌草项目成为中国与各国共建“一带一路”中为国际社会提供的一个“公共产品”、一份“给全世界的礼物”。

从最初的不被理解、“不可能”“胡闹”，到联合国高度评价，林占熺携这株“草”走了30多年。回溯过往，他有时也难以置信，一路走来亦庄亦谐，亦幻亦真。

2017年的他，除了两次联合国之行，其余时间不是在贫穷国家推广技术种草，就是在黄河流域和边远山区研究菌草生态。意志可以是钢铁，身体毕竟是肉做的，他在闽西漳平主持菌草产业扶贫项目时，一累一紧张，现场指导时摔坑里，骨折进了医院！

那几天他连轴转，确实超负荷，刚在斐济辛苦一通回来。菌草技术援斐是中斐两国元首共同确定、推动的项目，作为具体负责人，林占熺得来回指导，不能懈怠。可以摔他骨折，但折不断他的理想和志向。人这一辈子，哪个不是在摸爬滚打中成长和壮大起来的！妻子说不过他，认命的同时，在他每次出门前都反复叮嘱"记得吃药"。药都是她提前分好的，一袋一袋写得清清楚楚再放包里，回家还要检查，看他到底是吃完还是忘吃、漏吃。她清楚他几次骨折、身上落下多少病，再怎么老当益壮，也不能掉以轻心。遇上他不在乎或略有微词，她就开玩笑说自己也是在替党和组织照顾他。拿组织作大旗，他就不吱声了，于是从长计议，言听计从，如数服药。这个时候的妻子，已不像从前那样易受伤害，说出诸如明明是社会病了却反而让你吃药这类愤世嫉俗的话；这个时候的他，工作依然是他的全部，吃药也不能让他的脚步无故停下。

2017年的他，荣获"中国生态英雄"称号。此前此后，英雄的称号他都未曾辱没。

一路行走中，2019年3月，菌草技术列入《中国—太平洋岛国农业部长会议楠迪宣言》。同年4月在联合国举办的菌草技术高级别会议上，联合国大会主席玛丽亚·费尔南达·埃斯皮诺萨动情地指出："通过菌草技术，中国给我们讲了一个伟大的故事，这个故事现在已经分享到一百多个受益于这一创新的国家。在福建省点燃的火花已经显示了一个创新的潜力，只要将其善加培育和得当部署，就能改变世界各地人们的生活状况，改善他们的生计。"

这个总在战争与和平中喘息的世界啊，可曾记得一首中国流行歌曲："有一个美丽的传说，精美的石头会唱歌……"这株穿越岁月风刀霜剑30多个年头的中国草啊，越来越广泛地被世界奉若珍宝。

2019年春，林占熺和女儿林冬梅出席在卢旺达举办的菌草技术海外培训班。10年前，中国援卢旺达农业技术示范中心奠基，如今的“等高线种植菌草”“梯田菌草套种农作物”等与当地传统农业生产相结合的水土保持模式，投入少，见效快，深受农户欢迎。继而，林冬梅参加澳大利亚前总督的访问团拜会卢旺达总统卡加梅时，卡加梅总统再次盛赞菌草。林冬梅回来告知父亲，父女俩的脸上同时绽开了花一样的笑容。

林冬梅像母亲一样，对父亲玩命式的工作虽然屡发黄牌警告，却也纵容着他的“屡教不改”，转而宽慰各界关心者：“他若闲着，才容易生病。”

此前此后，一届又一届国际菌草产业发展研讨会召开：联合国《防治荒漠化公约》缔约方第13次大会，菌草技术能力建设区域研讨会，世界粮食计划署农村发展卓越中心菌草技术综合利用线上会议……不管在国内国外还是线上线下，与1992年第一次出现在国际场合时的拙言拙语不同，现在的林占熺是巧拙有素、能说会道。如“科学无国界、人类共命运”张口就来；如“菌草技术在世界各国之间架起了一座座播撒希望的绿色之桥、发展之桥、合作之桥、友谊之桥”，也是能言快语，金句频出。

他以个性化的声音，与和平发展、合作共赢的人间正道及当今世界主题保持着高度的一致，让世人为之珍惜。

“花木兰”当过“逃兵”

每个春天都值得期待，都是“一年之计”。在林冬梅眼里，春季是父亲最疯狂工作的季节。

2020年，林占熺追着春天的脚步，在女儿的陪同下，又去了趟内蒙古阿拉善。他习惯性地掏出手机，看看备忘录，上面写着今天距打赢脱贫攻坚战还有多少天、距建党100周年还有多少天。时间很紧迫，备忘录里定下倒计时，为的是提醒自己加油干、抓紧干。他心中有两个重要的时间节点：希望菌草产业帮助深度贫困地区脱贫，为2020年全国“脱贫攻坚战”取得最后胜利献礼；希望用菌草在黄河沿岸建起千里生态屏障，为2021年党的百年华诞献礼。

黄河沿岸总是让他魂牵梦绕。那里的事百闻不如一见，百见不如一干。那里渐趋繁茂的菌草，似乎系着他的一个百年梦想。梦在脚下，梦在路上。

接上他们的长城皮卡，驶上穿沙公路不久，就陷进了沙堆，接站人员下车推了好一会儿才重上正轨。这辆两驱低配的车虽因动力不足常出故障，可行走了8年也没换，林占熺见惯不怪，能省则省。

在这里开疆拓土两年后，项目组自力更生修建了简易卫生间和浴室，也总算自己开伙了，勉强解决了一些忍无可忍的难题。虽然饭菜少不了常见沙子硌牙，但口味毕竟是南方的了。

眼前的菌草，与上一次见面又有几分不同了，多一分葱郁，多一分精神，多一分赏心悦目。菌草“势力范围”之外连绵起伏的一处沙丘上，近年别出心裁的种植已初现了“建党百年，巨草献礼”八个大字雏形，还惟妙惟肖地塑造了镰刀和锤头的图案。这是老党员林占熺被不老情意激发的创意，这些年与时间赛跑，就是要赶在自己选择并终生信仰的这个政党百年大寿之际，献上一份拿得出手的心意。与党徽一道镌刻在苍茫大地上的八个大字，只是菌草巨献的浓缩和创意。

合作的企业已完全认同项目组的种草计划，项目组开始在企业厂房对面治理原貌沙丘。菌草收割后根系可固沙9年以上，提高沙地有机质含量并改良土壤，第二年便可套种西瓜、花生、向日葵、肉苁蓉等经济作物或沙生植物。

漫漫沙海，瓜连蔓引，在巨菌草的“掩护”下茁壮成长，真是黄沙万里一抹绿。吃过菌草地里结出的西瓜、向日葵后，任谁都会直呼：“又香又甜！”

这里的西瓜，大者能有15公斤之重，小巧玲珑者，一手掌心就可轻松托住；甜度可达15—16度，而南方那边，通常只有10—12度。好几个中秋，菌草团队携手当地，将2000来公斤西瓜作为慰问品，分赠环卫工人和病患者。群众纷纷点赞：你们不仅帮我们把沙漠变绿洲、绿洲变良田，还无私奉献劳动成果！

来自远方福建的这支特别团队，在这里深扎数年之后，所有的美好与期待，陆续到来眼前。

2017年6月，十几名亲历菌草生态治理的两院院士和知名专家——李玉、孙鸿烈、王光谦、罗锡文、谢联辉、谢华安、侯立安、张全兴、唐守正、康绍忠、刘兴土、林占熺、杨文斌、贾泽祥等人，联名向高层提交《关于加快推进黄河生态屏障建设和菌草新兴产业发展的建议》。

建议上呈，福泽到达巴彦淖尔市磴口县的刘拐沙头。

黄河流经磴口县的河段全长52公里，刘拐沙头是起点，形象地说，这里是黄河与乌兰布和沙漠“握手”却不言欢的地方。刘拐沙头顾名思义，一个“沙”字就让人头大。多少年来，大风和洪水，都将黄河两岸成千上万吨的沙子汹涌澎湃地注入黄河流经的磴口河道，在这里造成一片5公里长、1公里宽的流沙地带，河水淘空沙子，河道渐渐移动，河中心出现沙洲，宛如一道被剔除了血肉的史前怪物骨架。治理要花钱，先后也来过几家企业，可都担心治理了没几年又会被淹没，谁也不愿意投钱。

刘拐沙头的护林员杨革命，祖孙三代都从事这份工作。近年由于风沙、病虫危害及过度放牧等原因，当地防护林大部分死亡，只剩下残缺的枯枝和裸露的根系。每年不管是西北风还是东南风，一片片农田总得遭殃，沙子还以惊人的速度覆盖了大片房屋，逼得村民们纷纷带着羊群搬迁。他一家虽留下坚守“阵地”，但眼见黄沙直逼房屋跟前，束手无策中也不知还能坚守多久。直到2015年林占熺带队来开展菌草防风固沙研究，才让他看到希望，进而见证出现了好转的“拐点”。

林占熺给团队布局时强调：“在刘拐沙头的试验，一定要让大家都看到，菌草既能阻沙又能固沙，确实是宝贝；但要让大西北的农民愿意种植，除了生态效益，也得有经济效益。”他说的经济效益，是觉得这里可以改造成一个旅游点。

第一年在磴口黄河岸边种草阻沙固沙护坡，几乎被风卷狂沙一锅端。大家都说完了，林占熺说不会完。第二年改进方法再种，洪水冲塌河沿，把菌草冲没得无影无踪。林占熺依然不认输，指示换个草种再试，还不失幽默地说：“所有的努力都不会付之东流，那些被冲走的菌草说不定就在黄河下游两岸安家落户，生根发芽，等着我们日后相会。”

曾有那么多人不这样看。一位企业家受到“生态效益”和“经济效益”的鼓舞，豪情满怀要在当地打造一个林占熺设想中“南草北种，援出民族共富路”的样板，然而实地一看，扔下一句话成“绝响”：“你们走钢丝，我可不陪葬！”

人们义愤填膺，林占熺却还是豁达：“不要怪他，老板也有一本难念的经呵。”

这些年父亲被“放鸽子”甚至被釜底抽薪还少吗？林冬梅为此借题发挥：“想治沙没问题，但您为什么每次都要挑最难走的路？”

林占熺反过来问：“那你想把最难的路留给谁走？”

林冬梅选择和父亲一起做“傻子”，经过三年的努力，这里始有生命久违的呼吸声。

2018年，刘拐沙头的沙子终于向菌草俯首帖耳了，那些收获来的菌草就免费赠给杨革命作为饲草喂牛羊。杨革命一家喜出望外，不仅不愿意搬迁，还扩大了养羊规模。杨革命也从当初的无奈和诉苦，逢人就眉开眼笑称说：“菌草来了，环境好了，牛羊多了，日子红火了！”

预料之中，刘拐沙头已成为当地人周末游览的好去处，人称“网红打卡处”。知其过往的游客引用古诗曰，“夜来处处试新妆，却是人间天上”。

2020年的这一天，游人络绎不绝，有个陌生的脸孔如数家珍地向他们介绍：“菌草长到两米能喂家禽家畜，四米就能喂骆驼……”

林占熺笑得一脸灿烂，知道人家把他们也当成游客了。再看左右游人，听着介绍，脸上流露出对自然的敬畏，对沙地里生物生命力的震撼。

父女俩走走停停，续着早餐时的话题。早餐时，林冬梅看了一家大报关于菌草援助卢旺达项目的报道链接后，顺便向父亲道及一年前这个时候在卢旺达与卡加梅总统会面之情形。林占熺笑道：“我都忘了这事了，倒记得1988年3月，我们的‘以草代木’发展食用菌，正式被省政府列为‘福建省科技兴农项目’。”

“那您也不记得我差点当‘逃兵’了？……”

十年前，因为某件不可理喻之事，林冬梅心里拔凉拔凉，难抑苦闷中，产生了打退堂鼓、远走高飞之念。这些年风也过雨也过，无论多困难，林占熺都保持惯有的冷静，常说心态是一个人的风水，一个人的格局和心胸常常是被委屈撑大的，再糟糕也要养心气，再失望也不绝望，只要坚持做好自己，总有峰回路转之时。林冬梅从父亲坚定的眼神里，看到了光，坚定了心志，迎着风勇敢追梦。最终，菌草事业得到领导明确的支持，之后又通过国家援助项目在非洲大陆落地生根，开花结果渡过难关。

背后的委屈一言难尽，但为君故，从不与外人道。父亲那些年“异想天开”的发明、起起落落的技术推广，以及四面八方的冷嘲热讽、诬陷中伤，林冬梅今天因卢旺达消息而“忆苦思甜”：“十年前那次，要是没有领导主持正义，而是胡判下来，那真是委屈死了，也许就没有卢旺达的菌草示范基地，也就没有今天的上阵父女兵……”

林占熺打断了女儿的话，一脸蔼然：“不，即使那年真的受挫，受尽委屈，你一时半刻缓不过气来而离开了，我都相信你还会回来，不会抛下我不管，因为我们做的是造福全人类的事业！你该明白我为什么要把‘发展菌草业，造福全人类’刻在石头上！”

知女莫如父，说得林冬梅眼眶一热：“是是是，一个人的心胸是委屈撑大的，菌草的梦想是您撑开的，卢旺达的样板是撑出来的，我人生的‘拐点’是您带我迎来的……”

这些年俯瞰和航拍，有了菌草的卢旺达和这个世界不知有多美！林占熺在黄河边抚今忆昔，也不胜感慨：“个人的能力总是有限的，要不是当年你五叔硬撑，巴新和卢旺达也许都很难成为样板；要不是你硬撑，菌草援外也许走不到今天……”

"哈哈，我要是没一点功劳，那可就白回来，成闲人了。"林冬梅自嘲。

"冬梅啊，谢谢你这些年来的并肩作战……"

正是林冬梅运用自己在国外学到的先进理念，并身体力行地协助，菌草事业才更快速地与"国际接轨"。

当年，在如何实施援助，是否把菌草技术商业化问题上，父女俩曾进行过激烈讨论。在林冬梅看来，援助不是一味地把我们觉得对方需要的东西强塞给他们，而是看当地社会发展需要解决什么问题，再把技术本土化来适应对方的需求。林占熺觉得言之有理，也就从善如流，多年来摸索出对外援助的三大主打技术——菌草种菇、菌草养畜、菌草生态治理，基本可以解决大部分援助对象亟须解决的社会问题了。

其后，在菌与草孰轻孰重的问题上，父女俩再次出现分歧。林占熺偏重于菌，林冬梅却认为：菌草学是一个菌与草的交叉领域，草作为菌的基质，而菌又促进了草的生长与各种利用，从这点来说，菌与草并重；但以草为核心发展菌草产业是未来发展的必然趋势，草可以代木，不仅代木种菇，更可以做板材，做纸浆；草是生态治埋的先锋作物，还可以用于发展畜牧业。女儿的这些观点显然是有思考的，上路了的，林占熺颇受启发。

林占熺开展"能源草"的研究和应用时，林冬梅结合国内外最新科研动向，敏锐地捕捉到菌草事业未来的发展前景："最重要的是通过草与菌的结合，不仅让民众与企业在生产过程中自发地保护生态环境，其短平快的特性还可以迅速积累资金，解决社会的贫困问题，有了钱，人们就可以开拓更多的事。"

林冬梅"入伙"以来，一直注重菌草事业发展的内驱力。这个内驱力来自社会，社会存在什么样的问题，菌草研究就要解决这个问题，菌草研发的技术就要提供良好的解决方案，朝着这么个未来发展的必然趋势开展工作。有了问题导向的务实精神，菌草技术援助享誉国际。

国外已有巴新、卢旺达等样板基地，林占熺犹嫌不足，期待菌草能像酵母那样在世界各地发酵、复制，国内样板更应多多益善。刘拐沙头眼下所见让人欣慰，林占熺回到营地，和队员们大谈感想："我们的工作就是在补短板，就是要雪中送炭，既能负重，又受得了委屈……"

菌草团队可谓"心有戚戚焉"，谁没听过林占熺类似的话呢，却每每能温故而知新。

林冬梅眼噙热泪，对眼前这些携手留守黄河边的队员说："林老师身上不仅有家国情怀，还有坚定不动摇的精神，哪怕受了再大的委屈也都不吭声，埋头苦干。"

"国家就是国家，就是要为国家奋斗，我这辈子就做菌草，我被林老师洗脑了，脱胎换骨了。"余世葵说。

"我们都不当'逃兵'！"林冬梅附议。

江湖夜雨十年灯。林占熺是这个人间不一样的烟火，不仅让亲人们在内心追随中脱胎换骨，也照亮了其他队员的人生，找到了愿意终生奋斗的事业，他们于心感恩这个导师。

将勇兵雄。在成功走过把草种活的第一步、把风沙固住的第二步之后，阿拉善的治沙项目仍在继续中，正在向沙地变耕地、保护沙地农作物生长的道路上稳步迈进。

山海情未已

不停不歇中，就到了2021年。中国共产党百岁之年，林占熺更是要让自己的每一天过得富有意义，套用年轻人时髦的话来说，不负芳华不负卿。不承想，向来谦逊低调的他，会在这一年赶上烧高香，从头出彩到尾，“明烛发高光”。

首先是央视播出开年大戏《山海情》。片花及剧透让人捕捉到兴奋点：片中在宁夏推广菌草技术的凌一农教授，原型就是林占熺，背后还有奋战在闽宁镇戈壁滩十多年的福建菌草技术扶贫团队！

亲朋好友都替他加入到追剧行列来。等啊等，追到第四集，才出现了凌教授。热播和热评中，“比农民还能吃苦”的凌教授，人气直追男一号。熟悉的人都清楚，他的奋斗故事，远比电视剧剧情艰难、曲折，也更悲壮。

不少人得知荧屏内外的艺术和真实后，慨叹原型和榜样原来近在眼前。当年和林冬梅一同留学新加坡国立大学，而后留新发展的陈银燕，追完全剧，联想她所了解的林冬梅，敬佩之中，信手写了观后感《山与海的人间》，在微信朋友圈发出：

> 《山海情》里的福建对口帮扶宁夏，是真实的扶贫案例，原型林教授就是我同学的老爸，这个扶贫工作一口气做了三四十年……而且老人家说了：不会停！
>
> 早几年，在同学的微信分享里看到过几个很有意思的项目：阿拉善基地菌草技术防风固沙工程、非洲援助菌草技术推广、西海固菌草技术帮扶。每个项目都奔着20年以上周期去的！而且，随着时间的推移，积累的成果也在不停地展现。这些项目很可能是不止一代人要投入的事呢。
>
> 最近因为电视剧的关系，相关报道也见多了，在一个公号文章里，我看到了采访她父女俩的十分钟视频……那几

年，她父亲为了巴布亚新几内亚的菌草项目常常出国奔波，她趁着父亲经停转机的间隙看到父亲，一次比一次苍老，更坚定了回归的信念……

这位可爱的林同学，现在已经是国际知名的菌草技术专家啦……祝福她和菌草事业！“中国梦”不是靠喊口号的，是靠她和林教授这样肯埋头苦干的人们干出来的！

当年林冬梅决意回国，这位同学闺密也不甚理解。一晃十多年，她不意对方有这般内心衷曲，心里突然亮了起来。一年后，这位同学英年病逝，她伤心难语，隔海遥祭中，还把这段话深深埋藏在心底，作为好友勉励自己永不止步的缭绕余音，“知我意，感君怜，此情须问天”。

《山海情》像是为林占熺的高光时刻到来热身，让人世间所有的深情、真情，如大海浪涛般唱着赞歌，声情并茂地向他涌来。

2021年除夕之夜，林占熺现身央视春晚，作为“时代楷模”代表人物向海内外中华儿女拜年，并在福建春晚上说得气壮山河：“我的新年愿望，就是希望通过种植菌草、发展菌草新型产业，在中国共产党成立100周年之时，在黄河两岸建起千里菌草生态安全屏障，向母亲河献礼、向党的生日献礼。”

《增广贤文》称：“月过十五光明少，人到中年万事休。”他望八之年还如此亮堂，如此雄风不减，着实一语惊天下。

公元1281年，文天祥在除夕夜作《除夜》一诗：“乾坤空落落，岁月去堂堂。末路惊风雨，穷边饱雪霜。命随年欲尽，身与世俱忘。无复屠苏梦，挑灯夜未央。”诗中没有天地有正气的豪迈，也没有留取丹心照汗青的慷慨，有的只是大英雄欲与家人共聚一堂饮酒迎新的愿望，千古绝唱感动无数人。

2021年除夕，林占熺的豪言壮语，让林冬梅想到的是另一个爱国诗人于谦的《石灰吟》：“千锤万凿出深山，烈火焚烧若等闲。粉身碎骨浑不怕，要留清白在人间。”她清晰地记得，自己从小学到中学，父亲抄下这首诗后一直贴在书房。于谦在托物言志、借物喻人，父亲抄录也是表明心迹，以一生来效法古贤，自证心迹。她依稀记得父亲的延伸解读：“光明和火焰从地心里钻出来的时候，都要经过千百次的尝试，寻找自己的出路，锻炼自己的力量，何况一项研究、一项事业！”抚时感事，她没理由不为这样的父亲骄傲。

2月16日，北京育翔小学学生彭御哲的信，穿越大半个中国来到林占熺的手中，信中写道：“我很高兴在春晚上看到了您。您发明的菌草让全世界很多人摆脱了贫困，走向幸福。您无愧于‘时代楷模’，我很钦佩您。2018年占森爷爷带我参观了斐济菌草项目，让我记忆犹新。我要努力学习，长大以后成为像您一样的科学家！”信中的占森爷爷，乃林占熺胞弟，年过六旬还在斐济看守菌草基地。林占熺亲笔给祖国的花朵复信，末了忍不住又和弟弟越洋视频，一声“想家吗”刚出口，双方竟无语凝噎。

2月25日，全国脱贫攻坚总结表彰大会在人民大会堂隆重举行，“全国脱贫攻坚先进个人”林占熺又一次披红戴花，成为人群中和镜头下的热点。他在扶贫领域屡获殊荣，远的有1995年的“全国十大扶贫状元”，近的有2017年的“全国脱贫攻坚贡献奖”。

“这不是我个人的荣誉，是整个科研团队共同努力的成果。团队每一个成员都为国家的脱贫攻坚事业做出了应有贡献。今后我们将继续研究发展、推广应用菌草技术，把中国菌草技术科技减贫经验传播到更多的国家，帮助各国人民减贫，践行总书记提出的‘人类命运共同体’理念。”接受表彰后，他一脸平静地对记者说着，胸前鲜红的绶带微微起伏，那片深红把一双深邃的眼睛映衬得更为坚毅。走在漫漫脱贫攻坚路上，他忘不了那些历尽艰险的时光，那些跨越山海的守望，镂刻着他和队员的负重前行。他代表队友的发言，穿越时空而金声玉振。

“军功章啊，有我的一半，也有你的一半。”歌是这样唱的，林占熺也是这样对妻子和女儿说的。其实，谁也不会太在乎这一半那一半的，但谁都觉得不能辜负这枚勋章。担子重了，生活就少了。林冬梅感叹2021年节奏不一般，自开年起至春节，基本无休，整个春节连烟花爆竹也无暇欣赏。

二月春风似剪刀，林冬梅只能忙里偷闲，在夜深人静时用冻僵的手在朋友圈为父亲“剪影”：“佩服林老师，出最多的差，加最多的班。我们这些中年人都累得坐下了，他还站着，难怪会被我家老太太称为‘比钢铁还坚硬的特殊材料制成的共产党员’，他的精神能级太强大了。”

三月日见繁忙。黄河流域的菌草技术团队进入作战状态，人人都清楚，每争取多一天的时间，北方的一亩地就能增收至少五六十公斤的菌草。

3月4日，由联合国经社部可持续发展司主办，福建农林大学与坦桑尼亚达累斯萨拉姆大学协办的坦桑尼亚菌草技术培训会议，在福州和纽约、坦桑尼亚、卢旺达四地连线。林占熺和女儿林冬梅穿梭其中，形影不离，让中国的声音连着菌草生长时扑哧扑哧的呼吸，灌满世界的耳朵。

两年前的2019年，菌草技术继被列为“中国—联合国和平与发展基金重点项目”后，又被列入《中国—太平洋岛国农业部长会议楠迪宣言》，越来越多的国家希望从中国引进。菌草群山万壑飞跑，林占熺千万里追寻，从中国出发，披星戴月，风一样你追我赶，“天上有行云，人在行云里。高歌谁和余？空谷清音起”。

纵是钢铁机器，也承受不了重负中的飞速运转。他又犯病了，喝着老伴端上的药汤，突然哭出声来。家人惊问之下，他说这药太苦了，还弄了个大碗，苦到忍不住流泪，旋又感慨系之：“小时我病了，妈都是小碗给喂药，我怕苦，说宁可生病死也不吃，很伤妈的心。妈流泪说，你才多大，怎么吃不得苦？我见了赶紧边哭边喝。现在人老了，用上大碗喝汤药，不由想起母亲了，我想告诉老人家，我这些年吃得了苦啊！”家人知道他触景生情，正想如何安慰，却见他三下五除二就把一大碗汤药喝了个底朝天，抹抹嘴还说：“我不能病，病了也得快好，别耽误大事！”他病不起，总想着远方。

远方有诗，曾任中国驻巴新、卢旺达等国大使馆经济商务参赞的房志民，就写了小诗向援巴新菌草专家组致敬：“祖国好儿女，壮哉万里行……”

3月底，林占熺在女儿冬梅陪同下，由北京前往宁夏，沙尘一路如影随形。林占熺道声“时不我待，得治”，接连躬身在沿黄河几字弯的一线前沿指导“作战”。此时，距离向建党百年献礼的菌草首个重大项目落地还有20天，他放心不下，必须确保首战告捷，容不得半点闪失和粗枝大叶。

宁夏石嘴山市庙台乡的一片农田里，白花花的盐碱霜弥望入青云。盐碱地是长期困扰当地农民发展的难题和瓶颈，仅庙台乡邻近乡镇就有近3万亩，如能通过种植菌草加以改良，就有望成为耕地，有效解决石嘴山畜牧业发展的饲草供应难题。林占熺今天要来了解菌草过冬情况。

他踏着一路细碎的白霜走进田间，小心翼翼地挖出一株叶片已然枯黄的菌草，掰开根部，拎到空中看了又看，再挖，再掰，连续动作后，眉头舒展，呵着热气道："好啊，这些菌草经过一个寒冷的冬天，扎得较深的根系都活着，说明只要措施得当，就完全可以越冬，好！今后能指望它们成为盐碱地的'克星'！"

林冬梅告诉大家："过几天，林老师当年在闽宁镇带领菇农种菇致富的'山海情'，就可以延续到石嘴山了。"

林占熺话语间也是一脸期待："是啊，但愿能成为菌草'闽宁协作'的升级版，在新的起点上演绎新的'山海情'。"

已经定好时间了，4月17日，全国首个菌草科技创新产业园将在石嘴山市平罗县宝丰镇破土动工。该项目主要投资者是福建华侨企业家严孟文，他在巴新结缘林占熺后，回国跟着去西部考察了一番，就做起了自称比在国外赚钱更有意义的事情——投身菌草产业。投资1.5亿元的该园区被林占熺定位为菌草全产业链条发展在宁夏实现"两条腿走路"的模式，也是新时期跨山越海、巩固全面脱贫成果、助力乡村振兴的新探索。当地政府无比看好这个朝阳产业。

说话间，手机响了，林占熺看了看，对林冬梅说："走，'山海情'里的老朋友在问我们何时到呢……"

老朋友是刘昌富。在上年闽宁对口扶贫协作援宁群体被授予"时代楷模"称号的发布会上，他不仅背来了自家种植的菌菇，还带来了堪称文物的账本。这个账本记录了他在2004年秋天的收入，最少一笔19元，最多一笔140元，大大小小加起来共计2.9万元，是他彼时种菇和卖菇挣到的真金白银。要知道，没种菌菇之前，他穷得连小孩上学的钱都拿不出来！刘昌富感动于林占熺这些年的来回奔波、无私扶贫，成了忠实的"粉丝"，一直在带头种菌草，作为栽培蘑菇的培养基，2020年又加种了数百亩巨菌草，满心希望林占熺能来自家大棚查看菌草育苗生长情况。

林占熺如约而至，刚一下车，就被闻讯赶来的附近村民众星捧月般簇拥，围绕着菌草种植问长问短。

菌草技术在宁夏的热度持续上升，菌草种植面积持续扩大。与菌草技术密切关联的生态循环产业园区、退役军人产业帮扶基地等项目，也在各地上马或提上日程。

刘昌富的大棚里，菌草苗郁郁葱葱，草长及人。林占熺细察和询问中，得知"散户"们在他的带动下总计已种植几千亩，不禁啧啧称赞，伸出了大拇指："老刘，这次你又带了个好头，希望你在乡村振兴中再立新功！"他是自信的，1997年第一批菌草从福建到来时，百姓还观察了好些时候，如今妥妥地在宁夏形成了一条"幸福"产业链，6000亩土地供"幸福草"比肩绽放出上亿元产值，能不在乡村振兴路上再续华章？以刘昌富为代表的"散户"，正是林占熺寄希望"两条腿"格局中的一条。

"我还要加种，只要林老师常来指导和鼓励，我就一定会好上加好，带动大家一起好！"年过天命的刘昌富也依然激情满怀。2003年，鉴于刘昌富在闽宁村发展菌草产业起到了良好的带头作用，林占熺欣然为他题写了"发展菌草，永别贫困"八字赠言。

"林老师带来的真是幸福草、摇钱树，帮助我们摆脱了贫困，走上了富裕生活，实现了自己的中国梦。你以前是宁夏的客人，现在是我们的亲人，是活菩萨。"农民最讲实惠，今天的围观者谁都掐指算过，一亩巨菌草产量能达10吨，抛开成本，能带来2000元以上的纯收入，平均每户年收入近20万元。

刘昌富连着三年的纯收入超过百万元，一直说"喝水不忘挖井人"，但林占熺对他的心意只领不受，谢绝宴席，直奔闽宁镇。3月29日这天的情景，成为新华社记者图文并茂的新闻。

“闽宁脱贫纪念馆”由林占熺题名，看罢此馆和闽宁镇新区沙盘图，林占熺触景生情：“闽宁镇真是发生了巨变啊，一天一个样！”

陪同的领导感叹道：“林教授功不可没！菌草产业现在已成为闽宁镇的特色产业，2020年人均可支配收入到达1.5万元，比1997年您刚来时增长了29倍！”

林占熺追忆当年的扶贫往事后，情真意切地说：“我要为闽宁镇的乡村振兴继续贡献新力量，下一步的计划就是实现植物、动物、菌物三物综合发展。好，我们去下一站……”

“林老师，你慢些走哎慢些走……”在这个团队里，林冬梅最能开玩笑、调节气氛，只是这个全队年龄最大的“老帅”一点也不服老，总想走快点，多做点事。

何况，此时也不容他偷闲，联合国非洲区域线上菌草技术讨论会已近在眼前。非洲20来个国家120多位代表将参会，所围绕的减贫、粮食安全、荒漠化治理、土壤改良、应对气候变化、青年创业、妇女赋权等议题，菌草无处不在，届时许多国家的代表将分享发展菌草产业的经验，以及疫情之下如何抓住菌草产业链带来的发展机遇。

“陪你把酒临风”

2021年6月8日，中共中央宣传部举行“弘扬脱贫攻坚精神，绘就乡村振兴壮美画卷”中外记者见面会。主席台上四位脱贫攻坚领域的党员代表中，一位老者，满脸朴实黝黑，坐在轮椅上，他就是林占熺。

连日劳累，他到北京后不慎右脚踝骨裂，忍着剧痛连夜到医院打石膏，翌日上午坐着女儿买来的轮椅，出现在中外聚焦的演播厅，手拿一张图告诉世界：“经过30多年的不懈努力，菌草技术已经拓展成为以草代木发展菌业，以草代粮发展畜牧业，开启了菌草菌物肥料、菌草生物质能源、菌草生物质材料等领域，尤其是菌草用于生态治理方面取得一系列突破。这张图表明的，就是乌兰布和用菌草治沙取得的突破性进展，以及产生的经济效益……”

一众中外记者运指如飞，快速记录，而他话音落下，一颗心却又跑到内蒙古阿拉善盟。

会后，这位中外共追的科技明星，坚持要赶往乌兰布和沙漠的菌草防风治沙基地。面对劝阻，他说：“紧赶慢赶这么多年，要在黄河泛滥区筑起千里生态安全屏障，建党百年前不赶去看个究竟，哪能安心？”

这天，在沙漠地带坐镇种草的小女婿余世葵，看到老岳父时隔几个月后又坐着轮椅“逆行”，大声说：“您当全世界的先进，也不用这么夸张这么用力吧！”

眼前的风还在呼啸，却再难兴起漫天飞沙走石；沙漠和浊浪还试图群魔乱舞，却望绿兴叹，面对步步为营、妥妥扎寨的菌草丛林，再难造“翻江倒海山为摧”之灾。

林占熺坐在轮椅上，一路抚摸着一排排高过自己的芳草，时而无限深情地眺望。远方的黄沙已被驯服，且听风在歌唱，且看草在婆娑起舞。年少时他读刘白羽的散文《长江三日》，记得有句“绿茸茸的草坂，像一支充满幽情的乐曲”，他相信今后有作家写黄河三日或沙漠三日时，也能为他培育的草场放歌。

“50年前我来这一带时，可是黄沙漫天，水土流失触目惊心哪！现在，飞沙走石差不多已成强弩之末，今后得围着我们的菌草翩翩起舞。”林占熺旧话重提。

新老队员虔诚地看着眼前这个人，不再是过去那个身板挺拔的少年，但他坐在轮椅上的样子依然风采。谁道“旧游无处不堪寻，无寻处，惟有少年心”，50年后的他初心依旧，“敢教日月换新天”！

这个在黄河边饮过风、咽过沙的人，历尽沧桑，信念不渝，如女儿爱哼的那句，“还是从前那个少年，没有一丝丝改变”。

往事不堪回首，现在风沙的脚步停下来了，退下去了，因为菌草们齐刷刷地站在了前面。这里能被国家定为菌草固沙防沙研究示范基地，他当众感谢小女婿替他出征，在黄河边一守八年。

林冬梅打趣道：“妹夫再好好守上几年吧，我们做林家女儿不容易，‘长大后我就成了你’；你做林家女婿，也得‘千万里我追寻着你’！”

有人唱起了歌，“没有花香，没有树高，我是一棵无人知道的小草……”在这个团队，很多人都愿意做这样一棵平凡的小草，只为绿遍天涯海角。他对《小草》情有独钟，百听不厌，他与草为伍，未成曲调先有情，从一棵寂寞无人识的小草到独步天下的“林草”，迩来至今，大半人生尽付与。

带着黄河边的欢声笑语回到福州，林占熺只能由司机背上楼。妻子罗昭君“呀”一声问明情况后，好一顿数落：“去时好好的，回来怎么就绑上石膏了？冬梅你是怎么搞的，还让你爸坐上轮椅从北京去内蒙古，不要命了？”

林冬梅报以苦笑：“我说妈呀，别说我，加上您，再加九头牛，能拉得住我们的林老师吗？”

林占熺一旁解围：“昭君啊，你就别怪冬梅了，是我坚决要求去的，骨折又不是第一次，这把老骨头还经得起几个回合，愈挫愈奋！”

身为林占熺背后的女人，罗昭君却无论如何都知道，黄河千里菌草生态屏障探索有多难！幸好丈夫已在无数次的挫折中炼就了金刚不坏之身，更兼从小锤炼的不服输精神，终使中国治沙诞生了“大杀器”，之后的系列成果也国际领先。

林占熺出差回来，总少不得一番绘声绘色讲述。罗昭君说：“我都想去内蒙古了，感受菌草的力量，见识你们心血的结晶。”

林冬梅听了一笑：“是啊是啊，我妈叫昭君，说什么也要来个‘昭君出塞’。请昭君娘娘放心，这事包在女儿身上，乌兰布和沙漠变绿洲，本就有您一份功。”

“我从没到过乌兰布和，更没种过一棵草，哪来的功？”

冬梅俏皮道：“您把‘林草’伺候得健康长寿，就是最大的功劳！”

风雨同舟半辈子的妻子羞赧之中，主动表示：“把那边沙漠给彻底制服的胜利之日，我一定好好酿一坛客家米酒，带到黄河边，陪你把酒临风！”

这个贤惠的客家女子从来都不曾信口开河。十年前她在家里立了酒禁规定，那也是因为林占熺心脏、血压来了毛病，甚至危及生命安全了，才决定由三个女人（她和两个女儿）共同管制，没有三人一致同意，只能滴酒不沾。但也时有带入无限怜爱的通融。前些年林占熺历经艰辛培育出新草种巨菌草，自称看到了治理黄河流沙的希望，看到他像孩子一样欢快，她们就默默地拿来酒，让他连喝三碗。就像晚年的林占熺虽然戒烟了，但偶尔加班累时，侄儿或女儿适时递上一支，他也会抽，解乏提神呢。

林占熺闻得妻子此言，一怔之下，呵呵笑道：“能有这一天，我死了也甘心，最好是死在有菌草或菌菇的地方，就埋骨黄河边。”

妻子无限动情："我陪你！"她纵然没读过"万里人南去，三春雁北飞。未知何岁月，得与尔同归"一类的诗词，却也常把丈夫比作是雁、是候鸟，长年千里念雁归，累月皆有相思泪。此生不管世事是否如一场大梦，人生又如何几度秋凉，终也愿跟着这个像草一样淳朴、像玻璃一样干净、像行客一样漂泊的丈夫，"在天愿作比翼鸟，在地愿为连理枝"！

有道是"海底月是天上月，眼前人是心上人"，林占熺再特立独行，也绝非太上忘情，沉静的黑色眼眸里到底饱含着一汪深情。在艰难攀登、难觅曙光的日子，若没有眼前人的甘苦备尝、共克时艰，如何能取得眼下成绩？这些年披荆斩棘，率团队在大半个中国开展菌草治理行动，攻坚克难，领先国际，能没有眼前人最强有力的支持？这些年多次冒着生命危险，创造性地完成菌草技术援外任务，又岂能没有眼前人的默默付出？还有，这些年的家庭，他只是一个甩手掌柜，不仅后方安定，还能组织女儿、女婿及亲友源源后援，并由后军改作前军冲在最前线，没有一个识大体、相濡以沫的妻子行吗？看着这个让他心动了一辈子的女人，他讷讷地表达了谢意，补一句："到时我们也带上占华的照片。"

人家是"家祭无忘告乃翁"，他是家祭无忘告六弟，总说要是占华泉下有知我们近四十年的成绩，该有多欣慰。

妻子话题一转："要是他知道他走后27年你一直如此玩命，也会心疼的。虽有占森、冬梅他们来做帮手了，可你常常还是埋头苦干。"

林占熺道："我总觉得占华在天上看着我，看着我们的事业如何进展，我得抓紧呀！再说了，我多吃点苦，冬梅他们就能轻松点儿，革命还需后来人，可不能一下子就把我的博士女儿累坏了！"

其实，谁跟着他不累呢！博士女儿曾经也是班花，从国外回来跟他种草才几年，班上同学就说不敢认了！福建农林大学党委叶书记看她跟着父亲辗转世界各地，短短几年白了少年头，心疼得掉眼泪；也有亲朋好友婉劝她让自己的人生更完满，她并不顾影自怜，却这样安慰人家：“衰颜与华发，不敢怨春风。只要内心圆满，人生就完整。”

面对外界“怜香惜玉”的呼吁，林占熺却语带得意：“梅花香自苦寒来，有这样的老婆和女儿，我无比自豪，所以更应身体力行多做事……这就叫铁汉柔情。”

所以，他这次带着骨折回来，一路陪同的冬梅话里有话地对母亲说：“您若能劝说您夫君这段时间在家静养，特别是明天不出席省里的新闻直播，算是立下盖世奇功。”

林占熺哈哈大笑起来：“冬梅学会贫嘴了！但你这样‘挑拨离间’，只能枉费心机，你这趟跟我出去也累了，好好休息，准备过端午节吧。”

女儿道声“拜拜”，却仍意犹未尽地激将母亲：“看您放大招吧！”

妻子语声柔和：“占熺啊，铁打的身子也经不起这样拼啊，既然骨折了，明天就好好……”

“明天不能缺席啊，连题目都是我参与定的，叫‘把论文写在祖国的大地上’，这不也是你对我的评价嘛。省里为了照顾我，特地把直播改在我们福建农林大学呢，轻伤哪能下火线？再说了，我也没那么娇贵，就是一介草民嘛。”

妻子嗔怪：“可你这根‘草’受伤了呀，就爱逞强，这辈子被草‘绊’倒多少回了，还不长记性！不记得第一次骨折了？”

“怎不记得呢？30多年了，那次是为了解决研发实验室问题……”

说来说去，夜色深了，妻子败下阵来：“时间不早了，洗涮下好好休息吧，明天还要电视直播呢。”

林占熺一乐：“就这样放弃女儿给你布置的‘诱降’计划了？”

妻子苦笑不已：“借我十头牛！”

打小放过牛，长大甘为孺子牛，现在又以菌草代粮养牛的林占熺，牛劲起来，还真不是十头牛能拉得动的。

端午节前的现场直播，脚打石膏的林占熺激情描绘菌草带来的诗和远方，让世界感心动耳。妻子在家招呼外孙、外孙女一起收听。直播现场的掌声久久响过之后，外孙奶声奶气地问外孙女：“我们的外公很厉害吗？”

外孙女一字一顿地响亮回答：“能不厉害吗？外公是菌草之父、国家菌草中心的首席科学家、联合国菌草技术项目的首席顾问，还是全国扶贫状元，老去北京领奖。”

外孙喝彩：“外公比孙悟空、奥特曼还厉害，今后我也要做带头人、当状元、当先进！”

哄堂大笑中，妻子意味深长地对小女儿春梅说：“你爸言传身教，小心两个小家伙在潜移默化中今后也被拖下水！”

春梅道：“您带了个头，我们甘愿受老爸‘祸害’！只是有时我不太明白，老爸都这个年纪了，该贡献的也都贡献了，为什么还这样拼？”

妻子说：“等你爸回来，你好好问他！”

直播中，不少听众还和林占熺家人互动。一位菌草农户电话中自称是菌草技术的受益者，看到林教授绑着石膏还现身直播，心里既感动也不安，希望家人能照顾好这样的国宝级人物。一位领导短信留言说：“林教授这辈子不辱使命，为国争光闯五洲，真是给我们建党百年添光彩，不过毕竟岁月不饶人，得敦促他老人家珍惜身体。”妻子和女儿除了感谢，还能说什么呢？她们都劝过他悠着点，可他一工作就忘了疾病、忘了岁数……

林占熺直播回来，妻子说：“直播很成功，但也有听众对我们兴师问罪。”

林占熺坐下后轻声问：“怎么了，他家的菌草没种好？”

“不不，是责怪我们不爱护你，让你绑着石膏拿命来工作，大家心疼啊。”

林占熺请亲人们代为致谢，春梅说：“最好的感谢，就是记住他们的叮嘱，爱护身体，不要拼命。”

林占熺明白了，连道照单全收，却又说：“刚才我和冬梅经过我们的实验中心时，面对项南书记的题词，忽然想到我和他最后一次见面时，他78岁，如今不知不觉我也这个年龄了，人生不过百，我得抓紧时间……”

知音世所稀。一时间，除了小朋友的嬉闹，众皆无语。林占熺受连城老家走出的这位省委书记影响实在太深，项南书记也是全家人精神上的楷模！

林占熺道：“项南书记真不愧是改革先锋和扶贫先驱，只是当年如何个百折不挠你们知道吗？”

父女连心，冬梅说：“我们知道，爸爸您和项南书记是同一条战壕的战友，您也要相信，我们也是您百折不挠、棒打不散的战友！”

“冬梅是个好战友呀，从国外回来，援外这一块才走得动，才能打赢胜仗！”

春梅即兴朗诵《战友之歌》：“战友战友，这亲切的称呼这崇高的友谊，把我们结成一个钢铁集体，战友战友目标一致，革命把我们团结在一起……”

罗昭君说：“不是有首歌《马儿啊，你慢些走》嘛，你爸本来就属马，谁来唱？”

冬梅知道父亲上学时因为填表写错了日期，好好的千里马就“变”成了山羊，于是唱：“马儿啊，你慢些走哎慢些走哎，这一条林荫小道多么清幽……”继而大笑，“献丑献丑，聊博咱爸一笑！”

林占熺淡然一笑：“还是属马符合我的性格，马儿吃草，马儿要跑。”

罗昭君一语双关：“慢些走是养生名言，这不是浪费时间，与‘留得青山在，不怕没柴烧’同一个道理。”

林占熺连连称是，并拿出姿态：“昭君，你这个‘昭告’太重要了，今后我要慢慢走，停停脚步，沿着共产主义大道，急不得，欲速则不达。”

罗昭君瞋目道：“‘昭告’你多少回了，可你老是明知故犯。”

林占熺辩解：“那也是有原因的。年龄一大，更觉得时间不够用。”

两个女儿，看着父亲带着菌草梦从青丝盖顶走到暮年白首，从意气风发走到皱纹满颊，始终不坠青云之志，真可谓“亦如初见时”。菌草团队有不少本也早该退休的科技工作者，对他感佩交并中，干劲不逊年轻人，争分夺秒想为国家和民族多做事。她们身为菌草女儿，能不为草消得人憔悴，“梦未了，鬓不敢白”。

这个梦，便是父女一心、押上全家三代要圆的菌草梦！

在“百草园”中已然出众的林家两“梅”，都希望父亲梅龄鹤寿。今儿个围着父亲，这个端茶送水时说：“我说爸啊，我妈全方位为您服务一辈子，唯一的要求，就是您要保重身体，您健康长寿了，我妈才有成就感。”那个捶背时道：“我说爸啊，您是我们团队的旗手，健康长寿了，才能带领我们继续干，发挥更大的作用。您的健康和持续工作能力，才是我们这个事业兴旺发达的保证。”

林占熺忽然明白过来：“你们这是开家庭‘批斗会’，给我戴高帽啊！”

正想继续往下说，敲门声起了，一群非洲学生蜂拥而至：“菌草爸爸，菌草爸爸！”

林占熺从洋弟子手中接下一捧鲜花，问：“你们怎么来了？”

非洲学生杨齐说：“听说菌草爸爸在北京崴脚了，我们就相约来探望，祝您早日康复！”

另一位非洲学生瓦迪·戴提说：“‘世界菌草之父’出一丁点儿事，都要牵动中非关系的神经。”

林占熺被逗乐了：“戴提的汉语说得不错，也会中国式幽默了。”

戴提不觉眉飞色舞：“中国有句古话，叫‘近朱者赤、近墨者黑’。”他2010年来福州参加菌草技术国际培训班回到尼日利亚后，把所学传授给身边人，没想大受欢迎，备受鼓舞的他马上再赴中国读研究生，还把妻子带来一起读硕士。

林占熺乐呵呵地说：“那好，你们跟在我身边这么长时间，一定得‘染点色’、学点儿本领回去，一起把菌草事业做强做大！”

杨齐自称把这场直播转到加纳去后，那边有人问，菌草爸爸绑着石膏坚持工作是不是作秀？还说这个问题不太礼貌，林老师可以不回答。

林占熺听罢翻译，诚恳而深切地说：“真不是作秀，我这个年纪还有什么好秀的，我是想更多地现身说法，告诉中国青年如何报效祖国，并向全球提供中国产业精准扶贫的方案。”

杨齐问:“菌草爸爸种草的时间比我年龄还大呢，到现在还撸起袖子大干特干，家人就不心疼？”

林占熺沉吟道:“我这一生的状态，电视剧《西游记》主题歌算是给我唱明白了，那就是‘踏平坎坷成大道，斗罢艰险又出发’，接下来的计划和出发地，十有八九你们也都知道。至于家人心疼不心疼等问题，就请冬梅代回答吧。”

多次站在世界舞台上，林冬梅举止自若，言辞安定:“中国知识分子自古就有‘修(身)齐(家)治(国)平(天下)’的志向，我爸作为中国共产党党员，更希望把所有的聪明才智服务社会、给世界做贡献，这是他最本质最朴素的情怀。我爸是出了名的‘拼命三郎’，以前可没少让我们心疼、焦虑，现在家人不仅习以为常，还有了个很‘糟糕’的现象，那就是我们差不多都像他那样工作，就像一首歌唱的那样，‘长大后我就成了你’……”

戴提听罢，竖起大拇指:“冬梅博士有‘国际范’，可当外交官!”

这些非洲学生都明白，在菌草已成为一门草学与微生物学的新交叉学科，在菌草技术走上国际前沿，走上产业化、工业化运用的关键时刻，包括他们的国家在内，越来越多的国家希望能从中国引进这门技术，而林占熺和麾下团队真心实意地把这个门槛低的产业带给发展中国家，让地球人共享人类文明成果。

人非木石，“菌草爸爸”的“拳拳寸草心”感动了各国的学生，他们认定中国送给世界的这份珍贵礼物，恰也是中国共产党百年间越来越兴旺的注解。

在林占熺看来，如果把菌草技术看成“鱼”的话，这些年的援外不仅源源不断给鱼，还无偿“授之以渔”，无所保留地提供“养鱼、捕鱼、加工鱼”的整个产业。

戴提眼中的“菌草爸爸”，一辈子经营的都是为国家和百姓服务的事业，给世界讲了一个伟大的故事，也让世界看到了中华民族的聪明才智。“菌草爸爸”是他的导师，他的世界观因为“菌草爸爸”和他的菌草而改变。

卢旺达来的学生让翻译转告：“请菌草爸爸放心，我们这些海外弟子长大后也就成了你，心怀一棵‘草’，成为各个国家的扶贫能手，子子孙孙无穷无尽地种草，必将以燎原之势席卷世界！”

被一丛“嫩草”烘托的“老草”，大受感染：“这辈子与草为伍，太值了，也真心拜托大家齐心协力。来来来，我们一起联唱《小草》歌！”

“阳光呀阳光你把我照耀，河流呀山川你哺育了我，大地呀母亲把我紧紧拥抱……”他每一次都唱得投入，还不忘借机激励，“‘我的伙伴’还没遍及天涯海角，大家还须努力！”

跟了林占熺多年的司机说：“您都快八十的人了，还要努力多久啊？您努力得连我都跟不上了啊。”

林占熺又呵呵笑起来：“这不是说时间，而是说心灵的状态。”

在这样常态性的国际聚会中，外孙神秘兮兮地对姐姐说自己发现了一个惊天的秘密——外公在不同肤色的人群里穿梭，皮肤也差不多成黑色了。

外孙女咔咔笑了，也不甘示弱地抖搂自己发现的秘密：“外公是魔术师，吹口仙气，就能把野草变为‘金草’，变成山珍，给世界带去脱贫梦……”

孩子们的童心慧眼，看透了像童话一样神奇、像小草一样质朴的外公。这个从不寂寞从不烦恼的外公，通过一把草，把绿色连成一片，把世界连在一起。

享受天伦之乐时，林占熺从菌草之梦的酸甜苦辣中走出，话语不胜感慨："这些年最亏欠的就是家人，特别是我爱人。"他还打趣地说，"我爱人嫁给了一株'小草'。"

与"草"为伍过了大半生的妻子，对当年这桩由父母包办的婚姻，有时在熟人面前虽也倒过苦水，倒来倒去却汩汩冒出了甘甜。因为，不管个人问鼎全国重奖，还是所在集体荣膺"国家西部大开发突出贡献集体"，林占熺总会说有她一份功。

女儿也愈发品出了人生的滋味。6月20日，父亲节，林冬梅用推车推着父亲来到校园的菌草种植地，在微信朋友圈说："有父亲的孩子真快乐！"

和父亲在一起的日子，林冬梅觉得每天都生机盎然。

一天傍晚，她推着父亲坐电梯缓缓下得办公楼，忽见空中一道飞影直冲"绿洲一号"草丛，驻足而望，却半晌没见动静。

"好个飞鸟投林，这鸟有眼光，把'绿洲一号'当安全窝了。"林占熺对"绿洲一号"很看重，当初取名寓意就是绿遍神州大地。此草种几经改良，根系发达，耐寒、耐旱、生长速度快、分蘖率高，能在 -20℃低温下正常越冬，和巨菌草等高产优质的菌草新品种一样，不但能致富，还能治沙，已成为生态治理中"武艺齐全"的重要角色。河南省兰考县一马当先，在风沙侵蚀的黄河湾建成了全国单片最大的"绿洲一号"菌草田。

"绿洲一号"选择一个甲子前焦裕禄带领干部群众向风沙宣战的兰考县，别有使命。三年工夫，三千亩菌草就把沙地变成了良田，得出的数据让人欢欣鼓舞：一亩玉米田年产量大概3吨，而巨菌草能达15吨，是玉米的5倍，而光是做成饲料后的单价，就能追平玉米。菌草的传奇色彩比它自带的满眼葱绿要丰富得多，一次次华丽转身、跨界出圈都出乎意料，除了以草代粮做饲料，还以草代木做板材——收割后把它粉碎加工，通过冷压技术，就可以做成一个防水、防火、防腐、零甲醛的板材，防火隔热不说，价格还比同等材料便宜10%。

优化土壤状况的调查，也让人眼开眉展。这里的沙土，种菌草前与沙滩上的沙子没什么区别，种草后固沙效果明摆着，而且土壤里的有机质、矿物质含量都与日俱增，保水效果也提升了。菌草打先锋，冰解壤分，其他农作物纷至沓来，生物多样性红飞翠舞，盛况空前。

一株草在这片土地上发挥的重要作用，让兰考的干部群众目睹之下，有口皆碑："有了菌草技术的加持和大家不懈的努力，我们一定能把黄沙变成沃土！"

林占熺听后，不禁动容："好啊，当年焦裕禄同志未竟的事业，我们菌草人愿意为之接续奋斗！"

焦裕禄和谷文昌一样，在那个非凡的年代都喊响过"不治好风沙，就让风沙把我埋掉"的豪言壮语，他一直以他们为榜样，也清晰地记得习近平总书记当年在福州市委书记任上追思焦裕禄的词句，"绿我涓滴，会它千顷澄碧"。

林冬梅陪同父亲去过兰考，对"绿洲一号"展现的经济效益、生态效益和社会效益自信满满，那次他们抵近已是千顷澄碧的菌草田，扑棱棱飞起的小鸟如起伏的波浪，风中的欢唱像是献给广袤家园的赞美诗。没想到，"绿洲一号"发源地这一小片草丛，也成了鸟儿远近栖飞的安全港湾，她笑着接过父亲的话："它在草丛里筑巢安了家，可能还有鸟蛋。"

林占熺连说"完全有可能"，俄顷又道："现在天暗看不清，白天找找看，算了，还是别惊动它们，那里那么密，人很难钻进去，所以才成鸟的天堂。"

"飞鸟各投林，落了片白茫茫大地真干净。"林冬梅道以《红楼梦》的句子，却换来父亲这般回应：“这么说，不太应景。我看这是只吉祥鸟，有‘绿洲’可栖，它岂能不歌唱我们的‘绿洲’！”

建党百年，林占熺捧上了“全国优秀共产党员”奖牌，坐在面对天安门城楼左侧的观礼席。许多洋弟子这才知道，“菌草之父”真是中国共产党党员中的佼佼者。他却说：“党和人民给的荣誉够多够大了，我现在面对新荣誉，感到的是越来越大的压力，得抓紧做事……”

7月下旬，宁夏和内蒙古又先后迎来了林占熺。联合国世界粮食计划署驻中国办公室在两地调研菌草科技创新产业园，感受到了菌草业确已成为闽宁对口扶贫协作的一个重要产业，一大批农户通过发展菌草生产拥抱了幸福。

“我一直有个心愿，让菌草技术成为中国送给全世界的礼物，为构建人类命运共同体做出贡献……”林占熺在黄河滩地上向联合国世界粮食计划署的代表们温婉道来。

“菌草诞生至今已有35年，能给中国31个省份和全世界100多个国家送上厚礼，这是个奇迹，神奇的是礼物还在层出不穷地派送。”在“新冠肺炎”疫情给粮食安全保障带来挑战，加之蝗灾、极端天气等因素影响，全球粮食安全及短缺问题更加严峻之时，联合国官员对中国菌草的热情赞扬显得语重心长。

到内蒙古阿拉善后，林占熺又到一处叫“阎王鼻子”的河段。上年在阿拉善菌草治沙示范基地验证200多亩菌草生机盎然后，他一点也不满足，说接下来要让这样的沙漠绿洲在更多地方绽放。他问内蒙古农业大学沙漠治理学院教授、中国治沙暨沙业学会副秘书长李钢铁，这一带最难啃的“骨头”在哪？李钢铁就指向阎王鼻子，光名字听起来就有点恐怖。这里是黄河和乌兰布和沙漠的“握手”之处，近十年来黄河河岸已经向沙漠移进了两百多米，常年都有数以亿吨计的黄沙萍飘蓬转般涌入黄河，造得上头滔滔河水，下头则漫漫黄沙，河道淤积，船行此处动辄搁浅遇险，危害黄河安全。很多年前有支驼队为节约时间选择此道，不小心就溜滑进了黄河。有人说得更形象，驼队走着走着，忽然风沙弥漫，再无人影和驼铃声，说是被阎王吸入了鼻子，当地百姓遂名“阎王鼻子”。此后，知情人路经这一带，莫不战战兢兢，即使不“掩鼻而过”，也是如履薄冰、如临深渊。

第一次听掌故，林占熺嗟叹中对着阎王鼻子来了个眼观鼻、鼻观心，然后徐徐道来：“这么多年，我们这条母亲河可真难受呀！”

人问究竟。他就说：“人的鼻腔和喉咙交界处如果有异物感，能不难受？母亲河也是如此啊，光这里每年就有上千吨的流沙，是怎样一种负担啊！你们看，这里崩岸，那边滑坡，对岸的情况也不容乐观，她都被风沙打得鼻塌嘴歪了。”

风急沙也急，逼得黄河泥沙俱下，鼻息如雷，仿佛为他破解古老的密码而怒气冲冲，继之嘲笑又当如何，难道想来碰一鼻子灰？难道还没摔够？

他有记性，第一次来就在这里摔了一跤，幸有众人连拖带拽，才没落进黄河。他更有记性：此地非治理不可，绝不能鼻孔朝天各走一方！第三次故地重游，虽骨折初愈，仍脚踩滚烫的沙子，率先顶风行走，不多时就鼻青眼乌了，却对眼前的艰险嗤之以鼻。

李钢铁当时也只是说说，他2015年追随林占熺在宁夏、内蒙古等瀚海种草以来，强修内功，却还没想过要向阎王鼻子发起挑战，看到林占熺被自己说得激情燃烧，倒也赶紧提醒如何难乎其难。林占熺却一副舍我其谁的豪情，说：“越难越要做，做成了就更有说服力，这也是践行习近平总书记‘让黄河成为造福人民的幸福河’的号召。”

林占熺这样流星赶月，一竿到底，并派小女婿余世葵打头阵转战于此，开展菌草防风、阻沙、固沙、护坡的试验与示范。林冬梅只能招呼团队紧跟，说：“你们看，林老师这一辈子啊，永远都是挑最难的路走！”

“你妈常说我们是一鼻孔出气，我看这里的风和沙才是一鼻孔出气呢，但我们坚决不能仰其鼻息，与它斗上一回！前些时候出了一款茶叫‘执牛耳’吧，天价，但我说好了，只要把阎王鼻子的问题给解决了，只要大家都来抓‘牛鼻子’，我回头就请你们喝。”

“阎王鼻子碰上林老师这个‘鼻祖’来动手术，可得想想鼻子搁哪啰。”李钢铁幽默的话语也透出足够的信心。

菌草技术的“开山鼻祖”在西北大漠走着，感受着，思考着，一套治理方案在心中酝酿成型，对老大难的“阎王鼻子”绝不再仰承鼻息，而要如解倒悬。他和团队及当地科研人员商定，在2022年五一劳动节这天开种巨菌草，要让黄沙飞出历史的血痕，再不落进黄河如泪流不止。

巨菌草在温暖如春的福建是多年生，种下后生长30年不成问题，而在北方，特别是如阿拉善这样自然环境比较严酷、冬天直奔零下二三十摄氏度而去的大西北，就得一年一种。林占熺在研究攻关，如何让菌草在更多的省份都做到多年生，时间越长越好。

当地村支书对林占熺这样奔走、没有条件也要创造条件搞科研、造福百姓的科学家，发自内心地崇敬，逢人就说林教授就是电视剧《山海情》那个凌教授，他来不仅是种草，更是种福。

马不停蹄中，林占熺又赶往抬眼可见一片绿色的刘拐沙头。陪同人员记得清楚，数年间他往返这里已然45次。得知眼前这一长溜4米高、密不透风的菌草经受了三次大洪峰考验还屹立不倒，林占熺显得无比欣慰。李钢铁由衷称赞："巨菌草根系强大，可有效改善土壤，提高土地蓄水保水能力，防风固沙效果明显。事实证明，巨菌草的岸边护坡作用要强于其他固沙的灌木和草本植物。"

林占熺声情并茂地说："作为一项新型生态治理应用，我们的目标就是让巨菌草在生态治理、植被修复和低碳经济上发挥更大的作用，希望能为中华民族的母亲河筑起绿色屏障，让黄河早日变清。"

自古道黄河清、圣贤出、中华兴，林占熺这些年来一直在为"黄河清，天下宁"而殚精竭虑，锲而不舍。

2014年，长年关注林占熺及其菌草事业的《福建日报》高级记者黄世宏，专门到斐济实地了解菌草项目进程，就听林占熺畅谈了处于进行时的菌草治黄之梦，并形诸笔端：

> 当笔者在斐济采访时，这位正在菇棚忙碌着的老科技工作者，满怀信心地说，他现在心中最大的梦想与决心是：敢于担当，与时间赛跑，经过锲而不舍的努力，在2021年"第一个百年"到来之前，有计划、有步骤地沿着黄河沿岸设立50个以上菌草技术示范基地，积极推进黄河沿岸菌草生态屏障和菌草生态保护带，让菌草治理修复黄河初见成效，向中国共产党建党一百年献上一份厚礼！为"中国梦"早日实现多贡献一点力量！

梦想带动决心，决心付诸行动，行动敏于奔跑，才有第一个百年到来时黄河这边出现的千年奇观：从沙进人退到绿进沙退，这也是神州大地美丽嬗变的一个生动缩影。

生命的颜色：国旗红与菌草绿

2021年8月4日，林冬梅和母亲、妹妹都有点感伤。林占熺1984年辞官举债而盖的实验场被定为危房后，这天正式拆除。盖的时候一砖一瓦，砸锅卖铁，负债累累；拆的时候稀里哗啦。

林占熺没有更多的伤感，也没沉浸在因陋就简干大事的成绩中，而忙着关切疫情下的菌草扶贫和援外，可以因陋，但不能就简。

林冬梅对近况了如指掌：巴新东高地盼来了中国医疗队打疫苗，专家组肖正润在国内接种了两针，去做志愿者；轮换卢旺达项目的专家到位，一个人坚守了整个疫情的祝粟终于可以回家了……

林占熺边听边点评，或提出些要求，他说："祝粟真是个好苗子，无畏无惧，敢闯敢拼，执着坚定，当年还是新兵蛋子到新疆执行扶贫项目，在人迹罕至、夜间还有野兽出没的戈壁滩上，独自一人看护我们的基地，不愧是孤胆英雄。"

脸上总挂微笑的四川汉子祝粟，追随林占熺二十多年，再艰苦的作业和环境都没把他吓跑，让林冬梅从"小祝"叫到"老祝"。刚一起工作时，祝粟的一口"川普"让她着急：你讲慢点，慢点，讲普通话。林占熺带队在南非夸纳省做项目，他学英文，"川味"调调独特好听，管理当地人生产时则说祖鲁话，沟通无碍。后来转场到卢旺达，当地话也说得麻溜溜的，被人惊为语言天才，还每天用脚丈量周边村落，和百姓处得来，种草、种菇、种稻、机修都搞得定。疫情前，其他专家回国休假，他独自一人守着卢旺达中心等轮换。没承想，一守就是一年。

林占熺时常牵挂他，担心他太孤单、不安全，不时算准时差，在大半夜打去电话，从没见他抱怨，也从没听他提要求。祝粟的母亲因意外事故去世时，他在疫情严控之下无法回国，只能关在房里痛哭一宿。

谁不知道，这种痛无从安慰呢！林占熺叮嘱："今后写材料和宣传时，一定要体现祝粟及其贡献，每个人的身后都是一家人，承担忠孝和悲欢离合，普通人也是生活的英雄、事业的脊梁。"

疫情期间逆行援助中非的林辉和蔡杨星，也得到了林占熺的称道。

他们5月24日抵达中非共和国首都班吉后，就开始工作。此时，中非疟疾高发，两人不约而同中招了还坚持生产，为的是在8月13日中非独立日庆典时，能有菌草援助技术项目的"献礼"。

"菌草团队每一个人都在为菌草事业付出，都在为中国这两个字增色添彩。"林占熺一通赞扬后，也无比关切他们，叮嘱要注意身体，有病必须及时医治。

菌草技术是2019年3月落地中非的，林占熺特地前去开办培训班，一边还指导盖灵谷村农户生产菌菇。中非总统图瓦德拉亲临现场了解情况，说自己也是教授出身，完全能理解林教授传授知识的艰辛，特向林教授和中国专家表示深深的钦佩与敬意。之后，他还邀请并陪同林占熺到距离首都班吉约70公里的私人农庄，一起种下首批巨菌草和菌草菇。

中国草可以说是图瓦德拉请去中非的。2018年9月他到北京参加中非合作论坛后，不满足于此前6月从其农业部长那里听来的汇报，百闻不如一见，就专程到福建农林大学菌草中心，真诚表示："考察让我很受启发，菌草技术可以帮助中非共和国提高农民收入，解决饥饿问题。"

首期培训班结束后，中非学员向林占熺赠送精心制作的蝴蝶画“VIVE JUNCAO”（菌草万岁）。左上方是高过菌草的五星红旗，右上方是中非国旗，中间是黄皮肤和黑皮肤的手相握。

一同献上的，还有培训班学员集体创作的诗歌《菌草技术》：

……你驱赶了世界上的饥饿和贫困，

你打破了世界各国人民之间的界限，

你团结世界各国人民去抵制贫穷、饥饿、自私。

你保护了破碎的森林和环境，

你恢复了退化的土地，抑制了沙漠的推进，

生活在森林、草原和沙漠的所有人，说声“谢谢你”。

你让人们一年四季都能品味鲜菇，

你帮人们增收创富，

你是雄鹰，承载着福建的美誉翱翔，

飞越中国，抵达世界。

在东方巨龙的引领下，你把中国的知识和技能传播到了五洲四海，

你是地球上各大洲之间的纽带。

那些深陷于贫困和饥饿泥淖中的人们啊，

拥抱菌草，重新燃起希望的火苗……

2019年12月，中非61周年国庆日，图瓦德拉总统亲自给19位为中非发展做出重大贡献的外国专家颁授“国家感谢勋章”，其中竟有6位来自中国的国家菌草中心：林占熺被授予“指挥官勋章”，林冬梅、林辉获“军官勋章”，罗德金、蔡杨星、祝粟获“骑士勋章”。

菌草技术又一次为中国争了光，林占熺又一次成为国际舞台上人群和镜头中的焦点。他从总统手中接过最高规格的勋章时，眼含泪花地说："今天的授勋活动，不仅是对我们工作小组的鼓励、肯定和促进，也是我们两国成为好朋友、好伙伴、好兄弟的有力见证。我们一定再接再厉，不懈努力，让菌草技术在中非结出更丰硕的果实，造福中非人民。菌草技术踏上中非土地的时间虽不长，但在双方共同的努力下，它已经取得初步成效，让我们看到了成功的曙光，其前景一片光明。"

勋章荣誉和分量足足，有如一顶顶纯金桂冠戴在了他和团队的头上，他却对队友们说："我们手里的勋章都属于祖国和菌草中心，只是这束光恰好打在了我们的身上。"

每次在国外接受这些披红挂彩的荣誉，或者看到鲜艳的五星红旗为菌草而升，他就莫名地激动，这红与绿分明是他生命的颜色啊！已是众口一词、实至名归了，他还担心自己做得不够，有负信任和期待。而越是这样想，他越是不遗余力。

当晚，林占熺少有地辗转难眠，中非政府以如此重大的仪式来表彰和感谢中国专家、中国技术、中国方案为这个发展中国家所做贡献，能不让世界看在眼里！他眼中莫名浮现菌草援外之路，经披荆斩棘、艰苦备尝总算高歌猛进，迎来了康庄大道。泪光闪烁中，他少有地在家庭微信群里发了一段文字："今天我夜难眠，泪不止，脑海里70多年风风雨雨，宛如昨天才发生……"

他好像在巅峰，又好像不在巅峰，因为追求是无止境的。随着菌草大放异彩、写进联合国有关文件，其人其事已成江湖传奇，他在异国大可享受出舆入辇般的待遇，却更喜欢安步当车，贴近菌草用户。

那些天，林占熺又一如既往地奔跑在中非，步步莲花似乎都能带起民众对菌草的热度。

“中非菌草热”毋庸置疑，但这里的局势时紧时松不容乐观，有时夜空中倏然一道火光划过，让人分不清是流星还是流弹。夜深人静了，林冬梅感到胸闷气短，辗转难眠，却隐约听到了隔壁传来的父亲鼾声。心里一番感慨，父亲行走岁月间早已炼就“大心脏”，不管身居原始环境、下榻警卫森严之地，还是穿梭于摸不透、查不清、情况多变的陌生地方，无数个日日夜夜中能吃能睡，这是莫大的福分。要不然，随便一个突发事件或风吹草动，都可能把他身上背负的菌草之梦和报国理想冲击个七零八落！林冬梅就这样屏声听着父亲那熟悉而安然的鼾声，想着父亲这大半生的执着，她突生的心慌便也消解在了一帘幽梦里，梦见自己跑着跑着就飞起来了。第二天和其他队员分享这个梦时，也就跟上一句“以梦为马，不负韶华”来共勉。

和衷共济中，菌草技术的“中国速度”半步也没耽搁。2021年5月，中国援助中非菌草技术项目开始实施，在安奇贝拉市乡村发展及农业应用研究站建立示范基地，计划三年内推广农户600户，培训1200人。林占熺父女在国内一起制定这个实施步骤，这也是筹划中的菌草援外论坛的一曲前奏。

是的，所谓同声相应，同气相求，林占熺父女俩的脚步一刻也没闲着，抓紧时间干活，在为菌草援外论坛布展作战。

“菌草改变了卢旺达许多人的命运，也改变了我的命运！”卢旺达留学生尼伊姆巴巴兹得知有此论坛，在2021年8月12日的课后语带深情地说。这天，他和一群非洲留学生先听林冬梅讲解菌草鹿角灵芝的栽培情况，再听林占熺讲授菌草生态治理技术，然后又到校园里实地观察巨菌草的生长情况。中国专家援外，真的是恨不得把自己一身本领一股脑儿传授啊！

正待博士毕业的尼日利亚留学生戴提也说:“我们真的要感谢林老师和冬梅博士，真的要感谢中国！”

留华多年，戴提太清楚菌草鹿角灵芝之好、市场之大、产值之高了，只因为林占熺父女把时间和精力投入于菌草技术的大规模援外，才暂且把这有利可图之商业放了下来，林老师说得多好啊:“灵芝生产缺我们影响不大，援外缺了我们可不好。”他们选择先把国家和世界的大事做起来，点点滴滴都着眼于人类命运共同体的构建，这样的人，这样的国家，还能不受世界的待见？！

8月，林冬梅微信朋友圈里的父亲，脚步是如此轻盈，笑容是如此纯真:“草民的快乐，就是看菌草长得又高又壮，几天连看内蒙古阿拉善和刘拐沙头、宁夏石嘴山……”

8月下旬，津巴布韦农业部和联合国经社部在北京召开菌草技术线上会议，林占熺和林冬梅提前一天到来。傍晚时分，林冬梅来父亲房间叫他吃饭时，忽见他垂首而立，眼含热泪，不由得一惊:“爸，您怎么了？”

“刚刚接到电话，你外婆过世了……”

“呜呜……”林冬梅伤心而泣，她与外婆感情实在太深了，幼年被忙于工作的父母“抛”回老家，是外婆一手把她带大，“我得回去送外婆一程。”

“按理你得回去，可现在节骨眼上，来了这么多外国朋友，你不能走，还是我回连城一趟再回来。”

林占熺很爱自己的岳父岳母，不仅在于当年他们支持了婚事，还因为他们通达事理。他在父母双双故去后，更是把岳父岳母视如亲生父母。妻子脱产念大学时，老岳父还专门来福州帮忙烧火煮饭，翁婿间相处甚为融洽。2016年，岳父以97岁高龄离世，正碰上林占熺带外国友人到连城参观菌草业，就地参加了后事料理。

岳母多年在福州帮助带孩子、操持家务，公开对他说，你只注重事业，家里不用管。有多少次，她做了女婿最爱吃的家乡味道，无论多晚都要等到女婿回来同吃。他也孝敬岳母，知道老人信佛，就从很远的地方给她带回滴水观音。如今夫妻双方的四个老人都作古了，他自感对他们生前照顾不周，哪怕老家那边再三要他别从北京赶回，他还是决定送老人一程。

也真是天意，第二天刚好有一趟北京直飞连城机场的航班，载着他急急回家奔丧，再急急飞回北京。

第三天，强忍丧亲之痛的林占熺，如期现身国际会议，郑重表示："非洲发展菌草业普遍存在的问题，我们能够提供成熟的解决方案。"此前，在很多国内外会议上，联合国授予的这位"国际生态安全科学院院士"，也都这样掷地有声："社会存在什么样的问题，我的研究就要解决这个问题，我们研发的技术就要提供良好的解决方案，什么是未来发展的必然趋势，我就要朝着这个趋势开展工作。"

谁会怀疑中国方案呢？谁会怀疑菌草之梦成真呢？

南非祖鲁王古德维尔有信为证："通过南非、卢旺达、莱索托等项目的成功案例和辐射效应，中国的菌草技术已在非洲大地落地生根、开花结果！"

赞比亚南部省的农业技术人员海瑞克斯作证："我认为，在非洲应用菌草技术，就意味着更多农民能够在短时间内脱离赤贫，还能有效防止树木的毁坏，对农业的发展有重大促进和保护作用。我们十分欢迎这样方便、实用的农业技术。"他自称先后三次来中国参加菌草技术培训。

卢旺达女老板伊玛丽莎开心作证："我这辈子都没想到能拥有这么大一家企业，如果没有中国专家的用心帮助，如果2015年10

月没有到福建农林大学参加技术提高培训班，得到林占熺教授的‘真经’，我不可能把事业做得这么顺利，我现在正和迪拜商家洽谈合作。”

斐济常驻联合国临时代办达乌尼瓦鲁作证：菌草技术真正帮助改变了普通人的生活，菌草作为优质饲草为缓解当地旱季饲草短缺的难题做出贡献，这里的妇女、老人、残疾人都通过菌草种菇获得收益。他这样评价菌草技术：“这不只是给斐济，而且是一个给全世界的礼物。”

巴新菲尼图古村村长托尼作证：“菌草爸爸”他们来协助我们种植旱稻，让我们看到经济发展的希望，也给我们带来了和平，促使我们放下纷争。随着200平方米旱稻稻谷储藏车间的建成，村里发生了巨大变化，不但每家每户都吃上了大米，余粮还可向外销售，孩子们的学费也都有了着落，大家都过上了安居乐业的幸福生活。我们村特地修建了“珍爱和平”纪念碑，用以纪念中国旱稻为当地带来的翻天覆地变化。我们相信，只要好好地利用中国的旱稻技术，再加上辛勤劳动，一定会创造更美好的未来。

一度负债累累的莱索托妇女西奥艾赫拉通过媒体感恩：“中国援莱索托菌草技术合作项目救了我！在中国专家的鼓励和耐心细致、手把手地指导下，经过4年的菌草菇种植，我的收入大大提高，生活有了保障，不久我还将与家人住进梦寐以求的房子里。这一切都要感谢中国政府和中国菌草技术专家，他们的帮助彻底改变了我的命运。”

莱索托另一位菌草技术用户切波·荷夸，曾专门到中国实地参观，认为菌草产业也可以在莱索托做大，中国减贫模式值得借鉴。

中非总统图瓦德拉曾专门致信中国国家主席习近平：“我感谢

您对菌草合作项目的特别关注，让这一项目在很多发展中国家得以推广 …… 我坚信菌草技术的推广定能让中非摆脱贫困。”

一些国家的政要也以诗一样的语言，表达对中国菌草的深情嘉许，称其为“全球反贫奇兵”……

菌草在奔跑，一如既往地疗愈着世界每一个溃烂的伤口，让呻吟的土地长出欢歌，让迷茫的眼神看到明媚的花园。渐渐地，世界上越来越多的人，不需翻译，就能知道菌草团队要做什么，就知道他们手中这把草，国际通用名叫“juncao”。

在联合国总部仰望猎猎招展的五星红旗时，林占熺曾默默倾诉：“菌草技术没有辜负祖国的希望，我们已经在联合国的讲台上发出中国的声音，今后我们会发出更多中国的声音！”

奔跑中的“中国草”，成了不少国家总统、总理们百看不厌的“最炫民族风”。让他们大喜过望的是，中国草真是“神通广大”，长成时不仅能掩盖满目瓦砾，还能填饱人和动物的肚子，为生态纾困解忧。中国草一年年发展扩大，人类共同的也是最大的敌人 —— 贫困和失业等似乎日益在萎缩。

联合国神圣的讲堂作证：中国草不仅有形，更有魂，为“中国”这个响亮的名字增色添彩。

二十年菌草援外，成如容易却艰辛

菌草援外20周年，中国要在北京召开一个世界论坛，还要举办一个大型的成果展览。

对中国国家国际发展合作署、福建省人民政府联合主办的这个论坛，联合国高度重视。世界看在眼里，中国菌草援助形成了一个有效的综合性解决方案，对落实联合国13个可持续发展目标能起积极作用。这也是联合国经社部、联合国粮农组织、世界粮食计划署等联合国机构一直在积极支持菌草技术推广及应用，推动南南及三方合作的初衷，以之帮助发展中国家破解发展难题。

论坛及布展事项，离不开林家父女，林冬梅还得兼负相关的英文翻译。

越来越多的人了解到，菌草是“菌”与“草”交叉的、新的研究领域，是草品种的一个新类别，是一类新开发利用的农业资源，进而弄通了几个看似神秘的概念：

菌草——可用作培养食用菌和药用菌的培养基质的草本植物。眼下已筛选和培育48种菌草（草本植物），可栽培56种食药用菌。

菌草技术——运用菌草栽培食用菌、药用菌和生产菌物饲料、菌物肥料等综合利用的技术。

菌草产业——通过应用菌草技术和其他相关技术形成的可持续产业。

十年方树木，菌草当如何？通过成果展和那些图案，人们知其可做菌料：食用菌、药用菌、微生物菌肥，还有做农用菌方面的菌槽饲料和饲料添加剂；可用于生态治理，除了防沙治沙、保持水土流失，在矿山修复、土壤改良、崩岗、荒漠化、石漠化等方面，也可大显身手；可做生物质能源，生产电力、生物油、沼气等；可做生物质材料，用来制造生物炭、板材、纸浆等；可做饲料，行惠于鱼及家畜、家禽；在其他方面亦有经济价值和生态价值……

貌不惊人的菌草，竟在世界舞台上书写了“小小一株草，情接万里长”的佳话，为全球扶贫事业、人类命运共同体构建提供了

“中国方案”“中国智慧”！

佳话背后的甘与苦、泪与笑，谁能知无不尽？

这舞台20年来，接二连三地传出“南非需要援助”“卢旺达需要援助”“斐济需要援助”等声音，林占熺纵有三头六臂，哪怕把一天当作几天用，也难免挂一漏万啊。而在非洲、大洋洲这些环境艰苦、语言不通的地方，白手创业还得折冲樽俎，没数年下不来，谁又愿意长时间待着？

如能像孙悟空那样拔根毫毛转眼就能一变数十，林占熺愿意把自己拔得一毛不剩，哪里最艰苦就往哪填空！分身乏术、束手无策中，幸好，这个时候那些至亲接二连三冲来顶上了。弟弟、侄儿、女儿甚至他们的伴侣，一个个和他站在了一起，听任他调兵遣将。他有时真觉得农民父母伟大，赐给自己这么多愿意风雨同舟、可堪大任的兄弟，继而又庆幸能有这些根正苗红的第三代，推着自己在这一生里完成对这个世界的许诺。

没有孙悟空的毫毛，却有林占熺的汗水，一滴汗水摔八瓣儿，落地的是一期又一期国际菌草培训班，像七彩云朵飞向五大洲，再育出成千上万人的菌草队伍。这些学员来自世界各国、社会各阶层，他们除了系统地学习菌草技术之外，还在培训期间与中国结下了深厚的感情和友谊。结业时，不论国籍、肤色，依依不舍地照相留念，有人充满感情地写下：“我们在这里不仅学到了菌草技术，还学到了怎样为国家、为人类服务的精神。”

德不孤，必有邻。全天下以菌草为友的人，不分种族、肤色、男女、信仰，都是林占熺的“邻”。20年来的世界上好多铁粉“芳邻”，数不胜数：

第一期国际菌草培训班学员、巴西国家农业委员会的奥莱德博士学成回国后，大力推动当地菌草技术的传播，翻译林占熺的菌草论著，并著书立说，成为南美洲葡萄牙语区首屈一指的菌草专家。她迄今已组织举办53期培训班，培训2000多人，在巴西召开的国际菇类研讨会上，经她周到安排，林占熺作为大会名誉主席出席，会标专门写上中文。林占熺一下飞机，前往迎接的官员立即宣布“世界菌草之父来了”，乐队随即演奏《中华人民共和国国歌》，以高规格礼遇表示敬重和崇拜。

联合国粮农组织植物生产与保护司专家哈德旺博士，致力于伊拉克与中国的农业合作，并率先提出在沙漠中发展菌草产业的思路。

坦桑尼亚索克因大学讲师里加特，带领学生到福建农林大学学习菌草技术，随后在菌草中心的推荐下，成为联合国和平发展基金菌草项目国别顾问，一直乐此不疲地协助组织培训和科研项目合作。

斯里兰卡企业家伽马吉，来中国培训两次，在菌草中心的指导下，成功创建了国内首个菌草菇工厂化生产企业，并为当地妇女提供就业……

海外基地像雪球一样越滚越大，开在福州的菌草国际培训班一年四季总在笑迎七大洲五大洋“草根信使”到来。如同林占熺所说，“培训班就像一个和谐的国际大家庭，承载了国与国的友谊”。在培训中，林占熺亦师亦友，结业典礼上更是“最受欢迎的人”，各国学员们竞相与他合影。有些学员不满足于一次培训，最多的申请成了三届“回炉生”，林占熺有教无类，来者不拒。斐济的苏尼塔做梦也想不到，自己连着两年在北京和福州参加技术培训，回去时家乡已完全不同，菌菇多得让她都不敢置信！意想不到的还有，她和斐济每个农户的菌草栽菇棚，都由在斐济的中国菌草项目专家组成员亲自指导，拿着工具一起干。世上真有无条件希望他人幸福富裕的人啊！

当今世界技术千千万，能共享给全世界、拥有完全自主知识产权的原创技术，中国菌草能不是一个典范？这个道法自然的技术，从最初的“以草代木”，如中国古代哲学所昭示的“道生一，一生二,二生三,三生万物”那般不断繁衍，生生不息地向外扩展。它貌不惊人，但所到之处，耐旱、耐淹、耐冻；节水、节肥、不用打药；热带地区一次种植，寿命长达二三十年；用它可以种出50多种食用、药用菌菇;可做家畜的饲料，用作燃料发电，用作板材、纸浆，可用于矿山植被和土壤修复……

林占熺绕“草”周旋，草劲风疾，手中这把草，似观世音菩萨手执净瓶中的杨柳枝一般有魔力，只在轻轻一拂中，就让海内与海外农户雨露均沾，度人无数。

林占森这些年穿梭般深扎巴新、卢旺达、斐济等国，代兄行事，建起了全球三个最好的海外菌草示范基地。他光在非洲就待了十来年，年过花甲，从哥哥那里得到的命令是：还得干！

庚子年“新冠”疫情暴发以来，人心惶惶，谁不希望早日回到全世界最安全的中国啊，可林占熺这样对弟弟等亲人发话：“这个时候更应坚守，让世界看到中国的援助志不可夺！你们在国外的每一天，都要责任在心，用实际行动为国争光！”

菌草计划成为国家行动之后，为世界进步、人类命运共同体构建做出更大贡献，成为越来越多的中国农业科技工作者的心愿。负责援助莱索托的蔡杨星，就是其中之一。经他和团队的指导加资助，当地村民亚戈尼逐渐还清了多年的债务，盖上了漂亮的新房。他们还多次帮助一个由32名贫困妇女组成的群体，引来她们异口同声的称赞：“中国人、中国专家是我们真正的朋友。”

疾风知劲草，“请将仁义为杆橹，四海无非为弟昆”。就这样，林占熺带着菌草团队，以草的顽强坚韧在世间一块块贫瘠的土壤上扎根，以风的速度在大洋与大洲之间传播，以菌的繁茂给不同肤色人种提供食用之源。在中国共产党建党百年之际，在让中国500多个县市踏着贫瘠穷困走向脱贫致富时，也极大地惠及了全球106个国家和地区，在荒野沙漠催生出了丛丛新绿，让幸福的笑声传播四方；就这样，林占熺担任首席科学家的中国国家菌草中心，已在国内外先后举办了288期国际技术培训班，培训学员10509名，在巴新、斐济、卢旺达等13个国家建立了示范培训和产业发展基地，为11个国家培养了25名菌草专业的硕士、博士留学生。

这组数据，连着菌草技术文献已被翻译为18种语言文字，在全球创造数十万个就业机会，从一个侧面说明了菌草技术在国外之火。无法量化的是，林占熺和菌草团队每到异国他乡，都和当地人民结下超越种族的友情。他因为“点草成金”而成了国际英雄、“国际生态安全科学院院士”。他研发的“神奇之草”，相继成了很多发展中国家的民生工程、扶贫工程、生态工程。继巴新总理之后，圭亚那总统、柬埔寨国王、斐济总理、中非总统等元首级政要，也相继到林占熺所在的福建农林大学，亲手种下象征友谊的菌草。

谁也没想到，菌草技术架起了友谊桥梁，在为国际减贫、精准扶贫、生态建设与绿色“一带一路”建设做出积极贡献，成为中国农业国际合作的金名片的同时，也为国家外交事业立下了非常之功。

2021年9月2日，“菌草援外20周年暨助力可持续发展国际合作论坛”在北京盛大召开。中国国家主席习近平致贺信，特别提到，“使菌草技术成为造福广大发展中国家人民的‘幸福草’！”

林占熺倍感荣光！虽然此前有关总书记关心菌草的报道也屡上头条和热搜，但没想到这次会议能获得如此高度的重视。

聆听中国国家领导人、联合国秘书长和各国政要的讲话和祝贺，世界没理由不向凝结风霜雨雪、披星戴月越过高山大海的中国草行注目礼。

“今天我们谈论的主角是菌草……菌草带着中国人民的大爱和慈悲奔向世界……在习近平主席持续推动下，20年来菌草技术成为同杂交水稻比肩的中国援外扶贫金字招牌，受到热烈追捧……”听着国际发展合作署署长罗照辉的致辞，回首开启菌草援外新纪元以来，菌草技术从福建走向南太和非洲，播撒到南亚和拉美，再到联合国舞台的造福之旅，为正崛起的中国赢得了友谊、荣誉和大国形象，林占熺百感交集，昔日小草终于成长为高高大大的“致富草”“和平草”“幸福草”“中国草”，时刻抖擞精神迎接新的发展。

林占熺的发言简明扼要，没有小我，只有我们，只有中国和世界：

“菌草技术是为扶贫和保护生态环境而发明的。自1986年成功发明以来，从‘以草代木’栽培食药用菌，拓展到畜牧业、生态治理等领域，并‘以草代木’生产板材、纸浆等，开辟了菌与草交叉的科研新领域，正成为新的农业资源和生物材料。”

“发展菌草是全球食品安全和环境保护的必然趋势和最佳选择，是为人类提供优质菇类食品的最经济、最合理的途径，是增加就业、减贫的有效措施，是应对全球气候变化挑战的有力武器。”

经久不息的掌声中，这不啻又是一次菌草宣言。

这是中国菌草，这是扶贫之草，这是生态之草，这是宝草！产量高、成本低，耐得住干旱、留得住水土、斗得过风沙！镁光灯下的明星，在不同颜色的眼睛里聚光且聚焦。为这样的“宣言”，他没理由停下奔跑，离开舞台便来到草的身边，编织一个绿色的世界，演绎新时代传奇，展示中国风范。

形状不一的菌草，不同语言译介的菌草技术，风一样在全球传播，让世界记住了这个被岁月越擦越亮的名字——林占熺，这个在党50年的中国共产党党员，和神奇的菌草一样，有着神奇的力量。

9月，林占熺的心火热火热。总书记亲自给菌草援外论坛发贺信，这是菌草援外的历史性时刻，是菌草事业发展的重要里程碑！为了这一天的到来，他一路奔走，远远地跑在时间的前面。他把贺信拍下珍藏在手机里，还叫人打印出来，带在身边。

处在高光时刻的他，9月6日又转场到了福建省的平潭岛长江澳，躬身在菌草防风固沙及周边滩涂盐碱地治理基地指导。半年前，他刚来察看过。

这里的治理始于2018年5月。当地领导带他们参观时，一脸苦涩地说：这是前几年种下的木麻黄树，靠风口里面的已长得很好了，但澳口这地方现在还是这样光秃秃的。林占熺说：这样的风口如果种上菌草，也许能突破这个难题。

长江澳的年平均风速达8.5米/秒，防沙治沙形势严峻。这个直面强风的澳口，曾经流传着一夜风沙掩埋18个村庄的故事。林占熺详加勘察这片沙地，挖地不到20公分看到下面潮湿的沙土后，便胸有成竹了：内蒙古乌兰布和一片流动的沙丘平均要挖到40公分以上才能看到水分，都已经绿茵如锦呢，岂能让这里沦落？！

仅仅两年后，这处原先风大沙猛的滨海地带，菌草生态治理成了旅游打卡点，莫言菌草无人赏，野菜花开蝶也来。200平方米的菌草引来诗词唱和:“风住沙停,一派葱茏,银滩披菌草”“对故土芳姿,乍见人惊倒。草青风景妙。”吟诗作赋容易,林占熺风吹日晒的苦头一言难尽,特别是午饭还在现场解决,他与其他队员不同的是,得躲到车上吃“专属午餐”——一块面包配上降压药、降血糖药等等,吃饭时心脏顺便休息一下……

几天后迎来教师节,林冬梅的微信朋友圈又曝光了父亲总不“躺平”的身影:“林老师这位‘学生’认真准备发言稿。”原来,他正待出席中央宣传部、教育部举行的最美教师授奖大会,得发表获奖感言。

不同肤色的学生们,林林总总的礼物,在教师节这天向林占熺涌来。129名硕士、博士的照片集,让他最是眉开眼笑,他清晰地认出,影集中第一位外国学生与他的合影是在2005年的南非新堡。上年教师节,洋弟子们的礼物是个特制的地球仪,上面标着菌草覆盖到的上百个国家。他把地球仪放在办公桌上,天天照面中,竟如发现新大陆般地自赋含义:如果把菌草覆盖的这些国家对应到全球灯光分布图上,就会发现,因为贫困,这些地方大多漆黑一片,现在中国菌草微光成炬、向光前行,正在锲而不舍地点亮这些地方。这个地球仪,也标示菌草不争地走上了全球造福之路。

那些天,央视播出的《闪亮的名字:2021最美教师——林占熺》被到处转发,有段留言极有代表性:“拳拳寸草心,浓浓报国情。致敬最美教师林占熺和林冬梅,你们把生命根植在种菌草、菌菇的大地上。”

“最美”恰如其分。诚如此言:“林占熺长期以来奋战在科学教育第一线,始终担负起人民教师的职责和使命,特别着重培养学生的科技创新精神,在团队教学科研工作中起主导作用,为青年教师、学生起示范带头作用。”

中秋转眼而至，菌草中心研究生们匠心巧手制作的菌草牌月饼，也让林占熺眼睛一亮，连称味道不错。得知中国驻中非大使陈栋这天亲自到援中非菌草基地看望专家，他就说，明年中秋也请陈大使和使馆工作人员尝尝我们的菌草月饼，感受浓浓的乡情。

菌草团队有人突发奇想：如果拍摄一部中非版的《山海情》，林教授肯定依然占据一席之地，因为他也给非洲送去了摆脱贫困的“幸福草”“致富草”。

9月下旬的黄河菌草生态安全屏障会议和现场参观因疫情取消后，林占熺特别叮嘱：10月6日左右就会有霜冻，菌草在此之前要开镰收割，要有悯农之情，绝不能无端造成浪费。

10月初，林占熺亲赴内蒙古、宁夏大漠戈壁基地，一周内组织起了一场国际“云参观”。巨菌草种植区波浪起伏，大型收割机来回穿梭。大伙分工协作，自拍自摄自编，在参观结束前播放菌草收割的丰收现场。一位深扎阿拉善试验基地6年的研究生，自称是林老师的铁杆追随者，也自嘲是被逼出来的“斜杠青年”，有农学和草学专业背景，会电焊，会种草，会做饭，也会拍摄。

在收割后的地面，林占熺随手竖立起一根巨菌草秸秆，对记者说：“别看这秸秆比我还高，其实只是上半截。巨菌草收割之后，一部分留在地里给根部保温，其他的储藏起来，为来年留种。”

抬眼望去，不少巨菌草秸秆经过日晒风吹，已经干燥而蓬松，扒开这层秸秆“被子”，留在地里过冬的草根就露了出来，一簇一簇的，左搂右抱，高于地面约10厘米，用手轻轻一掐，汁水横溢。

记者摩挲着一节一节的秸秆，说：“巨菌草有点像甘蔗，也像竹子。”

“其实竹子也属于禾本科。”林占熺拿着手中的巨菌草秸秆继续介绍，“你们看，它每一节之间的连接部分，都有一个小小的突起，这就是我们需要的芽苗，前后各留一小段，锯下来直接放进土里，不久就会长出一株新的巨菌草。这也说明了巨菌草的另一个优点，不用担心产生生物入侵的危害。”

在西北大漠临时起意的“云参观”，效果意想不到。特别是内蒙古磴口县的黄河滩盐碱地上第一次种下的菌草，就能收割了，有力地告诉世界，贫瘠的土地里真能源源不断地长出金苗苗来！4个月前，在林占熺的有力推动下，内蒙古磴口、河南武陟紧随宁夏石嘴山，启动了“菌草科技创新产业园”，菌草技术向建党百年献礼的三大项目落到实处。

林占熺连夸带赞中，更惊喜地看到，五一期间育苗移栽探索对黄河的崩岸治理，巨菌草不仅妥妥地立住了，气势磅礴，而且根系发达，盘根错节，最长的根系竟延伸至575厘米。如此破纪录，为黄河严峻的水土流失治理提供了新招，让“建党百年，菌草献礼”更添异彩，也让与黄河和沙漠决战了几十年的他喜上眉梢，说：“自然界似乎都有一种神奇的力量在支持我们正义的事业，照这样看来，明年新的治理方案成本可以继续降低。”

人们从他身上也感受到一种神奇的力量，在创纪录，在破纪录！

与惊涛骇浪斗过一回回的巨菌草，不负“巨”名，哪怕被冲击得伤痕累累、皮开肉绽，也没有自暴自弃、随波逐流，抓住大地一点便凤凰涅槃，完成了一次巨大的占有。就如眼前，它们裸露在外的大量白色粗壮的新根，就像小娃娃的粉嫩胳膊粉嫩腿一样可爱，引得林冬梅蹲在那里看得乐不可支：“真是美，怎么看怎么拍都不够。”

巨菌草节节延伸的发达根系，让一群志在改善生态的“傻子”，齐声欢呼起来。

有一首《长江之歌》，欢唱“你用健美的臂膀，挽起高山大海”，林占熺也想象着未来黄河“巨龙”，由菌草健美的臂膀挽着，造福沿河流域的百姓，以激昂的旋律，成为“新黄河大合唱”里的“第一交响曲”。

金乌西沉，他还舍不得走，不无浪漫地对着大家比心：“我们和黄河岸边、沙漠地里菌草的关系，也像小王子与玫瑰一样，驯养与被驯养。我眼里最美的就是它们，岁岁枯荣，生生不息。”

意外的发现，让林占熺大为开心。苍山如海，残阳如血，这广袤的沙漠总有一天能到处见到绿意荡漾，成为草木茂盛新的所在，届时他和女儿站于斯，不也是“一树梅花一放翁”。

宁夏石嘴山菌草科技创新产业园区迎来大丰收！ 面向世界的线上“云参观”后，林占熺又一次带着学生和工作人员来到石嘴山的盐碱地。第一次跟着远行来此的研究生鄢凡，不知是被眼前白花花一望无际的盐碱地惊到，还是被重度盐碱地里只有一种名为菌草的青青植物破土而出、顽强生长的情景给惊艳了，不禁“呀”了一声。

林占熺若有所思地看着鄢凡说：“小鄢，可千万不能被这艰苦的环境吓跑了，现在正是用人之际呢！”

鄢凡有点不好意思起来：“要跑，我也是跟着林老师您跑！”

林占熺语重心长地说：“你可要留下来帮冬梅啊，我们这项任务真的很艰巨，国外很多项目现在多是冬梅负责，一个人的能力和精力总归有限，众人拾柴火焰高，你要多帮她！”

一旁的林良辉调侃道：“跟着林教授谁都别想浑水摸鱼，都要拉去艰苦的地方历练，只怕鄢凡多看了几处工作环境后，会跑得更快。”

“你这是以小男人之心度大美女之腹！”林冬梅白了林良辉一眼，揽过鄢凡，“就让良辉胡说八道去，我们以《诗经》的话来怼他，‘我心匪石，不可转也，我心匪席，不可卷也’！”

“冬梅姐出口成章，试看天下谁敌手！”鄢凡笑罢，心里也五味杂陈，一面感慨自己曾经的学习环境是那么优渥，所学英文专业又不用经受风吹日晒，和一群学农的菌草队员相比，何其幸福，他们又是何等不易！她暗中鼓励自己必须坚持下去，不能辜负林教授的信任和培养。她真诚地说：“这些地方，如果不是跟着林教授、冬梅姐，我这辈子可能都没机会来，我真没想到世界上还有这么多生态环境恶劣的地方，也就更意识到生态治理的难度和价值了。”

一位队员说：“鄢凡你只要不离开幸福草，幸运就会眷顾你，带你走向人生大舞台。你看你还没来一年，就去过中央台、钓鱼台，我们都眼馋呢！”

“菌草援外20周年暨助力可持续发展国际合作论坛”前期筹备，菌草中心派了一批人去北京，连续加班一个月，每天怀着兴奋的心情上班，又带着满满当当的收获下班。会议当天，规定他们中只能安排六人入场，鄢凡以英语专业优势而有幸登堂入室。

“非常感谢林老师给我提供平台，参加这么多高级别的会议，并让我在实践中学到了很多做人做事的方法，对菌草技术的认识也逐渐加深。林老师属马，老骥伏枥，老马识途，小女子今后唯马首是瞻。”

林占熺莞尔一笑：“和你们年轻人一起工作真是美好，我现在唯有工作才能焕发我的年轻。”

10月中旬，父女俩赶赴北京延庆基地，参加驻华使节参访、座谈活动，大谈大漠戈壁基地十余日所见。

10月底，菌草中心荣膺“第六届全国专业技术人才先进集体”。人才是发展的第一动力，这些年，林占熺带领中心的一群博士、硕士，陆续攻克了“鲜草栽培食药用菌”“菌草治沙”“菌草治理水土流失”“菌草治理崩岗”等关键技术难题，实现了从理论到实践的快速转型升级。此前，菌草团队已先后斩获“国家西部大开发突出贡献集体”“全国先进基层党支部”“福建省援外工作先进集体”等荣誉称号。林占熺参加表彰大会，作为人才先进集体的全国四个发言代表之一，作了题为《牢记嘱托种好“幸福草”》的发言。

“双11”，迎来第26届联合国气候变化大会边会——菌草绿色屏障“云参观”，主题聚焦生态治理与菌草科技产业发展。菌草如何有效地改变生态？林占熺从2013年起带领团队在大西北的长年固沙试验，证明这一株来自中国南方的菌草，从此开始在大西北的沙漠扎根，也在全球绿色产业版图上烙下了深深的菌草印记。

一个个示范地点视频，一个个案例，在一个半小时内异彩纷呈，由此及彼，雄辩地告诉世界，菌草技术不仅是反贫困、反饥饿的武器，也是应对全球气候变化挑战的有力武器。线上线下，林占熺几乎要被鲜花和掌声淹没了。

几天前，中国新任驻巴新大使曾凡华接受中央广播电视总台《大国外交》节目专访，深情地说：“到了巴新以后，真切感受到菌草对于发展中国家发展合作带来的良好效益……”

11月13日，林占熺又飞到苏北，和中国工程院院士张全兴等人参加第十届中国盐城环保产业博览会。他再飞来飞去，每一步却都没有离开过泥土。

菌草盐碱地治理已传佳音。始于福建平潭岛的试验，历经4年摸索，种植地的含盐量已由当初的19‰—24‰降至1‰，而巨菌草在盐碱地的产量高达16.68吨。面对这样的突破性成果，林占熺和张全兴等院士莫不觉得全国几亿亩盐碱地的改良，从此罩上希望的曙光，想象着巨菌草如何为神州大地铺锦绣。

江苏名芯农业发展有限公司负责人黄岳华喜见曙光！两年前，他在盐城大丰区草庙镇流转了500亩土地，拿出350亩首种紫甘蓝蔬菜，头两个月就交了80万元的学费，找来专家探讨，才知这里的土壤肥力不够，特别是有机质和磷含量低。一筹莫展之际，有人向他推荐了对土壤肥力要求不高且适应性强、管理简便的巨菌草。他就在草庙镇试种。2020年秋收后，经第三方检测，其粗蛋白含量高达16.88%、粗脂肪达19.60%（普通青贮玉米粗蛋白含量在6%至12%、粗脂肪含量也就2%到4%）。

张全兴院士牵线把巨菌草介绍到盐城时就说，这个草给牲口吃，同样的量，营养价值却翻番。为了验证菌草的优质性，黄岳华试养了十几头猪、十几只羊和两头水牛，并试验投喂100亩鱼塘的鱼。2021年4月扩大面积栽种的这批草，成熟后长到两层小楼高，周围人大开眼界，满是惊叹，黄岳华自创其名曰“黄金草”。天气逐渐变冷，他还经专家指点，在试种田边建起一座仓库，专门用来存储收割后的巨菌草。11月收割时，亩产鲜草20吨，堆进仓库两旁架子上的巨菌草，叶虽枯黄，小芽却还是充满了生命力，长长的秸秆尽职地提供养分。

“盐城首次大面积试种巨菌草成功”的消息，不胫而走！

巨菌草“诚不我欺”。黄岳华“相见恨晚”中，设想把秸秆上的芽苗剪下来，自己育种苗，来年将巨菌草的种植面积扩大到100亩，并试验能不能一年收两茬。盐城师范学院湿地学院也在尝试将巨菌草发酵加工，提升营养价值，尝试生态养殖。张全兴院士则有个更大的目标，用巨菌草生产聚乳酸，这是一种新型的生物降解材料，未来前景巨大。

林占熺看到巨菌草在盐城试种成功就获得如此大的反响，掩饰不住内心的激动，仿佛遇上了知音，也期待群策群力间会不断有新的突破，让巨菌草释放最大的魅力。在细细察看过盐碱地里的收成后，他也直言不讳地指出："亩产还是比较低，主要是种植方法不对，盐碱地之间也存在区别，因地制宜才能提高产量。"

南京大学盐城环保技术与工程研究院的专家开足马力从事巨菌草的耐盐实验，看它在盐碱地种植能否发挥更大的经济价值和生态价值。林占熺对此表示关切和期待，并乐于分享经验："我们在福建平潭岛的盐碱地种植菌草，已能达到亩产十五六吨，种了4年后，土壤含盐量大幅度下降，盐碱地变成可耕地，变成良田。盐城沿海滩涂面积广袤，如果巨菌草的种植能成功改良这里的盐碱地，对国家将是一个巨大的贡献。一株草能发挥多大的生态价值，得靠大家一起携手努力。"

14日，林占熺应邀到盐城师范学院湿地学院作巨菌草技术相关科技报告后，不需要女儿QQ空间"N年前今天"的提醒功能，知道3年前的这一天，也就是2018年11月14日，习近平总书记在对巴布亚新几内亚进行国事访问前夕，在该国《信使邮报》和《国民报》发表署名文章《让中国同太平洋岛国关系扬帆再启航》，回顾了中国菌草助力巴新发展的佳话。

他始料未及的是，几天之后的重要会议上，自己和菌草技术又一次被重点提及！

"我就派《山海情》里的那个林占熺去了"

就这样进入11月19日在北京召开的第三次"一带一路"建设

座谈会。

中共中央总书记、国家主席习近平出席并回忆起他在福建工作期间接待巴新东高地省省长拉法纳玛的情景："我向他介绍了菌草技术，这位省长一听很感兴趣。我就派《山海情》里的那个林占熺去了。"

总书记在这样重要的场合，亲口提到林占熺的名字及菌草援外往事，一经《新闻联播》播出，即成世人关注的重大新闻。

"真是金口玉言啊！"林占熺感慨之中，思潮腾涌，不由想到20年前——2001年6月20日，习近平省长在全省农业科学技术大会上作报告时，专门脱稿向全会推荐他：这里我向大家介绍一下福建农林大学的林占熺教授和他发明的菌草技术。我们对口帮扶宁夏把他推出去，我们智力援疆把他推出去，我们援助巴布亚新几内亚东高地省又把他推出去，我们和东高地省结成友好省，就是他和菌草技术起了穿针引线的作用。我在宴请巴新总理时，巴新总理对菌草技术十分肯定，说对他们是十分重要的支持，对巩固和发展两国之间的关系起了很好的作用。林占熺通过菌草技术援外，提高了我省、我国的国际声誉，我访问埃及时，连那里的导游也向我介绍中国的菌草技术。

整整20年了！总书记还记得那么清晰，林占熺又岂能忘记！

所有的最好，都不及刚好。总书记3年前访问巴新，林占熺恰好在该国。这是他2018年第二次远赴巴新，前一次是上半年5月。

一同从福州出发到巴新实地采访的《福建日报》高级记者黄世宏，看到林占熺从下飞机到项目基地，一路接受川流不息献花、拥抱的动人情景。菌草基地方圆五六十公里的人，都认得他，见了面总是高兴地喊"菌草爸爸""菌草·China·布图巴"。当地的啤酒很贵呢，一般人喝不起，可为了这个中国专家的到来，大家倾囊而出！望着巴新国徽上“极乐鸟”的图案，再看眼前这位蔼然可亲、眼里有光、飞自中国的“布图巴”——“极乐鸟”，黄世宏对人性之美好、世界之和谐，一时有了沉浸式体验。

黄世宏见过不少大场面，但眼前当地百姓自发欢迎的场景，使他深深感受到了“箪食壶浆，以迎王师”这句话的魅力，王侯将相到来也莫过如此吧。

中国菌草这个响亮的品牌，已深深扎根在遥远而神秘的南太大地。站在巴新的土地上，结合林占熺这些年来的讲述，黄世宏完全可以想象20年前发生在这里的情景，想象林占熺和团队筚路蓝缕以启山林的艰苦卓绝，想象一代代菌草人接力坚守的情怀，想象他留下胞弟孤身坚守并助力扳倒“台湾外交”的艰难决策。眼前的东高地省，确实建立了南太地区第一个菌草、旱稻生产示范培训基地，既成功发展了菌草栽培食用菌项目，也结束了该省没有稻谷生产的历史，其中不仅仅是付出血汗，还有出生入死呢，可林占熺却从不居功自傲，尽付笑谈中。

“菌草项目虽然大面积推广了，但我们还得帮助，如果一走了之，菌种的培育和保质等，还是会让当地人视为畏途。旱稻现在则是农民自发来种了，收获虽然没有我们直接指导的多，毕竟能自给自足。他们丰收时都要庆祝一番，把我们专家组请去，还一个劲地问‘菌草爸爸’什么时候再来。林老师一直都是巴新人民心中的英雄。”项目组组长林应兴这样介绍。

“去年林老师获得‘中国生态英雄’称号后，我们把这喜讯告诉东高地省省长，他说林老师也是巴新的生态英雄，是国际的生态英雄。”一位队员补充说。

“说林老师是国际英雄我看名副其实，他到哪个国家都深受当地政府和民众的拥戴。真正的英雄几乎都是这样的人，创造了奇迹却不沾沾自喜，播种而不参加收获。”黄世宏不胜感慨。

这次跨国采访，是黄世宏退休后继斐济实地采访后的又一个心愿。林占熺告诉他，帮助世界上最不发达国家的民众使用菌草技术，帮助他们摆脱贫困，这就是构建人类命运共同体的一种具体实践，也是他晚年执着的追求。林占熺让他的新闻生命得以延伸、提升，让他完成了从事新闻工作40多年来自以为最得意的一篇通讯《菌草之梦》。

早在1998年，黄世宏赴宁夏闽宁村采访，看到林占熺带领科技扶贫团队在干沙滩创下的奇迹，心中就无比震撼，从此长期关注，并为心中的典型鼓与呼。2004年，他们一起参加了国务院特殊津贴专家赴云贵等地的考察，十来天相处中，大家多是关注山川美景，林占熺却不时停下观察沿路发现的草种，着了魔似的看来看去，看不够了，又带回家去。在深入的交流中，他挖掘到了二十世纪九十年代林占熺送给好友的言志共勉之诗：“菌草千秋在，仕途一时荣，钱财如粪土，仁义值万金。”也聆听到了林占熺的内心衷曲：“人生的价值主要不在于你做了多大的官，拥有多少财资，而在于你为人民、为社会应尽了多少责任，做出多少奉献。”

在采访科技界人士中，黄世宏从谢联辉院士那里得到了“一个大有可为的新产业”，从刘宗超院士那里得到了“人类生态文明建设的一盏明灯”等由衷赞语；从有识之士那里得到“一个重新安排祖国河山的宏伟工程，一项全面提高民族素质的辉煌事业……”等诗一样的描述。他在不遗余力地赞扬青青菌草是“生态草”“太阳草”“幸福草”“中国草”时，也情凝笔端地记述菌草之父“小草大爱”的感人故事，并以他为榜样追赶。

在十多年前的一篇报道中，黄世宏这样为解决了菌林矛盾这道世界性难题的菌草立言:“目前，菌草技术发明的意义还没有被人类充分认识，实际上很难统计这个发明已经保护了多少森林不被砍伐，由此产生的综合效益不可估量。如果袁隆平发明的杂交水稻解决的是吃饭问题、饥饿问题，那么林占熺发明的菌草技术不但能解决营养问题，还能用来保护、改善生态环境面临的大问题，这是对人类一项很伟大的贡献。我相信，随着岁月的流逝，它的作用和意义将日益显现出来。”

林占熺永不停步的人生，使原来想早些停笔、安享退休生活的黄世宏，又产生了新的人生动力与目标，笔耕不止，这才有了想着再为林占熺等科技工作者续写传奇的冲劲。

眼见为实，他在中国菌草走出国门第一站巴新看到，菌草遍布数省，累计8600多农户，3万多民众受益。菌草在东高地省，更见“不论平地与山尖，无限风光尽被占”的况味。他怀着好奇，又关切地问起了旱稻技术的新生:“林教授，为什么您能在那么多人种不出稻谷的地方收获旱稻？”

林占熺深有感触地回答:“科学不能人云亦云，但科研需要智力，也需要吃苦精神，农业科研更是如此。如果我们浅尝辄止，或者没有驻扎在实验第一线，没有顶风冒雨地做好各种数据收集，没有全程观测种植过程，再有想法也不可能轻易成功。”

在旱稻的收割地，一位队员应景地用手机放起了新歌《外婆说》:“轻轻的我踮起了脚尖，随稻香的风儿，一起舞动田间，傍晚的天空格外温柔，稻田的鱼儿也在享受……”

大家莫不觉得，昨天，今天，明天，这个国家的外婆们给她们的子孙会说“菌草爸爸”和中国草以及中国故事。这些故事，能代代相传，成为典故。

时光拨回到1997年，只怕是林占熺都想不到菌草项目会在巴新实施20多年下来。人非草木，孰能无情，哪怕“菌草爸爸”回中国了，一拨拨中国专家到东高地省的哪个角落，都会受到村民们的热情欢迎；专家组的车行走在巴新大地上，也不时会听到“JUNCAO MUSHROOM”“Mr. Lin”等亲切的招呼。

2018年5月30日，又一重大项目在巴新落定：东高地省、西高地省提供6000多亩土地，由中铁国际、福建农林大学与巴新方面合建巴新农业产业园核心区。

二十世纪末就曾为“福建省—东高地省缔结友好关系”奔走的东高地省原省长拉法纳玛，无比欣慰地说：“菌草技术在巴新已然火力全开，我相信我还能等到最美好的时光！”

20来年的深耕布局，让中国草的故事，在巴新如菌草、旱稻那般深扎。就是这个国家，为中国草和旱稻罕见地八次奏响中国国歌、升起鲜艳的五星红旗，以之表达对中国政府和中国人民科技扶贫的感激之情。一同升起的，还有纷繁世界一言难尽眼神里已然无可颠覆的中国国际形象。

等待着，等待着，2018年11月16日，巴新迎来了中国国家主席习近平的到访。林占熺躬逢盛事。半个多月前，他向前来视察菌草与旱稻技术合作项目的巴新总理奥尼尔介绍了情况。奥尼尔总理一路参观，一路笑脸盈盈地夸奖：“你们为巴新农业发展做出了突出贡献。事实有力证明，你们带来的菌草技术与旱稻技术，一定能让渴望脱贫致富的东高地人民，走在充满希望的田野上！”

11月13日，东高地省戈罗卡菌草旱稻示范基地喜气洋洋，林占熺与专家组同百余名巴新各界代表人物欢聚一堂，共赴“福建——东高地菌草一家亲”盛大活动。

东高地老省长拉法纳玛来了，带着当年和时任福建省省长习近平的合影，深情地追忆永生难忘的往事。东高地省现任省长彼得·努姆也愉快地说：“是习近平主席派来林占熺教授，带着菌草技术造福我们，这段历史我们将永远铭记。”

“巴新菌草第一人”瓦义带着妻子和女儿一起来了，谈及当年认定菌草为自己的终生事业，百感交集：“从认识菌草、认识林教授那天起，我的人生就与菌草技术紧紧相连，不管多么艰难，我从来没有放弃，我这辈子就跟定‘菌草爸爸’了！”

这样的场合，又怎能没有当年带头在东高地推广菌草、旱稻技术，后来担任了旱稻种植协会会长的考比！年近古稀的他，开口第一句话就是：“感谢习主席！感谢林教授！感谢中国！”他回忆了当年林占熺住在他家搞旱稻试验的过往，为自己能参与创造这段历史而感自豪。他慷慨表示，要把25公顷的土地捐赠给项目组，希望中国专家能再次缔造旱稻种植的世界纪录。

“如今我虽然老了，但我相信我的女儿与林教授的女儿一样，会继承我们开创的事业，并再创辉煌，让稻米出口的那一天早日到来！”考比激动之中，几度哽咽。

考比的女儿普莉希拉一见林占熺就显得无比亲热，当年曾随父亲在他的指导下学种菌草和旱稻。她说到自己从澳大利亚留学回来后，专门组织合作社推广菌草、旱稻技术，其间被西方人追问为何要和中国人合作。

一旁的林冬梅就问：“你是怎么回答的？”

“我说，菌草爸爸和中国专家前前后后都在无私帮助我们，平等对待我们，就像一家人，希望我们过上幸福生活，希望我们的国家尽快发展好。他们不远万里来帮助我们，我有什么理由不与他们一起为我们的国家和人民工作呢？”

林冬梅脸上笑开了花，边说边鼓掌：“妹妹回答得真好，我们今后就一起携手合作！”

林占熺欣慰中带着谦和：“仰仗后来人，再创新高峰！”

在盛大的传统仪式过后，林冬梅在热烈的掌声中，喜获一个新名字“阿拉荑美”。这是东高地一个珍稀的植物品种，传说当它生长旺盛时，将带来一个地区的兴旺发达。寓意美好，林冬梅无比喜欢，也期待自己的名字能预示菌草、旱稻技术产业化在巴新大获成功。

这场动情的聚会，每一个细节、每一个声音，都充分体现了福建、东高地“菌草一家亲”的情缘。林冬梅在微信朋友圈里也晒出了父亲对援外事业的豪言壮语：“唯其艰难，才更需勇毅笃行。”

这次在巴新，林占熺迎来了75岁生日。他收到了一份礼物——东高地人创作的画：高山绿树间，飞翔着一只色彩斑斓的鸟，那是巴新的象征“天堂鸟”，画下写着一行字：“祝天堂鸟教授生日快乐！”东高地省省长彼得·努姆到场贺寿，并带头唱起了中国的生日歌。

林占熺的双眼湿润了，当众许下愿望：“希望东高地省尽快提前实现联合国2030年可持续发展目标，成为全世界的样板！”

那天，他们一道品尝了米饭和菌草菇。东高地省省长意味深长地说：“这是我们东高地省自己生产的旱稻，米粒白净饱满，米饭清香甘甜，再配上菌草菇，味道好极了！”

林占熺向世界宣布要把东高地省打造成世界样板时，他和团队在巴新艰苦创下的多个世界纪录，其实早已掀动南太平洋的波涛：巨菌草产量第一（最高达50吨/亩），旱稻产量第一（农户旱稻产量达500多公斤/亩），旱稻宿根法栽培收割次数第一（旱稻“金山一号”播种一次连续收割13次）。

神奇中国草

2021年11月第三次“一带一路”建设座谈会重重提到菌草技术的新闻，迅速传到了巴新东高地省。巴新项目组组长林应兴还沉浸在欢欣喜悦中，林占熺就打来了视频电话：“应兴啊，你还知道我们与东高地省签的5年援助协议吗，第一年就要过去了，你们要有压力……”

林应兴报告有关项目进程后，激动地说：“东高地省政府已拨了一块地，用来建设我们专家组的家园，他们最希望您再来……”

岁月不居，时节如流，林占熺与巴新不过两年之隔。

2019年8月下旬，根据习近平主席访问巴新期间中国政府与巴新政府签订的援巴菌草、旱稻技术项目换文协议，巴新举行项目启动仪式，宣布将把菌草、旱稻技术推广到巴新的8个省16个地区。林占熺迢迢万里以赴。

“人多了，车多了，草房子也多了，精神面貌改变了……”项目启动仪式过后，林占熺也坦率地对巴新农业畜牧部秘书长丹尼尔·孔布克谈及眼下瓶颈，主要还在于当地交通条件比较落后，物流不发达，运输成本太高，保鲜和销售成本较高，另外就是当地农户对技术要求的程度还有差距。

他说得其实挺婉转，菌草援外人都清楚的一些现状他还没有点明，诸如当地农户人均占有土地不平衡，原始共产主义的观念比较严重，“等靠要”思想也比较严重，少了中国农民的勤劳劲，也在一定程度上减缓了推广速度。

针对有关障碍，他也提出相关解决办法，比如在消费较大的城市周边建立生产基地，就近供应。他不仅给官员们上课，也还像往日那样到农村开展培训，并解决菇农在技术上遇到的问题。

“巴新农村的发展还任重道远，需要更多类似菌草、旱稻这些接地气的农业技术，帮助占人口绝大多数的农村人口，利用好土地资源，发展经济，改善民生。”他侃侃而谈。

再陌生的听众，听了他深入浅出的讲解，也会知道菌草栽培食用菌的主要过程：种草 — 收割 — 干燥 — 粉碎 — 装袋 — 灭菌 — 接种 — 菌丝培养 — 栽培 — 出菇管理 — 采收 — 包装 — 上市。通过一次次对技术推广经验的总结，他和团队把菌草种菇技术给简单化、标准化、本土化了，让农户接触之下有信心，自己也能学会。参加培训后的福利也相当诱人，每位学员可以免费获得200个菌袋，拿回去种植，一周后就有收成，累计3个月，就能解决两三个中小学生的一年学费，这对于成天担忧小孩学费的农户无疑是个天大的福音。

此次同赴巴新的，还有林占熺的在读博士胡应平。他如是讲述援巴初见：

一、在巴新的大地升起中国国旗

2019年8月，我们团队飞过南太平洋，在美丽而遥远的“天堂鸟之国”巴布亚新几内亚开始了菌草、旱稻技术援助项目的执行。

经过紧张忙碌的筹备，一周之后，双方政府在田野中举办了简单而隆重的项目启动仪式。听着会场内外村民的欢呼声不绝于耳，看着中国国旗在巴新上空冉冉升起，我内心激动不已，切身感受到村民们对中国菌草和旱稻技术的渴望。同时，我也更加深刻地认识到自己肩上的责任，暗下决心一定要帮助当地村民掌握好这项技术，并让他们从中受益。

二、中国旱稻带来和平

亨加诺菲地区的菲尼图古村是我们的一个培训点。二十世纪九十年代末以来，这个村子陷入长期部落纷争，曾导致近百人死伤。

2019年9月，我和项目组另外两名专家来到菲尼图古村为村民进行旱稻技术培训。培训班因陋就简，在当地一处竹棚下进行理论教学。当地共145位村民参加了培训，大家学习热情高涨，渴望掌握新技术，纷纷在课堂上向专家提出了许多旱稻生产方面的问题。我们详细解答各个问题，还为村民提供了旱稻种子。此后，我们多次前往现场，开展包括种植、施肥、除草等田间管理，以及收割、晾晒和旱稻宿根稻二次栽培技术的全过程培训。

专家组和农户的共同努力得到了回报，2020年2月村庄迎来了首次丰收，3公顷的旱稻地共获稻谷25吨，旱稻项目在菲尼图古村推广取得成功。

村里发生了巨大变化——村民们放下过往的纷争，过上了安居乐业的幸福生活……

三、传播致富草，造福巴新人

菌草栽培食用菌见效快、周期短、效益高，在巴新广受欢迎。当地民众因感谢菌草技术发明人林占熺教授，将巨菌草取名为“林草”，又称其为“幸福草”。20多年来，林教授近30次前往巴新组织实施菌草技术项目。2017年，“林草”在东高地省创下每公顷年产854吨的世界纪录。

2019年10月，我们项目组举办了一期特殊的培训班。参加培训的共有37名妇女，主要来自戈罗卡区及周边的村庄，年龄最大的65岁，最年轻的才17岁。学员中八成为单亲妈妈，有的甚至带着四个孩子，生活普遍贫困。我们的目标是帮助她们掌握农业实用技术，增加食品来源，提高经济收入，改善生存状况。

短短三天，我们用提炼出的“一看就懂、一学就会、一做就成”教学法手把手进行培训，学员们很快掌握了菌草出菇技术，每位学员还从基地带回10个菌袋。种植不到一个星期，菌草菇便全部长了出来。妇女们异常开心，奔走相告，互相交流自己的栽培经验……

东高地省的旱稻种植季节为9月到次年1月，林占熺的弦绷得很紧，一天也不浪费，项目启动仪式过后，便指挥专家组兵分数路，风风火火地深入农村指导推广旱稻种植。

8月22日这天，林冬梅和项目组组长林应兴、队员胡应平在东高地省自然资源厅厅长弗兰克的陪同下，来到被世界遗忘的角落——科塔罗托村庄。在查看种植地块初次翻耕的情况以及附近两处水源、商定播种日期后，表示要带动整个家族种植5公顷旱稻的示范农户迈克伊，热情邀请他们去家里做客。

刚到村口，妇女们的欢迎之声已此起彼伏。她们在草屋前排着队，按照当地传统仪式，恭恭敬敬地把手中的“比篓”挂在客人的胸前。不一会儿，林冬梅胸前便挂上了三个，林应兴悄声告知，可能她们知道你是“菌草爸爸”的女儿，也可能是外国女性访客特别少见。

迈克伊的父亲是老酋长，代表家族欢迎来自中国的专家。父子俩在凉棚里陪同，其他50多位家人则在树荫下席地而坐。弗兰克用本地语介绍中国技术援助项目的背景情况后，林应兴说明了旱稻种植下一步的准备工作，并表示专家组届时会带来谷种进行播种现场培训和指导。

林冬梅感谢迈克伊一家的热情款待，她以巴新名字“阿拉萁美”自称，说：“22年前，我的父亲来到东高地省，现在我也跟随他来这里工作。中国政府派我们来帮助大家种旱稻、种蘑菇、种草养畜。”

话音刚落，这个家族的大小成员马上热切地回应：“感谢菌草爸爸——布图巴；欢迎你——阿拉萁美！”

这个村庄周边有上千人，迈克伊家族虽然世袭土地多，但缺乏劳力，50多口人只有十余个劳动力。林应兴了解情况后建议：拿出部分土地给周边村民耕作，收成时留一部分稻谷作为土地租金，这样既解决了劳力不足的问题，又不会让土地闲置，还可带动周边村民种稻，实现家家有粮。

迈克伊和他的老酋长父亲低语数声，欣然赞同。

迈克伊的几位兄弟希望专家组能指导他们多种些“林草”（巨菌草），给自己养的牛羊补充青饲料。还说，有的国家以前援助时曾把菅草作为牧草引种，但一到旱季就枯，而中国草在旱季依然翠绿，产量至少是菅草的3倍，因为营养丰富，牛羊特别爱吃。

胡应平立马回应：“没问题，没问题，一公顷巨菌草可以养活30头牛或300只羊。”他在刚才来的路上就注意到青翠欲滴的菌草随风摇曳，围栏里毛色光亮的牛羊欢快地享用着鲜嫩的饲料。

得知胡应平初来乍到，担任司仪的迈克伊兄长提议为他起个当地名字，以表达对他的美好祝福。老酋长沉吟一会说叫“费菲科斯”——旱稻示范村名。

整个欢迎仪式简单而温馨。临别之际，老酋长又一次代表全家族和部落感谢中国专家的指导和帮助：“你们的到来，为我们带来了食物。有了食物，我们的村庄和国家就平安幸福了。”

这一幕让江西小伙胡应平蓦然想起出国路上林占熺的叮嘱："岛国人把我们当亲人，我们把他们当成兄弟。"能给人带来幸福的人本身也是幸福的，他就此开启的援外生涯，山高水远都有了指针，他要不争地让渴望脱贫致富的巴新人民相信，"中国草"让他们的家乡走在了希望的田野上。

"感谢中国福建省给我们送'福音'！"3个月后，2019年11月，福建省副省长郭宁宁万里奔赴巴新，东高地省领导一见面就说。

此时正是雨季，满眼葱绿，一排排五六米高的巨型绿草——巨菌草昂首挺胸，列着队欢迎，微风摇曳中，星星点点的旱稻地则散布在圆形草房周围。那些巨菌草长得高大威猛，都遮住了视线，远远望去，人进入草丛倒像是进入了一个奇幻世界。林占熺说草原就是森林，真是一点也不为过。

"它们植株高大、生长快、生物量大，一株草最高可以长到9米，最少也能长3米高，长出的是巴新农民的致富希望……"林占熺眉飞色舞，像是介绍自家成绩优异的孩子。

来自菌草发源地的郭副省长实地了解了菌草、旱稻项目何以备受巴新欢迎，感受到了"度过千万昼夜，吃过千辛万苦，走遍千山万水，赢得千万人心"的菌草援外人的精神风貌，更是看到了不辞辛苦陪同的林占熺所到之处赢得的至高尊崇。她笑着说："不是您陪我，而是我陪您到您的第二故乡，分享了您的荣光。"

11月11日，福建省又和东高地省签了5年的援助协议，从2021年开始到2025年。东高地省把菌草、旱稻产业作为继咖啡产业后的第二、第三大产业来发展，计划建立巴新菌草、旱稻发展合作中心，用以推进和服务巴新全国菌草、旱稻产业的发展。

中铁国际向生产基地捐建了办公场地，中交一航局巴新项目部也说要有表示。中国路和中国草在巴新结缘，也是援外人同心建设异国他乡的一段佳话。

2017年，中交一航局巴新项目部在东高地省火热推进戈罗卡医院的建设时，想着丰富职工伙食、增强职工体质，经当地司机牵线，菌菇自此就成了项目部餐桌上的一道美食，旱稻也进了项目部的仓库。两个来自祖国不同行业的团队，就这样结缘。东高地史上最大医院建设必将带来的巨大变化，吸引了戈罗卡超市投资方上门寻求合作，菌草项目产品开始源源进入医院和超市，参与的农户与日俱增，也引发了邻省人员慕名而来，菌草养菇、菌草养畜和旱稻栽培的链条初见端倪。

东高地省山高路险，落后的交通限制物流，即使只将菌袋运往哈根、钦布等邻近省份，运费依然居高不下，省内同样饱受交通的困扰。草长莺飞，也希望路通八方，中国草向“中国路”发出携手奔跑的愿望。吃过菌菇，和菌草团队有过密切接触之后，“中国路”的建设者们似乎营养足了，精神长了，步伐也加速了。在他们的脚下，援建路持续迈向高地，一路向西，穿过东高地省，通向西高地省。顺着“中国路”的延伸，西高地省的哈根、钦布省的旺特本、恩加省的瓦巴格，大片大片的菌草开始茂盛生长，一路欢歌。

林占熺异常珍惜这段情缘，高兴地说：“中国草和‘中国路’是相亲相爱的一家人，路修到哪里，菌草就种到哪里！”

中国草和“中国路”都是民生工程，是快速提升“一带一路”共建国家民众获得感的重要途径。这次福建省和东高地省再签5年的援助协议，也是中国草和“中国路”并驾齐驱再给巴新造福的生动例证。

协议既签，林占熺对项目组组长林应兴说：“看来，你们在巴新还要做好新一轮的持久战打算。”

郭副省长眼见之后便是感动：巴新的项目“成如容易却艰辛”，正是在林占熺的带领下，一代代菌草人前赴后继、一以贯之的坚守，才奠定了成功的基石，东高地已然是他们生命中的一部分。

虽在耄耋之年，林占熺的菌草扶贫和生态治理工作，仍一半在国内，一半在国外。正所谓孜孜矻矻、孔席不暖，特别是不下30次的巴新万里行，作为植物和平使者的形象定格在了国际舞台，赢得属于中国的喝彩。

菌草项目经援外之途，在五洲四海随风播撒的还有友谊的种子。菌草行动一次次地向世界表白，援助没有附加条件，既非施舍，也非作秀，更非交易，只是为了让受援国人民实实在在地受益；也一直这般强调，菌草技术援助能以它的小而美、美而奇来惠及民生……

全球贫困治理之路还很漫长。菌草援外，见微知著。

2019年12月，中国援助巴新菌草、旱稻技术项目基地又迎来了巴新总理马拉佩一行。八九米高的巨菌草如伞，风中哗哗作响，如同菌草技术给当地带来的反响。菌草栽培出的9公斤一丛的大平菇，也让总理大饱眼福，特地手捧白花花的菌菇合影。

总理已知中国专家组在巴新创造的多项世界纪录，知道农户们一看就懂、一学就会、一做就成的覆土栽培模式，为菌草和旱稻技术在巴新大面积推广准备了坚实的技术条件。他还高兴地看到，菌草养鸡、养猪、养牛、养羊等新技术也已开始示范推广，菌草养禽畜，能大大节省商品饲料、降低成本，且提高肉类品质，因此深受当地养殖户的欢迎。

“菌草在东高地多年生，种一次可收割多年，割草养禽畜，禽畜的粪便又是促进菌草生长的很好的有机肥，是良性循环和可持续发展。”林应兴一嘴流利的英语，惊艳全场，总理也频频点头。

到过福建菌草中心的马拉佩总理，是中巴友谊的坚定维护者。在他的“站台”下，菌草在巴新被尊为“大国重器”，和旱稻技术刮起的旋风持久不息。

29岁、膝下两子的家庭主妇Belinda Wangnapi，2019年底对菌草种菇产生了极大兴趣，特地到中国援助项目基地参观，并经恳请，得以在基地学习和实践种菇技术。一个月后，她在家的后院盖起了一座20平方米的简易菇棚，从项目基地申请到了300个免费菌袋，就一腔热血地当起了菇农。不过一个星期，恰逢2020年元旦，她就收获了第一茬菇，鲜重34公斤。2月初，收获第二茬菇，鲜重也是34公斤；3月初，第三茬菇过秤，鲜重17公斤；4月上旬，收获第四茬菇，鲜重7公斤。

“天啊，不过百来天，你就种出了90多公斤鲜菇！”她的故事让熟人朋友吃惊并关切，“除了自己吃，卖了多少基纳，能卖得动？”

她广而告之：健康有营养、能替代肉类的菌菇不愁卖，主要销售至Steak House饭店、中国人开的Senga超市，还有周边的私人家庭，销售后获得收益总计1165基纳（折合人民币2000多元）。

“你确定是1165基纳？”

“是的，对我一个失业人员而言，这是百分百的利润，没有任何高投入，只是搭建了简易的菇棚，在中国专家指导下种菇。这技术让我获得了一个为家庭经济做贡献的好机会。”Belinda Wangnapi津津乐道的还有，种完菇的废菌料作为有机肥，是家里庭院作物的好肥料。

一天，Belinda Wangnapi带着几位邻居又找到了中国援助项目基地。原来，邻居们尝过蘑菇后，产生了浓厚的兴趣，也希望中国专家培训他们。

林应兴望着菌草技术的新老粉丝们，满口应承："好好，有求必应。"

Belinda Wangnapi 还悄悄告诉中国专家她最近的打算：扩大种菇规模，把种菇作为自己的一项事业来发展。

半个月后林应兴带着队员回访，她已注册一家公司，在戈罗卡市中心租了一间店面，用于销售蘑菇和开设蘑菇饭店，还考虑收购代销其他农户种植的蘑菇。

如是域外"传真"接收不过两个月，林占熺获悉 Belinda Wangnapi 选择了当地一学院进修，以提高自己的知识水平，种菇收入帮她解决了学费问题，她为此满心感恩"菌草爸爸"，恳请中国专家转告她的敬意，期待他下次到东高地光临她的蘑菇饭店。林占熺乐不可支，这也是中国人讲的计划赶不上变化，一技在身，计划好上加好，变化的不只是她和家庭，还有一群人、一大片人。

2020年9月，巴新总理夫人怀着莫大的兴趣考察菌草示范基地。听罢当地妇女 Zaka Abori 眉飞色舞的介绍，总理夫人一脸喜色："这么说，这真是个非常好的项目。"

"是，我下一步扩大生产规模……"

Zaka Abori 家住东高地省戈罗卡近郊，从家里去镇里的路上，经常看到中国援巴新菌草技术示范基地里郁郁葱葱、繁茂高大的巨菌草，看到中国人指导当地工人忙忙碌碌，好奇之中，终于大胆地上前打听。她不会讲英语，中国专家组的胡应平博士就在当地技术人员翻译下，耐心细致地介绍菌草技术，并带她参观菌草种菇全过程，她手舞足蹈地表示自己也要做，也能做。之后，中国专家有求必应，帮助指导她种菌草、盖菇棚。不到半年，她就有了收入，有钱给孩子交学费，有钱给家人购买衣物和其他日常用品了。

总理夫人听其发家史后，开心而笑："发展菌草菇产业，不仅能让巴新900万民众吃上我们自己生产的菌菇，还能大力推广菌草养禽养畜，降低饲料成本，减少肉类的进口，这绝对是个好项目。"

总理夫人和随行们，在看到荒废的草地变成一片金灿灿的旱稻田，了解到满山遍野的草能摇身变成可口鲜美的鲜菇，异口同声说中国人厉害，感激来自中国最实在的帮助。

农业技术援助，中国获得的巨大声誉，让一些总不死心"围剿"的西方国家只能耸肩摊手。明白了这一意义的中国一线援外专家们，再看到当地农户丰收了，赚钱了，改善生活了，精神面貌发生变化了，满心欣慰。让他们自豪的还有，在此基础上为两国友好往来及经贸、文化等交流方面起到了纽带和桥梁的作用。

"20年来我们与巴新的友好交往，是建立在相互平等、信任、尊重的基础上的。我们是真心交朋友，也是民心交流，授人以鱼不如授人以渔，君子相交在于义，而不是利……"林应兴说这话时，"新冠肺炎"疫情肆虐全球，巴新的项目组依然有4位中国专家坚守，老中青结合，平均年龄48岁，连菌草专业为数不多的博士也派来了，人人都有丰富的菌草技术科研、援外、扶贫、国际合作经验。从这个全球目前最强的菌草、旱稻技术援外专家组配备，可见林占熺的决心，就是要把东高地省打造成为名副其实的示范省，为联合国2030年可持续发展目标贡献中国力量，提供中国方案！

桃李不言下自成蹊，巴新总理及夫人、东高地省省长、巴新官员和百姓，越来越感觉到了中国政府的美意，心里也都装着一本账：

从1997年到2020年，有22位中国专家来巴新工作过，项目负责人“菌草爸爸”林占熺来往次数最多，前后两任项目组长林占森和林应兴待在巴新的日子，都累计超过8年；

菌草、旱稻项目合计受益农户超过4000户，用户评价普遍都好，了解项目的农户渴望参与项目的实施……

2020年9月19日，巴新总理办公室官员兼巴新农业央企负责人马卢姆·纳鲁，在视频网站上推送中国草：“在巴新东高地省省会城市戈罗卡的北郊，即中国援巴新菌草、旱稻技术项目的示范基地，正在悄然发生一场农业革命……”

越来越多的巴新百姓终于吃上自己种植的大米，一户户种菇的农户在数着卖菇的收入，菌草和旱稻项目渐成规模、硕果丰收在望，巴新东高地省省长彼得·努姆的内心最不平静。2020年10月12日，他以巴新单一民族党领袖的身份，在线参加由中共中央对外联络部和中共福建省委共同主办的“摆脱贫困与政党的责任”国际理论研讨会。他的发言引起关注：

> 中国在消除贫困方面为世界树立了一个明显的榜样……中国发明了菌草技术和旱稻栽培技术，并把它们作为援助东高地省的礼物，在解决粮食安全、减贫、创造财富、改善民生等方面产生了巨大的积极影响。

中国草的神奇、中国援外的真情，由受援国政要们亲口道来，谁会怀疑有强加之词，有水分，有修辞和夸张呢！再提升一点，这或许就是一个重新安排世界河山的宏伟工程。

很多外国记者在巴新看到，由于根深蒂固的历史原因，这里目前还没有摆脱落后，广大农村还属于部落经济状态，交通、通讯、医疗、生活等各方面不如人意，中国菌草技术长年坚持面向广大农户推广着实不易。因为地广人稀，专家外出培训指导，中午一般是回不到驻地吃饭，早出晚归中，饿了就吃点干粮或者在路边买两根香蕉、几条黄瓜……

记者的笔下，常有关于医疗卫生条件落后，疟疾、伤寒等传染病时有发生的报道。在巴新时间一长，在蚊虫叮咬之后出现的便是伤风感冒、头疼脑热等问题，让许多外国人难于应付，只想逃之夭夭，而中国专家居然能长年累月地待下去，难道他们不想家、不生病？

“可能是吃了菌菇吧……”有人漫不经心这么一说，却使同行们对中国菌草技术更生一层好奇，想着继续拭目以待。

不管拭不拭目，面对神奇的中国草，面对菌草技术在巴新势不可当的发展势头，谁都不敢无端质疑巴新和东高地省的未来会更好。

一路奔跑的菌草更加自信，假以时日，必让这里变得更加生机勃勃，土壤“血脉”换了，自然和人间也跟着巨变。

红花绿叶总相宜

2021年11月21日，《人民日报》头版头条的大标题引人注目：“我就派《山海情》里的那个林占熺去了”，肩题是“微镜头 习近平总书记出席第三次‘一带一路’建设座谈会”。

紧接着，新华社官宣“中国援助能以有意义的方式系统地使受援国受益”，《参考消息》还刊载了中国援建卢旺达菌草技术示范中心的图片。与援助卢旺达的菌草中心相伴而生的，是当地菌草农户直冲四千关口，从业人员以万而计，风生水起中，菌草产业一步步迈向当地新兴特色产业的高峰。卢旺达《今日基加利》报道当地农民“做梦也没想到”之后的感恩之情：“感谢中国专家，帮我们脱离传统农业，用上现代技术，获得更多收入。”

林占熺激动之中，婉劝一些援外人莫再刻意“忆苦思甜”：“过去认识不同也正常，就不要翻老账了，万万不要对外再说。现在形势大好，我们要珍惜，要把事情做得更好，让菌草技术更好地造福全人类。”

深知菌草前世今生的老友打来电话，抑制不住兴奋：“总书记当年在福建派你去，就像是如来佛搬掉了五指山，让孙悟空腾空而起；现在的贺信和讲话，则像是给了你‘金名片’，今后在‘一带一路’上再没那么多‘妖魔鬼怪’作祟了……”说得倒也形象。

一时间，“派林占熺去”在网络上刷屏，被人们热议。林占熺的名字上了热搜，刷屏微信朋友圈。

林冬梅忍不住也激动了一回。她想到读中学时，语文课本有一篇《为了周总理的嘱托》，说的是二十世纪六七十年代全国劳模、农民科学家吴吉昌，带着周恩来总理的嘱托，攻克难关、提高棉花产量的动人故事。现在她的父亲，带着总书记的嘱托，夙兴夜寐，奔走世界，也是科学报国的应有之义，引着她唯父亲马首是瞻，扛起扶贫减贫和生态治理的事业，绽放知识女性之美。

这天早饭后，朋友转来央视为配合“一带一路”建设座谈会而出炉的时政微视频《桃李不言，下自成蹊》，里头有他们父女援外的不少内容。林冬梅看后，信手涂鸦，发了个微信朋友圈：“这些对菌草团队是莫大的鼓舞，我们只有更加努力，继续前行。一直以来，林老师要求我们：一切以国家民族利益为重、为先，我们在国外工作代表的是中国人、中国科技人员的形象。农业技术援外与基建、贸易、工厂不同，短期不容易看到标志性成果，没有集中亮眼的经济数据。田间地头，一块块土地；偏远山村，一户户农家；栽种收获，一季季生产。心里有农民，才能一辈子为农民服务。天底下的老百姓，都想把日子过好，这就是最深的共情。我们不去比拼援款多少，比的是更适用的技术，更好地解决百姓的生存、生活和发展需要。”

她还想挑选父女的几张援外照片晒出，但司机来接他们出门了，只能在车上匆匆完成。

这天是周日。父女俩受邀出席福建农林大学的乡村振兴研究院揭牌仪式，今后也将双双参与其中工作。回家途中，女儿向父亲大夸受聘赴闽担任乡村振兴研究院院长的著名“三农”专家温铁军教授：“温老师讲话特别好听啊，对‘三农’真是情怀满满，我录到手机没电。您看他这些照片，表情没一个不好的……”

林占熺看着新成的“温粉”，笑道：“温老师谦谦君子，平和静气，能够做到这样，真是相由心生。”

“还有一位我印象最深刻的偶像，任何时候脸上都带着笑，带着慈悲的气场，对人特别平等亲切……”

“谁啊？”

“我爸爸！”

父亲的脸上先是盛开了花朵，继而也层叠上歉意和谢意：“这些年也多亏了你，要是没有你，只怕我再有想法，也没办法‘老夫聊发少年狂’。”

女儿打趣道：“你再狂，小女子可就跟不上了！”

她早早就料到了父亲在建党百年时会有个特别的节奏，但没想到节奏竟会这样快，到现在都没稍缓，还在奔向千山又万水！

几天后，林占熺又踏上了前往广西上林县的远方，指导菌草助力乡村振兴。远方再远，他的脚步总是如约而至。

是的，他闲不下来，喜欢田间地头，天涯海角与草为伍，尽拼搏之力，为民谋利，为国争光，造福人类，让世间少些，再少一些撞得心痛的悲歌："干沙滩上花不开，想喊云彩落下来，喊了一年又一年，喊得哟，日日落尘埃……"

年底事太多，特别是福建农林大学菌草科学与技术研究院正在紧锣密鼓筹备中，他执意不要女儿的陪同，叮嘱她分头行事，特别要提醒援非人员警惕全球"新冠肺炎"疫情下汹汹而来的病毒"奥密克戎变异株"。

林冬梅望着父亲的背影，来了句念白："送战友，踏征程，一路多保重！"

多年的并肩作战，让父女成为同事，更是战友，他们的主战场从高原、沙漠，到盐碱地、滩涂，还有亚非拉，都是贫困落后的地方，不少还是全球环境最恶劣之地。他们用脚步丈量出一条条脱贫攻坚线，热血精准一灌，闪闪发亮，鼓舞了整个世界。

一起送林占熺出门的几位非洲学生，明白此意后，就问林冬梅："你和菌草爸爸是怎样的父女战友啊？"

"战友之间有那种可以把命交给对方的全心全意的信任，从事任何其他职业，我与父亲之间都不可能达到这样的关系。也没有任何其他职业能这样'合二为一'，既满足我尽子女孝道，又投身一项如此有意义的事业，再多的困苦就不算什么了。"

这份父女战友情，在2021年8月26日中国中央广播电视总台录制"闪亮的名字：2021年最美教师"发布仪式上，得到了最美的诠释。主持人问本年度全国"最美教师"林占熺，78岁还带着一群年轻人在世界各地不停地种菌草，图什么呢？林占熺说有志不在年高，在自豪地介绍菌草改变生态、造福人类的几大成果后，中气十足地反问:“您说我能停下来吗?”

掌声中,风雨相随父亲18个春秋的林冬梅被请上了节目现场。“父亲身体不好,工作起来又非常拼命,都不懂得爱惜自己,所以2003年我做了个选择……”说到这里,她忽然哽咽,情不自禁地上前拉住了父亲的手。

“她回来帮我……”父亲一语未了,眼眶也已湿润。

人的泪总在甘苦间孕育与流淌。台下观众的眼角也不由湿了。如雷的掌声中,林冬梅擦干眼泪,迅速恢复常态:“其实我非常幸运,作为普通的科技工作者、教育工作者,我的工作除了常规的科研、教学,还能服务国家援外,为国家的外交事业做一点点小小的贡献,我觉得这是我人生最大的价值,我感谢我的父亲!”

2017年5月26日,她和父亲一同走进纽约联合国总部,出席中国—联合国和平与发展基金菌草技术项目正式启动暨首次研讨会后,在联合国总部大楼前留下了一张父女合影,她为此配了段图片说明:“万万没有想到,当年为孝顺父母,义无反顾地从新加坡回到祖国;如今,却与父亲以亲人加战友的名义,一起走进联合国神圣的讲堂。”

2019年4月18日,她挽着父亲的胳膊,再次走进联合国总部,一同出席联合国菌草技术高级别磋商会议。第73届联大主席埃斯皮诺萨在题为《菌草技术使联合国和所有人民息息相关》的致辞中,开门见山就热情奔放地说:“很高兴与这项技术的发明者林占熺教授会见,我们在联合国视你为学术卓越的典范,一个真正改变了游戏规则的人。”接着,向与会者生动介绍菌草如何在世界各地对那些最可能落在后面的人——农民、妇女、儿童和残疾人的生活改善产生影响,“绝不是无缘无故被称为‘神奇之草’”,继而指出:“我赞扬中国为我们树立了‘多边主义在行动中’的榜样。”

“20多年来的实践表明，菌草技术可以帮助各国发展菌草新型产业，可落实联合国2030年可持续发展议程17个目标中的13个可持续发展目标……”林占熺的主旨发言和建议，让一阵阵热烈的掌声回荡在联合国的会议厅。林冬梅一字一句都听得真切，激荡于心，为这样的父亲、为自己从事这样的事业而骄傲。她后来对友人说：“联合国的菌草热，一波接一波，一浪推一浪，我在内心深处更感受到自己每天工作的价值和意义，值得全身心投入，我愿做构建人类命运共同体的一棵青青草。”

在追随父亲，携手菌草事业，扛起扶贫减贫、生态保护等责任时，她向世界绽放着越来越多的东方女性之美，如外国友人所说越来越有“国际范儿”。她和父亲一样，渐渐淡泊，“菌草女儿”的身份，是给自己人生最辽阔最幸福的回报。

一位同学在林冬梅的微信朋友圈里留言：“老同学协助菌草爸爸用满腔赤诚写就了幸福草的新篇章，不凡的坚持背后有着无私奉献的精神力量，多么美好！”

是啊，多么美好！她愿做绿叶，扶持父亲这朵红花。父女战友的背后和深情，恰如一首歌所唱：“我的爱对你说一个故事……”

爱是一种信仰，她向洋学生们讲过这么个故事，让他们明白人近八旬夫复何求，可他还在玩命地奔走四方种草。他这个种草人，其实也是种花人，恰如电视剧《山海情》片尾曲《花儿一唱天下春》所唱：“那年你到咱家来，拔掉穷根把花栽……再唱花儿等你来……”她向世人证实，这个神奇技术的发明人，如他长年躬身种草治沙那样，那样地纯洁，那样地质朴，那样地坚韧，而又那样地高尚！

漂洋过海千万里来福州求学的非洲学生戴提真挚地说：“‘菌

草爸爸’的事迹总能涤荡我的心灵，真是我一生的导师，我真切地感受到，你每天的工作都在践行构建人类命运共同体这一伟大使命！”

乌干达一位女学员因为崇拜林占熺，特地请他为新生儿取名，并接受了“金山菌草”之名。“金山”既是福建农林大学所在地的称谓，又寓意中国菌草技术能为他这个家带来金山银山般的富足生活，简而言之还是菌草的美称——“金草”。

洋弟子们纷纷以实际行动宣示对中国菌草技术的热忱欢迎。他们心里清楚，相比某些西方发达国家的援助，中国人推动全球贫困治理、帮助发展中国家摆脱温饱不足的困境，更真心实诚，也更脚踏实地。而“菌草爸爸”所添加的力量，拓宽了这么一个中国形象。

跨越时空，中国菌草和菌草中心连着林占熺的家，一起架起了通向世界的友谊桥。

2021年12月5日，菌草科学与技术研究院在福建农林大学举行揭牌仪式，执行院长兼技术总负责林占熺风尘仆仆地立在寒风中，他结合刚落幕的中非合作论坛第八届部长会议及“达喀尔行动计划”的讲话，言近旨远，随风吹向四面八方。上月底召开的中非合作论坛第八届部长级会议，通过《中非合作论坛——达喀尔行动计划（2022—2024）》，郑重提到中非双方将“开展菌草、杂交水稻、杂交谷子等技术开发和利用合作”……

2021年即将收官，戏称“斜杠中年”的林冬梅，在微信朋友圈这样为全年注脚：“这是个注定没有任何假期的一年，从大年初二到暑假到国庆、到现在，冲锋陷阵。疫情让事情难上加难。兵来将挡，水来土掩……”

留守“后方”的林春梅，只能从姐姐的微信里，想象他们奔跑的样子，分享他们的新收获，内心便也畅快无比。已然在大地点燃起菌草的燎原之火，早早消除了她和母亲心里的杂草，不再患得患失，务实面对自己这一生作为林家人必须承担的使命。她也懂得今后无论站在哪里，眼里都有菌草。她还要告诉自己一对年幼的儿女，菌草在外公的手里，就像他们姐弟手中的画笔，能够涂改荒漠的色彩，让明媚的花园代替凄凉的荒地。

2021年最后一天，林冬梅如此记录她和父亲的行迹："两场半课题讨论会，一场签约，一次采访，半篇文稿，这么多电话。下班后与年轻人小组讨论研究方案，欲罢不能，9点多晚餐。还有这么多想做该做要做的事，2022，每一天，都是新的，每一个早上，都重新出发。我们，热爱解决现实问题，探索未知……"

"一年三百六十日，多是横戈马上行。"明代抗倭英雄戚继光的《马上作》，何尝不是他们父女的写照，逐梦路上随者愈众，目标愈大。

第四章　此路之行

读小学的外孙女每每找不到慈祥的外公，就多方打听，外公一天的工资到底有多少，她想用过年的压岁钱“买断”外公的一天时间，让他陪自己和全家人一起玩。后来她又想，还不如自己快快长大，陪外公一起去种草、扶贫、治沙……

凌风负雪见贞心

菌草之梦在心里奔腾不息，菌草之路在脚下伸展不止。从培养出第一朵香菇算起，林占熺的菌草梦说到底是生态梦，把生态菌业发展成为具有中国特色、世界意义的新兴产业，是他念念在兹、相依白首之路，连畴接陇，远在天边，近在眼前。

2022年元旦过后，林占熺由这个梦、这条路，向我说到自己与家人时，不免动情和伤感：“丢掉一条命，断了两根肋骨，遇上几次鬼门关，苦了一家四代，还好有后来人……”

相识十来年，我知其所指：六弟以身殉职；他自己前后经历车祸、病痛和劫匪，也算是九死一生；而每次遇险，能不苦了家里人？这四代人中，除了被他“拉下水”的兄弟和家族第二代，上接父母、岳父岳母——他本应给上代至亲尽孝道，却常年奔波在外，下承孙辈——他们的父母因菌草事业受到连累，而无法像常人那样陪伴孩子……

他和家人的这些因和果，“派”和“被派”酿就。他“派”了他们，他自己又“受派”于这个国家。

2022年元旦后上班第一天，几天前的《解放军报》样报飘然而至我新年的案头，不意加有“编者按”、书写谷文昌当年在不毛之地东山岛种树治沙的拙作《九棵树肖像》，巧遇军报“时评”《从“派林占熺去”说开去》。一位领导干部读过拙作后发短信称：“生动且感人，谷文昌一心治沙、深入治沙、治沙为民的伟岸形象，得到深入发掘。最生动的素材，其实都在身边……”不由得想，把短信中提到的谷文昌换为林占熺，这段话照样成立。他们一个植树治风沙，一个种草护生态，都是共产党人出手定乾坤、一心为百姓谋幸福的楷模。

此前我通过采访知道，1969年我出生那年，林占熺刚到宁化县插队不久，曾任福建省东山县委书记、福建省林业厅副厅长的谷文昌，恰好也在此际被下放宁化县红旗大队。两人都留下了为民解决肚子问题的故事，谷文昌为此被当地百姓誉为“谷满仓”，林占熺呢，一心想发挥农学专业所长，改造当地低产田，组织青年队种植矮秆水稻，把粮食产量给翻了一番。

不约而同地，两人还都有拾粪肥田的经历。有一年，林占熺的父亲专门去宁化看望，才知他平日都住农家，一早起来不是帮农民磨豆腐就是帮生产队捡狗屎做肥料，再荷笠带夕阳而归。做父亲的都有点看不下去了，百思不得其解：占熺啊，辛辛苦苦读完大学，也还是这样辛辛苦苦？

林占熺与谷文昌虽然缘悭一面，但调到县农林科工作时听闻过谷文昌负责隆陂水库建设时的不少爱民故事，一直以这位后来当选“双百人物”“最美奋斗者”的前辈为榜样，对我创作《谷文昌之歌》《谷文昌：只为百姓梦圆》等作品大加鼓励。

主动作为和“被派”，都有使命和担当，兼备本领和品格。人的一生，谁不曾“被派”，关键是不辱使命。林占熺“被派”后，每每就像接到冲锋令的战士一往无前，每每都奏“得胜令”回来，久而久之就带出了一支召之即来、来之能战、战之必胜的队伍。

这支队伍中，“被派”最多、最长、最远的，是胞弟林占森。他作为林占熺的左膀右臂，参加菌草援外并长驻多个发展中国家，横跨两个世纪——从1998年到2021年，飞越世界三大洲——亚洲、大洋洲、非洲，从刚入不惑到年逾花甲——41岁到65岁。

2021年8月9日，林占森从斐济回国复命，长达24年的漫长援外生涯算是徐徐落下帷幕。“新冠肺炎”疫情正紧，下机后他先在上海隔离14天，再在福州隔离7天，9月2日终于跨进了久违的家门。这个新家，是十多年前儿子大学毕业决定留在福州时有的，从闽西乔迁那天，他是缺席的；长年累月援外，女儿的学业自然受到影响，中考、高考前夕都没有父亲陪伴在侧……“欲作家书意万重，休对故人思故国”，有谁知道，身在异国他乡，多少个皓月当空的夜晚，他遥想万里之外的家人不能自已。那些年，仅有的几次回家，总是在告别生命，为亲人为好友，真可谓“今古恨，几千般，只应离合是悲欢”。

他已经承受不了生离死别，不承想，这次回来数天前，又逢哥哥的岳母过世！这是多好的老人啊，要是他在国内，无论如何也要赶去送一程。

特别意想不到的是，照哥哥见面后的话来说，国家恰好在9月2日这天召开一场世界注目的“菌草援外20周年暨助力可持续发展国际合作论坛”，来迎接他的回家！

妻子的紧紧相拥，让林占森前所未有地感到亏欠家人实在太多，无以回报。岳父岳母年年都养鸡喂兔，一拨一拨地等他回来吃，可岳父走时，他在卢旺达，家里“好心”地为他封锁了消息；岳母走时，他在斐济，妻子和她的兄弟姐妹都“串通”好了，他还是浑然不知。“故国三千里，深宫二十年”，待回来知晓，一声对不住，“双泪落君前”！

这些年援外，家人中只有女儿出国一次，那也不是沾光，是她自己作为项目翻译，在斐济工作了一周，只去过菌草项目地和中国大使馆。

回归家庭的林占森，让大嫂罗昭君见了心疼不已：“我记得占森出去那年，还是一头浓密的黑发，现在都掉得差不多了，都是占熺给害的！”

“没关系，我爸要是自己‘水土流失’严重了，也可以用菌草治理。头上种菌草，保证青丝盖顶。”调侃者，占森女儿也，她也是菌草队伍的一员。

那天，林占熺从北京参加国际合作论坛回来，情真意切地说：“这些年，我真是仰仗占森啊！”

“不不，倒是应该感谢大哥给我为国家、为发展中国家服务的机会，”林占森话到这里，望着胞兄，无比真挚地说，“平时很少向您说谢谢，因为觉得这样太过于官方。”

看到林占森脸上、手上的斑点近年噌噌冒出，林占熺关切地说：“还得去查查原因，回国了就好好休息。”

林占森点头后，继而道：“以前没能陪伴孩子们成长，今后帮着照顾孙辈，也算是将功补过。”

女儿接过话：“真是隔代亲啊，小家伙总爱听外公讲‘幸福草’的故事，当成了童话，润物细无声，第三代菌草人怕已被成功拉下水。”

大家都笑起来。

林占森谈了退休后的一番打算后，说：“今后如有需要，随时听命调遣。”对家庭的亏欠之中，想到自己能成为国家援外的一员，又感到欣慰，其言也真。

罗昭君马上抢过了话：“你还不累，还想跟着你哥学啊，援外24年，只回来过三四个春节，让家里过年不像过年，你可能创了个纪录吧，起码福建没有第二个这样的人。”

林占熺却蔼然地笑了。其实不需要五弟请命，他都已把菌草国际培训班的授课给五弟排上了，今后，菌草团队又有了一个会用英语教学的“林老师”。

一个家族，两代人，投身菌草事业并长年援外，有的一去就是二十载，有的因此错过婚育，这样的例子是前无古人的。

这个默默地创了纪录的人，要不是林占熺发话，一回来可能不会接受我的采访。他习惯当个隐身者，不求闻达。

我对他的进一步了解，除了来自林占熺父女和同事之口，再有就是时任中国驻斐济大使馆经济商务参赞杨迅雷2016年11月写就的“驻外随笔”短章之“林老师”：

> 林老师回国有段时间了。不知道肩膀疼有没有大碍？也不知道是否渐入含饴弄孙的佳境？
>
> ……林老师一向为别人着想，从来不愿给他人添麻烦。不仅我深有体会，连斐方官员也深有触动。
>
> Sharon女士在斐济总统府负责援外退税工作。一次，她很动情地跟我说，林老师是一个有责任心的好人。她一开始不理解他为什么每月报那么多柴油退税，直到到了现场，才知道项目所在的农研院没能及时提供电力，为了不影响进度，项目组就一直购柴油发电。Sharon说，自打知道这个情况后，

她总以最快速度办理林老师的退税。

一期菌草项目后期，帮扶蘑菇种植户发展了苏瓦。苏瓦离楠迪单程车程三个多小时，一天七八小时在路上，林老师密集地奔忙于两地，像个方向清楚永不停息的陀螺。

走前一周，林老师跟大使约好了汇报工作。临近会见，他打来电话说正在总统府指导种蘑菇，要晚一点。我说："尽快吧，大使一会儿还有另一场活动。"过了一会儿，林老师又打来电话说那边还完不了，我建议他再约时间，他一时没了主意："那怎么可以，那怎么合适？"我说："大使会理解的。"林老师还是坚持说："这边一完，我就立刻过去。"

直到大使动身参加活动，林老师那头也没忙完。我要他别搞得太紧张，他却连声说："我倒没事，爽约不好。"走前，林老师从楠迪到苏瓦送车，还念念不忘这件事。

林老师身体清瘦，颧骨高高，眼睛不大但很有神。常年野外劳作，细碎斑纹埋藏在黝黑的脸庞里。天性平和，说起话来，慢慢悠悠，不急不火。谈到家庭和孩子，他充满了柔情和自豪，说孩子们从小到大，他和妻子从来没动过他们一个指头。我感佩林老师家内家外修养均好。

他是老援外，恶性疟疾差点要了他的命。斐济被外人称为人间天堂，但冷暖自知，潮湿的气候，让他的肩膀一直不太对劲儿了。他说自己的身体基础好，以前也喜欢运动，这点我真没看出来。

我刚上任时，新鲜劲十足，曾对林老师做过几次采访，想留下一些援外的"活化石"。终因忙碌，口述历史无疾而终。林老师走后，我才知道，想做什么事，一定要咬定青山，否则一放便蹉跎。

林老师说过，结婚几十年，与妻子离多聚少。这次夫妻可以相守一段时间了。我想他一定会万分珍惜的。因为不定什么时候，“军装已背好，钢枪已擦亮，军号已吹响”，项目组又要出发！

菌草技术在斐济的受欢迎程度，于此篇札记可见端倪，否则林占森又何以多次受邀到总统府指导菌草菇栽培？

最近一次是2020年6月5日上午，正在首都苏瓦指导菌草技术的林占森，带着专家组成员林良辉又一次被请进了总统府指导种菇。工作刚结束，斐济总统孔罗特扛着一把铲子从小路走来，额头还冒着汗珠，一见面就用中文大声说：“你们好！”林占森回应：“Bula（您好）！”

孔罗特总统亲切地招呼：“林先生，好久没有见到你了，都还好吗？我刚刚干完活，手上有泥土，不方便和你们握手。”

林占森说：“向热爱劳动的总统先生致敬！”

总统笑呵呵地相告：“我每天早上都要去府内菜园地忙上一阵，这是多年养成的生活习惯。”边说边热情地邀请他们一起吃早茶。林占森担心影响总统的时间安排，婉言谢绝。

总统感谢菌草专家组提供菌袋并给予技术指导，感谢专家组为斐济的辛勤付出，还开心地要和专家组成员合影留念。

非正式会见结束后，总统真诚地说：“林老师，你们下次来时，我一定早点安排好，一定要请你们吃早茶。”

从首都苏瓦到菌草基地楠迪有200多公里路程，没有高速，沿途不是环海的村庄就是山路。他们前天到首都时，一如平时，当地时间早上六点半出发，到首都十点多，马上投入工作。几经风雨，林占森早已提炼出一套办事风格，特事待办，急事急办，一般之事则积累起来一口气集中办完，办完即回。如果时间不赶，就对沿途村庄的农户进行指导，发现问题及时排忧解难。若遇上特别重要的急事，哪怕让他一天两趟往返，他也没有怨言。

“总统请吃早茶，吃完茶总统府可能就留吃饭了，多难得的机会啊……”离开总统府后，林良辉开起了玩笑。

“总统的时间很宝贵，我们也有我们的事，何况我们也不能滥用总统的信任，不能只为一日三餐，要多学你大伯。”

“是是是……”五叔的话让林良辉想到一首新歌，有几句唱的是：“看世人慌慌张张，只为碎银几两，偏偏这碎银几两，能解万种惆怅……”他不知五叔听过没有，但总觉得五叔和大伯一样，越来越超凡脱俗了。

“慢点，慢点，别超速！”看到良辉稍加油门，时速已超过60迈，林占森马上提醒。

这里的交警，平时都躲在路况好些或稍微直点的道旁树林里，人工测速。一旦发现超速，马上拦截罚款。尊重当地法律法规和风俗，是林占熺大念的“援外经”，林占森不管在哪个国家担任项目组长，都不折不扣遵循。就拿超速这等事来说，一旦被拦，很容易被西方媒体不怀好意地放大，那受损的可是国家颜面。谨小慎微，大方得体，是中国几个驻外使馆外交官们对林占森的共同评价。

跟随哥哥援外时没有豪情万丈，归来和张三李四一比较，才知“空空的行囊”，连大嫂罗昭君都打抱不平：“占森跟着哥哥真是吃亏，如果待在学校不出去，退休时能不享受个高级职称？”

林占森摆摆手说：“就不谈那么多了，还是学习哥哥，多讲奉献吧。”

林占熺说：“人生之路走得再正确，都难免会有遗憾。往后余生，世界各地能多一些菌草，向我们奔来的每一处菌草都能蓬勃生长，也就弥补我们的遗憾了。”

林良辉感到，大伯此话也像是说给自己听的。

2020年9月，正在斐济的林良辉，忽接妻子表姐的越洋电话，说他岳父患胰腺癌已有时日，为了不影响他的援外工作，也因为全球疫情弥漫，一直不让告知，老人家来日不多，心里得有个准备。林良辉顿时心如刀绞。岳父才六十出头呢，退休前担任小学校长。自己婚后第二年即受命援外，一晃八年，中间偶尔回来探亲，家里几乎都是岳父在操持。前些时候和妻子、丈母娘分头通话时，她们只说老人住院，没什么大事，叫他不要牵挂，没想到竟要面对生离死别！

妻子是独生女，岳父长期以来一直把自己当儿子看，林良辉觉得无论如何也要回去尽孝，处理可能到来的后事。项目组组长林占森马上表示同意，说自己可以一顶俩，兼顾他那份工作。林占熺在国内接到报告后，也说尽孝是人之常情，克服困难也要支持。

因为疫情，斐济暂停直通中国的航班，报经中国驻斐济大使馆经商处及商务部合作局批准，林良辉乘坐华人华侨和中资企业组织的包机回国，先在上海隔离半个月，再在家里自行隔离7天，才火急火燎地赶到医院病床前，伺候老人进行了第二期化疗。

一天深夜，林良辉在医院陪床刚睡下不久，就被岳父轻声叫醒，说是有事相托。岳父虚弱地说，女儿单纯，偶有脾气，今后你要多关心和包容她，你岳母就拜托你照顾了。这一幕，让他想起2003年亲生父亲离世，也是在吩咐完相关事宜后，将他和哥哥的手紧紧相握，久久不愿分开。岳父所有的要求，他都一概点头答应，没想到第二天老人就走了。他泪如雨下，婚后这么多年，因为忙于援外，都还没来得及要孩子，让老人怀着天大的遗憾而去！

林良辉算是最后尽了孝，否则遗憾和愧疚将伴随一生。考虑到他的家庭等情况，菌草中心让他留在国内协助林占熺工作。

林良辉毕业出来就零距离地跟过大伯几年，没有小时候的敬畏心理了，只觉伯父宅心仁厚，潜移默化地引导他做人做事。现在再回到伯父身边，感到他虽然年事已高，但工作热情依然如初，奔跑的节奏一点没变。一段时间跟下来，林良辉竟累得气喘吁吁，愈发感受到大伯心灵的美好、人格的光辉、菌草业的伟大，以及神圣使命的不容亵渎。

有几次，林良辉陪同录制节目，林占熺每每谈到为菌草事业而献身的六弟占华，都热泪盈眶，哽咽难语，在旁或台下之人莫不泪花闪烁。林良辉担心大伯伤心过度而影响身体，总是叮嘱有关访谈人员避开这个敏感话题，更别“深挖”。

有一次跟随他到宁夏出差，不说他国务院特殊津贴专家等身份，光是“空中飞人”的积分也早够贵宾待遇了。从贵宾室出来登机前，他向林良辉塞来一个纸包说，你们还没吃饭，我装了点东西，你们赶快分着吃吧。事虽小，但他长年累月关心他人、有福同享的风格，让随行莫不感动。

林占熺的认真和谦逊，也是几十年一贯制，不打折扣。有一年，《人民日报》记者上门采访，要他写个“新年寄语”。他的字算是写得好的，却不将就，一定要写到满意为止，为此一共写了十几张，再从中挑选。到央视或别的地方录制节目，为了现场效果，他都要求带上菌草、蘑菇、旱稻等物，像教小学生那样现场直播。如果到外地进行技术指导或开辟“新战场”，他更是要求这个资料得带，那个品种不能漏，赠送给当地的书籍和其他物品要带足，每次都是大箱小箧。林良辉要帮拿行李让他轻装上阵，他总说不要不要，你的东西够多了，我刚好可以把行李箱当拐杖用。

这样的人，能不服众，能不自带流量，能不吸引四海英才咸来归附，能不引领大家向未来！

梦想集合着队伍，条条道路通世界。“道阻且长，行则将至，行而不辍，未来可期”与其说是古训，不若说是林占熺以自己的敦行不怠教给林辉的修身道理，并从此让他不再同途异路。

和堂弟林良辉一样，林辉对菌草的感情也完全来自伯父林占熺的浸润，虽然所知多有局限和不足；他对林占熺的感情除了亲情，一大部分来自菌草，以草为放大镜，越发地看清了人生的意义。他和同事们都发自内心地把林占熺与菌草完全等同在了一起，在心灵深处开辟了一个“供”位，进而觉得未来可期。

林辉与草为伍已近30年，一个人能有几个30年？大学刚毕业时，看到大伯林占熺那么辛苦，油然就有一种帮助他的冲动，希望能多少减轻他一点负担，并没有刻意去想个人的发展前途。

这份感情还是由年少时积累的印象而勃发。上小学前，他跟着爷爷来福州，住在福建农学院的大伯家，大伯压根儿就没带他们去哪玩过。一天上午八九点钟，爷爷自告奋勇带他外出，下午四五点还没回家，可把林占熺给急坏了，一老一少来自乡下，语言不通，迷路事小，万一发生意外可怎么办？马上放下手中工作，叫上正在农学院读大学的六弟等人分头寻找。在相距农学院最近的一个新村发现祖孙俩时，他们正坐在一处石凳上，瘫软如泥，直喘粗气，才知他们从学校步行到七八公里外的西湖公园，来回走了十多公里。做爷爷的还自豪地说，有嘴就能问路，识字就能找路……事后，林占熺称林辉是小英雄，还说，我们老家闽西是红军长征的出发地，我们就是要学习“红军不怕远征难”的精神，人这一辈子总要经过一次次长征，从小多走路、练跑，比别人跑得快跑得远，长大后才可能更有出息。后来六叔惨烈身故，他隐约知道大伯似有“间接”责任，但爷爷不仅没有责怪，还要求家人今后要多多支持大伯。这话给他留下了深刻的印记，求学阶段常思找机会像六叔那样帮上大伯，大学毕业后就顺水推舟地加入了菌草团队。

大伯真是个“孤勇者”啊！不管在家里家外、国内国外，都一心只为工作痴狂，想的是菌草技术怎样才能最大幅度地帮助当地，最大限度地在当地培养技术人才，考虑如何以草为媒培养越来越多对中国友好之人。大伯不像凡夫俗子追逐个人利益最大化，夙兴夜寐的差不多都是国家的未来、民族的利益、人类的命运。

大伯的年龄是越来越大了，但仍没想要退休享清福。他有个特点，上汽车或动车后如果没太多事情，不消三分钟就可安然入梦，仿佛抓紧时间休息也是任务。甚至在车上也常常没得休息，从上车到下车几乎都在接打电话、谈工作。

林辉在国家菌草中心楼前那栋林占熺当年举债盖的旧楼一住9年，成家后才搬走。那段时间，林占熺只要开窗或下楼一喊，他和一干也住这儿的同事便知道林老师需要做什么事，马上一呼百应。

婚后好一段时间，林辉也像单身汉时那样，没少在大伯家蹭饭。感觉在自家一样，唯一难受的就是饭点，为了等下班从来不准时的大伯，饭菜要冷热好几回。大伯倒是很少在外头应酬，却也是典型的不顾家，回家拿筷子吃饭，吃完走人，不是躲在书房伏案写材料、批改研究生论文，就是步行去研究所继续工作。有一次，林辉忍不住问他为什么老在加班？他就回一句话，靠正常上下班是不够的，不把业余时间好好挤出来，就别想有所突破。

大伯有时也跟他讲六叔，讲爷爷，讲五叔占森，总觉得愧对他们，也对不起家人和亲人，苦了包括他在内的三代人，语气沉痛得让人想抱着他痛哭一场。可讲到菌草扶贫和援外种种，却又换了一种神情，扬眉瞬目精神抖擞，再苦再累都觉得值，仿佛他来到世上，为的就是自己吃苦而化福万民。

“他这辈子，从没关注到工资多少、待遇多少，甚至孩子什么情况他都很少关注，只在乎菌草……”后辈们不止一次听罗昭君这么说，每听一次，就越是感慨她这一生委实不易，让林占熺衣食无忧，放任他搏。

在林辉的眼里，菌草之于大伯真是命啊，连它在不同地方如何越冬、在一个地方产量如何、用之做板材质量如何，事无巨细均牵挂于心。除了工作，他几乎没有别的爱好，越老越忙，越觉生命之短暂、时间之珍贵，现在连象棋都舍不得花时间下了，工作就是他的乐趣、他的全部。

如果有人说“林家军”是家族企业，林辉第一个会笑，哪有这样的家族企业？让“大公主”放弃新加坡月薪5万元的公务员工作而回来领区区千元的薪酬？哪有这样的家族企业，富了别人、清贫了自家？一般情况下，他都懒得去怼，想的是大伯要是稍有商业头脑，哪怕半公半私，他们这些人也早致富发家了，哪里还需要如此艰难地为事业和生存而奋斗。菌草项目的实施之艰难不足与外人道，多数都要林占熺亲力亲为。做菌草人和林占熺的学生都挺难，因为学术观念等不同，至今仍难免招来异见，风言风语不一而足，如有人说林占熺能有今天，不是他多么能干、辛苦付出，而是命好，遇上好领导、好时代；如有人说菌草技术含金量低，其成功炒作的文案首屈一指……林辉有时忍不住回怼：说这些话的人难道不会脸红羞愧吗？没看到他数十年间如何拖着羸弱的身子，在天地间负重前行，为世人，特别是为天下贫苦之人，要不你也这样炒作试试?

林辉固执地认为，大伯林占熺才是他此生遇见的最固执之人，这辈子也正因为固执才办成了前无古人的大事。发明菌草技术不消说，拿申请国家菌草中心这个平台来说，从一次次写报告到获批准组建，差不多花了20年，要是没有这个坚持，何来这个中心?认准的事就干，虽千难万险吾往矣，这才是他成功的秘诀。跟随几次援外后，林辉愈发觉得大伯的意志和情怀在芸芸众生中首屈一指，而其把握事物方向的战略性眼光也让人望尘莫及。

林辉援助南非时，曾听当地白人项目经理抱怨，“菌草爸爸”太厉害了，像个洞察方向的指挥官，身处A点让我攻C点，却不告诉我B点在哪，路径该怎么走。抱怨完，便是赞扬，说自己在开动脑筋寻找和实施过程中，豁然发现没有了这个B点，更能快捷地完成目标。曾有人开过大伯的玩笑，说他双眼如炬如灯，一睁就是“远光灯”。

能不是“远光灯”般高瞻远瞩嘛！菌草技术从扶贫、减贫、食药用菌生产这块转向保护生态和援外，啃的骨头越来越硬，做的事情别人想也不敢想，也正因为此，菌草才受到越来越多的关注。这也充分体现了林占熺的与时俱进和科学发展观，善于从面的方向、研究的广度，融进人类构建命运共同体时最在乎的内容，形成菌草业的特色，在生态效益、社会效益上独树一帜。

林辉曾把外头收集的情报拿回报告：林老师毕竟上年龄了，不能眉毛胡子一把抓，不一定花大力气在全世界铺点、创建示范基地，何不把这时间和精力用来搞基础科研？林占熺说，我们现在做的，要比下力气搞基础科研更见效果。末了补一句：当然，要是有足够的钱、足够的人，我早就想狠抓基础科研。说到底还是没有足够的资金，他只能更侧重于应用研究，以更多更好的见效来带动基础科研。

菌草技术应用研究之累，所有参加扶贫、减贫、保护生态和援外的菌草人，都有切身的体会。林辉现在参加的正是对中非的援助。项目从零开始，中非又是最落后的国家之一，加上语言不通，实施项目何等艰辛。所以，仅2019年林占熺就亲自去了三次，在海拔高地一待多时，造成血压升高，每次回国都被妻子调侃“累得像条狗”，个中滋味谁人知？中非创业之初还没有驻地，得自己租房子，法语翻译也还没到位。哪怕中非总统特别关注这个项目，但政府就是拿不出应有的资金跟进。项目能在中非正常运转，项目组能长驻4人，谈何容易？从有位队员一年得两次疟疾、所聘中法双语翻译半年四得疟疾，可知疟疾在中非的普遍。还有伤寒！那边水里都可能含有伤寒的菌，当地人对此有抗体，外国来人只能“百炼成钢”。疟疾和伤寒会死人呢，没疫苗对付，项目组就用青蒿素，打针，一个疗程下来特别折腾人，症状时冷时热，指数到一定程度才能心安。

在这样的发展中国家，即使枪声让人心惊肉跳、睡不踏实、食不甘味，创下两月暴瘦10斤纪录的林辉也得和同事们排除万难，撸起袖子加油干。

听到外头的种种不解和误会，林辉忍不住时也会唉声叹气，特别是为好到让人词穷的大伯抱不平。只因为他太熟悉大伯的用人“经”了：菌草事业创业和援外之初，为了节省开支，只能给至亲“派活”，到其他人望而生畏的艰难岗位，林家两代人都为此付出了奉献和牺牲。六叔占华已远去，编外人员大伯母也不说，四叔占森、堂姐冬梅、堂弟良辉、堂妹夫余世葵，哪个是吃闲饭的，哪个坐享其成美差？如果真有“林家军”之说，那也属于国家！

“这项工作在我有生之年都不会画上句号，只能一直往前走。有些梦想的实现，我此生也许看不到了，但我们的后代一定能做到！”林辉记得大伯有次接受访谈时曾这样说过，听得他有些伤感，却又精神倍增。

入行既久，林辉感到绝缘体的菌草竟像电焊一般，把他和菌草、和大伯等人牢牢地焊在了一起，“履险心犹静，临危志不渝”。他把自己的QQ、微信取名为“小草皇帝”，以此来表达自己对菌草事业的追求！

脉脉此情谁诉

“建党百年，菌草献礼，小罗你这个创意好！”

2021年6月，林占熺来到阿拉善菌草治沙基地，接天草叶无穷碧的菌草林让他看得兴奋，然后招呼驻守于此的余世葵、罗宗志等四位年轻人，踏着松软的沙丘，来到用菌草种植出的“建党百年，菌草献礼”图案前合影留念，对罗宗志能在茫茫沙漠设计此菌草图赞不绝口。

一群人像青松一般簇拥着不老松，立于天地之间。不知谁的手机响了，彩铃传送着流行歌曲：“这人间两茫茫，把利字摆中央，是喜是伤呢，自己去品尝。这人生何其短，愿你我尽其欢，何为苦乐多，此生也迷茫……”

大家听着便都情不自禁地笑了。有人说唱得够现实，只是过于现实便容易流俗。林占熺认真听了一会儿说：“人各有志，我们做的事情也就是秉持自己的心志而为，也是为了让更多人手中有钱有粮，过上幸福的生活，所以叫‘幸福草’嘛！我们菌草人，就是要践行总书记‘使菌草技术成为造福发展中国家人民的幸福草’的号召。”

罗宗志把林占熺当成是人生的引路人。在读林占熺的研究生时，他就时常聆听导师教导：“青年人要到一线艰苦的地方去锻炼，要把论文写入农民的钱包里，把最优秀的作品发表在祖国的大地、世界的天空上，只有把自己的聪明才智与国家民族和世界的需求结合起来，才能做出不负时代的贡献。”

斯人斯语散发出美丽的光芒撼人心魄，也让他的心田有了一泓清流，情不自禁地去热爱，去行动，于是在2015年读书期间，便欣然受派来这里实习，领教了全国四大沙尘暴发源地的厉害，目睹了黄河泥沙对这里的暴力欺压，也听多了不绝于耳的冷言冷语：在沙尘暴频发的地方，靠种草来防风固沙、治理黄河，“天方夜谭”吧，这就是传说中的脑壳进水了吧！

屡败屡战中，菌草终于在凛冽朔风中扬眉吐气，让荒漠出现了绿洲，逐日扩张。这都是老师的心血啊，罗宗志深受震撼和感染，从事菌草研究与应用的决心和信心，像菌草密布大地一样，让他全身满血复活。

罗宗志回校后，牵头组建“点草成金”创业团队，利用展会、比赛、微信、互联网等渠道宣传和推广菌草技术。还发起“一元一株草”的线上众筹活动，让更多青年人加入到保护黄河、保护生态的行动中来。2017年，他硕士一毕业就主动请缨，加入到阿拉善菌草生态治理团队。

林占熺年年都来，一年数次，每次都与队员同甘共苦，他就是普通一兵，一老兵。那天，他们在“菌草献礼”图案前照完相，林占熺忽有感触：“第二个‘一百年’，菌草更要有大礼！那时我不在了，只要你们烧炷香给我，我一定能分享到你们的成绩单，毛主席当年写咏梅诗，‘待到山花烂漫时，她在丛中笑’，我就来个‘待到菌草烂漫时，我在丛中笑’吧。”

罗宗志明白，正是为了这两个“一百年”燃烧菌草之梦，林占熺这些年老当益壮，每天奔跑不止！

在阿拉善基地坚守5年后，罗宗志热血未减，青春的奋斗姿态赢来了女友青睐的目光，他们的爱情在坚持中静待花开。2022年春，罗宗志给我的短信称：“新时代中国青年确实要树立远大理想，作为青年的我，将肩负自身的责任与担当，自觉把个人前途同国家命运相结合，投身到菌草生态治理、乡村振兴和‘一带一路’建设中来，让黄河成为造福人民的幸福河。”

他投身菌草事业以来，不时便会有一种沉浸式的感受，感到自己与林老师、与菌草业同喜同悲，并愿意承受今后一切的起起伏伏。

同此感受的，还有援外回来担任菌草中心办公室主任的罗海凌。在他心目中，林占熺是国家菌草中心不可替代的大旗，自己必然要做个称职的护旗手，只是有一天林老师退休了，或走不动了，他们这些人如何接过大旗继续“风展红旗如画”？罗海凌为此忧心，并为招揽人才而献计献策。

“那时，你们都成长起来了，菌草事业后继有人！”林占熺是个乐天派，对“百年大计”深信不疑，词微旨远。

他说的“你们”，在鄢凡听来，也包括自己。

来自山西太原的鄢凡，肤白貌美，2020年12月从厦门大学英语笔译专业研究生毕业后，出人意料地选择了国家菌草中心。

她自称是受了两个人的影响。一是女导师和她说过，“985”大学毕业的学生享受了国家最优质的资源、最好的待遇，毕业后一定要记着反哺社会。于是，她在择业时便特别留意接地气又有意义的工作。其二是受到木心《文学回忆录》的影响，里面有句话她也铭记在心，“读圣贤书所为何事？ 天下还是很重要的”。毕业时，她一腔理想，一腔抱负，了解到菌草技术和林占熺及其团队的故事后，深感这就是自己寻找工作和人生的意义。当时参加面试的有中国驻卢旺达参赞房志民，说菌草有联合国的平台，有上百个国家的传播范围，而且菌草产业链日益庞大，上可接触到各国政要，下可接近农民，英语专业完全用得上，也算学有所用，海阔凭鱼跃，天高任鸟飞。

第一天上班，她被林占熺请去办公室拉家常时，不由自主地流泪，说：“林老师您和我姥爷年纪一样大呢，我忽然就想山西的姥爷了，我从小在姥爷家长大，和姥爷有很深的感情。”

“人之常情，冬梅也是在她外婆家长大，和她外婆的感情比我还深呢。我理解你背井离乡来外地打拼的心情，以前我也是一次次远离家乡、远离亲人，读书、求学，寻找人生的出路，没法多陪伴亲人。记得小时候去上学，我妈妈在远方一直朝我挥手……”林占熺说着说着，忽然哽咽不语了，铁骨柔情是这位大教授留给鄢凡的第一印象，她就有了一种更亲近的感觉，觉得眼前慈祥的老人是个像姥爷一样能疼爱自己的长辈。

从小到大，鄢凡一直是别人眼里典型的乖乖女。得知她的工作选择后，远在山西的父母不同意，异地恋持续了几年的男友也反对并选择放手。她因为这些干扰因素，再加上菌草中心缺少年轻人，年龄最小的同事都比自己大10岁，担心人际交往等等，也曾心生犹豫。在受了林占熺父女的影响和关心后，她很快就找到了自己的位置。父女俩经常请她到家里吃饭，在福州有任何事情都可以和他们讲，还说菌草中心的同事都是互相帮忙的，这个环境很单纯、很简单，氛围和谐友好，不会像外面一些单位那样钩心斗角、互相攀比。

每次商谈工作上的事，林占熺都会请她坐下来，说你若站着，会让我觉得不平等，有种居高临下的味道，坐下来慢慢商量，思路会更明晰。他还谦逊地说："小鄢你是学文科的，文字功底好，思路清晰，有些重要场合的发言和讲话，和你商量一下，就能捋出个大致框架，心里更有底。"

其实，有时根据他的思路起草的发言和讲话稿，他也都会根据主题、场合、观众，重新拟稿，常常要改个三五次。他说："我是个科技工作者，语言一定要实在，要严谨，要知道分寸。每个人都是花了时间来听的，一定不能让大家觉得时间错付了，没什么收获。"

在鄢凡听来，林占熺的发言稿都是干货满满，情真意切。他讲的故事哪怕以前听过，每次在现场再听依然感动于心，常听常新。

一次，林占熺骨折后，她上门探望，围桌闲聊。谈到刚去世的中科院院士、"中国肝胆外科之父"吴孟超时，林占熺触景生情地说："我很认可吴孟超先生的一句话：这世界上不缺乏专家，不缺乏权威，缺乏的是一个'人'。"

不经意的一句话，深深打动到了初出茅庐的鄢凡。她说："我身边不乏优秀的大咖，不乏学术界的精英，可是很多人的忧国忧民只停留在高高在上的象牙塔里。不少是精致的利己主义者，擅长每天喊着口号煽情，可是真正奔赴老少边穷地区，把脚踩在泥地上，为老百姓争取福利的人少之又少。论文写了一篇又一篇，升职加薪、名利双收，可却很少有人对真正需要研究和解决的问题进行深挖，因为这些问题往往耗时耗力，还不见得能出成果。林老师的研究都是从国家和个人需要的背景下着眼，从现实情况出发，从农民的发展需要出发，一直在自己的科研道路上艰难地行走着。这样的科学研究是带着人文情怀的，是有温度的，是能跨越时代造福后代的。”

“菌草之父”永远以一双深情的眼睛望向大众，让鄢凡心中的敬仰与日俱增。“林老师不管站在哪里，都可以用无尽的真情吸引每一个人的目光。”她在由衷赞扬时，也总说自己太平凡。林占熺温和地说：“既要接受自己的平凡和普通，又要爱上这个事业，拼尽全力地与众不同。”

她受林家父女的影响日深。林占熺在巴新有“天堂鸟”之美誉，她想着当初招考时房志民参赞寄语的“天高任鸟飞”，也希望自己经过一段时间的笨鸟先飞后，找到自己的位置，成为广阔天地里一只翱翔的飞鸟。

“奋斗会让一切美好起来。”“工作随着志向走，成功伴着坚持来。”林占熺不时给麾下这位最年轻的队员送上鼓励。

2021年底，我受邀在福州大学作一场名为《追梦路上的英雄业绩、时代领航和当下启示》的讲座。鄢凡主动前来听讲，英雄情结非比寻常女生。后来，她给我短信称：“我要把语言当做自己的优势，在一个新的领域深耕下去，希望语言+新专业可以结合起来，做一个拥有家国情怀和世界眼光的青年，菌草给了我这样的平台和契机。”“我看好菌草的发展前景，我想等着疫情结束，去各个国家多走走，强化自己对菌草的认识和理解。”

我欣慰回复：“此路之行，相信鄢凡不凡，更不‘蔫’！”

2021至2022年春节前后，我“聊发少年狂”，连轴转地采访了不同年龄、不同性别、不同地域、从不同地方和国家暂回大本营的菌草人。从他们的身上和所经之路，我真真切切看到了什么是崇高的普通，什么是伟大的平凡。

他们中有些人，当年曾不止一次听过林占熺的访谈和演讲，被他平凡而伟大的经历和精神所打动、所迷住，从而踊跃参与，一同逐梦。

2010年10月，林占熺在福建农林大学大礼堂说得是那样雄浑有力，鼓舞人心：

“人的一生有许多幻想、梦想，经过岁月的冲洗，有些幻想、梦想变成现实了，又编织新的幻想、梦想。如果我们的梦想、幻想能与祖国伟大的事业结合在一起，就能形成汹涌的波涛，找到无悔的选择。

“我对自己的今后就有几个新的梦想：第一是在我们学校创建一个世界菌草技术研究发展中心，为中国、为世界培养、提供更多菌草技术人才，让世界更好地了解福建农林大学、了解福建、了解中国。第二是开辟一个新兴的菌草产业，加快把菌草技术转化为现实生产力，力争在10年内使菌草业成为一个产值超千亿元的产业。第三是努力把传统的二维农业，发展成高产、优质、循环、生态的三维的现代农业。福建农林大学应为发展三维现代农业做出更多贡献。第四是用菌草治理黄河、尼罗河，治理世界大江大河，为生态建设做出更大的贡献。如果同学们有兴趣的话，只要我还健在，我们可以一道去，为大江大河变清做出我们应有的贡献。我相信有你们参与，这个任务一定能完成！”

那天，2000多个座位的大礼堂座无虚席，雷鸣般的掌声经久不息。师生们纷纷表示这是一场令人难忘的报告，心灵得以净化、灵魂得到升华。

对照10年之后的今天，林占熺当年的许愿，莫不水到渠成，正是因为有他们和越来越多的新生力量参与，菌草扶贫和治理的脚步才嗒嗒不断…… 截至2021年，全国各地种植菌草累计300多万亩，产值已超300亿元。

2022年春天，我的几场采访结束不久，不少菌草人又上路了，分赴全国各地、世界各国各司其职，有的一去数月、半年，有的甚至两年。他们归去来兮间，可不是子曰诗云的“渡水复渡水，看花还看花”，那里的菌草之花情况大不一样，“生生无限意，惊鸿照影来”。

对此谩嗟荣辱

一张黑白照片穿过了岁月。那是1987年9月25日，全国农业技术推广总站和福建农学院举办第七期野草栽培食用菌培训班的留影，留在了国家菌草中心“菌草源”公园立于山坡处的历史墙里。

没错，黑白照片上写的是“野草”。那时，初出茅庐的菌草尚无正名，哪怕林占熺在只争朝夕间，一年来已办了7期培训班，也还没在球籍上报“户口”。

菌草中心的一片菌草地格外引人注目，系亚洲、非洲、大洋洲和联合国的政要们亲手种植，以此表达对这项中国发明的敬意和期待。他们因菌草而来，因林占熺而来。有的总统、国王来了又来，只因为林占熺把“人类命运共同体”装在心里，在世界范围里一次次付诸实践，精彩中国行动精神犹如“火种”，吸引各国领导来此朝圣般地“接火”。

一块生锈的铜制牌匾，承载着历史的荣光向今天走来。那是2002年挂上的“福建省菌草科学实验室”。这个当年历尽波折成立的“全球首家”，如菌草分蘖，摇身成为三个国家级的创研中心和国际菌草技术交流合作培训中心，引领世界菌草技术研发和产业发展。

不同肤色的人们不止一次在牌匾下，听林占熺娓娓道来实验室背后的同一个故事：

2001年福建省“两会”期间，林占熺呼吁在菌草技术发源地福建农林大学设立菌草科学实验室，保持福建菌草技术在国内外的领先地位。这个带有问题分析、现状忧思和战略前瞻的专题发言，被列为当年省政协大会重要提案上报。时任省长习近平不仅倾听了林占熺的发言，还对认真办理的这一重要提案作出批示，在接到省里有关部门认为“不宜设立”的办理意见后，仍冷静地在呈报件上批示：“可向农林大学和林占熺教授反馈。”

林占熺深知，菌草技术问世以来，世界上不少国家都在热衷研究，眼下已到突破的关键时刻，谁先有突破，谁就能把握先机，引领潮头。美国、日本等国家都拼命在追赶，想着在菌草研究上赶超中国。中国是菌草技术的发源地，岂能落后于别人？！

有关部门的办理意见，让他难以置信。十多年来，由于菌草技术从理论上打破了传统“草腐菌”与“木腐菌”的界限，替代了传统的食用菌栽培做法，各种质疑否定的声音、明枪暗箭的做法时而发生，他不在意，坦然处之，做好了吃苦的准备，只想“走自己的路，让别人说去”，却万万没想到，政府部门一些人抱残守缺，根本不愿掂一掂新生事物的重量，而创新之路又是多么艰难！

他经过反复思量，郑重提笔，再次明确表达自己的客观看法。不久，领导把省政协这个提案批转给省教育厅继续办理。2002年3月18日，省教育厅就办理情况向省政府提交报告，主张创建菌草科学实验室，促使菌草技术研究成为福建一个可持续发展的特色优势领域。4月3日，习近平省长在此办理报告上作出旗帜鲜明的批示：“菌草技术是福建的优势科研成果，已产生广泛影响，应进一步支持发展。这个项目较其他一些项目贴近现实，有经济和社会效益。”

省政府很快召开相关会议加以落实，拨款100万元支持在福建农林大学创建菌草科学实验室。如此有了全国和全世界第一个菌草科学实验室。而后，相继成为科技部“国家菌草工程技术研究中心”、国家发改委“菌草综合开发利用技术国家地方联合工程研究中心”、教育部“菌草生态产业省部共建协同创新中心”，福建省政府“国际菌草技术研究发展中心”也在此实验室基础上建立。这一切，特别是国家级平台的组建，为完善、发展菌草学，发展高产、优质、高效、生态、安全的新兴产业菌草业，提供了有力支持，为中国人继续占领菌草科学和菌草产业的制高点奠定了可靠基础。

这个实验室来之不易，若无当年习近平省长的力排众议，就没有后来的一系列故事。再看当年的批示，林占熺心里依然涌起一股暖流，领导对科技创新的扶持和对科技工作者的关爱跃然纸上，是他勇毅前行的动力。

从直呼野草，到国际冠名“菌草”；从一省实验室到全国乃至全球菌草中心，一草蝶变，由平凡而卓越。

引来的变化不简单，由全国野草栽培食用菌培训班到菌草产业扶贫培训班，到菌草技术国际培训班、研讨会的不时召开，不啻是植物界“丑小鸭变天鹅”的翻版。

光顾这里的各国政要，从此与青翠欲滴、如竹如蔗的菌草有了忘不掉的联系：

2003年2月，南非祖鲁国王古德维尔·孜维勒悌尼来访；3月，圭亚那总统巴拉特·贾格迪奥来访；

2010年3月，柬埔寨国王西哈莫尼来访；

2015年7月，斐济总理姆拜尼马拉马来访；

2016年4月，坦桑尼亚革命党主席、原总统基奎特来访；

2018年8月，老挝原国家副总理宋沙瓦·凌沙瓦来访；9月，中非总统图瓦德拉来访；

2019年12月，密克罗尼西亚联邦国会副议长摩西率团来此谈合作……

待我来见，这个曾经“寂寞掩柴扉，苍茫对落晖”“人访荜门稀”的孤岛，早就热闹盈门，国家科技部授予的“国际科技合作基地”实至名归。

此草够神奇啊！除了以草代木、以草代粮，除了扶贫、减贫，除了治沙治河治盐碱，还能治理崩岗、石漠化、高寒地区的洪积扇，还能让千疮百孔的矿山恢复植被而青山如黛，一些菌草品种可以完全替代木质材料制作高性能的人造板，可替代木浆应用于造纸呢！菌草还具有快速、大量固碳的优势，菌草工业化利用大有可为……真是几乎无所不能，只怕你想不到。

且看来自四面八方具体而微的数字：

在乌兰布和沙漠、黄河河岸刘拐沙头菌草阻沙固沙试验示范点，一些根系发达的菌草仅需生长80—100天就能固沙，一丛巨菌草种植百天左右根系分布面积高达18平方米，可固沙11立方米；

菌草用于治理水土严重流失地福建长汀县的崩岗，可产鲜草191.7吨/公顷；

甘肃省定西市2017—2020年为期4年的菌草扶贫，共种植巨菌草23000多亩，受益农户4000多户，总产值从72万元到3675万元，种植面积从16公顷到817公顷……

数字的背后，是林占熺和菌草团队的血与泪，使百姓从贫困走向振兴。

还有来自上百个发展中国家和地区的数据呢！那些复刻在别国的业绩，足以证明中国人民对外友好协会授予林占熺的首届“人民友谊贡献奖”货真价实，他又有哪一个奖、哪一个荣誉不货真价实呢……

不容世界置疑，林占熺种草不是画饼充饥，传播于四海的菌草技术，如其人格一样真实，能量满盈。有人因而咏唱：中国有神草，脱尘出新久，造福全人类，当惊世界殊。

菌草扶贫和菌草保护过的地方，让人不由涌上李清照的佳句，“水光山色与人亲，说不尽，无穷好”。

菌草中心的老物件里，林占熺当年举债盖的旧楼，只能从照片中焕发记忆了。此楼可待成追忆，幸好未来不惘然。

林冬梅记忆很深。当年，父亲和工程队把当地老百姓拆迁不用的废料搜过来，她和母亲把庙里遗弃的瓦片搬回来，七拼八凑、因陋就简建起了试验场。就是在这里，面对一次次的试验失败，父亲对她说：“失败是成功之母，爸爸坚信能成功。”就是在这里，两年之后的1986年秋，父亲擦泪宣布：一门全新学科诞生了！

一晃37年，此路遥迢中，此楼成危楼，半天就拆完，父女俩站在雨中望着废墟，心里头好像少了什么东西。他们都记得往事曾那般沉重，有你今生恰好。林冬梅问父亲，可曾记得她当年郑重其事说长大了不能替他还债？林占熺记得往事，更记得女儿读初中时领受的第一份“乡土科研工作”，每天傍晚准时守在电视机前收看福建天气预报，替他记下各县市的气温，作为他研究食用菌种植的参考数据；更记得她多年之后，成为自己最有力的助手。

林冬梅归来，系我一生心，陪父百年行。天南地北的菌草，因沾染上“梅”影“梅”香，而更加蔚然大观。让人不可思议的是，女儿回国原是为了减轻父亲的负担，却没料他在“如虎添翼”之后，更是大步流星，想法更多了，甚至变得似乎“有恃无恐”。

乐此不疲，和光同行

曹植诗云：“闲居非吾志，甘心赴国忧。”观其一生，显然是在文过饰非。

不知谁说过，知道自己在做什么的人，应该一直坚持到死。林占熺愿意做这样的人——一个永远不知疲倦的人，一个特殊材料制成的人，一个只知付出不懂享受的人。

从前的接触，连着建党百年的亲眼所见，我眼中的林占熺真是连轴转啊，晚上七八点还不下班，他要在世界舞台上转出一个美丽的天地，他愿做构建“人类命运共同体”的一枚螺丝钉。

“凌晨4点不到就起，把家当旅馆，哪有时间陪我们？我可不敢跟他那些菌草争宠，这辈子嫁给他真是苦啊，他为全世界的穷苦人服务，我为他一个人服务，为了他的事业，我都可以写一部血泪史。”

“我爸快八十的人了，还这样玩命工作，把我们全家都搭上……”

林占熺简陋的家门，在他的妻子和小女儿“控诉”声中，一次次向我打开。

家也是草堂，其实不管是草堂还是殿堂，林占熺大白天都难得在家闲居。也难怪妻子有一肚子苦水总也吐不完：原以为他六十在岗，七十该退了吧，如今年近八十仍雄心万丈，他的诗和远方更隔“草堂”一万重。

看到肤色黝黑的“候鸟”从异国他乡归来，已不再“悔教夫婿觅封侯”的罗昭君，不经意地戏称他为“稻草人”。稻草人是庄稼地常见的吓鸟神器呢，被巴新朝野奉为“极乐鸟”的他却也笑纳，想想也没错，他就是人家菌草基地、稻田里的守望者。

如果说空中飞鸟和人家地里的稻草人，是一个接一个无伤大雅的比喻，那么没有暂停键的他，成为家庭的过客，却是实实在在的令人伤心。这个伤心人就是他的妻子罗昭君。

我曾向林占熺告知母女俩如是“投诉”，他倒也“供认不讳”：“家里的事全是昭君扛下。这些年要不是她支持，要是她动辄不理解、和我闹，我外头受的气和压力，恐怕早就把我引爆了，哪能干到今天。我自信无愧于外人，却对不起爱人……”他说话时目光温和，不觉泪光闪烁。

一笑过后，他轻描淡写地道及这段日子忙无暇处的原因：受疫情影响，菌草援外专家和当地工人刚结束隔离，非洲又进入高温季节，加上疟疾，既牵挂他们的安全，又担心他们经验不足，到时种不出漂亮的菇来；平时白天忙无暇处，只有在半夜起来时，算好时差打电话，一通交代和指导后，睡意全无，索性起床批阅来自各地的研究生作业，加快菌草科学体系和学科建设。如此这般，妻子没被折腾出神经衰弱，半个多世纪累积下来的抗压之力算是名不虚传。

他的压力几乎是自找的。来自农村、苦出身的他，20多岁进城后，就没有闲下来过，“自讨苦吃”。夙兴夜寐，栉风沐雨，并非林占熺的新年“打开方式”。正因为他数十载宛如寻常的兀兀穷年，才让菌草事业为世界喝彩。他在与“点草成金”的岁月拔河中，有了越来越多的追随者：服务包括深化闽宁菌草协作“升级版”在内的乡村振兴，建成能把菌物和植物、动物三物循环发展的局面，让生态、经济、社会有机结合，特别是创立退役军人“三位一体产业帮扶新模式”，深得东西部许多地方激赏并效仿……

“现在有了规范叫法：产业帮扶、组建民兵、应急应战……”为了力求表述准确，林占熺拿起电话求证省外某个领导后，继续侃侃而谈，“‘三位一体’是培养脱贫致富的带头人、乡村振兴的领路人、应急应战的突击队。”

他从来不尚空谈，在“守正创新”成为热词的时代，他也躬行在先。2016年，他就倡导在革命圣地延安旁的南泥湾试种46亩菌草，探索构建立体循环农业新模式，并让南泥湾精神照耀菌草团队，滋养生成他念念于心的菌草精神。

我们的几次采访都动辄被电话打断，还有工作人员进进出出找他汇报或签字。他真是不服老啊，揽下的事情一堆又一堆，只为能让菌草在服务国家战略中发挥更大作用。

早该含饴弄孙、安度晚年了，却完全沉浸于在岗状态。他据我所需向助手要某个具体数据时，忍不住借题发挥：“我今早醒来，就想内蒙古刘拐沙头在春雨过后，菌草是不是还可以往河边推进几米？阎王鼻子那边，虽然好几位院士都说成功了，今年夏天要组织去看，但我觉得还不能骄傲，要继续推进，做出更像样的模式……”

这两处菌草阻沙固沙治理点，虽早已成为当地人周末游览的网红去处，但他犹嫌不足，还在思考如何完善些，做成样板，让菌草生态治理与产业发展在世界舞台上提供最佳“中国方案”。

“现在，西部地区已有相对成熟的菌草脱贫模式，就是每家每户种植5—10亩草、养上50—100头羊……”

眼前这个在忙碌中并无沉沉暮气的科学家，忽地让我想到他妻子在家里一字儿向我摆开的七八种药品，袋子里分头标着早中晚服用及用量等字样，“他是药罐子，哪天离得开药？每次出差，我都得把药品弄好，几次还出了意外……”

说到险情，林占熺淡然一笑说：“人不经老，时间不经用，还有那么多事没干完，总得只争朝夕。如果完全照着八小时工作班，很多事情真就做不成。”

一年从头忙到尾，林占熺迎新不弃旧，迈动菌草援外的铿锵脚步，向着实现联合国2030年可持续发展目标前行。一年之计在于春，他的日程安排不仅占据了春节，还连着往后余生。

“菌草事业当有更大发展，我要再努力一些，与祖国同行，与世界联动，在构建人类命运共同体中实现新作为，让菌草技术实实在在地成为造福广大发展中国家的幸福草！”林占熺喝一口菌草灵芝茶，娓娓道来的虎年计划，眉宇间流现的勃发意气，让人联想到诗和远方。

经我几次催促，他才在上午10：40离开办公室，前往医院体检。我则继续采访几位崭露头角的青年骨干。

“林老师常常以菌草精神来激励我们和菌草研究生，说大家来自五湖四海，都是菌草大家庭中的一员，没有菌草人解决不了的难题。他经常了解工作人员和研究生的困难并给予亲人一般的关心，比如为贫困学生提供奖学金帮助，为留学生提供勤工俭学岗位，协助工作人员的子女入学和工作，等等。”

怪不得长年以来菌草团队如此聚力凝心！

“别说周末，林老师这些年连春节也没闲过，这个时候正是国外许多基地的菌草生长黄金时间，一个电话来，他就要听取汇报或投入指导，做到心里有数……”

这是怎么一个拼搏进取的工作节奏啊！我在感叹中，忽见林占熺折返，说是车到半路，医院说他耽误了太多时间，改约明天。

他常忘了年龄，忘了自己，也忘了家人，却记着菌草、记着初心和使命，以世界视野谋划和推动菌草创新。我在菌草中心目睹菌草文化生机盎然，感受到菌草精神强基铸魂，听到许多人的心声："长大后我就成了你……"

种在菌草研究所后面山坡上的巨菌草，割了十几年，依然长势良好，"映阶碧草自春色，隔叶黄鹂空好音"，坦然迎接无数欣赏或挑剔的眼光。

2022年春节前夕，刚刚分管全省"三农"工作的福建省委副书记罗东川来菌草中心调研，期待菌草业在省内外、国内外墙里墙外一并香。林占熺汇报时慨然表示，自己将继续响应习近平总书记的号召，而今迈步从头越，进行人生的第三次"长征"。

紧接着，福建省省长赵龙来看望并解决菌草中心的实际困难，在林占熺简陋的办公室一坐就是大半天。面对组织和领导的真心关怀，林占熺又立下"军令状"……

国家林草局和有关部委办的领导同志来了，林占熺没有叫苦喊累，而是沉浸在工作的美好和幸福之中。

我在菌草中心遇见太多这样的场面了。林占熺在陪同各级领导和各方来宾参观时，几乎都少不得来到那块刻有"发展菌草业，造福全人类"的石头前，一往情深地讲述项南当年的引导；有时还在办公室捧着我写的《项背——一位省委书记的来来去去》一书，说自己这些年就是在"望其项背"。对扶贫领域的腐败，他最是深恶痛绝，说见贤思齐，其中一条就得恪守"钱财如粪土，仁义值千金"的君子之风。他也自豪地说，别说现在，即使在赤贫年代，人家牵一头金牛从我眼前经过，我也不会眨下眼皮。

诚如斯言，当年菌草技术获国际金奖时人家不是给他牵来了"金牛"而被拒之门外嘛。他不仅没有忘记前辈和领导、组织的重托，还没有忘本，不忘初心。23岁那年，他入党第二天，就在笔记本上落下“为共产主义理想而献身”等字句。我见到这段敲金击石的文字下面，还落下一问：“你忘记了共产主义理想吗？”揣摩字体和钢笔墨水色泽，显然不是同一时间所写，而系后来加上，可能是在面临诱惑、挫折之后对自己的一次灵魂拷问。

这个奔跑者，也是活到老、学到老、毫不含糊的赶考者！

他在党支部的一次学习中，讲道：“总书记关于人与自然生命共同体的论述、部署，不断在拓展变化：2013年提出‘山水林田湖’是一个生命共同体，2017年提出‘山水林田湖草’是一个生命共同体，2021年先后提出统筹‘山水林田湖草沙’系统治理，坚持‘山水林田湖草沙冰’系统治理……”

谁要是没经常看到他晚上在办公室加班学习，谁就不是菌草中心的人。他有时候听到或学到有感触的地方，还专门发视频或截图到群里，与同事们一起交流。

2021年最后一个晚上，办公室里孤光如萤，林占熺忽对女儿说：“有个事啊，我从（二十世纪）70年代就在想……”

林冬梅看他一脸严肃，忙说：“等等，我记下来。”

林占熺凝眸桌案前的毛泽东塑像，道：“我想起来了啊，那时学习毛主席著作，这半个多世纪来，我实际都是在党的教育下做好普通一兵的，在大潮流、大格局、大历史中，努力把握正确的前进方向。这大方向是什么呢？就是为国家做事，为人民服务。这样，我也才得到大家的支持，得到组织的关心……”

朴实无华，大爱长流，向林冬梅传递来一面理想信念的旗帜。父亲能火，这些年能喜上加喜，不是名字占了一个“熺”，而正是他的大方向始终不曾改弦易辙。

过了腊八就是年。我在年前最后一次采访结束后，在微信朋友圈发出感言：“对他和家人的采访，突破了我对人性真善美认识的高线，与当年采访留置专案对象时，一次次被突破对人性不良认识的底线截然不同。我愿意让自己的生命，追剧般追随着美好的人们，流淌在同一条面向太阳和大海、看得见光亮的河流，起码是殊途同归！”

“你忘记了共产主义理想吗？”我也情不自禁地问自己，也问朋友圈。

“林老师肯定没忘！”林冬梅这样代父回答。她虽是党外人士，却知道该如何“为人民谋幸福，为民族谋复兴，为世界谋大同”。

除夕前三天，林冬梅出席由联合国经社部参与举办的中（中国）牙（牙买加）菌草技术项目首次对接视频会议。牙方迫切希望中国神草、仙草尽快在牙落地。疫情背景下，中国对外援助和国际发展合作举世关注，国家国际发展合作署署长罗照辉上年底向世界宣告：“中国农业援外有两张名片，一是杂交水稻，一是菌草。”

此唱彼和，风流人物今胜昔

哲学家尼采说：“如果你想走到高处，就要使用自己的两条腿，不要让别人把你抬上去，不要坐在别人的背上和头上。”

尼采还说：“行动就是一切！”

林占熺在行动。一切与菌草有关的事，都能拨动他的心弦，他绝不闪躲，仿佛这是他与生俱来的使命，一息尚存便不可推卸，行动就靠自己的两条腿。他好像就是一粒播撒幸福的种子，世界各个角落都不嫌弃。

虎年除夕前两天，林占熺在北京加班加点完成工作后，和女儿乘早班机回家。如此虎虎生威，北京对接方说他是“梅开两度”。

他也笑开了花："是，我的两个女儿名字都有'梅'，让我从冬天到春天都捏着一团火。"

这天的阳光很好，世界上最新最美丽的机场安静祥和。林冬梅QQ空间"N年前今天"的提醒功能告知：牛年初一，父女俩也在大兴机场。

飞机抵达榕城上空时，一时无法降落，多盘旋了十几分钟。俯瞰逡巡，地面高楼林立，生机勃勃。林占熺忽地有了感慨："记得戴提老说，飞到福州半空，都可看到地面的热闹繁华，与飞越非洲大陆时寥寥几条细线、几点村落对比，大相径庭。"

林冬梅说："是啊，不比不知道，中国的变化这些年实在太大了！戴提一直问我们什么时候去尼日利亚呢。"

"今年疫情可以结束吧，那时再去。"

林占熺对这个得意洋弟子一直很关切。戴提在参加菌草技术培训后获奖学金留学，一口气完成了菌草专业的硕博学位，没少在福建农林大学菌草园试尝幼嫩菌草的味道。2021年8月，他带着导师林占熺的期望回国时，感人肺腑地说："为了把菌草技术学到手、带回国，我走了很远很长的路，在中国待了十年，受了林老师的教导之恩，受了中国的养育之恩，今后我就希望能促进两国和好，提高我国农民和妇女的生活水平。"回国后，他在北部干旱地区牵头建起了菌草示范点，进行菌草荒漠化治理结合养畜的示范与培训。

戴提和其他非洲学员一样，希望通过菌草技术改善自己和周围人的生活质量，改进自己国家的生态环境，在助力减贫中也增加就业机会。他们在归去来兮间，像一颗颗火种，在本国铺开燎原的行动。就如同智利学员叶西卡十多年前毕业时，指着结业证和自己旗袍上绣着的凤凰图案说："林老师教给了我菌草技术，让我成为一只能给智利人民带去财富的凤凰。”凤凰涅槃，让世界上所有贫困的人们都能得到帮助，这才是林占熺的心愿。

国外很多地方、很多人都热切地等着他们出去呢！驻巴新、卢旺达、斐济等国的外交官朋友诉说思念，还通过微信分享和他的全球“粉丝”的美好遇见：他们哪怕到这个国家的偏远地区，与当地人谈到菌草，谈到林占熺，对方的眼睛都会突然发亮，盯着他们，款款叙述埋藏在各自心底的故事，然后还拜托代为问候。

林冬梅在手机上翻出一张照片递给父亲看，那是几天前卢旺达学员德玛斯所发她数年前在卢旺达与他全家人的合影，“你看，背后的房子刚刚盖好，还没有装修完，现在已经完全不一样了。”

林占熺啧啧有声：“我看是完美复制了30多年前尤溪县老百姓为菌草扶贫编的顺口溜，叫‘一年脱贫，两年致富，三年盖新房，四年讨媳妇’。”

“德玛斯盛情邀请我们再去做客呢。他白手起家，靠着我们援助的菌草项目，三四年内从‘凤凰男’变成有地有房有车的精英青年，收入可以和当地大学教授媲美。”

“什么叫凤凰男？”林占熺遇上网络热词，也喜欢不耻下问。

“凤凰男”是指出身贫寒、努力拼搏的男性，也可以说是集全家之力于一身奋发图强，终成“山窝里飞出的金凤凰”，从而为一个家族蜕变带来希望的男性。林冬梅这回卖了个关子，曲里拐弯地说：“爸，您也曾是凤凰男啊！”

林占熺大约知道此意了，笑道：“这个德玛斯，还有那个迈迪尔，要是在中国，绝对可以成为青年创业之星。”迈迪尔也是卢旺达留学生，2020年硕士毕业后回国推广菌草，鼓励一同留学的丈夫艾玛博在中国再待四年，攻读菌草方向的博士。2021年底，这对菌草夫妻的一次视频在菌草中心传为佳话。卢旺达那头，迈迪尔正和中国菌草专家在当地农场准备菌棒的生产。艾玛博问偎依在妻子身旁七八岁的儿子未来有什么打算，儿子说我想成为妈妈一样的菌草专家。艾玛博高兴地说，我的儿子你太棒了，很好！羞得小家伙连忙躲向母亲的身后。分居北半球和南半球的这对夫妻，连同孩子，都由衷表达了“我爱中国菌草”的心声。作为卢旺达第一个菌草学博士，艾玛博自称今后要通过菌草技术为卢旺达乃至非洲人民的脱贫而奋斗。

“是啊，菌草中心今后是不是可以设一个‘青年创业奖’，以资鼓励国内外从事菌草事业的年轻人，也借此培养人才。”20年间，林冬梅光非洲就跑了不下50次，了解不少情况。

“你是菌草中心常务副主任，完全可以提议。”林占熺一脸蔼然，继而喃喃说，“菌草人才的培养不能不急，又急不得，收徒授艺，任重道远……”团队人才计划林占熺念兹在兹久矣，年轻干才、“出林乳虎”多多益善。

央视“美好中国年，建功新时代”迎春节目在万众注目中璀璨开启，林占熺继“两弹一星元勋”孙家栋等人之后深情寄语：“2022，让中国草继续造福世界！”

大年初一，林冬梅在微信里记事：“上午，菌草中心在校师生和家属共庆新春。看博士生制作的师生贺年视频，吃甜果年饼，林老师发红包。菌草第三代，萌娃闹新春。”母亲罗昭君看后凑趣：“若无闲事挂心头，便是我家好时节。”

春节也没“闲住”林占熺，让他比过年更快乐的是，中非的菌草此时顺利出菇了，绿叶成荫菇满枝，一派好收成。中国与中非时差7小时，那边8点了，这边才凌晨3点。为了这次如期出菇，他每天都是这个点爬起来，通过电话或视频指导留守中非的队员。连续十几天如是，可谓“古今多少事，渔唱起三更”。

一簇长相清奇的大平菇，插上了绿叶，裹上红布，伴以灵芝（中非当地野生菌株驯化），在援中非菌草技术项目专家组细心装扮下，美其名曰“好‘菇’娘贺新春”，由驻中非大使陈栋作为贺礼送给中非总统图瓦德拉。图瓦德拉总统夫妇对味道鲜美、营养丰富的菌菇都情有独钟，曾邀请中国驻中非大使和菌草技术援助专家组到他的家乡农庄一同种植和培育。

林占熺从视频上见后乐不可支，林冬梅开起了玩笑：“您这有点像送姑娘出嫁的心情啊！”

“我可不能掠人之美，这‘姑娘’是人家小蔡养的，也难为他了！”

林占熺知道中非的旱季高温增加了出菇的难度，也知道项目组长蔡杨星前一段时间做梦都在种菇，没日没夜都窝在菇棚里。

2022年2月4日，立春，北京冬奥会盛大开幕。巴新总理马拉佩应邀出席，其间与中国签署《援巴布亚新几内亚第二期菌草和旱稻技术援助项目立项换文》。

报道出来后，我向林冬梅道及唐代刘禹锡的诗句“忆春草，处处多情洛阳道”，并说把诗中的“春草”改为菌草，“洛阳”改为中国，或许契合巴新总理来北京签约后的心境。林冬梅告知：东高地省政要也随巴新总理来北京参加冬奥会了，还带来了“中国援巴新菌草旱稻技术在东高地省”图册。

不独巴新，在世界许多地方，菌草步步绿，“秋草未枯春草生”已蔚为大观，有朝一日，再把古诗“若待上林花似锦，出门俱是看花人”中的两处“花”皆改为“草”，恰是菌草梦想。也不独菌草，透过巴新东高地省项目组组长林应兴发回的手举镰刀在旱稻旗舰点的照片，可知“稻花香里说丰年”的盛况。如果不是疫情，父女俩这会儿可能就在东高地和他们在一起了。

征衣未解再纵马，踔厉奋发新时代。林占熺号令菌草团队，要在“十四五”菌草产业化上做出更大作为，他为此一马当先，一心一路。

正月初八，上班第一天，林占熺受邀到了云南，与省委主要领导畅谈云南的菌草发展计划，探讨如何巩固拓展脱贫攻坚成果，进而带动周边国家发展菌草富农产业。云南毗邻的数国，有引进了菌草技术的，也有翘首等候落地的，一切都大有可为。

一天上午开过现场会后，林占熺连看了昆明市下辖的寻甸回族彝族自治县两个点，紧赶慢赶中，还是漏下一处，只好通过视频交流。

在直奔机场的路上，林冬梅抑不住对寻甸县农场草场的喜欢，看着亲切，很像在南非夸纳省希德拉菌草中心。人称“万国通”的她，有意无意总喜欢拿国内外来类比，“菌草一体化”。

林占熺也应景：“别说很像，今后就是要把它变为彩云之南的菌草中心……”

从机场安检到登机口要走十几分钟，偏偏登机口还被临时更换。下楼上楼，然后坐摆渡车，再拎着行李上狭窄的楼梯。要不是一位年轻乘客主动搭把手帮拿箱子，林冬梅都气喘得紧了，父亲却还不忘幽上一默：“史上最‘婉转’的一次登机。”

终于落座，林冬梅又回忆起了当年在肯尼亚机场受累的情景，父亲还有点高反。说着说着，父亲就在候机室发出了轻微的鼾声，累并快乐着。

从昆明到红河州元阳县，一路青山连绵，小雪纷飞，让父女俩共同回忆起从莱索托高原前往南非夸纳省的旅程，想起东高地省类似海拔地区的落果山脉，想起卢旺达丘陵地带，一概的交通不便，来往一回让人终生难忘。林冬梅难忘的还有父亲平和却真挚的话：“内陆山区农民发展产业太难了，正因为这样，我们做一点事就更有意义。”

此行，《云南日报》给予大篇幅报道，言辞极为抢眼：“《山海情》里的凌教授原型来云南了，总书记为何多次点赞他？”“这位林占熺教授和他的菌草技术可谓是大有来头，曾多次出现在习近平总书记的讲话、贺信和署名文章中。”

没几个人知道，“大有来头”的林占熺还有另外的“来头”。菌草中心虽然编制增加到了20多人，但仍有60来人靠外聘，要通过项目自行解决他们的吃饭问题。公家事，一般是有什么项目就做什么项目，但菌草中心需想方设法开拓项目生钱。常年如此，几人能够？

北京冬奥会刚落下帷幕，林占熺已开启了虎年的宁夏、内蒙古之行，选地黄河、黄河，还是黄河，“世路如今已惯，此心到处悠然”。

他老顽童似的半蹲在结冰的河面上，笑问随行人员像不像冬奥会的吉祥物“冰墩墩”？林冬梅掐指算来，向“冰墩墩”报告天机：“今天是二〇二二年的元月二十二，最多‘爱’的日子，今天新华社刊出了二〇二二年中央一号文件全文呢，多处涉及草牧业。”

天寒地冻，林占熺呵气成霜：“对母亲河就该多爱，菌草种出千里生态屏障，带着黄河向未来！”

“（菌草）大王巡山”般从北国回来，数日不见，酷似森林公园的福建农林大学金山校区，杧果树已在连绵的春雨后悄悄换了新叶，一片红彤彤，远看还以为是开花了呢。

鸟鸣婉转，和风送暖，林占熺诗兴大发：“芒叶胜过三月花。”

林冬梅补上一句:“一草种得江山丽。”

春到人间草木知。校内菌草园的各型菌草，在风淅淅雨纤纤的春天更是郁郁葱葱，生机盎然，似有灵性，逢人经过或驻足时鞠躬。

雨后放晴，纤尘不染，天空澄碧，远山含黛。他们抄小路回家，只觉脚底柔软有弹性。耳闻簌簌之声，疑又欲下雨，仰头看，却是落花打叶。林冬梅又来了“文艺控”:“难怪，踩着落花地毯呢。爸可记得苏东坡那个著名的句子？”

林占熺基本能跟上女儿的文艺步伐:“是这句吧，‘莫听穿林打叶声，何妨吟啸且徐行。竹杖芒鞋轻胜马，谁怕？一蓑烟雨任平生’，对对，应景，也应我的心态。”

回首看，张眼望，走哪都可见到红花酢浆草，成片成片，既可爱，也烦心，前一阵子竟见它“入侵”了菌草园草坪，林冬梅提出要治理。

林占熺“唉”一声后，又说:“看在它们开着小花的分上，暂且留着，等春天过后吧。”

知疼知热的女儿，知道父亲操劳得过度，坚强得太久，是故总能变出花样来让父亲修身养性，算是“劳歌一曲解行舟”。

虎年春节期间，我和林冬梅当年的几位同学聚会，领略这些已分别成了诗人、作家和电台文艺节目金牌主持人的同学还原其文艺青年形象。

是的，一位同学前些年意外遇见她时，久久不敢相认，感慨曾经那么美丽的城市校花，竟沦落为“农妇”般的气质，皮肤黑了，讲话声音粗了，臂膀也强壮了。得知她的人生选择后，却又改口礼赞:这才是内外兼修、历久弥坚的美！有人还依稀记得林冬梅读大学时的通信:只希望以后能帮上一些，让我爸不用那么辛苦！

短暂沉默后，有人放声高歌：林冬梅，美在不雕饰的从容，美在与农户深情对话的亲切，美在菌草终于蓬勃生长在戈壁时的她发出的孩子般的欢呼声里……

当时明月在，曾照彩云归，林冬梅也想知道这个与众不同的父亲到底美在哪里，又是为谁辛苦为谁甜呢？毫无疑问，父亲的苦是为了普通大众的甜，父亲是在为甜而苦的。现在，“我愿活成你的愿”。

2022年3月11日，国家菌草中心与联合国经社部、坦桑尼亚畜牧部共同组织的四天线上+线下会议圆满收官后，福建农林大学毕业的Elly立即行动，到乡村推广菌草，他立志要成为非洲的“林老师”。

菌草的节奏，很多是林占熺带跑的，终于也跑向了拉丁美洲和加勒比地区。

3月17日，继菌草援外20周年暨助力可持续发展国际合作论坛后，菌草技术的又一场国际推广活动——拉丁美洲和加勒比地区关于菌草技术及其支持实现可持续农业和2030可持续发展目标区域能力建设研讨会，在线上成功举办。

一株草改变了世界，来往如梭中，成了拓展中国和平外交的“植物大使”，从此与世界再也分拆不开，中国扶贫、生态保护经验也因此多了“国际范儿”。

中国菌草的神奇及全球投送能力、技术支撑，已举世皆知，此前未逢败绩，此后更不会浪得虚名。一个个首尾相衔的四季，与菌草有关的一切，都将在大千世界徐徐展开，它还是过去那个生命力旺盛、随种随活的野草，也还是那个“伙伴遍及天涯海角”的小草，却有了更响亮的名字“幸福草”“中国草”，属于它的“太阳草之歌”激发世界大合唱。

继而，连着两个晚上，虎年第一季度的最后一次线上培训——圭亚那菌草技术培训班开启。林占熺和中国驻圭亚那大使郭海燕、圭亚那地方政府与行政区域部部长奈杰尔、联合国经社部可持续发展司官员阿姆森分别致辞。授课老师林冬梅和林辉都见过2003年圭亚那总统贾格迪奥访问菌草中心时的亲笔留言："一项令人难忘的成就。"也记得当年总统的期待："希望你们能像支持巴新一样支持圭亚那！"

林冬梅像史官一样记事："中旬的拉美加勒比海线上会议，我们早上，他们晚上；现在圭亚那会议，他们早上，我们夜里。疫情影响，控制人员入校和学生进实验室。雨夜里只有我们四人在会议室，不习惯，没有学生乘电梯上下的叮咚响，没有实验室的灯光陪伴，很寂寞啊！"

这寂寞，伴随林占熺已然一个甲子了，加上语言和时差的鸿沟，都没让他落荒而逃！在他心中这不叫寂寞呢，是郑板桥所谓的"一种清孤不等闲"，他一直也乐在其中，真正的快乐是精神上的快乐。

4月下旬，他在当选党的二十大代表后，说："作为一名受党教育培养成长起来的科技工作者，我会继续带领菌草技术团队开拓创新，为'一带一路'建设和构建人类命运共同体做出更大贡献。"他表示将始终坚持"把论文写在祖国的大地上、写在农民的钱袋子里"的价值追求，助力乡村振兴，更好地服务国家发展战略需求。

山一程水一程，风一更雪一更中，林冬梅体会了父亲的心志，和妹妹春梅品尝了"梅花香自苦寒来"的滋味，坚定地跟着父亲，三"林"成"森"，成岁寒三友，渐自变出一幅锦绣前景。

"寂寞让我如此美丽"，非洲学员称她有"国际范"，记者、作家笔下赋予她“林下清风”。林冬梅“百度”后，了解此语是说女子气态娴雅、神情清朗、举止大方，也就笑纳：自己本姓林，不做“花瓶”就好！

此情深处，她更期待，“东风且与周郎便”，一夜青青草色齐。今后，在世界许多不经意的角落里，源于中国的菌草川流不息地发芽生长，映水藏山，为人们慷慨相助。

“与他在一起，每天都充满了生命的力量，岂能轻掷岁月！”

“追随他，与春天一起复苏的，是我沉寂已久的梦与向往。”

“他每天都在忙碌，带给我们奇迹和感动，让菌草之路越来越烂漫和寥廓。”

“有他的掌舵，我们的事业迎来的不是‘井喷年’，而是‘井喷时代’！”

“致敬他带领整个菌草团队为世界增添一抹不一样的有魔力的草色，中国草的颜色最美！”

一路采访，赞语相随，菌草中心最年轻的“草民”鄢凡还特别发来一段感言：“林教授在我眼里是个有信仰的人，他的信仰就是中国共产党。去年我党百年华诞，他早就开始倒计时，每天都计数着还有多少天是党的百岁生日，策划着献礼项目，想着做出贡献。红色基因是他骨子里携带的，他信仰共产党超过了信仰一切，常说菌草技术只有在中国才能产生，在共产党的带领下才能蓬勃发展，他感谢和歌颂我们伟大的祖国、伟大的时代、伟大的中国共产党。我也是一名共产党员，和林教授共事的每一天都是生动的党史思政课。他用自己的事迹现身说法，用他的灵魂撼动了我的灵魂。”

“用他的灵魂撼动了我的灵魂”！跟过林占熺的菌草队员，

认同新人新说。巴新项目组组长、党小组组长林应兴就给了我这么一个回音。

2022年4月18日，林应兴通过视频和微信方式接受我多次越洋采访之后，给我短信："我已经在归国的行程中行前隔离，如果快的话，将于9天后抵达国内。"我知道他1998年底援助巴新，其后几年转援卢旺达，2016年再回巴新，担任巴新项目技术组、项目基地党小组组长。2019年8月中国援巴新菌草、旱稻技术援助项目正式启动，他第四次率队赴巴新执行任务，到现在连待33个月，才经商务部批准回国休假。

我不时在这位同龄人的微信朋友圈里看到他在菌草、旱稻地里奔跑的身影，"福建省援外工作先进个人"等荣誉于他诚然名实相符。他随意发来满满一天的工作量，让人身临其境般感受到了他四进四出巴新的奔跑速度。普通一天，也是他漫长援外生涯的缩影呢。

在云南隔离期间，林应兴娓娓而谈菌草人生："在林老师的培养和影响下，我坚定了'做实事，帮助人'的理想信念，以掌握的菌草技术为工具，以帮助更多的人为己任。在实施援外项目中积极融入当地，与当地农民、官员打成一片，了解他们的习俗，说他们的语言，吃他们的饭菜，尊重他们的文化，设身处地为菇农考虑，赢得了当地百姓的高度认可。"

我好奇心上来："尊重当地文化方面，可有具体例子？"

"比如，我非常喜欢与当地同事和农户们一起种草种菇、种植旱稻，当过当地友人的伴郎，参加过村民的婚礼和葬礼，与当地许多人结下了跨国友谊，并将这种友谊一代一代传承下去。"

我又心生好奇："如何一代一代传承？"

"我们和当地人的友谊，已从第一代传承到第二代啦！"林应兴语气欢快地说，“巴新原警察部长卡拉尼的女儿伊丽莎白·卡拉尼，现在就在我们的菌草基地工作。东高地省卢法区原区长比特加利的女儿珍妮特·加利博士，在这次“新冠肺炎”疫情波及到我们专家组时，她利用在巴新国家医药研究所工作之便，给了我们大量的帮助……”

他说的伊丽莎白·卡拉尼，也就是林占熺的干女儿。卡拉尼当年在为女儿改名“菌草”并让她认亲“菌草爸爸”，以及力挺“一个中国”时的种种，是怀着一颗怎样的心啊！心是最敏感的器官，唯有它能辨识这个鱼龙混杂的世间所有的真假、美丑和忠奸、善恶。卡拉尼正是读懂了林占熺和中国人的心，而他愿意相印的那颗心，也经得起托付啊！他2005年早逝后，林占熺每每跋山涉水到巴新，都少不得看望他的家人，欢迎干女儿到中国做客。高山流水长相知的异国知音曲，如天籁，余音袅袅于天地之间。这位汉语名叫“菌草”的异国之姝加盟菌草团队，也是慰藉其父在天之灵。

器物之妙，总归是要落实于心的。也正因为有此心——一颗敏感且最能听从真善美召唤的心，让林应兴跟随林占熺“马拉松”式长跑，从大学毕业到今已有27个年头，他对此又有何感想呢？

“选对了路，跟对了人，做对了事，得到了认可，实现了自我，无悔自己的人生，有愧的是……”电话里他忽地有点哽咽。

我停止发问，我可以想象他要说什么。

“主要是亏欠家人……”

2002年5月，他短暂回国休养再度赴巴新时，女儿才8个月，而且那次他一走就是两年，回来时女儿都不知叫爸爸。不说对妻子孩子长年失之陪伴的亏欠，援外复援外中，老丈人因尿毒症住院透析，他在短暂的服侍之后却还得奔向机场如期飞出国，老丈人病逝也无法回国奔丧，而后母亲中风导致半身不遂，父亲近年因病痴呆，哪个不曾让他望洋流泪？而且，因为长年援外，只能放弃研究生学历教育，职称评审（至今才是中级）等方面自然都大受影响。

“现在最想念谁？”

“父母！我父母亲都年过八十了，半瘫在床。常言道，父母在不远游，可是国家需要，当地政府、当地老百姓也需要，这对一名农业技术人员来说是何等荣誉，我父母也这样认为。女儿选择念福建农林大学，受我特别是林老师的影响挺大。”

他不是在背台词，也不需要背台词。他是菌草业的元老，是团队中跟随林占熺持续不间断为时最长的大学生，目睹了菌草事业从小到大、由弱至强的历程。

我知道，关于援外期间的艰苦与寂寞、个人的得与失，每个援外人大多有同质性。任务重、人员少、风险高，队员待遇和休假问题，疫情肆虐、新冠感染，社会治安恶化，在多重因素影响下，林应兴要带领团队高标准地完成两国领导人关注的项目，并树起标杆，实施的难度和承受的压力可想而知。是故，三年来都抢时间奔赴巴新的千山万水。驻巴新大使馆领导作诗赞曰：“前辈创伟业，接班有群伦。”在许多人眼里，他确实又是一个“林老师”呢！

5月8日，母亲节，我特地表达对他母亲和孩子母亲的问候，没有这两位母亲的支持，他无论如何走不到现在。他感谢过后又说：“母亲生了我的身，林老师塑造了我的魂。”

两个月后，林应兴又要返回遥远的巴新，当好项目总负责林占熺的“高参”兼执行官，他的微信名就叫“高参”呢。而此时，他还在云南受着隔离，时间于他又成另一种煎熬。他4月25日离开巴新，经悉尼中转，4月27日飞往昆明隔离21天，5月19日才能飞往福州，这一路太难了！

我不禁又想到了鄢凡此前通过比较而悟出的幸福和理想、信仰。他们都是林占熺带出的有信仰之人，是能满怀理想一路通过“幸福草”给世界送幸福之人。

“幸福草”为地球造梦

“你忘记了共产主义理想吗？”时到今天，林占熺还这样问自己，也问菌草团队的党员们。

理想永远离不开实实在在的行动。信念的衰退乃至崩塌，不是因为迷路、梦想火星熄灭，就是因为沦为行动的矮子。林占熺逐梦的脚步至今铿锵有力，每一步都焕发着惊人的力量。

知情者说，连同每一个奖状、奖牌、委员、代表的背后，莫不是一段风雨，莫不镂刻着一缕草香。林占熺不老的童心和不泯的情怀，像菌草一样牢牢吸附在精神土壤的深处，他也要成为仁义著四海的侠者。众望所归中，他却总说个人渺小，谢绝当代“草圣”之加冕，倒乐意把“菌草”作为自家代号，或被唤作“林菌草”。

人生的高光时刻也好，黯淡无光之时也罢，他总是一往无前，捏着一团火，撑着一把伞，记着一串话。

林占熺父亲说：好儿郎都是要献给国家的，你大胆往前走，莫要回头！

项南说：发展菌草业，造福全人类，抬起头走自己的路，让别人说去！

习近平说：把已取得的成绩作为新的起点，到生产一线贡献聪明才智！

林占熺也还记得地铁站里那句最常见的话：请往前走，不要在此停留。纵然道阻且长，他也没空嗟叹“路漫漫其修远兮”，而以顾炎武诗句自励：“远路不须愁日暮，老年终自望河清。”

日复一日，终年尘土满征衣，他挺直的背似乎弯了些，又弯了些，却依旧是向涛头而立的弄潮儿，和一株株四荒八极无所不达的菌草，不屈不挠地构成了这个时代的中国脊梁。

以前怀揣菌草之梦，人们尽笑他白日做梦，他答：“梦里啥都有。”如今梦想成真，却仍说菌草之路“行百里者半九十”，人们不解何以志坚行苦，答是“脚下啥都有”。感今思昔，世上有了越来越多的志同道合者，一起逐梦在路上。

我曾像许多人那样忍不住问他：“您都八十岁了，还东奔西跑，就不累吗？”

得到的回答是：“忘记年龄，事业总年轻。”

这些年的接触已让我清楚，他算岁数总喜欢给自己猛减一半，而把自己往体能极限那一档上推，又说即使只有40岁，也得赶紧做事，有生之年要做的事太多了，生命又太短暂。就在春节前的采访中，他心里还装着世界和未来：“我现在还惦记着到尼罗河、东非大裂谷种菌草，还想拓展菌草发电缓解全球能源危机，助推国家‘双碳’（碳达峰、碳中和）战略目标……”菌草之于他，如呼吸之于生命，如风之于火，如爱情之于青春，没有他就没有今天的菌草，没有菌草就没有今天的他！

2022年5月10日下午，我为某事找他求证，电话关机，知他不是出席重要会议就是在飞机上。两天后，问林良辉，果然在频繁出差的路上（疫情期间，每到一地都得不厌其烦做核酸）：5月8日去贵州，10日晚返回；12日凌晨4点出发来宁夏，此时正在黄河边，归期未知。这就是了，他向来是马蹄嗒嗒，归期未有期，菌草之梦在燃烧，菌草之路在脚下，更在心中，他的征途是星辰大海，动机至善，私心了无。

我不由想到林家父女曾有的一次冲突。林冬梅看到父亲七旬过后仍不停奔走、宵衣旰食，且屡教不改，一次少有地生气了："您再这样下去我就不干了，我回国干活，为的就是让您轻松些，可您这样不爱护自己，还得寸进尺、变本加厉，只能恕我不奉陪！"面对女儿的威胁，父亲也重重地撂下话来："你不干就不干，你不干我照样干，你随时都可以和办公室办理移交手续！"慌得女儿泪水涟涟，此后只能听之任之，偶尔也和别人开玩笑："林老师有爱，有境界，生活有意义，这辈子太有价值了，很不幸他是我爹，找上这样的爹，苦了我们一家人！"

也不由想到此前采撷来的一个故事。读小学的外孙女每每找不到慈祥的外公，便多方打听，外公一天的工资到底有多少，她想用过年的压岁钱"买断"外公的一天时间，让他陪自己和全家人一起玩。后来她又想，还不如自己快快长大，陪外公一起去种草、扶贫、治沙……

孩子不知，此时，她那个神龙见首不见尾、时而成为外婆嘴里"反面典型"的外公，正在石嘴山菌草科技创新产业园，笑容可掬地用菌草喂猪呢。我从林良辉发来的视频，油然思及林占熺上年到贵州安顺市生态菌草猪养殖示范基地时引发的一篇报道："走进示范基地，不少参观者都惊呆了。山村小路两边原来荒芜的山坡地，已披上巨菌草，有一米多高，尽管冬季即将来临，仍是一片嫩绿。一般养猪场的猪粪臭味，在这里神奇地消失了。走近菌草生物发酵床，只见一百多头'佩奇'，洁净发亮，精神抖擞，有的正尽情地翻跟头，有的正三五成群地做游戏，有的正在品尝鲜嫩的巨菌草，有的饱食后正在呼呼大睡……据介绍，用菌草微生物发酵床饲养出来的猪，肉质具有‘瘦不柴，肥不腻’的特征，具有土猪肉的风味……”一如报道所言，“菌草生物发酵床”养猪新技术，将在振兴乡村中大显身手。

应我要求，林良辉告知了此行“难忘”之事。在贵阳刚登上回福州的飞机，林老师就要戴眼镜写工作日志，发现眼镜却不见了。林老师就说会不会忘在休息室了？这眼镜是林老师去联合国开会时女儿冬梅给买的，此后到哪都随身携带，相伴的还有父女的感情呢。此时离关飞机闸门还有15分钟，林良辉二话不说，告知空乘人员有个重要东西落在休息室，必须去取，很快回来。边说边飞奔出登机口，赶在飞机闸门关闭前取回。随行同事惊为“飞人”，他则自嘲，跟着林老师能不成“草上飞”？即使不跟随左右，其他“菌草人”也都没闲着，这当儿林冬梅就带人跑向了云南。这支队伍如此南辕北辙、东来西去，步调却惊人地一致。

林良辉还拍了一张老人在黄河边拄杆行走的照片发给我。路看上去有点泥泞，人远望有点孤独。这个老人用菌草技术扶了大半个地球的贫，这些年走过的路哪里不难，哪里不孤寂，而让人感觉艰难的路却往往是真正的捷径，因为它直抵人心。让我无尽联想的还有：跟在这个老人身后，再扬鞭奋蹄紧追慢赶，怕也是如我这般，只能远远地望见一个背影呢。

四个月后，2022年9月中旬，我跟着他的背影，来到了黄河边沙漠地，参加院士专家云集的成果评价及咨询会。几天前，他刚被授予“八闽楷模”称号。与此前已堆成小山高的荣誉一样，他从不躺在功劳簿上睡大觉，行动即宣言。

此行，与“国之大者”——“让黄河成为造福人民的幸福河”之梦休戚相关，他要让这场行动验证黄河生态新屏障已应运而起、形具神生，并以此致敬一个月后盛大开幕的“二十大”。他心里有本账，“十八大”以来，习近平总书记走遍沿黄九省区，先后两次主持召开座谈会，聚焦黄河流域生态保护和高质量发展。生态优先、绿色发展的理念，让黄河治理的难题正在一步步得到解答，他就是黄河边上的逐梦人和答卷者。

金秋时节，我们在呼呼作响的大风中，翻越茫无际涯的乌兰布和沙漠，蜿蜒到达阎王鼻子，与这条孕育了中华民族灿烂文明的母亲河相会。眼前绿意绵延、春笋怒发的便是菌草，沙丘坡上菌草种出的“幸福河”图案，连同300米长、60米宽的巨菌草阵容格外壮观。这还是2022年5月布下的第一拨队列呢，他一直念兹在兹，在福州几乎每天都要通过微信远程指导治沙基地的一线队员：“你安排测一下阎王鼻子种下的巨菌草生长情况，这是个新种，在黄河岸边种植的数据很重要，要全面收集有关数据。根有多长，一天能长多少厘米，植株每天生长几厘米，多少天增加一片新叶，都要记下，发回给我。”“你要记得观察黄河的水位变化和温度变化。”“借这个机会，要考虑如何深入推进黄河菌草生态屏障建设的科研……”

如果说，风沙、流动沙丘对这一带的肆虐，让地球人领教何为沧海桑田的话，那么，菌草种植如种福，守护黄河岸边和沿河领域如奇兵。同行中一位摄像小伙的文化衫背后印着一排树并赫然写着“草木皆兵”，倒也应景，今后这里不仅有“大漠孤烟直，长河落日圆”的壮丽，还有菌草皆兵一说。

踏着遍地黄沙鱼贯而入密不透风的菌草森林，人们容易从“积沙成塔”的成语想到“积草成林”。现场砍下一丛巨菌草测量，当初的一株草已分蘖成29株，重达49斤，最高3.99米。秸秆如甘蔗，嚼一下，微甜。同行专家结合国情说，中国饲料目前缺口约五千万吨，如果照旧在草原上大肆放牧，就可能使更多土地荒漠化，菌草饲料的产业化并大面积生产推广，将极大改变原有供给结构，节约更多土地进行生态化建设和农业生产。

别以为危言耸听，也别以为夸夸其谈，有了菌草就是不一样！

阎王鼻子的菌草生态治理，交出了优异的成绩单：种植百余天，达到固沙效果，四个月减少1400吨输沙量。成绩本该更为宏大。林占熺和国家菌草中心原定的是十倍大的菌草种植面积，却因为疫情防控，草种难以运进，工人也请不到，只好让驻扎于此的小分队自己种。

“菌草了不起！”成果验收欢声雷动。中国工程院院士、南京大学教授张全兴七年前就在这一带见证了林占熺种草治黄防沙的情景，作为此次成果验收组组长，话里无比感佩：“这个成果非常有效地阻止了流沙入河，这是林占熺教授为首的团队辛勤努力的结果，来之不易。我希望林教授再接再厉，我们专家院士、政府和社会继续加大支持，能在千里黄河形成一个千里的绿色屏障，让若干年后黄河流域的流沙得到彻底治理！”张全兴以自身行动表达了对菌草业这个革命性技术一如既往的支持。是年84岁的他，妻子住院开刀，他也苦于腰椎之疾，却仍绑着护腰带，不顾一路颠簸起伏坚持奔赴现场。

这株小草绘就的蓝图画卷，当得起无数人为之站台、当面喝彩。

这时节，世界许多地方的菌草也喜迎丰收季。现场云上直播时，中非班吉市的种植户们载歌载舞庆丰收。一位黑人小伙兴高采烈地“连线”：“收成很好，我种了两公顷‘中国草’，这次收获了2000公斤！”中非共和国总统图瓦德拉通过视频称赞：“菌草技术成为中国同世界各国建立崭新友谊和兄弟情谊的纽带。”作为菌草海外种植样板的巴新，百姓收获的喜悦更是写在脸上，巴新总理马拉佩通过视频致意，对中国提供“幸福草”表示由衷感谢。世界犹记，就在上半年6月，中国国务委员、外交部长王毅开启南太平洋岛国之旅时，马拉佩提前警告国内外一些人：不要在中国外长来访时“玩弄政治手段”！

五洲遍植“幸福草”，几十万个绿色就业机会，让菌草舍我其谁地站在了全球脱贫和生态治理的舞台。

这个特殊的丰收季，还有一件吸引世界眼光的事。

“好，我们现在开始启动。”随着林占熺在评价验收现场启动全球菌草大数据平台上线，意味着遍布世界各地的菌草有了一个共同的“数据大脑”。世界各个种植点的菌草生长、产量及空气、湿度、风速、水土保持、土壤改良等参数，都将通过传感器实数记录，即时上传设于中国国家菌草中心的平台，再经云计算，成为今后重要的科研依据。菌草国际化扶贫、生态治理由此迈入全新阶段，帮助地球上更多的人造梦、圆梦。

这场直播，告诉世界的是一株草、一条河、一个梦乃至人类命运共同体的故事。“草迷”和网友们纷纷留言是一场视觉盛宴，为中国智慧、中国胸怀，为中国科学家的奉献精神“泪目”。一位朋友顾景兴怀，通过微信发来诗句：“强辟桃源为家国，欲铺绿道缚黄龙。”我也戏作打油诗：“九月秋高大漠行，菌草百战成新景。布鞋忍踏阎王鼻，黄河绝恋意气扬。”

人言生活的真相，别人只看结果，自己独撑过程。林占熺廉颇不老地向黄河生态治理发起挑战，十年间建起30余个菌草防风固沙、阻沙入河试验示范区，累计种植菌草3000余亩时，他此前和此后的一步又一步，莫不是弯下腰沉下心，把论文写在大地上，把党和人民的期望扛在肩上，把共产主义的理想落在脚上，用深情的大爱照亮世界。

林占熺说得平静："我快80岁了，我希望能够为这个中国梦，再干十年二十年，即便将来我看不到这个伟大梦想全部实现的那一天，但我相信中华儿女一定能够看到。"

大音希声，大道至简，他的梦想已千丝万缕地联系着人类命运共同体，"同一个世界，同一个梦想"。

在滔滔黄河边、茫茫大漠里，我邂逅了随他一路颠簸中五脏六腑翻腾得要吐的妻子罗昭君。她此行的任务是陪护，特别是晚上不能有闪失。一周前林占熺因过累险些晕厥摔倒，连着几晚没睡个安稳觉。她担心中曾有劝阻，说你都去过上十回了，为什么就不尝试遥控指挥呢？他振振有词说，毛主席教导我们，指挥员要下沉到一线，才能发现敌情，弄清具体问题，然后有的放矢，才能打好胜仗，我们防风治沙这一仗也是这样子。这真是个九头牛都拉不回的拼命三郎啊！路上她探知他近期满满的日程后，气得脸都绿如菌草了：几天后他还要前往江苏盐城，和几位院士一同考察菌草治理盐碱地的情况；郑州那边也等着他去开现场会，当地农民在黄河流域种了上万亩菌草呢……

"占熺的力量真是很有限，年纪大了还千愁万念，比如如何引进人才，如何多争取几个编制，让团队那些年轻人才有盼头留得住，我真不知他什么时候才能享几天清福……"罗昭君说话间，吁吁气喘。

望着她古稀之年伛偻的身子、忧郁的眼神，我油然想到她那句名言："林占熺为全世界的穷苦人服务，我为他一个人服务。"我似乎也听到了她面对黄河和沙漠的内心浩叹："苦啊！"

她少女时代也有过绮丽的梦，把梦和爱情押在他身上之后，用五十年的光阴印证，他从来就不仅仅属于她，甚至不属于家，而属于国家，属于这个时代这个世界。

林占熺压根不去理会自己还能强撑多久，反正是“春蚕到死丝方尽”“积跬步至千里”，还寄语如是：“人家六十告老还乡，我还得闯四方；人家八十晒晒太阳，我还能老当益壮、老有所为，这多幸福啊！我希望年青一代也应如此，去传承信仰的力量，去祖国和人民需要的地方，既要勇于做惊天动地事，又要甘心当隐姓埋名人，用自己的才学造福人类。”

他用最美的奔跑告诉世界，菌草技术造福本土、泽被全球之路一直没有止步，还在脚下延伸，再延伸，万水千山皆是情。他就是菌草，菌草就是他。他要让一株株青青的中国草，从诞生地福建出发，跨过长江黄河，越过国门，在世界掀起浩浩荡荡的绿色奔腾。

一个人走得快，一群人走得远，他已不再是“孤勇者”。属于他和菌草的传奇仍在续写，这世上总要有一些人超尘拔俗……

2022年5月6日晨初稿

9月18日晨定稿

于闽江畔苦乐斋